Anna Konyev

L'odeur de lavande et la cuisine du soleil

Les souvenirs de la Provence. Avec les recettes de cuisine provençale

www.tredition.de

© 2020 Anna Konyev

Verlag und Druck: tredition GmbH, Halenreie 40-44, 22359 Hamburg

ISBN
Paperback: 978-3-347-10860-8
Hardcover: 978-3-347-10861-5
e-Book: 978-3-347-10862-2

Contenu

Introduction

Nous nous enfuyons toujours – nous sommes en fuite de quelque chose ou de quelqu'un. Nous nous cachons des conflits et des défis. Nous tournons souvent le dos à la haine, parfois aussi à l'amour, car nous ne savons vraiment pas comment gérer la vie de notre âme. Nous établissons nos propres limites pour être loin de nos problèmes, mais suffisamment proches pour les avoir en vue. Et pourtant, nous avons tous un endroit où nous n'avons aucune envie de courir, un lieu de calme, de paix et de bonheur.

Cet endroit est comme la maison - apparemment loin de la réalité et souvent plus proche quand nous la pensons. Cette seule patrie nous tient fermement et nous cédons: nous arrêtons de courir, nous ne voulons plus fuir et nous trouvons la sécurité dont nous rêvions tant. Cette maison est comme une forteresse, dans laquelle l'âme et l'esprit s'harmonisent et nous trouvons ce que nous avons toujours caché, dans un endroit qui était inconsciemment le but de notre évasion: la maison de notre bonheur personnel.

Chacun a son propre concept de l'apparence de la maison, mais une chose est sûre pour la plupart d'entre nous: nous devons trouver notre propre bonheur. Certains préfèrent chercher cela en argent, quelqu'un le trouve en amour, et l'autre en santé. Certains „ont eu de la chance", purement par accident et sans leur propre action, l'autre est „sans aucun doute heureux" – c'est une condition qui est comme un but dans la vie.

Avec tous les „bonheurs" différents, vous perdez rapidement la trace et vous ne savez pas comment l'obtenir. Mais que se passe-t-il si l'investissement des forces dans la recherche éternelle du bonheur apporte plus de malheur au lieu de ce que vous recherchez? Et quand ressentons-nous exactement le bonheur?

Celui qui a toujours été heureux, il le restera toujours, dirait le biologiste, ce qui peut également annuler la recherche du bonheur. Si j'ai toujours été heureux, pourquoi devrais-je encore chercher celui-ci, si je reste heureux toute ma vie, même sans aucune contribution. Cette théorie devient discutable lorsque l'on est accroupi dans le coin: j'ose douter que ces gens se décrivent comme heureux [1]. Il est donc déjà certain que la volatilité du bonheur est indéniable - en conséquence, le chemin du bonheur doit être repris encore et encore. Rien n'est plus simple que cela, pensent certaines personnes, car si vous vous impliquez dans le travail que vous faites - s'il fonctionne comme sur des roulettes - alors vous êtes connu pour être heureux.

D'après ce qui a été dit ci-dessus, on a l'impression que la recherche du bonheur est simple: vous faites ce que vous aimez et vous êtes la créature la plus heureuse de la terre. Aristote, un érudit grec, a également utilisé cette devise et expliqué le terme „Eudaimonia" - le bonheur de la perfection, le plus grand bien de l'humanité. Selon la devise, „chacun est le forgeron de son propre bonheur", il faut poursuivre l'activité qui, après achèvement, vous rend heureux du point de vue du caractère. Le grec, cependant, a complété sa théorie par la vertu et son pouvoir de peser entre le bonheur autosuffisant et le plaisir pur. Cependant, la société d'aujourd'hui se préoccupe rarement du type de bonheur qu'on possède ou qu'on ressent actuellement. Cela compte: le bonheur est le bonheur. Peu importe [2].

Les opposants sont conscients de l'utopie de l'homme, mais soulignent néanmoins que sans souffrance et douleur, l'habitant de la terre ne saurait jamais comprendre ce qu'est le bonheur. Mais il faut aussi savoir à quoi ressemble le bonheur si on peut le chercher [3]. Il est donc clair qu'il n'y a pas de bonheur sans soucis, il suffit de choisir le mal qui suit le plus grand sentiment de bonheur.

Maintenant, le bonheur se tourne vers l'argent. Quand il y a de l'argent, le bonheur vient aussi. Mais le paradoxe du bonheur dans la richesse est-il aussi fatal qu'on essaie de nous faire croire? Les statistiques montrent que les sociétés riches se sentent plus heureuses que les plus pauvres. Mais le point culminant, c'est qu'à partir d'une certaine somme d'argent, le baromètre du bonheur stagne tant que votre propre argent n'est pas dépensé pour la faveur des autres.

On n'aurait donc pas besoin de plus d'argent pour se rapprocher du bonheur, mais de la joie de partager. À cet égard, nous portons notre jugement sur le bonheur en fonction de la façon dont nous nous comparons aux autres: si l'autre a plus, je condamne la situation; Si j'en ai plus, je suis content, mais je ne veux certainement pas partager [4].

Veuillez faire une courte pause ici et penser à la dernière fois où vous étiez heureux. Avec des amis? Avec la famille? Avec votre amoureux? Toutes ces personnes ont un point commun: elles enrichissent nos liens sociaux. Cela montre clairement que notre vie sociale est étroitement liée au sentiment de bonheur [5].

Cela doit signifier qu'au lieu de chercher le bonheur, vous devriez plutôt aller chercher un partenaire, le bonheur viendra lui-même [6]. Mais on se pose maintenant la question de savoir d'où viennent tous ceux qui, malgré leur famille et leurs amis, se considèrent malheureux et, à eux seuls, se dirigent vers le bonheur [7].

Et encore une question: combien de temps avez-vous passé à chercher le bonheur? Probablement beaucoup. Mais n'est-ce pas la pression du temps qui vous rend souvent malheureux? Le temps presse à la recherche du bonheur et, ironiquement, la recherche du bonheur nous apporte plus de malheur. La société d'aujourd'hui voit la recherche du bonheur comme une sorte de „religion de substitution", avec du temps investi pour atteindre le bonheur, le plus grand bien. En conséquence, on oublie que le chemin est le véritable objectif. La recherche du bonheur seul ne rend pas malheureux, mais le chemin qui y mène. Les gens qui agissent ouvertement à des coïncidences sont souvent plus heureux au cours de leur recherche que ceux qui voient obstinément le bonheur pur, auparavant inconnu, comme le but de leur désir [8].

Le bonheur n'est pas une drogue! [9]. On peut le comparer aux montagnes russes: parfois vous êtes en haut, parfois en bas. Et seuls ceux qui ont été en bas peuvent apprécier aussi ce qui précède. Mon histoire repose précisément sur les questions qui vous ont été posées ci-dessus: quand, où et avec qui? Ce n'est pas censé montrer „le chemin" vers votre propre maison, mais cela montre le chemin de mon „français" bien-aimé et moi. Notre secret du bonheur est l'harmonie intérieure, la capacité d'être nous-mêmes, de ressentir nos cœurs et surtout d'entendre comment nos „âmes" chantent le chant de l'amour et du bonheur.

Pour chacun de nous, cette mélodie est spéciale et unique. Nous sommes tellement intéressés par les soucis quotidiens qu'au fil du temps, nous transformons notre vie en un „processus mécanique", nous perdons nous-mêmes et oublions que la vie est trop courte pour ne faire que des croquis et penser qu'il y a encore du temps pour tout changer.

Chacun de nous doit pouvoir et vouloir rêver, même si ce n'est pas facile. Un brillant avenir se compose de nos pensées, de nos rêves et de nos désirs. Comment cela se passera ne dépend que de nous. Nous apprécions chaque jour où nous vivons, nous chantons, rêvons, planifions pour l'avenir, vivons dans „notre" monde de rêves et de désirs. Quand nous sommes heureux, la mélodie de l'„âme" magique joue, ses cordes se balancent et elle commence à sonner. C'est le temps que nous attendons parfois pour toute notre vie, des moments de bonheur que nous voulons prolonger et transformer en éternité.

J'ai changé mon intérêt pour la vie, pour l'harmonie avec le monde entier et pour le bonheur après avoir visité Provence. Cette région restera toujours dans mon cœur comme l'endroit où je retournerai encore et encore, l'endroit où je vais vivre en harmonie avec la nature, profiter du moment et de petites choses et aimer avec tout mon cœur.

Recettes

Chapitre 1. Provence – un mot romantique et magique

Cette matinée a commencé par une sensation de bonheur céleste: la chambre lumineuse remplie de rayons du soleil, un linge en lin avec une odeur de lavande fraîche, et le coin d'un rideau blanc dansant au rythme de la brise marine. Le moment le plus agréable de l'éveil, c'est lorsque les yeux sont encore fermés, il n'y a pas d'énergie à lever la tête ou à se retourner de l'autre côté du lit, mais les pensées commencent déjà à venir dans le subconscient. Le premier jour de vacances, le sommeil - c'est comme une récompense pour une longue période de travail et d'efforts mentaux. Je ne peux même pas croire que le mois prochain, je serai pas pressée: il n'aura plus de petits déjeuners vite faits, je ne boirai plus du thé chaud brûlant le bout de la langue, et je n'attendrai plus le week-end pour avoir le goût de la vie pendant quelques jours.

Un rayon du soleil a regardé par la grande fenêtre ouverte, s'est glissé dans le coin le plus sombre et après il m'a légèrement touché la joue, le reflet de soleil a joué dans le miroir au-dessus de l'ancienne commode et a soudainement disparu. Mais ce n'était pas le reflet qui a accidentellement regardé dans la chambre qui m'a fait ouvrir les yeux, c'était l'odeur du café moulu, des pâtisseries fraîches, de la vanille et de la confiture de fraise. Il me semblait toujours que c'était un rêve, lumineux, coloré et si clair. La rencontre avec la réalité était un peu alarmante, mais le réveil était inévitable. La première personne que j'ai vue après un long sommeil c'était l'homme de mes rêves, que j'ai longtemps cherché dans la réalité, l'homme qui a partagé ma passion pour la France et qui m'a accompagnée pendant le long voyage à travers la Provence ensoleillée. Je l'appelais mon „Français" préféré, mais il n'avait rien à voir avec la France. Il était à côté de mon lit avec un petit-déjeuner sur un plateau en bois et avec des journaux du matin qui avaient l'odeur de l'encre fraîche. Après avoir pris une douche matinale fraîche, je suis allée à la terrasse spacieuse et ensoleillée d'une luxueuse villa, qui était la propriété de nos amis français, et qui depuis juin nous a été gentiment laissée pour toute la durée des vacances d'été.

Au petit déjeuner, nous profitions de chaque gorgée de café noir, et nous admirions la vue qui s'ouvrait sur les sommets des vieux platanes et des pins, entre lesquels se cachait, comme un tissu d'air, la Côte d'Azur. Le croquant d'un croissant frais tartiné de confiture parfumée a attiré non seulement notre attention, mais celle d'un grand bourdon qui s'est détaché de la cérémonie matinale de ramassage du nectar de lavande, à côté de notre terrasse.

Comme nous le savons, le Croissant, comme la baguette, est le type de boulangerie le plus populaire en France. Il est fait en pâte feuilletée ou levée et peut contenir toutes sortes de garnitures, sucrées et salées. Le Croissant n'est pas vraiment une „invention" française, et nous devons rendre hommage aux Français, qu'ls ne le nient pas. Il existe de nombreuses légendes sur l'origine et la forme de ce petit pain inhabituel. En 1863, l'armée ottomane a assiégé Vienne, puis lorsque les Turcs se retiraient, ils ont laissé un grand nombre de sacs de café. Un pâtissier viennois a trouvé ces sacs et a décidé de servir des petits pains frais en forme de croissant (symbole de la victoire sur les Turcs) avec du café turc dans sa boulangerie.

Au XIXème siècle, les Français ont radicalement changé la recette de la pâtisserie, ils ont commencé à la faire à la base de pâte levée et de l'huile, ce qui a changé le goût de la pâtisserie au-delà de la reconnaissance. Il s'avère donc que les croissants viennois et les croissants français ne ressemblent qu'à une forme, et la recette du croissant moderne appartient aux Français. Son succès est devenu si incroyable que Croissant a rapidement été appelé le pain français. Le petit déjeuner français traditionnel est: du café et des croissants, le plus souvent de goût naturel, afin que vous puissiez les couper en deux et les étaler avec du beurre salé et de la confiture faite maison. Quant à moi, mon cœur commence à battre plus vite à chaque fois que je sens l'odeur du pain au chocolat [10].

Mon „Français" préfère le croissant avec une marmelade d'orange classique, que la famille Duran nous envoie chaque Noël. Monsieur Jean coupe les oranges avec le zeste et ajoute quelques grammes de cognac et des épices pour donner à la marmelade un goût amer et épicé. Chaque fois nous nous rappelons les jours chauds de l'été en Provence magique, en profitant de la marmelade la veille de Noël.

Aujourd'hui, nous étions particulièrement reconnaissants que le mistral du nord ne soufflait pas et que juste les cimes des arbres étaient touchées par la brise fraîche de l'océan. Nous étions reconnaissants que le ciel était si bleu que les grands artistes impressionnistes le voient et tentent si souvent d'arrêter l'instant et d'immortaliser le jeu magique de la lumière sur leurs toiles. C'est comme si nous apprenions à respirer à nouveau, en profitant des mélanges magiques de saveurs des fleurs, de miel, de lavande et d'amandes, d'olives et des fromages moelleux, des pins de conifères et des plantations infinies de vigne, des chants des cigales et des savoureux plats du sud de la France. Nous avions l'impression que même le beurre acheté le matin auprès des laitiers locaux avait un goût particulier, il semblait fondre dans la bouche et sentait comme la crème fraîche.

Dans le subconscient, il y a une image d'un vieux film en noir et blanc, où un matin, une famille française se réunit sur une petite terrasse à la table ronde pour goûter les fruits de leur propre travail pendant la conversation détendue. La gentille et maigre propriétaire de la maison dresse la table, sort du four en bois une baguette fraîche et croustillante, verse du lait gras et fait maison dans un pot en céramique et coupe plusieurs types de fromage de chèvre sur une planche ronde en bois.

Un homme aux cheveux gris sort d'un panier en osier des fruits et légumes frais achetés au marché local, ou peut-être cultivés par ses propres mains dans un petit jardin et caressés par les rayons chauds du soleil provençal. Il sort des tomates de différentes variétés et nuances, des grappes de raisins blancs juteuses jouant dans les rayons du soleil du matin et, bien sûr, des figues mûres légèrement brisées par l'abondance du nectar de miel et par les gros graines jaunes et oranges qui explosent sur la langue. Deux adorables enfants aident le père à vider le panier, à laver les fruits et après ils dégustent une baguette croustillante, avant d'être invités à la table.

Le père ne fait que rire en regardant deux garçons en pantalons courts et une baguette chaude dans leurs mains. Après avoir pris place à la tête de la table, la tête de famille dit la prière du matin et se sert du café. Le mélange de fromage et de lait chaud contribue encore plus à stimuler l'appétit.

Tomates juteuses rappellent le sauté de veau à la tomate: elles sont charnues, grosses et parfumées. Les enfants bougent un peu sur les chaises en attendant le dessert: il est difficile de se tenir à la vue d'un pain au chocolat ou d'un morceau de tarte de maman avec des pêches et de la crème faite maison. Sur la fenêtre, dans un ancien arrosoir en fer, il y a les tournesols glorifiés par Vincent van Gogh, leurs pétales jaunes reflètent les rayons du soleil provençal, leurs tiges juteuses sont remplies d'énergie vitale, et leurs noyaux sombres se tournent les uns vers les autres, comme des copines qui se sont réunies pour une tasse de café, qui rirent aux âmes en profitant de l'été en Provence.

Le sourire de la propriétaire de la maison veut dire beaucoup de choses: elle est heureuse, même si elle n'a pas vu beaucoup de choses dans sa vie, sa famille est sa plus grande richesse: le mari qu'elle aime et deux petits garçons. La vie se passe doucement, sans trop de changement et sans trop de suspense, il y a toujours le temps d'une pause pour une tasse de thé à la menthe, la pause où ils restent plongés dans les souvenirs des moments les plus agréables de la vie, des rencontres avec de vieux amis ou d'un pique-nique du samedi sur la plage. Pas besoin de réunions, de longes préparations, ou de bonnes raisons de profiter du coucher de soleil sur le sable chaud de la Côte d'Azur en compagnie d'une personne aimée, en regardant le jeu du soleil dans un verre à vin.

Après avoir passé plusieurs heures sur la terrasse pour le petit déjeuner, j'ai senti que le soleil ne me caressait plus les épaules. Cela me rappelle qu'il était bientôt midi et que le soleil se transformait en un jeune homme capricieux, dont les baisers passionnés brûlent la peau. Apparemment, il était le temps de prendre connaissance avec le monde magique des couleurs vives, des odeurs et des peintures à l'huile sur les vieilles toiles de Vincent van Gogh et Paul Cézanne, qui ont déjà travaillé dans ces lieux.

Selon une ancienne légende française, après la création du monde, Dieu a décidé de créer un lieu pour son propre repos - c'est ainsi que la Provence est apparue. Ce paradis terrestre du sud de la France est célèbre depuis des siècles pour ses champs de lavande et les oliviers, les jardins de fruits et des herbes provençales, les rues étroites de la vieille ville et les baies confortables de la Côte d'Azur.

Lorsque vous voyagez à travers la Provence, ne perdez pas de temps pour inventer quelque chose de nouveau. il est beaucoup plus facile de se détendre et de se plonger dans l'atmosphère de tranquillité et d'harmonie.

Nous avons décidé de commencer notre voyage par une visite d'un village romantique, le patrimoine culturel, ancien et riche en esprit. Par le village qui porte le nom Ramatuelle. Pendant que je me préparais, mon „Français" préféré a sorti du garage un Page Cabrio, blanc comme neige, que nous avions loué pas loin de l'aéroport de Nice. Après, il a commencé à étudier la carte de la Côte d'Azur. Notre voyage consistait à visiter d'abord la vieille ville, les boutiques de souvenirs, la chapelle sur la Grand Place et les jardins de fruits avec les meilleures variétés de pommes et de figues. Vers la fin de notre promenade nous devions déjeuner dans l'une des anciennes caves de Provence.

J'avais le soleil dans mes yeux, le vent faisait envoler un peu mes cheveux, et en même temps les vues fabuleuses s'ouvraient devant mes yeux: des plages dorées, la mer d'émeraude, des palmiers géants et des petits pins, et les montagnes cachées dans une fumée de brouillard.

Nous sommes habitués à assimiler „le sud de la France" et „la Côte d'Azur". Mais il vous suffit de vous éloigner de votre itinéraire habituel - et vous vous retrouverez en Provence entouré par les champs de lavande, par les collines s'enfonçant dans la brume et par les petites villes et les châteaux médiévaux. Toutes les villes de Provence se ressemblent comme des frères, pas des jumeaux. Les maisons claires aux toits de tuiles, les rues pavées montants en spirale jusqu'au sommet d'une colline pittoresque, où il y a un autre château, une église ou, au pire, une tour de l'horloge. Il ne faut pas chercher les différences entre les villes, il est beaucoup plus agréable de simplement monter en haut et d'admirer la vue pittoresque de la ville provençale, de se plonger dans l'atmosphère de calme et de regarder derrière les rideaux d'une représentation intitulée „Provence - un mot romantique et magique".

Ramatuelle est un village médiéval calme et pittoresque, très éloigné des villes et des baies de la presqu'île de Saint-Tropez. Après avoir laissé la voiture au pied de la montagne, sur laquelle se trouvait le village, nous sommes mis à nous promener dans les rues pavées, et à admirer les constructions uniques du XVIe siècle. Je pensais que si je perdais mon „Français", je ne trouverais jamais le chemin vers notre voiture. Le petit village qui prenait son origine du pied de la montagne et qui, avec le temps, s'est déplacé vers son sommet, ressemblait plus au labyrinthe grec, où selon la vieille légende, vivait le méchant Minotaure.

Nous sommes montés plus haut quand tout à coup, dans une des rues nous avons vu un panneau coloré ressemblant plus à un dessin d'enfant. La curiosité a prévalu et nous étions les invités non sollicités d'un studio d'art. Notre connaissance a été une agréable surprise, car l'après-midi, les Français préfèrent passer du temps non pas dans les murs de la ville étouffante, mais sur les plages de la Côte, ou sur les terrasses extérieures des cafés de rue, en profitant d'un verre de rosé ou d'un verre de Pastis froid. Nous avons essayé de nous rappeler du plus grand nombre possible de métaphores françaises pour transmettre notre admiration pour le talent indéniable de la propriétaire du studio et pour sa collection de peintures assez inhabituelle. Cette femme est un fan de la créativité des enfants, son travail est donc basé sur une vision des enfants du monde, le lien entre la mère et l'enfant. Il semblait qu'elle voyait tout en rose en dessinant chaque peinture, ce qui explique probablement pourquoi elles créent une ambiance amicale et font sourire les gens. La propriétaire douée et accueillante nous a offert un café et a fait une grande visite de sa galerie. A son avis, sa meilleure peinture était un portrait d'une mère et d'un enfant sur fond de la vieille ville de Ramatuelle.

C'est l'histoire d'une petite fille qui avait perdu ses parents assez tôt et qui s'est retrouvée dans les murs d'un orphelinat. Pendant onze ans, l'enfant a rêvé de trouver une nouvelle famille et de connaître la chaleur des mains de la mère. La fille a demandé à Maria Magdalena, protectrice des orphelins, une nouvelle maison pleine d'amour et de rire d'enfant, elle a dessiné la silhouette de sa mère dans son imaginaire et espérait un miracle.

L'artiste exprime les rêves de l'enfant dans les couleurs vives, les explosions d'émotions et les images positives. Le temps s'est écoulé, et les prières de l'enfant ont été entendues. Une jeune fille aux yeux tristes est apparue à l'orphelinat, c'était la mère de la propriétaire du studio. Pendant des années, elle et son mari rêvaient d'avoir des enfants, mais le destin, hélas, en a décidé autrement. En ayant perdu tout espoir d'avoir une famille, la femme est partie en voyage à travers la Provence et est arrivée une fois dans la vieille ville de Ramatuelle. Après avoir passé beaucoup de temps près des murs de la chapelle principale, elle a demandé à Sainte Martha, la protectrice des femmes et des enfants, de lui donner un enfant. Elle s'est promenée dans un petit parc de la ville, où il y avait des orphelins avec un professeur et un guide spirituel. Elle a vu une fille de 10 ans avec des yeux aussi tristes que les siens. C'était difficile pour elle à expliquer, elle a dit qu'il y avait une connexion spirituelle entre eux, qu'il y avait étincelle éclatant au fond de son âme. La jeune fille a fait la connaissance avec l'enfant et a appris la triste histoire de sa famille. Elle venait au parc tous les jours et passait du temps avec la fille pendant plusieurs mois. Il y avait un espoir de bonheur au cœur de la femme, l'orpheline s'est tellement attachée à la jeune femme qu'elle ne comprenait même pas qui ils étaient devenus: deux bons amis, les meilleures copines ou la mère et la fille. Les vacances touchaient à leur fin et la séparation était inévitable. La Française était tellement excitée par son départ, qu'elle a passé toute la nuit à réfléchir, elle a essayé de trouver de bons mots pour les dire à la rencontre avec l'enfant bien-aimé, mais n'a pas pu les trouver.

Elle s'est réveillée tôt le matin et est allée dans les murs d'orphelinat de la ville. Quelle était sa surprise, quand elle a rencontré face à face la petite fille qui avait conquis son cœur. La petite fille aux larmes aux yeux a souri, a tendu ses bras et a prononcé: „Maman, je t'ai attendue depuis longtemps". Tout a été décidé à ce moment-là, les larmes coulaient sur les joues d'une femme heureuse, elle s'est précipitée vers l'enfant, l'a prise dans étreinte chaleureuse, et la petite fille a finalement découvert quelle était la chaleur des mains de mère.

Après avoir raconté cette histoire triste et en même temps heureuse, les yeux de la talentueuse artiste ont brillé de larmes, mais c'était des larmes de bonheur. C'est elle qui était cette petite fille et c'est elle qui croyait aux miracles tout au long de son enfance, qui a appris à voir le monde autrement, qui rêvait d'une nouvelle famille, et qui a finalement trouvé le bonheur. Sa première création était le portrait d'une jeune femme et d'un enfant qui s'étaient retrouvés dans le vieux village de Ramatuelle.

La petite fille a grandi et est devenue artiste, mais au fond de son âme elle restait cette enfant rêveuse qui voyait le monde dur et parfois injuste en rose. La capacité de voir le monde sous une nouvelle lumière, de donner l'espoir aux gens, et de vivre pour les enfants se manifeste dans son œuvre.

Les travaux de l'artiste doivent être examinés sous plusieurs angles, ils sont pleins de réalité et ne sont pas dénués de naïveté infantile. C'est comme une combinaison de deux mondes: celui de l'adulte et celui de l'enfant - le monde des pertes et des privations, d'une part, et de l'autre, le contraire, le monde de royaume magique des rêves et de la réalisation des vœux les plus chers. Une certaine contradiction intérieure, la lutte entre le Bien et le Mal sont devenus le fondement de sa création.

Après avoir quitté la galerie et avoir reçu beaucoup d'émotions positives, nous sommes allés à l'ancienne chapelle de la place centrale, qui a été mentionnée par l'héroïne d'une histoire improbable, mais vraie. Nous nous sommes rapidement retrouvés sur la place centrale avec un petit immeuble du XVIe siècle. Ce vieux bâtiment en pierre jaune avec de la peinture écaillée et de minuscules fenêtres gardait dans ses murs l'histoire du village pittoresque de Ramatuelle. Il est impossible d'imaginer combien de secrets, de légendes et d'histoires tristes étaient cachés derrière les murs de cette chapelle. À midi, la cloche au-dessus de la chapelle a commencé à sonner, et les habitants ont quitté leurs appartements et leurs maisons pour se rassembler sur la place de la ville pour remercier encore Sainte Martha et Maria Magdalena, les protectrices des femmes et des enfants.

En montant sur le pont d'observation, nous avons vu une vue romantique sur la vieille ville, les vignobles et la baie de Pampelonne. Nous avons été fascinés par la vue imprenable et l'atmosphère magique de la Côte d'Azur et de la presqu'île de Saint-Tropez. Après avoir descendu les rues étroites au pied de la montagne, nous nous sommes retrouvés dans le quartier des cafés et des restaurants confortables d'où sortaient les odeurs magiques de la cuisine française. Nous avons décidé de déjeuner au restaurant local, que Marie, la gouvernante de la famille Duran, nous avait conseillé.

Tartare de saumon

Ingrédients (2 pers)

500g de filets de saumon, la peau enlevée, 15 ml (1 c. à soupe) de câpres marinées, 45 ml (3 c. à soupe) d'échalotes sèches (françaises) hachées, 1 avocat, 1 bouquet de ciboulette, sel et poivre noir du moulin, au goût, 15 ml (1 c. à soupe) de sauce soja, jus de citron, au goût, 15 ml (1 c. à soupe) de l'huile d'olive.

Préparation:

Coupez le filet de saumon en dés d'environ 0,5 cm. Le succès du plat réside dans la qualité du poisson. Ciselez les échalote et ciboulette (pas beaucoup, il fait plutôt une fonction décorative). Coupez les câpres. Dans un petit bol, mélangez les ingrédients, ajoutez la sauce soja, l'huile d'olive et le jus de citron.

La lumière tamisée de petites lampes en fer forgé, des tables en bois et de longs bancs, des plats antiques sur les étagères, des peintures représentant des champs de lavande, de petites villes pittoresques de Provence et des habitants locaux en costumes traditionnels parmi les vignobles donnaient au restaurant une ambiance confortable. Après avoir commandé un verre de Kir Royal froid, une boisson populaire en Provence, à la base du champagne et de la liqueur de cerise, nous avons fait quelques petites gorgées en arrêtant notre choix sur le Tartare de saumon classique aux câpres et tranches d'avocat.

Salez, poivrez et bien mélangez. Remplissez les emporte-pièces de Tartare et mettez-les au frais. Servez aussitôt avec une salade verte, les cubes d'avocats et une tranche de citron. En France, le tartare de saumon est souvent servi avec des frites ou la baguette croustillante.

En attendant la commande, nous dégustions des amuse-bouche, des olives marines, de la baguette fraîche et des crevettes à la sauce tomate et des herbes provençales. Il me semblait qu'il n'y avait absolument aucun touriste parmi les clients, nous étions le seul couple qui n'avait pas encore eu le temps de profiter de l'esprit de Provence, de profiter du soleil, de se détendre et d'apprendre à vivre en harmonie avec la nature. C'était intéressant d'être partie de cette ambiance et regarder les gens à côté de nous.

En face, dans le coin, il y avait un couple marié et âgé qui parlait doucement. Elle, une brune mince avec la peau belle bronzée et de grands yeux bleus, profitait d'une salade légère d'avocat à l'anchois, assaisonnée d'huile d'olive et décorée d'une branche de menthe. Lui, un homme aux cheveux gris et aux yeux bruns, âgé d'environ de 55 ans, athlétique avec un sourire charmant, n'arrêtait pas de regarder sa femme tout au long du dîner. Ils flirtaient, profitaient l'un de l'autre et dégustaient du vin blanc et les meilleurs plats de la cuisine provençale.

Je ne sais pas si le sourire affecte l'amélioration de l'appétit et des caractéristiques gustatives d'un plat, mais il me semblait que je n'avais jamais essayé une cuisine aussi divine. Les légumes frais étaient cueillis comme si quelques minutes avant de servir, l'huile d'olive sentait les herbes provençales, les coquilles Saint-Jacques ressemblaient plus à la viande de homard à la sauce au vin blanc. En savourant le repas léger, nous avons complètement oublié quelle heure il était. Il fallait plus se précipiter en étudier le menu, on pouvait de ne pas commander le premier plat de la liste ou se passer du dessert, juste pour retourner au travail le plus tôt possible ou courir pour rencontrer le client. Il me semblait que l'heure du déjeuner en Provence était sacrée! Que le monde se détruise, mais le Français ne peut pas manquer un repas complet, il doit profiter de son verre de vin, finir son assiette de fromage, ou un morceau de gâteau au chocolat avec une tasse de café.

Nous ne pouvions pas non plus nous passer d'un dessert: les profiteroles au chocolat et la tarte au citron avec des grappes de groseilles. L'humeur s'éclaircissait avec chaque morceau des plats de la merveilleuse cuisine familiale.

Le temps passait vite, après le dîner, nous nous sommes dirigés vers la villa. Mon „Français" préféré a décidé de choisir un chemin différent pour passer par la presqu'île de Saint-Tropez. En descendant à quelques kilomètres du pied de la montagne où se trouvait Ramatuelle, il y avait des vues fabuleuses qui s'ouvraient devant nos yeux. Les vignobles infinis ont été remplacés par des palmiers géants, et le ciel et la mer se touchaient. L'air sentait les pins et le sel de mer, le sentiment de calme et de bonheur ne nous quittait pas pendant plusieurs jours. Une brise légère touchait mon visage, et mes épaules ouvertes devenaient légèrement rouges sous les rayons chauds du soleil. De retour à la villa, nous avons décidé de prendre un peu de souffle, d'allumer une cheminée, et de nous déplacer dans le salon pour échanger nos impressions sur notre petite aventure dans les murs de la ville de Ramatuelle et discuter nos plans pour le week-end prochain.

Les propriétaires de la villa, un joli couple agréable, lui, il est né et a grandi à Nice, et elle n'est jamais allée plus loin que Saint-Tropez. Pour la première fois de ma vie, j'ai rencontré deux personnes très différentes en apparence, mais unies dans l'esprit. Chaque minute, elle allumait une étincelle de bonne humeur en lui, un désir de vivre, de connaître le monde et de se réjouir des petites choses. Et lui, en retour, admirait et était fier de sa femme, la portait dans ses bras, lui consacrait des chansons et des poèmes.

Nous les avons rencontrés en Italie, au festival de musique de Sanremo, nous avons entretenu de bonnes relations pendant plusieurs années, et cette année nous avons décidé de profiter d'une invitation et de passer nos vacances en Provence. Jean et Jacqueline sont partis à Paris pour des vacances d'été voir leurs enfants et leurs trois charmants petits-enfants, alors ils nous avaient gentiment laissé leur maison dans le sud de la France.

La maison - c'est une chose qui caractérise une personne à un degré ou un autre, et qui reflète son état d'esprit. En ouvrant les portes de la terrasse spacieuse, on se retrouve dans un salon lumineux. Les objets d'intérieur, les meubles, même les fleurs dans les vases indiquaient que les propriétaires de la maison se souvenaient des traditions de leur famille et, comme la plupart des habitants, ils étaient amoureux de Provence. Même les murs de la maison soulignaient le style provençal, les rideaux en lin se mariaient bien avec les meubles en bois d'olivier, et un canapé antique, de forme bizarre, rappelait les temps de Louis 14.

En relevant la tête, mon attention a été attirée par un immense lustre en fer forgé, créant une sensation de paresse et en même temps de confort. L'histoire familiale de la famille Duran a été retracée au-dessus de la cheminée dans des cadres clairs et volumineux. Les photos de la jeune Jacqueline parmi les champs de lavande, les balades à cheval de Jean, et les images en noir et blanc du mariage provençal. La mariée fragile, vêtue d'une robe en dentelle aérée tenait sous le bras un jeune homme mince en costume clair avec un bouquet de lavande à la boutonnière. Ses longs cheveux bouclés, couvrant ses épaules élégantes, étaient ébouriffés par le vent. La jeune fille qui a rougi un peu, serrait un bouquet de fleurs contre son cœur, en profitant de l'odeur. En l'arrière-plan d'un couple heureux il y avait des champs de lavande et la propriété familiale de la famille Duran. C'est agréable de voir deux personnes qui ont pu non seulement garder leur amour, mais aussi le transformer en quelque chose de plus, une famille heureuse, des enfants, des petits-enfants.

Il pleuvait dans la rue, les grandes gouttes battaient sur la vitre, le ciel semblait recouvrir la Provence d'une couverture bleu foncé et, le soleil était voilé. Mon „Français" préféré a allumé des bougies et j'ai observé les changements dans la nature. Je n'ai jamais vu un tel contraste, une flambée d'étoiles dorées sur un ciel sombre et une verdure luxuriante qui s'étendait vers le ciel. L'odeur des fleurs m'a fait tourner la tête, comme si la parfumerie, par négligence, avait oublié de fermer les portes du laboratoire de chimie, où on devient les témoins de la création d'un nouveau parfum français. L'odeur de violette a complété le mélange de lavande et de romarin, et les oliviers lui donnaient du piquant et du mystère.

Malgré le mauvais temps, nous étions en bonne humeur, et la faim ne nous a pas quittés pendant plusieurs heures. Je suis allée dans la cuisine, d'où venaient les odeurs vertigineuses, mon compagnon a décidé de nous faire plaisir et préparer un vrai dîner français. Je ne cache pas le fait que c'était la gouvernante de la famille Duran qui nous avait partagé les recettes de la cuisine provençale. C'était agréable de voir comment elle était gentille avec mon „Français" préféré, comment elle parlait depuis longtemps des préférences et de la culture française, comment elle partageait ses propres recettes et ses secrets culinaires. Elle a même indiqué les adresses des meilleurs marchés locaux, où il y avait les produits nécessaires pour un dîner en famille.

Selon les Français, les produits frais sur le marché peuvent être achetés exclusivement le matin. À midi en Provence, le temps semble s'arrêter, les restaurants de rue et les cafés sont pleins de touristes et de locaux, il y a toujours l'odeur du jasmin et des olives, du poisson frais, des huîtres et bien sûr le meilleur foie gras.

Pour la première fois, en vidant le panier avec des légumes, des herbes et des fruits, j'étais un peu désolée de ne pas faire partie aux élèves et aux grands impressionnistes, parce que même l'homme sans talent, en regardant la richesse de peintures et de formes dans un panier, a envie de récupérer sa palette à l'huile et commencer à créer. C'est là que j'ai trouvé l'inspiration et le désir de toucher le beau, de laisser mon empreinte indélébile dans l'histoire de l'art en France.

Mon compagnon a décidé aujourd'hui de suivre la voie traditionnelle et avant de me surprendre avec ses chefs-d'œuvre culinaires, il a apporté une bouteille de rosé Château de Pampelonne. Comme on le sait, les vins rosés ne nécessitent pas un long vieillissement, par conséquent, en Provence, il n'y a pas aucun dîner sans un verre de ce nectar bien frais étanchant la soif pendant la chaleur estivale. Après avoir levé nos verres et dégusté cette boisson, nous avons commencé à discuter notre menu du dîner pour ce soir. Mon „Français" préféré a voté pour le patrimoine culinaire de la cuisine provençale, en décidant de préparer la fameuse Ratatouille.

La Ratatouille se compose du mot „rata" - qui veut dire la nourriture et du mot „touiller" - remuer. Ce plat traditionnel de la cuisine provençale de poivrons, d'aubergines et de courgettes, a gagné le cœur des Français depuis les temps anciens. Origine de Nice, Ratatouille était le plat de paysans pauvres qui le cuisinaient en été avec des légumes frais, cueillis dans leurs propres plantations. La recette originale comprenait des courgettes, des tomates, des poivrons, des oignons et de l'ail. Certains cuisiniers préfèrent ajouter une aubergine qui donne au plat une certaine variété de gamme de couleurs. En général, ce plat est en parfaite harmonie avec le veau juteux ou l'agneau, mais notre choix est tombé sur le filet d'agneau, qui se caractérise par une tendresse particulière et un long arrière-goût.

Il y a beaucoup de discussions sur la préparation de la traditionnelle Ratatouille. L'une des méthodes courantes c'est pendant laquelle les légumes sont préparés ensemble. Certains cuisiniers, dont notre amie Marie (la gouvernante de la famille Duran), utilisent une méthode un peu différente. Elle s'agit de faire revenir tous les ingrédients séparément. Dans ce cas, il faut faire attention à l'incompatibilité gustative de certains ingrédients. Par exemple, une aubergine ne nécessite pas le même temps de cuisson qu'une courgette, let tomates doivent être cuites avec les oignons, et l'ail n'aime pas le poivron. Après avoir découpé et mis des légumes sur quatre plaques différentes, après ajouté l'huile d'olive et les herbes de Provence, et fermé la porte du four, nous avons eu une demi-heure pour dresser la table, allumer des bougies et sortir du frigo deux grands morceaux d'agneau.

Aujourd'hui, je voulais mettre sur la table des ustensiles pour un repas festif, qui étaient décorés harmonieusement de bouquets de lavande, d'allumer des bougies et d'aller à la cuisine pour inspirer mon „Français" préféré aux processus culinaires. Des odeurs magiques sortaient du four, et dans la poêle il y avait l'agneau juteux. La touche finale était des brins de romarin et de menthe, ajoutant du piquant à la viande et soulignant le bouquet de légumes chauds.

Ratatouille

Ingrédients:

1 oignon, 1 courgette, 4 poivrons de couleurs différentes, 1 aubergine, 5 tomates, 100g d'olives, 2-3 gousses d'ail, 1 brin de céleri-branche, 1 brin de romarin, 1 branche de thym, 1 brin de persil, 2 verres de l'huile d'olive, une pincée de sucre, sel, poivre, quelques branches de basilic

Préparation

Coupez l'oignon, la courgette, le poivron et l'aubergine en dés. Il vaut mieux choisir 1 poivron vert, 1 rouge et 2 jaunes. Dans une casserole, à feu moyen, faites griller pendant 5-7 minutes les poivrons dans une petite quantité d'huile d'olive, puis mettez-les dans une passoire. Dans la même casserole, faites passer l'oignon. Quand il devient doré, ajoutez l'ail haché et faites-le revenir un peu. Puis, laissez tout égoutter dans une passoire pendant quelques minutes. Faites griller séparément les courgettes et les aubergines en les remuant constamment. Salez, poivrez. Une fois que les légumes sont légèrement grillés, mettez-les dans une passoire. Dans une casserole à fond épais, versez l'huile d'olive et ajoutez les tomates pelées blanchies, coupées en dés. Écrasez-les avec une cuillère en bois. Mettez-y le céleri-branche, romarin, thym et persil. Salez, poivrez et laissez mijoter doucement à couvert durant 10-15 minutes. Mettez tous les légumes dans une casserole, ajoutez les tomates aux herbes et faites cuire pendant 10 minutes avec le couvercle fermé à feu doux. Coupez chaque olive en 8 parties, ajoutez-les au plat fini et décorez avec le basilic.

En tant que les amuse-bouche nous avons eu la tapenade - une recette de cuisine provençale, sous la forme d'une pâte épaisse d'olives hachées, d'anchois, d'artichauts et de tapen (câpres en provençal), qui avaient donné le nom à cette recette. La pâte est servie à l'apéritif en toasts, en baguette fraîche ou en sauce pour les légumes frais coupés.

C'était impressionnant que les plats de notre dîner aient été préparés avec des légumes frais, cueillis il y a quelques heures des meilleures plantations de Provence. Hier, un rayon de soleil jouait sur les feuilles vertes de tomates parfumées, réchauffait les fruits d'aubergine, et n'a pas ignoré les oliviers bizarres rencontrés plus souvent en Provence que les mauvaises herbes dans le jardin.

Un arôme magnifique d'un mélange d'herbes provençales régnait dans la pièce: c'était lavande, romarin, sauge, menthe, basilic et estragon. J'ai été invitée à la table pour apprécier les talents culinaires de mon „Français" préféré, pour se livrer à la félicité poétique d'une combinaison habile d'ingrédients et des plats. Le vin se refroidissait dans le décanter, le bois crépitait dans la cheminée et les bougies allumées dansaient au son d'une mélodie française. L'atmosphère mystérieuse de la lumière et le crépuscule, de la fraîcheur du soir et la chaleur de la maison, des collisions de la nature et de l'idylle de ce soir - tout ça a donné à notre dîner un sentiment de romance et de magie. J'avais l'impression que quelques secondes de plus, et que les coulisses du théâtre de la maison allaient s'ouvrir, que le maestro apparaîtrait sur la scène, et que des millions de spectateurs reconnaissants le salueraient par des applaudissements.

Peut-être que ce ne sont que des décors colorés de la performance provençale, qui, vers la fin, se disperseront dans différentes directions comme un château de cartes dans le vent. Mais ce sera plus tard, et ici et maintenant il n'y a que moi et lui, quelque part au cœur de la Provence, parmi les champs de lavande et les vignes, assis à une table dans le salon confortable d'une ancienne villa, profitant du vin français et de la prochaine dégustation de cuisine provençale.

Les Français sont vraiment sages - le plaisir de la nourriture et la possibilité de passer le temps avec la personne qu'on aime - jouent un rôle majeur dans la liste des priorités et des valeurs familiales en Provence.

Nous avons décidé de ne pas changer les traditions françaises et avons apprécié une soirée d'été tranquille, du vin rosé glacé et un sentiment d'harmonie intérieure. Le dîner français réalisé par mon „Français" rappelait les leçons d'essai sur le sujet „La perception de la vie en Provence". Le plaisir a atteint son apogée lors de la dégustation de Ratatouille et d'agneau juteux.

Nous avons apprécié chaque morceau, la viande semblait fondre sur la langue. Les produits en Provence ont un goût particulier, et cela n'est pas seulement lié aux conditions climatiques, au type de sol ou à la localisation géographique, mais aussi à l'atmosphère magique, à la bienveillance des gens et à un certain esprit provençal.

La soirée a été magnifique, nous avons bien parlé, ri de bon cœur et nous nous sommes rappelés de bonnes vieilles histoires de la collection familiale. Pendant que j'appréciais le confort de la maison et les chansons françaises, mon compagnon est allé dans la cuisine pour prendre le dessert. Une assiette modeste avec les meilleures variétés de fromages français: Banon, Belloc, Bergues, Bleu de Bresse, Bleu de Gex, Bleu des Causses, Beaufort. Les fromages doivent être goûtés dans une certaine priorité: il faut commencer par les fromages à goût doux et il faut terminer par ceux qui sont plus durs et piquants. Il y a toujours des discussions sur le fait que les fromages peuvent détruire le goût des plats déjà mangés.

Nous nous sommes déplacés envers la cheminée, le „Français" préféré a fait du thé au jasmin et a coupé un morceau de tarte avec du fromage de chèvre chaud et des figues fraîches. La première fois que j'ai goûté cette tarte c'était à Noël, lorsque la famille Duran est restée avec nous pendant plusieurs semaines. Jacqueline a décidé de remercier les aimables propriétaires de la maison avec cette tarte divine, c'est pourquoi nous avons dû faire le tour de la ville à la recherche de fromage et des figues. Le point fort de la recette est sa simplicité et la fraîcheur des produits.

L'odeur de la pâtisserie et l'arôme des figues ont pu rendre fous même les critiques les plus exigeants de la cuisine française. Après avoir coupé un morceau et mis sur l'assiette, mon „Français" préféré a versé du thé au jasmin dans nos tasses, et nous avons plongé dans une procession de plaisir et de bonheur.

Il me semblait que le gâteau était „vivant" et respirait profondément. Le fromage doux et chaud s'élevait majestueusement au-dessus de la couche de pâte légère et brisée et enveloppait soigneusement de tous les côtés les fruits parfumés de grosses figues mûres. Après avoir goûté le premier morceau, j'ai soudainement fermé les yeux et imaginé une journée ensoleillée en Provence. J'ai imaginé les vertes prairies, les jardins de fruits, l'odeur d'herbes et de fruits parfumés, des fromages doux et les pâtisseries fraîches.

J'avoue que je donne la préférence non pas aux douceurs et pâtisseries, mais aux fromages et fruits, donc c'est un dessert idéal pour moi. A vrai dire, notre soirée vraiment française a été un succès: la cuisine délicieuse, les vins fins, les bougies, la musique calme, la maison et l'esprit chaleureux de Provence. Nos cœurs resteront toujours parmi les champs de lavande infinies, les vignobles, les oliviers, dans la patrie de l'impressionnisme, au royaume des meilleures odeurs et saveurs, sur la Côte d'Azur, en Provence. Notre soirée pourrait être décrite en deux mots - „romantisme et magie".

Chapitre 2. Si vous aimez vraiment la nature, vous trouverez la beauté partout. Vincent Van Gogh

Aujourd'hui, il pleuvait depuis le matin, et le ciel était couvert d'un lourd voile gris de mauvaise humeur et de tristesse. Nous étions encore sous les draps de soie doux, et de grosses gouttes de pluie tombaient sur le verre, comme s'ils battaient les tambours pendant un défilé militaire. La sensation de détachement complet du monde et d'unité avec la mère nature m'ont fait me réveiller et commencer une nouvelle journée. Ayant ouvert les fenêtres de la chambre et de la terrasse, j'ai ressenti soudain un puissant courant d'air frais, j'avais envie de respirer profondément, facilement, en jouissant de chaque gorgée d'air provençal. La nature semblait se réveiller d'un sommeil éternel, les pins remplissaient la terrasse d'une odeur magique d'aiguilles, les buissons luxuriants de lavande et de jasmin s'étaient fondus dans un seul parfum de fraîcheur d'été, avec une note douce et presque invisible de miel. Tout dans la nature était pressé de vivre, de grandir, de prendre de la force pour une nouvelle vie et de changer les anciennes couleurs en nouvelles. Après avoir profité de la fraîcheur du matin et avoir aéré la tête, je suis allée préparer du café frais. L'odeur des grains de café moulus réveillait du sommeil et motivait pour le début d'une nouvelle journée d'été en Provence.

Le goût du café a éveillé mon appétit et j'ai tout d'un coup eu envie de manger des toasts de blé tiède avec du fromage de chèvre maison, de la confiture de fraises, acheté par mon „Français" au marché du matin à Sainte-Maxime dès le premier jour de notre voyage en Provence. Je suis allée à la cuisine pour faire un petit-déjeuner français, et mon amoureux a essayé de dissiper le découragement du matin avec un plan d'organisation de cette journée de pluie. Il y avait des arômes de pain frais et chaud dans la cuisine, en combinaison avec le fromage de chèvre épicé, le miel et la confiture de fraises. Les fruits frais étaient parfaits pour le toast: raisins blancs, figues bleues foncées et bien sûr des fraises fraîches et parfumées, qui ont reçu du jus sucré et un arôme délicat dans le jardin de la famille Duran.

Le petit déjeuner était presque prêt: le fromage fondait sur les croûtons chauds et croustillants, du café noir était préparé dans la cafetière, même l'odeur du lait frais semblait un peu différente de celle de la maison. Mon „Français" préféré a essayé de couper une figue en deux, mais elle était si mûre qu'elle a explosé par un simple coup de couteau. De petites graines de fraise croquaient sous la dent, et dans la bouche il y avait un long arrière-goût de fraîcheur fruitée et de notes de miel. Gorgée par gorgée, nous avons semblé reprendre la vie, le monde autour de nous a repris des couleurs vives, les couleurs et les nuances se sont mélangées, la vie a pris du sens, et le sentiment de bénédiction a rempli l'âme. Au petit-déjeuner, nous avons décidé de passer une journée dans la nature, de nous plonger dans sa magie et d'oublier pendant au moins un jour tous les problèmes de la vie, de nous cacher de l'anxiété et de purifier notre âme dans l'unité divine avec le monde qui nous entourait. Notre choix s'est porté sur une visite de Camargue, une région naturelle française située au bord de la mer Méditerranée. C'est un paradis terrestre au cœur de la Provence dont tous les Français rêvent depuis l'enfance, l'endroit qui a beaucoup de légendes, chansons et des rites folkloriques. Nous avons apprécié à plusieurs reprises les histoires incroyables de la famille Duran sur le lieu pittoresque qu'ils ont aimé depuis sa première visite et ont essayé de visiter chaque année. L'oasis de la combinaison magique de la flore et de la faune terrestre, d'une nature sauvage et intacte, et de l'abondance du monde animal du fabuleux „Royaume de Provence".

Nous nous sommes habillés le plus confortablement et le plus simplement possible, avons récupéré nos sacs à dos de randonnée, avons pris des maillots de bain et des chaussures remplaçables, et sommes partis sur la côte Méditerranée. La petite pluie frappait sur le pare-brise, et le soleil jouait à cache-cache avec nous. Il se cachait derrière les nuages sombres, puis illuminait le ciel, et nous caressait par ses rayons chauds. Les collisions dans la nature avaient leur propre charme, le changement de décors faisait penser et analyser. J'ai tout d'un coup pensé à des histoires bibliques, un grand déluge et l'Arche de Noé. Pour un instant, j'ai imaginé un nouveau monde, des animaux et des gens qui se sont sauvés et, bien sûr, le pigeon blanc, le premier à voir la terre promise, qui a quitté l'Arche et y revenu avec une branche verte dans le bec, qui était le symbole du début d'une nouvelle et meilleure vie. J'aimerais peut-être aussi être sur l'arche, face à quelque chose de nouveau, plonger dans une atmosphère d'idylle et découvrir un monde magique d'illusions, de peintures brillantes et de toute sorte d'abondance de richesses naturelles.

Après avoir parcouru plusieurs centaines de kilomètres, le temps a commencé à changer, la pluie a fini, les nuages se sont disséminés parmi des nuages bleus, le soleil est monté si haut qu'il nous a fait ouvrir le toit de la voiture et de profiter de l'air frais de Provence. En arrivant au port le plus proche, nous avons laissé la voiture et nous sommes montés sur le ferry qui partait à Camargue toutes les 20 minutes. Couleur azur de l'eau de mer, rayons de soleil qui se reflétaient dans l'eau transparente, la brise légère de la mer qui jouait dans les cheveux, el les sourires des enfants et des adultes dans l'attente de quelque chose de spécial et magique.

Sur l'immense plat qui s'étendait entre les deux manches du Rhône et les eaux turquoises de la Méditerranée, se trouve l'une des plus belles réserves naturelles de France - la Camargue. Notre ferry a touché au rivage, et un endroit vraiment paradisiaque s'est ouvert devant nos yeux: une nature sauvage et intacte, l'eau bleue, divisant la réserve entre la réalité et le conte de fées, le calme, la tranquillité et le silence à chaque changement de nature.

Camargue a été créé à l'initiative du Chef de la Société nationale de protection de la nature, le professeur Louis Alexandre Mangin. Le parc c'est un marais, dont la plupart appartient aux marais salants et aux lagons marins.

Selon une vieille légende, une chapelle a été construite sur le territoire de la réserve, par deux femmes, disciples du Christ - Marie et sa servante, la gitane Sarah. Les paroissiens ont prié la gitane et ont cru qu'elle livrerait leurs prières à ses saints. C'est à partir de cette époque que l'Église des Saintes Maries de la Mer, construite au quinzième siècle, prend son existence. Maintenant l'église est l'une des attractions de la réserve, un lieu de pèlerinage pour les voyageurs croyants du monde entier. Les gens y viennent non seulement à la recherche des vérités de la vie, mais aussi à la purification spirituelle, et à la satisfaction morale de leurs besoins de beauté et d'harmonie, de l'unité de l'homme et de la nature. En regardant les visages des gens autour de nous sur le ferry, j'ai remarqué comment leurs regards changeaient à l'approche de leur objectif, comment les yeux des enfants et des couples amoureux brillaient dans l'attente de la magie et de la possibilité de plonger dans un autre monde: un monde d'amour, d'idylle et de couleurs vives. Au bord de la mer Méditerranée en Camargue vit une vieille „légende de Sarah la gitane et les deux Maries".

„Sainte Marie de la mer" est le nom d'une petite ville sur la côte méditerranéenne en Provence. L'attraction principale de la ville est le temple de Saintes-Maries-de-la-Mer.

Cela s'est passé au cours de la quarantième année de la naissance de Jésus-Christ, à l'époque de la persécution sévère des disciples de ses enseignements. Sept chrétiens ont été attachés et jetés dans un vieux bateau, sans nourriture ni eau et poussés par les courants. Sept - à savoir Maximin, Lazare, Marie Madeleine, Marthe, Marie Salomé, la mère de Jacques de Zébédée, Marie Jacobé et Sarah, originaire d'Égypte, ont confié leur sort au Seigneur.

Et bientôt des vagues miséricordieuses ont ramené le bateau à terre dans le lieu pittoresque de la Provincia Romana, une province romaine, la future Provence. Une fois sur terre, les voyageurs ont érigé la petite chapelle de la Vierge Marie sur le lieu de leur débarquement. Après des années, ils se sont séparés et sont allés prêcher dans les montagnes de Provence. Maximin est parti porter la parole de Dieu à Tarascon, Lazare et Martha à Aix-en-Provence, et Marie Magdalena à Marseille, ou plutôt à Tarax, Aqua Sextus et Marsalla - ce sont les noms de ces forteresses romaines.

Deux Maries et leur servante Sarah (oui, Sarah était juste une servante, on l'appelait l'Égyptienne pour ne pas l'offenser) ont restées sur place. Ici, ils ont vécu le reste de leur vie dans le silence et la piété. Ils ont converti les païens dans la foi du Christ, soigné les malades, allumé le feu sur les rives de la Méditerranée dans les nuits de tempête, et ont également enterré trois femmes dans la chapelle qu'elles avaient construite.

Au XIe siècle, une église a été construite sur la place de la chapelle, dans laquelle les restes de trois saints ont été transférés. L'église est construite en tuffeau gris et ressemble à un château féodal. Au-dessus de la tour se trouve un clocher à quatre ouvertures avec trois croix et une girouette. Il n'y a pas de peintures à l'intérieur de l'église - elles sont remplacées par des figures de saints en bois. Les sculptures principales sont deux Maries dans un bateau bleu et Sarah la noire.

Au XVe siècle, dans le village qui était autour de l'église, ainsi que dans toute la Camargue, il y avait beaucoup d'étrangers: des Mosarabs - des chrétiens espagnols qui avaient adopté la langue, la culture et les coutumes des conquérants arabes et qui étaient exilés de leur pays par les édits des rois catholiques, ainsi que des exilés éternels - gitans. Les activités des déplacés étaient simples - la pêche, l'élevage et la chasse. Parmi eux, il y avait des acteurs, des magiciens, des contrebandiers, des voleurs et des braconniers.

À la gitane, ils ont prié. C'est gênant, c'est honteux de demander bonne chance à Dieu pour ses péchés. Et Sainte Sarah pourrait tout comprendre et tout dire à ses maîtresses, elles partageraient les ennuis avec la Vierge Marie, et elle persuaderait le Fils d'aider les souffrants. Le nom et l'image de Sainte Sarah apparaissent sur les marques de chevaux et de taureaux, ils sont gravés sur les balles des fusils de chasse, sur les tambourins des danseurs, et ils sont brodés sur des amulettes. Les gitans venaient en Provence le jour de St. Sarah, et parfois, il semblait que c'était le but de leurs voyages infinis. Cela continue à ce jour. La ville est devenue la „Mecque" gitane, où tous les gitans-catholiques rêvent d'aller au moins une fois dans leur vie. Ils viennent du monde entier, des familles, des rues, des villes Les gitans riches aident leurs pauvres compatriotes à atteindre le sud de la France. Ils apportent de nouvelles robes et des bijoux en argent à Sarah.

Chaque année du 24 mai au 22 octobre, la Provence accueille la fête de sainte Sarah. La statue de Sarah est habillée de nouveaux vêtements, luxuriantes et lumineuses, avec un collier et des bracelets à cloches. Sarah a été élevés au rang du saint, mais elle était toujours gitane. La statue est portée sur la plate-forme par quatre porteurs - en règle générale, ils sont choisis parmi ceux qui ont dépensé le plus d'efforts et d'argent pour organiser la fête. La procession se déplace solennellement au bord de la mer (la côte s'est quelque peu éloignée du temple pendant deux mille ans). La statue est plongée dans la mer, et à chaque fois les vagues transportent en toute sécurité Sarah la noire vers le rivage provençal.

Les festivités durent dix jours. Ils comprennent des rodéos de cheval, des courses, des tournois de dompteurs de taureaux qui se rassemblent de toute la Camargue, des chansons, des danses, des tours de magie, des balades sur des carrousels. Et deux Maries et Sarah, la patronne de la tribu persécutée, regardent favorablement tout cela.

Des centaines de milliers de touristes viennent chaque jour à la réserve pour admirer cette belle vallée avec des limiers, de lacs salés et de marais, ainsi que des bois de cailloux, où se cache une myriade de hérons et de canards sauvages. Cependant, les flamants roses qui séjournent à ces endroits pendant la migration en Afrique du

Nord, suscitent toujours l'intérêt des spécialistes des sciences naturelles. Les Français croient que le meilleur moment pour visiter la réserve est la fin du printemps ou le début de l'automne, lorsque la nature prend vie ou se prépare à un long sommeil hivernal [11].

En débarquant à la vieille chapelle, nous avons décidé de l'examiner de l'intérieur. Bien sûr, ce n'était pas une cathédrale aussi connue dans le monde entier que le Cathédrale Notre-Dame de Paris, mais l'ambiance de cet endroit n'était pas très différente des sanctuaires les plus fréquentés et les plus aimés par les touristes. Les vieux murs de pierres jaunes gardent les histoires et légendes anciennes du peuple français, les remplissent de force vitale et les transmettent de génération en génération. En entrant dans la chapelle, j'ai tout d'un coup senti la présence de Marie et Sarah qui avaient été enterrées sur leur terre natale, qui est devenue une réserve naturelle. Toute personne visitant le lieu sacré laissera ici une petite partie de son âme pour toujours, partagera ses pensées avec les protecteurs spirituels de la vieille chapelle et emportera avec lui cette atmosphère magique et paisible qui règne ici depuis le début du XVe siècle.

Nous nous sommes livrés à l'histoire et à la magie, nous avons levé l'humeur et ressenti une sorte d'esprit et après nous avons poursuivi notre route et nous sommes rendus dans un lac dont la couleur de l'eau ressemblait plus d'un côté aux émeraudes, et de l'autre aux diamants.

Dans l'eau cristalline et transparente, nous pouvions envisager non seulement nos reflets, ou le reflet des rayons du soleil, mais aussi le fond pur et sablé, les meutes de poissons rouges, qui flottaient sous nos pieds, et parfois même envisager des rochers d'algues rares, représentants de la flore moderne. Le voilier sur lequel nous avons fait le voyage a été guidé par un Français rude, il ressemblait à un courageux gondolier qui avait consacré sa vie à des promenades romantiques avec les touristes sur les canaux vénitiens. Nous avons parlé de son travail, et j'ai été agréablement surprise par le fait que cet homme ne voyait pas sa vie sans réserve naturelle, la nature magique qui avait autrefois enchanté et conquis son cœur. Il transfère des touristes sur son voilier depuis l'âge de 16 ans et ne profite que de l'occasion chaque jour pour entrer en contact avec la splendeur de la faune sauvage de cette région. Il est né et a vécu en Provence pendant plus de 40 ans, ses racines sont restées à jamais sur cette terre, il ne voyait pas l'avenir sans arbres verts, volées d'oiseaux sauvages, chevaux blancs et taureaux noirs.

Plongée dans une réflexion profonde, je regardais l'évolution de la nature, analysais notre conversation, quand, tout d'un coup, mon attention s'est tournée vers un nuage rose infini. Il était si bas au-dessus du sol, augmentait de volume et montait de plus en plus haut. Après avoir regardé mieux et s'approchant, nous avons soudainement vu plusieurs centaines de flamants roses dans cet énorme nuage. Les attractions principales attractions „vivantes" de la réserve sont ces oiseaux royaux. La Camargue est le seul endroit en Europe où les flamants roses nichent et préfèrent rester pour l'hiver. Des créatures fières et en même temps douces, ils glissaient sur un miroir d'eau, comme des ballerines glissent sur une scène. Ils levaient leurs ailes au soleil et faisaient une danse de fidélité et d'amour devant autres oiseaux.

C'était un spectacle formidable, un jeu d'ombres et de couleurs, comme un flamenco chaud espagnol, qui réveille à la vie et remplit le cœur d'amour. Nous étions fascinés par ce spectacle, je voulais me cacher dans le coin et passer des heures à observer les relations et les traditions dans la volée d'oiseaux.

Mais les attractions les plus mémorables de ce lieu magique ne sont pas les flamants roses, mais les taureaux noirs et les chevaux blancs, sauvages et incroyablement fiers. Jusqu'à présent, il y a les combats traditionnels contre les taureaux noirs - la Corrida française, qui se déroule dans l'esprit de la force, du courage et de la volonté espagnoles - sont populaires en Provence. En ce qui concerne les chevaux blancs, les scientifiques estiment que cette race aristocratique a une histoire très ancienne. Le caractère unique de cette race réside dans sa couleur inhabituelle, du blanc neige au blond clair. Ce qui est étonnant, c'est que ces chevaux ne deviennent blancs qu'à l'âge de 4 ans, et ils naissent complètement noirs. Aujourd'hui, ces chevaux servent aux promenades à cheval et à la protection de la réserve.

Les racines préhistoriques de cette race sont indiquées, selon les experts, par les dessins rupestres de chevaux dans la grotte de Lascaux. Ces dessins ont été faits environ 15.000 ans avant J.-C, ainsi que les ossements pétrifiés de leurs ancêtres trouvés dans les fouilles en Bourgogne. De plus, les différences entre le cheval des marais moderne et son prédécesseur préhistorique sont minimales. Les chevaux de Camargue ont un extérieur plutôt primitif: tête lourde, cou court, dos musclé, de fortes jambes avec les sabots très solides. La taille au garrot est de 135 à 150 cm. Ils naissent noirs ou baie, et finissent par devenir si gris pâle qu'ils apparaissent blancs sous une certaine lumière [12].

Les bergers à cheval utilisent ces chevaux forts pour contrôler les troupeaux de taureaux noirs élevés pour les corridas traditionnelles. Les propriétaires de fermes entreprenants ont trouvé pour ses chevaux un autre emploi les en avait sellés pour les touristes venant profiter de la faune. Les chevaux Camargue, qui grandissaient pendant les siècles dans le terrain sévère, sont très résistants et forts, et peuvent travailler même à l'âge de vingt ans. Ayant rappelé que j'avais gardé plusieurs morceaux de baguette française dans mon sac à dos, j'ai commencé à prendre les réserves comestibles et je me suis dirigée vers le pâturage. Mon „Français" a réagi avec un sourire à mon désir de nourrir les habitants de la réserve et a silencieusement m'a suivi.

J'étais entourée par plusieurs explosions émotionnelles étranges: l'une d'entre elles était le désir de se rapprocher le plus possible du troupeau sauvage afin d'examiner plus en détail leurs couleurs inhabituelles, de toucher une longue crinière soyeuse et de les nourrir avec la pâtisserie du matin. Et d'autre part, j'étais dérangée par le sentiment de la peur de la nature sauvage, par une peur de troubler une certaine paix, l'idylle de la constance dans ce monde coloré. Mon „Français" préféré, comme s'il ressentait mon humeur et l'esprit, a embrassé mes épaules fragiles et semblait aider à faire un pas vers la nature. Nous étions au but, je tenais un petit déjeuner dans une paume minuscule et je l'ai tendue vers le troupeau de chevaux.

C'était une sensation étrange, comme d'être au bord du précipice et regarder en bas, apprécier la beauté de la nature, sa grandeur et sa force d'esprit, mais craindre de toucher, faire le premier pas à la rencontre de quelque chose inconnu. Je voulais plonger dans le monde de la nature sauvage, toucher aux racines et oublier le monde matériel, devenir une partie du beau, éternel, créé pour l'admiration et la création. Et j'ai fait soudain le pas à la rencontre.

Ma confusion et ma peur ne connaissaient pas de limites, mon cœur battait à un rythme accéléré, j'ai fermé les yeux pour une seconde et j'ai soudain senti quelque chose de chaud et de doux, touchant doucement ma main. J'ai ouvert les yeux et j'ai vu un fier cheval blanc devant moi, qui avait baissé la tête et qui mangeait de ma main. Je semblais fondre comme une bougie, j'ai expiré et souri involontairement à un animal doux et en même temps fort. La peur a disparu, j'ai caressé la crinière élégante et épaisse, j'ai touché les oreilles et j'ai réalisé qu'il n'y avait rien à craindre. Il ne nous ferait pas de mal, au contraire, il était reconnaissant de notre attention et de nos soins.

Mon compagnon a pris des photos incroyables de cette race unique, il me semblait qu'il avait pu transmettre avec une précision incroyable toute la plénitude du tableau, l'essence d'un troupeau de chevaux blancs et en même temps il avait pu de ne pas déformer la luminosité et la bonne combinaison de couleurs.

Après un long arrêt, notre chemin s'est poursuivi à travers des champs de lavande infinis et des prairies vertes, ce qui m'a rappelé un paradis du film sensationnel „Une grande année". Une autre attraction de la Provence est les champs de lavande. La lavande est des petite fleures violettes, qui sont cultivées pour la production de l'huile de lavande et des cosmétiques naturels. L'huile de lavande a un effet calmant et anti-inflammatoire, les Français l'utilisent non seulement en parfumerie, mais aussi en médecine.

Il y a deux types de lavande qui sont cultivés en Provence - lavandin et lavande montagnarde. Le lavandin est un hybride de lavande, il est plus facile et moins cher à cultiver, et son huile est moins parfumée, mais a plus de propriétés curatives. La vraie lavande pousse dans les hautes terres, et plus elle est haute, plus l'huile est parfumée. De fin juin à août en Provence, vous pouvez vous retrouver non seulement sur la côte méditerranéenne, mais aussi au milieu d'une autre mer - parfumée, acquérant toutes sortes de nuances de violet clair à lilas foncé, et se confondant avec l'horizon. C'est le temps magique de la floraison de la lavande. Si vous fermez les yeux et imaginez la Provence, vous sentirez certainement le parfum de la lavande: tendre et calmant. Les champs de lavande ont inspiré Vincent van Gogh, et selon Romain Rolland, „la France est romantique parce qu'elle a la Provence."

Et c'est vraiment l'un des endroits les plus uniques de France. La Provence est un coin romantique, mystérieux et magique de notre planète. Cela vous fait penser et créer, ressentir l'amour et la chaleur de l'âme, croire aux miracles et que le paradis sur Terre existe. Ce sont ces sentiments que nous voulons vivre le plus souvent possible. Je crois que les rêves se réalisent dans la fabuleuse Provence.

Les champs de lavande entourent les abbayes et les synagogues; des routes touristiques spéciales sont aménagées le long de celles-ci pour la randonnée, le vélo et les promenades en voiture. Dans toute cette splendeur, il n'y a qu'un seul inconvénient - il y a beaucoup d'abeilles et de guêpes, au printemps et en été. Mais si vous voulez goûter du vrai miel de lavande, qui ne peut être dégusté nulle part ailleurs dans le monde, vous devrez vous réconcilier avec le quartier des travailleurs aux allies. Les propriétés curatives de ce miel sont des légendes. La lavande pousse en Provence comme une mauvaise herbe, et pour la production d'huile essentielle, elle est récoltée dans de vastes champs de mi-juillet à fin août.

À cette époque, les fermes de transformation de lavande ouvrent leurs portes aux touristes, où vous pouvez regarder le processus de distillation traditionnel et acheter du miel, du savon ou du parfum de lavande. Il est difficile d'imaginer que la production d'un litre d'huile essentielle nécessite 300 kilogrammes de petites fleurs violettes. En Provence il y a un petit musée de lavande dans la ville de Coustellet. Malheureusement, nous n'avons pas encore eu le temps de visiter les pénates du „temple" provençal, où la lavande est considérée comme une plante sacrée de la région. Mais pour tomber amoureux de ces paysages, il suffit de visiter cet endroit une seule fois.

L'air provençal regorge d'arômes de lavande et de miel, d'amandes et de pins, d'olives et de raisins, de tournesols et de cyprès. L'air de la Provence est empli des sons des troupeaux de chevaux semi-sauvages en Camargue, des cris du Torero de la corrida sans effusion de sang à Nîmes et d'Arles, des mélodies de jazz manouche émouvant à Saintes-Maries-de-la-Mer, du grondement de l'aqueduc du Pont du Gard et des chants des cigales.

En profitant des beautés locales et de l'abondance des ressources naturelles de la réserve, j'ai oublié l'agitation quotidienne et plongé tête baissée dans le royaume des arômes et des couleurs. Notre petit voyage touchait à sa fin, un paysage époustouflant s'ouvrait devant nos yeux: parmi les rochers peu élevés, il faisait du bruit avec une force incroyable, une cascade aussi pure qu'une larme.

C'était le charme de la réserve naturelle, un lieu où règnent les éléments, la puissance de la nature et à la fois le romantisme et la magie. Près de la cascade, nous avons remarqué un restaurant confortable situé sur une colline et offrant une vue fabuleuse sur les champs et les étangs infinis, sur les pâturages verts et luxuriants, les nuages roses de flamants royaux, et sur des troupeaux de chevaux blancs et de taureaux noirs. Nous avons pris une table libre à l'ombre d'un vieux platane, les rayons du soleil ont caressaient mes épaules et jouaient sur le verre d'un verre à vin Bel Air la Côte, qui peut être acheté exclusivement dans cette région.

Après avoir étudié le menu, mon „Français" préféré a commandé du poisson avec une sauce au vin blanc accompagné par artichauts et tomates. J'ai opté pour une salade légère aux tomates marinées, au fromage de chèvre chaud, assaisonnée d'huile d'olive et d'herbes provençales. Le piment d'un plat aussi simple, mais en même temps assez raffiné, est le pistou, la pâte à base de feuilles de basilic, de fromage à pâte dure, de pignons et d'huile d'olive.

En attendant la commande, nous avons apprécié le silence et le vin français, qui peut non seulement étancher la soif, mais aussi donner la force si nécessaire pour une longue journée de marche. Même les Français dites souvent „S'il y a pain et vin, le Roi peut venir".

Nous avons été servis des olives marinées et diverses „Tapenade" (les pâtés d'olives avec des épices et des herbes). Ce sont des collations qui reflètent assez clairement le climat et les caractéristiques naturelles de la Provence. Une variété d'olives françaises et d'huile d'olive de haute qualité transforment, à première vue, des collations plutôt fades en une sorte de feu d'artifice de goût et d'odeur.

Tous les légumes de Provence au pistou

Ingrédients (2 pers)

2 tomates, 50g de parmesan, 2-3 gousses d'ail, 100g de salade verte, 30g de de pignons, 100g de fromage de chèvre, du vinaigre balsamique, 200ml d'huile d'olive, sel, poivre, quelques tiges de basilic

Préparation

Préchauffez le four à 100-120°C. Coupez chaque tomate en 8 tranches, séparez les graines avec une cuillère et posez les tomates sur une plaque à pâtisserie, en gardant la distance entre elles. Ajoutez de gousses d'ail finement hachées, salez, poivrez, et mettez au four pendant 2 heures, en pensant à arroser d'huile d'olive.

La sauce „Pistou"

Commencez par préparer le pesto ; ramassez les feuilles du basilic, les lavez à l'eau froide et séparez les feuilles des tiges. Séchez bien les feuilles de basilic (il est préférable d'utiliser un déshydrater alimentaire). Pelez et coupez l'ail. Râpez le fromage. Placez une partie du basilic dans le bol du mixeur (es feuilles peuvent être préalablement coupées grossièrement). Ajoutez le fromage, les pignons, l'ail au basilic et versez 2-3 cuillères à soupe d'huile d'olive. Broyez les ingrédients dans un mixeur, en ajoutant les feuilles de basilic restantes et l'huile d'olive. La sauce n'a pas besoin d'être trop liquide. Mettez le „Pistou" dans un pot en verre avec un couvercle pour la conservation au réfrigérateur. La sauce peut se conserver jusqu'à 5 jours au réfrigérateur ou jusqu'à 1 mois au congélateur.

Après deux heures, retirez les tomates et laissez-les refroidir. Dans un grand bol, mélangez la salade verte et les tomates. Assaisonnez d'huile d'olive et de vinaigre. Salez, poivrez. Décorez de brins de basilic. Servez dans une grande assiette, en ajoutant le fromage de chèvre au-dessus.

En étudiant chaque jour la culture française, les traditions et les lieux uniques de la Provence, j'ai commencé à comprendre l'idée principale, plutôt une idée qui était dans l'air et qui était le charme de la vie française. Aussi étrange que ça puisse paraître, les habitants de la Provence, comme personne d'autre, peuvent profiter de chaque seconde de leur temps libre, boire un café avec des amis pendant la pause déjeuner et parler de la cuisine française pendant des heures. Nous avons oublié le temps et semblions nous dissoudre dans l'espace entre deux mondes: le réel et créé par notre subconscient, le monde idéal des couleurs vives, rempli de rêves secrets. Pendant ces moments de bonheur, j'ai profité de chaque seconde de mes vacances en France, j'ai oublié mes soucis quotidiens et je me suis plongée dans l'atmosphère magique de la Provence.

Toute notre vie, nous nous précipitons aux réunions, en ayant peur d'être en retard et de ne pas avoir le temps, nous oublions de prononcer les mots si secrets à nos proches, et nous oublions parfois même de les appeler ou les visiter. Nous avons oublié comment profiter du moment présent, nous faisons des plans pour plusieurs années à venir, nous sommes pressés de vivre et d'avoir le temps autant que possible. Nous ne remarquons pas les objets qui nous entourent dans la vie quotidienne, et ce qui est le plus terrible, les personnes avec lesquelles nous entrons en contact chaque jour et le prenons parfois pour acquis.

Saint Jacques aux artichauts violets sur le lit de confit des oignons et ses quenelles à la béarnaise

Ingrédients (2 pers)

400g de Saint-Jacques, 70g de gelée de fenouil, 50g de confit des oignons, 10g de mousse de la mer, 1 œuf, 20g de de beurre, fondu et tempéré, 1g d'estragon frais, 1g de ciboulette, 10g de gel d'aneth

Ingrédients pour la gelée de fenouil (100g): 5g de graines de fenouil, 5g d'agar-agar, 200g d'eau, sel

Ingrédients pour la mousse de la mer (100g): 10g d'algues brunes, 100g d'eau, 5 g de lécithine

Ingrédients pour le sauté d'artichaut

6 artichauts violets, 8 litres d'eau, 110g d'oignons, 6 c. à soupe d'huile d'olive, 2 gousses d'ail, 10 c. à thé de sel, poivre, ¼ tasse de vinaigre de vin blanc, ½ tasse

*de vin blanc, 4 branches de persil, 1,5 verres de bouillon de poisson, ½ laurier, ½
c. à thé de cumin, 3 c. à soupe de persil haché, 3 petites tomates*

Préparation

*Nettoyez les artichauts, coupez-les dans le sens de la longueur en 4 parties et met-
tez-les dans l'eau bouillante salée pendant 10 minutes, puis, égouttez la casserole.
Préchauffez le four à 160°C. Faite revenir l'oignon dans l'huile d'olive dans une
grande casserole à feu doux, sans lui faire se dorer, pendant environ 5 minutes.
Ajoutez l'ail haché et les artichauts. Mélangez, salez, poivrez. Couvrez et faite cuire
à feu doux pendant 10 minutes, sans donner aux artichauts devenir bruns. Versez
le vinaigre et le vin dans la casserole. Augmentez le feu et faites cuire jusqu'à ce
que le liquide se soit évaporé de moitié. Ajoutez ensuite le bouillon, le persil, le
laurier et les cumins enveloppés dans un morceau de gaze. Portez à nouveau à
ébullition et recouvrez les artichauts d'une feuille de parchemin. Fermez le couvercle et mettez dans un four préchauffé, ajoutez les tomates entières saupoudrées
de sucre en poudre. Faite cuire environ 1 heure 15 minutes -1 heure 30 minutes et
suivez que le liquide dans la casserole bouille lentement et vers la fin de la préparation tout s'évapore. Retirez le sac de gaze et servez dans une casserole ou sur un
grand plat. Saupoudrez de persil sur au-dessus.*

*Faite bouillir l'eau, ajoutez les grains de fenouil et les laissez reposer, salez un peu.
Ajoutez l'agar-agar dilué dans l'eau au bouillon. Versez dans une forme ronde et
plate, laissez solidifier et coupez un cercle d'un diamètre de tasse. Mettez les algues
dans l'eau bouillante et laissez mijoter pour qu'elles donnent leur goût. Salez. Ajoutez de la lécithine et battez la mousse avec un mélangeur.*

Sauce béarnaise

*Battez le jaune en mousse et en ajoutant progressivement le beurre. Après avoir fait
la sauce, ajoutez de l'estragon haché, de la ciboulette un peu de sel.*

Dressage

*Dans une assiette, mettez le confit des oignons, les artichauts, les tomates, les que-
nelles à la béarnaise et les gouttes de gel à l'aneth. Mettez les Saint-Jacques sur le
confit. Étalez la mousse des algues et quelques gouttes de gel d'aneth autour du plat
de poisson.*

En étant plongé tête baissée dans la réflexion sur la recherche des vérités de la vie, nous n'avons même pas remarqué comment nous étions servis un plat principal. L'odeur de la cuisine maison a encore stimulé l'appétit qui augmentait lors d'un long voyage. Il me semblait que nous n'avions jamais goûté de légumes plus succulents même sur les marchés provençaux locaux. Une combinaison harmonieuse de couleurs donnait à la cuisine provençale d'une part une certaine originalité et le raffinement, d'une part, elle ressemblait aux recettes de fait maison d'une grand-mère. L'odeur de l'huile d'olive et un mélange d'herbes provençales donnent à la salade de légumes encore plus de piquant et de fraîcheur. Mais le clou de notre repas du midi n'était pas du tout les légumes cultivés dans la réserve et caressés par les rayons du soleil, mais le „sentiment d'amour", qui imprégnait la cuisine provençale.

Un plat assez simple à préparer m'a rappelé les dîners de grand-père pendant les vacances d'été au village. Chaque année nous essayions de rendre visite aux parents de ma mère et de passer plusieurs semaines sans travail ni programme à la compagne. C'était un moment heureux où toute la famille se réunissait à la table à manger sur la grande terrasse de la maison de campagne, où le vase avait toujours des fleurs sauvages fraîches et un pot de lait de vache chaud. C'était grand-père qui cuisinait habituellement le dîner, il aimait beaucoup la cuisine maison et croyait que les plats de viande ne tolèrent pas les mains féminines. La mamie avait le temps de recueillir pour ce moment-là des légumes frais et des herbes dans le jardin. La coriandre parfumée et le safran, si populaires dans notre maison rappelaient les vacances d'été et le soleil. Après avoir lavé les légumes mûrs, ma grand-mère a commencé à préparer une salade de légumes ou une collation légère avec du fromage de chèvre chaud et une sauce maison à base d'huile d'olive, de jus de citron et d'un mélange d'herbes séchées. A ce moment-là, le grand-père faisait déjà un ragoût de viande de bœuf juteux et de purée de pommes de terre aux œufs.

Une atmosphère créative régnait dans la cuisine, les odeurs de bouillon de viande, de graines de cumin frais, de persil et de feuilles de laurier rappelaient le futur festin et gardaient en suspense non seulement le cuisinier, mais aussi tous les membres d'une grande famille sympathique.

L'odeur délicieuse de ragoût régnait à la cuisine et sortait par la fenêtre ouverte, cela m'a rappelé qu'il était l'heure du déjeuner. La table était bien dressée: fleurs sauvages fraîches, plats en céramique de style provençal antique et une collection d'argenterie familiale apportée par mon arrière-grand-mère parisienne. Le grand-père a apporté une bouteille de vin Le Muscat de Lunel de la cave, qui soulignait le piquant et le raffinement du plat en viande, lui donnait certaines notes de la fraîcheur et en même temps remplissait du sens spécial et le goût unique. Le secret de la cuisine provençale réside non seulement dans la capacité de se concentrer sur la combinaison harmonieuse des couleurs des fruits et légumes, mais aussi dans la capacité de préserver la simplicité et l'intégrité de l'image globale, de transmettre l'idée principale de l'artiste, d'ajouter des notes de personnalité et de souligner des détails apparemment insignifiants d'un plat peu ordinaire.

Pendant le temps que je me livrais aux souvenirs vifs de l'enfance, mon compagnon n'a pas prononcé un seul mot. Une explication logique de ce fait pourrait être plusieurs raisons importantes à la fois. Ça pourrait être la perfection d'un dîner provençal prolongé, la profondeur des pensées soudainement montantes sur les moments les plus brillants que nous avons vécus ces derniers jours dans un paradis au bord de la terre, ou un sentiment de profonde satisfaction spirituelle et de plaisir pour chaque minute de vacances tant attendues. Ayant interrompu les doux moments de silence, il se mit soudain à siffler la chanson de la grande Édith Piaf „La vie en rose". Je n'avais pas vu mon „Français" de si bonne humeur depuis longtemps, il était si loin de la réalité qu'il n'a remarqué même pas le jeune serveur, qui nous regardait très attendrissement pendant quelques minutes.

Une assiette de fromages composée de quatre variétés, cette fois de fromage doux et chaud de races rares de vaches et de moutons, qui habitent depuis longtemps la Camargue, est devenue une transition harmonieuse du déjeuner au dessert. L'odeur de fromage semblait flotter dans l'air, et après avoir goûté le premier morceau, j'ai finalement commencé à comprendre la logique de repas des Français. J'ai commencé à comprendre leur capacité à passer doucement du plat principal au dessert, à apprécier un arrière-goût délicat, à compléter le tableau d'ensemble avec de nouvelles couleurs, en même temps changeant les papilles gustatives et préparant ainsi, notre corps à quelque chose de nouveau, de frais et parfois très inattendu.

Les variétés de fromages étaient si correctement sélectionnées qu'elles ressemblaient à une portée dans les mains d'un musicien, qui pouvait créer un grand chef-d'œuvre unique à partir de quatre notes, distraire de la réalité et guérir l'âme des problèmes douloureux. Chacun des fromages était comme une suite logique l'un de l'autre: de léger et aéré à piquant et même légèrement épicé. L'assiette de fromages a été complétée par une salade légère au vinaigre balsamique à la noix et bien sûr par la confiture de figues, qui rappelait plus le goût du miel floral, que j'ai adoré déguster quand j'étais petite.

La Provence m'a charmée au premier coup d'œil, avec son odeur et l'arrière-goût. Elle m'a donnée un „sentiment de confort" et une sorte de calme intérieur et de paix. Tout est assez simple ici, il n'y a pas de règles strictes, le sens du temps cesse d'être l'essentiel dans la vie. On veut juste vivre, aimer et profiter de chaque rayon de soleil, respirer profondément et toujours trouver le temps de discuter avec ses proches et amis au déjeuner ou au dîner.

Nous avons réussi à compléter la mélodie raffinée du goût avec l'aide de Kir Royal, un cocktail léger à la base de champagne réfrigéré et de Crème de Cassis. Il semblerait que cette boisson était légère et inoffensive, rafraîchissante et revigorante dans les chaudes journées d'été. Mais il ne faut pas se laisser emporter par cette boisson, il faut en faire connaissance qu'en passant, comme avec une mystérieuse Française que vous avez aimé lors de la promenade du soir à Nice ou à Cannes. Derrière le mince voile de beauté, parfois une nature très insidieuse peut se cacher, capable de rendre fou et de détruire même la personne la plus prudente et de sang-froid.

Après avoir bu cette boisson magique, avoir senti son arôme et avoir plongé tête baissée dans le tourbillon ludique des passions, je voulais répéter cette expérience encore et encore. La sensation de félicité et de légèreté était accompagnée d'un crépitement ludique, et parfois même d'un picotement sur la langue; c'était de milliers de petites bulles de champagne français réfrigéré apportées d'une province voisine. La crème de Cassis soulignait le goût de cette boisson ludique, lui conférant douceur, exhaustivité et un certain charme.

En buvant un verre de boisson divine, j'ai fermé les yeux pour une seconde et je me suis imaginée sur la Promenade de la Croisette, dans une robe d'été en mousseline de couleur vanille et avec un petit bouquet de lavande dans les mains. La brise fraîche de la mer jouait dans mes cheveux, et dans l'air il y avait une odeur de sel et d'iode. En marchant vers la direction du parc de la ville, j'ai remarqué un café confortable avec une immense terrasse d'été et des meubles sculptés à l'ombre de vieux platanes. La chaleur et la soif de l'été ne me donnaient beaucoup de force et ne me motivaient pas à me promener, mes jambes semblaient me diriger vers une table libre. Le temps du déjeuner a passé il y a longtemps, et il était trop tôt pour le dîner, mais une légère sensation de faim et de soif ne me quittait pas pendant plusieurs heures.

Après avoir examiné la carte, mon choix s'est porté sur un dessert aux cerises du nom de Clafoutis. La pâte est faite d'un mélange de farine, d'œufs et de sucre. Puis, on verse ce mélange sur les cerises dénoyautées, et après 20 minutes le dessert le plus délicat est prêt. Avant de servir, le clafoutis est généralement décoré d'une paire de cerises mûres sur une branche avec une feuille. Il avait l'air très élégant et ressemblait à une œuvre d'art. Un détail important: il vaut mieux utiliser des cerises rouges pour que lors de la cuisson le jus ne tache pas tellement la pâte. Pour la première fois j'ai goûté ce dessert à Paris, pendant la visite de l'exposition des arts modernes. Je ne sais pas ce qui m'a captivé à ce moment précis: l'idée d'un artiste ou l'esprit d'entreprise d'un cuisinier qui pouvait transformer une branche de cerisier en chef-d'œuvre. Un ajout exquis au dessert était Kir Royal, à base de champagne et de liqueur de cerise. Le goût des cerises mûres et un cocktail rafraîchissant ont donné de la force et ont remonté le moral. La Promenade s'est transformée en salles du palais du Louvre, et le parc de la ville ressemblait aux jardins de Versailles, avec d'immenses fontaines et promenades nocturnes sous le ciel étoilé. Dans l'âme il y avait la mélodie des bardes de rue, et ma tête tournait avec du champagne et un sentiment de fête. Il me semble parfois que dans une autre vie, j'ai été née en France, j'appréciais la fine cuisine française, je pleurais au son d'un violon et je tombais amoureuse.

Nos vacances en Provence en sont la confirmation: chaque journée passée sur la Côte d'Azur était unique à sa manière, je n'avais jamais réussi à être aussi distraite des problèmes, à oublier la réalité et à profiter de la vie, j'ai appris à aimer et ne pas penser à demain. J'étais ravie des Français, c'est une nation incroyable, capable non seulement occuper les positions de leader dans le monde de la mode, de la cuisine, de l'art et du cinéma, mais aussi de pouvoir profiter de chaque seconde de leur vie, aimer et souffrir comme si dans la première et la dernière fois, apprécier la beauté et être fier de leur merveilleux pays. J'étais remplie simplement d'un certain sentiment de l'admiration et le patriotisme tout au long de nos vacances en France.

Mon imagination était si pleine d'illusions, que j'ai complètement oublié notre déjeuner inachevé, la nature magique de la réserve et les plans pour le soir. C'était le temps pour un dessert. Pendant les vacances en Provence nous sommes tellement habitués à la simplicité et à la combinaison parfaite de la cuisine provençale de fait maison que nous avons décidé de commander quelque chose de simple et d'exceptionnel. Notre choix s'est porté sur des abricots juteux dans une sauce aux fruits au vin rosé, servis chauds ou froids, avec une boule de glace à la vanille et un brin de menthe.

En profitant du dessert d'été, nous avons commencé à discuter de notre itinéraire. La Provence est un véritable cadeau pour les amateurs d'architecture ancienne. Un mois ne suffit pas pour voir tous les sites touristiques de cette région. Les plus célèbres d'entre eux sont le palais des papes à Avignon, la Cathédrale Saint-Trophime d'Arles, la Maison Carrée à Nîmes, les ruines antiques près de Saint-Rémy-de-Provence, le Château des Baux et l'amphithéâtre romain d'Arles. Mais tout cela, nous n'avons eu qu'à le visiter dans l'avenir proche et faire nos propres conclusions sur le caractère unique et la valeur historique des villes provençales, nous promener dans les rues étroites et anciennes, étudier la culture locale, les traditions et profiter des délices de la gastronomie régionale.

Il est prouvé que l'une des meilleures cuisines du monde est provençale: une véritable apothéose de la vie. La Provence est la patrie non seulement de la mayonnaise, des plats de viande et de poisson avec l'ajout d'huile d'olive, de tomates, d'oignons et d'ail, de thym, de romarin, de poivron rouge, de basilic, et de sauge. La population de cette région est engagée dans la production de sel, la culture du riz, de l'olive, des légumes et fruits biologiques, la vinification, l'agriculture et l'organisation du tourisme écologique. Les souvenirs gastronomiques de la Camargue sont les vins Le Muscat de Lunel et Bel Air la Côte, une variété de tapenade (des pâtes à base d'olives pilées aux épices et herbes), l'huile d'olive, le sel de mer aux épices, les saucisses fumées et le ragoût de bœuf en conserve.

Impressionnés par le dîner impeccable, nous nous sommes dirigés avec une certaine détente et satisfaction vers les rives du Rhône, où se trouvaient des terres agricoles et des célébrations de masse. Au cours de ces célébrations les touristes ont eu une occasion unique de regarder des combats de taureaux noirs, ainsi que des représentations théâtrales sur des chevaux blancs.

La ferveur, l'esprit et la vitesse sont les principales caractéristiques des taureaux noirs. Les sentiments et les émotions sont exprimés dans la course camarguaise. La course fait partie intégrante des traditions de la région, évoquant la passion et rassemblant des foules de spectateurs. Contrairement à la corrida dans la course camarguaise, le personnage principal est un homme et le taureau est le héros de cette compétition. Les taureaux sont de vrais héros qui obtiennent parfois des succès impensables et font une „excellente carrière". Chacun d'eux a son propre nom, qui est inclus dans la liste de la course camarguaise, qui est complètement exclu de la corrida, où il y a que les noms des matadors qui restent affichés. Certains de ces taureaux, comme le taureau Goya, ont leurs propres monuments, et une tombe dans leurs villages d'origine, comme le taureau Rami. De début avril à fin octobre, la course a lieu dans les arènes d'Arles, ainsi que dans les petits villages autour d'Arles et dans la réserve naturelle de Camargue. Au début de son histoire, les combats étaient appelés „jeux de taureaux" lorsque des animaux de toutes races et des ouvriers agricoles se rassemblaient pour mesurer leur force et jouer avec le taureau.

Les toutes les premières courses dans la ville d'Arles ont été organisés en l'honneur du comte Provence Louis II. Un peu plus tard, à la fin du XIXe siècle, la course est devenue moins violente, et il y avait une seule personne avec le taureau. Divers objets étaient attachés aux cornes de l'animal - fleurs, écharpes, cocardes - marques d'identification avec des fleurs du troupeau de taureaux camarguais, qui devraient être retirées par les débutants de ces compétitions. Un peu plus tard, les Français ont réalisé l'importance de la race de taureau de Camargue, qui, en raison de son physique et de son esprit combatif, était plus susceptible d'être utilisée pour le combat que pour le travail sur le terrain et l'abattage. Ainsi, dans de petites arènes de „bonne chance", des taureaux de grande classe et des „razeteurs", les hommes en blanc qui tentent de saisir le ruban accroché entre les cornes du taureau, s'affrontent. Tout commence par la fixation d'un „concorde" sur les cornes du taureau et les récompenses attribuées à celui qui peut attraper cet objet [13].

En nous rapprochant de la rivière, nous avons remarqué un troupeau de chevaux blancs. De gros chevaux gris clair sans prétention et sauvages vivent librement dans cette réserve naturelle, paissent dans des prairies vertes infinies, et élèvent les poulains. Agiles, audacieux, exceptionnellement forts et robustes, ces petits chevaux ont longtemps été une partie importante de la vie quotidienne de la population locale, de véritables aides de bergers protégeant et déplaçant des troupeaux de taureaux locaux de taille moyenne mais agressifs. Ce sont ces taureaux noirs de combat, avec les chevaux blancs, qui s'affichent sur le blason de Camargue.

Aujourd'hui, tous deux vivent ici dans un état semi-sauvage sous la supervision du personnel de réserve. Périodiquement, ils sont collectés pour examen vétérinaire, élevage sélectif des animaux, ou pour marquage de jeunes poulains. Le reste du temps, les taureaux et les chevaux sont libres de faire ce qu'ils veulent dans la réserve. Un troupeau de „Mustangs" français blanc comme neige, qui sautent au coucher du soleil ou à l'aube dans les eaux peu profondes, soulevant des nuages d'éclaboussures - une histoire de conte de fées pour tout photographe ou artiste, et juste un spectacle fascinant pour les invités de la région.

Aujourd'hui, nous avons décidé de passer ce soir dans la réserve, assis sur les rives de la rivière et admirer le coucher de soleil lumineux. Une chaude soirée d'été, une idylle dans la nature, des nuages roses de flamants, des troupeaux de chevaux blancs, des hérons, des canards sauvages - tout cela ressemblait plus au paradis et à l'unité dans la nature. Le sens de la recherche éternelle d'idéaux inexistants et de la poursuite du beau ont été couronnés de succès, l'idylle du spirituel et du matériel incarnée en un mot, et son mor est Provence.

La Provence est l'un de ces endroits sur terre qui sont créés pour la détente et le plaisir. L'unicité de la Provence est née de la détente du Sud, d'un soleil éclatant et d'un ciel clair, des arômes de la mer, de la lavande et des cyprès, du vent chaud, d'une cuisine provençale unique accompagnée de vins français, de rues étroites, d'anciens monastères et de châteaux.

Nous appréciions la tranquillité et le silence, l'odeur de l'eau de la rivière, l'herbe fraîche et le bruissement des roseaux, et surtout - un coucher de soleil magique.

Mon „Français" a sorti de son sac à dos une bouteille de champagne Veuve Clicquot Ponsardin Rose, achetée à Paris, lors de la visite de la célèbre Maison du Champagne. Veuve Clicquot a laissé sa marque dans l'histoire de la France en étant la première à créer du champagne rose.

Cette variété de champagne a acquis sa renommée grâce à sa récolte exceptionnelle, dont la qualité était appréciée dans le monde entier. Veuve Clicquot Ponsardin Rose est un excellent choix pour un dîner romantique. L'arôme initial du champagne est des fruits rouges frais (framboises, fraises, cerises), puis des amandes et des abricots. C'est le vin parfait à l'apéritif, pour des dîners entre les plus proches. Nous avons décidé de déguster un verre légendaire dans un lieu particulier et un lieu spirituel. La Provence s'est avérée être un tel endroit, c'est ici que j'ai voulu me sentir heureuse et libre, me souvenir de chaque instant et avoir le temps de profiter de la beauté. Le champagne était divin: un goût délicat et légèrement fruité rafraîchissait et donnait une certaine importance à l'instant. Un long arrière-goût jouait sur la langue avec des notes fruitées et jouait la mélodie bien connue du film „Les Parapluies de Cherbourg".

Veuve Clicquot a une histoire incroyable, bizarrement liée à la Russie. Le vin de la province de Champagne a longtemps été considéré comme la machination des forces diaboliques. Les Français étaient effrayés par de terribles mutilations - manque d'yeux, cicatrices et bras et jambes paralysées. De temps en temps, les bouteilles explosaient elles-mêmes et étaient donc considérées comme diaboliques. Il n'était pas sûr de descendre dans la cave pour les chercher - ils le faisaient qu'en portant un masque de protection en métal.

Dans des périodes particulièrement dangereuses, par exemple en mars, lorsque la température a fortement augmenté et que l'explosion d'une bouteille entraînait une chaîne d'autres, les caves ressemblaient à l'enfer. Des rivières de mousse coulaient sur le sol, et la vue semblait vraiment terrifiante aux yeux.

Il n'y avait pas de moyen particulier de lutter contre le sédimenta, mais les concitoyens faisaient de leur mieux - ils fabriquaient des sols en pente, puis ils collectaient et vendaient des fragments aux bijoutiers. Les bouteilles entières qui avaient survécu à la cave étaient une vraie récompense pour les propriétaires.

À cette époque, les femmes n'allaient pas aux caves avec une boisson gazeuse - elles n'y attendaient rien de bon. De plus, on pensait que lorsque les dames s'approchaient de la boisson au mauvais moment, elle pourrait se transformer en vinaigre.

Cependant, la fille du maire de la ville de Reims, était très pragmatique et ne ressentait aucun respect pour le donjon. M. Ponsardin, son père, avant la Révolution française était un ardent monarchiste. Il ne pouvait en être autrement pour le Français, habitué à observer le couronnement des monarques dans toute sa splendeur.

Mais même cela n'a pas empêché M. Ponsardien de changer d'avis et de devenir d'abord jacobin, puis bonapartiste. De plus, Napoléon lui avait attribué le titre de baron, qu'il a conservé même après l'instauration inverse de la monarchie. Peu importe ce qui se passait dans le pays, le père de Ponsardien n'était jamais pauvre, et la richesse ne faisait qu'augmenter chaque année.

Sa fille Nicole était la seule héritière d'une fortune considérable. De plus, la fille ne se démarquait pas parmi ses pairs: elle ne brillait pas de beauté et ne montrait pas non plus de talents particuliers. Il y a une légende que sa mère a dit à sa fille quand elle était enfant: „Tu deviendras célèbre peu de temps après le mariage, ma chère!"

Bientôt, les parents ont donné sa fille en mariage à François Clicquot. On ne parlait pas d'amour quand le mariage était une bonne affaire pour les deux familles. En tant que dot, Nicole a apporté les vignes à la famille de son beau-père, qui possédait déjà des usines de champagne. Philip Clicquot peu après le mariage de son fils a ouvert la société „Clicquot-Muiron et Fils". Le commerce du vin était un peu un hobby - M. Clicquot s'intéressait principalement à la banque et au commerce de la laine.

Comme le chef de famille n'a pas eu le temps de gérer toutes les affaires, il a donné l'affaire du vin à son fils. Cependant, avec la mort subite de François, la situation a radicalement changé. Nicole, 27 ans, est restée veuve avec sa fille Clementina de 3 ans. La rumeur circulait dans la ville selon laquelle la jeune veuve ne pleuvait pas la mort de son mari et allait bientôt trouver un nouveau mari et vendre les vignobles avec l'usine. Après tout, une femme ne dirigerait pas le commerce du vin. La seule chose qui intéressait le public était le montant de la vente de l'entreprise.

Mais soudainement, quelques jours après les funérailles, la veuve a annoncé qu'elle dirigerait désormais seule la nouvelle firme Veuve Clicquot-Ponsardin (Veuve - appel respectueux à la veuve en France de l'époque). L'entreprise devrait également changer de type d'activité et s'occuper désormais exclusivement du champagne.

Une telle déclaration a choqué tout le monde. Les rumeurs ont commencé à circuler selon lesquelles, restant dans une maison vide et regardant le déclin des affaires familiales, la femme était devenue complètement folle, et le beau-père vieillissant avait lâché la bride à la folle Nicole. La seule question qui inquiétait tout le monde était: „Combien de temps va-t-il prendre pour détruire définitivement l'entreprise familiale?"

La version de la participation aux affaires des mauvais esprits n'était pas moins courante. Après tout, il était évident que si une femme prenait toutes ses mains, le diable ne pourrait pas s'en passer. De toute évidence, elle a vendu l'âme de son mari en échange d'aide. Il ne pouvait tout simplement pas y avoir d'autre explication à ce qui s'était passé. Depuis et jusqu'à sa mort, Nicole Clicquot était accompagnée de telles rumeurs. Et ils s'étaient nourris du succès sans précédent de la jeune fille, dont les affaires ont immédiatement monté en flèche.

Selon la légende, ce n'est qu'après avoir repris la direction de la maison Veuve Clicquot-Ponsardin que la veuve a ordonné de mettre la grande table en chêne du bureau à la cave à vin. En travaillant tous les jours, Nicole a soigneusement étudié toutes les étapes de la production du champagne: de la préparation et de la sélection des sols, aux propriétés des vignes et au colmatage des bouteilles.

La veuve travaillait sans lever la tête tous les jours jusque tard dans la nuit pendant plusieurs années afin de respecter la règle qu'elle avait dit à ses vignerons: „Mon vin n'aura qu'une seule qualité - la meilleure!"

Le reste du temps, Nicole parlait aux clients, les écoutait, inscrivait des réclamations et des préférences, puis marquait quelque chose dans un carnet, pensait et analysait.

Le plus souvent, elle entendait l'insatisfaction du reste qui s'accumulait au fond de la bouteille. Les vignerons n'ont pas réussi à faire disparaître le reste désagréable. Chaque fois qu'ils le faisaient - les bulles préférées par tous disparaissaient instantanément, quand il fallait juste essayer d'ouvrir la bouteille. Cercle vicieux.

C'est de lui que la veuve a réussi à sortir, assise dans la cave à vin. Pendant longtemps, c'était un mystère, couvert d'obscurité. Tous ceux qui n'étaient pas paresseux à la mentionner de cela se souviennent du diable. Mais les acheteurs retournaient chez Nicole pour le champagne le plus pur sans aucune trace de sédiments désagréables au fond.

Le secret de la veuve Clicquot n'a été révélé qu'après 10 ans. C'est ce à quoi une femme intelligente a pensé: dans les étagères où il y avait du champagne, il y avait des trous dans lesquels ils plaçaient les bouteilles, tête vers le bas. Ils y ont été stockés pendant un certain temps, périodiquement ils ont été retournés, changeant l'angle d'inclinaison - et tout le sédiment est resté sur le bouchon. La boisson était congelée puis débouchée doucement, remplaçant le bouchon par un nouveau. Ainsi, il ne restait que du champagne pur dans la bouteille propre de sédiments. Cette méthode a été appelée „Remuage". Après que le secret a été révélé, tous les fabricants d'une boisson pétillante ont commencé à utiliser cette méthode. Cependant, les 10 années qu'ils ont perdues ont permis à Mme Clicquot de gagner le nom de la première maison de vin en Champagne.

Mais la situation en Europe à l'époque exigeait d'hommes d'affaires plus que la simple intelligence du vigneron. La guerre faisait rage, les gens mouraient de faim, la terreur dominait en France, l'aristocratie était dans la pauvreté à Vienne, car même le blé ne pouvait pas être vendu. Le commerce du luxe a pratiquement cessé. Une porte-parole de Veuve Clicquot-Ponsardin en Autriche a indiqué que les choses allaient très mal et qu'aucune amélioration n'était attendue. La menace d'attaque de la flotte anglaise a conduit à l'interdiction du transport par eau. La dernière goutte devait être la guerre entre la Russie et la France.

Mais Madame Clicquot était assez entreprenante pour prévoir une telle coïncidence. Son assistant, Louis Bohne, a parcouru l'Europe à la recherche des marchés les plus rentables. Il a choisi la Russie.

Il a été présenté au couple royal et a rapidement envoyé un message à la maîtresse: „Un événement joyeux arrive. La reine est enceinte. Si un héritier est né, le champagne coulera dans un état énorme. Mais ne jetez pas un œil aux concurrents, sinon tous se précipiteront immédiatement vers le nord."

Il avait raison. Dès la naissance du prince, des vignerons de toute la France – Moët, Ruinart, Jacquesson, Roederer - se sont rendus sur les rives de la Neva. Là, ils ont essayé de proposer diplomatiquement „une boîte de vin sans engagement pour votre maison", mais en réponse, ils ont seulement entendu: „Oh merci ! Mais ma cave à vins est remplie d'une réserve annuelle de Klickowski". C'est ainsi que le vin était surnommé en Russie.

Louis Bohne qui a reçu de généreuses commissions pour son travail, a écrit à la propriétaire, expliquant à quel point les Russes étaient ravis de la boisson: „Ils se réjouissent comme des enfants, regardant le bouchon partir à partir de la bouteille, et les ruisseaux moussants couler sur les robes des dames". Mme Clicquot a pris en compte cette caractéristique et a fait le vin particulièrement pétillant pour les clients russes.

Prosper Mérimée a écrit: „Madame Clicquot a fait boire la Russie. Son vin est à appelé Klikovsky ici, et ils ne veulent pas en connaître d'autre".

Tout le Champagne, bien sûr, se souvenait encore de l'implication dans les affaires d'une veuve de mauvais esprits. Ils disaient que c'était le diable qui lui avait donné l'idée de blason idéal pour la maison de Veuve Clicquot-Ponsardin - une ancre, presque comme sur le blason de Saint-Pétersbourg, d'ailleurs, le nom de la maison a été formée par les noms de Clicquot et Ponsardin lors de l'écriture. Sans consulter personne, Nicole a présenté ce blason et a fait mouche.

Avec l'arrivée au pouvoir de Napoléon, les règles ont changé. L'importation de vins en bouteille de France a été interdite. Il semblait que c'était la fin pour le champagne, car il était impossible de le transporter en fûts. Louis Bohne était dans une situation difficile, en faisant de son mieux pour ne pas être expulsé de Russie. Ou pire encore, être déclaré espion français.

Il a inventé une méthode qui, cependant, ne permettait pas de transporter une quantité suffisante de vin mousseux - il a été transporté dans des barils de grains de café. Cela n'était pas suffi pas et en 1809, Louis Bohne est revenu en France.

L'aristocratie russe s'ennuyait sans Klikovsky, en finissant les dernières réserves stockées dans les caves. Louis Bohne, alors qu'il était en Champagne, était presque certain que les temps heureux reviendraient. Ses aspirations étaient partagées par Madame Clicquot, même si un jour les Russes ont envahi sa propre propriété.

Il y a un tel épisode dans l'histoire de Veuve Clicquot-Ponsardin. Une fois, le repos de la veuve a été interrompu par les cris déchirants d'un domestique: „Madame! Ils sont chez nous, ils ont cassé la porte et boivent notre vin!". Nicole n'a pas bougé et a répondu: „Laissez-les boire! Plus tard, ils paieront pour tout."

Et ils ont payé. Malgré l'interdiction, Louis Bohne affrète un navire néerlandais à Rouen, ayant décidé d'y transporter du vin en petites quantités. Inaperçu, le navire a quitté Rouen en direction de Kenningsberg. Il y avait 10 000 bouteilles à bord.

Ils disent que Louis Bohne avait pris tellement de champagne qu'il n'y avait même pas assez d'espace pour son lit. Tout au long du voyage, il s'inquiétait de chaque bouteille, car il y avait un champagne unique en 1811. Ils l'appelaient le „Vin 1811 de la comète".

Louis Bohne a écrit Nicole, admirant le goût du vin et décrivant l'effet qu'il a produit: „Il est formidable. Lorsque vous l'essayez, vous devez vous attacher à une chaise, sinon vous risquez de vous retrouver sous une table avec des miettes de pain". Ils l'appelaient „le vin de la comète", et cela a vraiment fait sensation que même Pouchkine a écrit dans son „Eugène Onéguine" „se jette dans un traîneau, et le cri de gare! gare! retentit. Son collet de poil de castor s'argente d'une fine poussière glacée. Il arrive chez Talon, sûr que Kavérine l'y attend. Il entre, et le bouchon saute au plafond; le vin de la comète jaillit."

À l'époque où Bohne s'est amarré sur les côtes de Keningsberg, il y avait l'anniversaire du roi de Prusse. En se concentrant sur la situation, Louis, astucieux, a commencé à dire aux commerçants locaux que tout le champagne était déjà vendu, mais à titre d'exception, il était prêt à faire une exception pour ceux qui sont prêts à payer un prix exceptionnel.

Satisfait de son initiative, il disait à sa propriétaire avec enthousiasme: „J'aimerais que vous voyiez ça! Les deux tiers de la haute société à mes pieds! Il y a une queue devant les portes de mon numéro! Grâce à votre nectar, je n'ai pas besoin de chercher de commandes - ils me trouvent eux-mêmes!"

Cependant, Bohne ne s'est pas arrêté et avec une boîte de Klikovsky à ses risques et périls est-il allé à Saint-Pétersbourg. Faut-il dire que les bouteilles ont été vendues en un clin d'œil? Et Louis Bohne a reçu les commandes pour les années à venir, alors quand l'interdiction officielle a été levée un mois plus tard, un navire avec 20 000 bouteilles à bord s'est rendu sur les côtes de la Russie.

Ils y ont été immédiatement bu pour célébrer la victoire de Napoléon et en l'honneur de la veuve de Clicquot. Ils ont vendu du champagne à un prix sans précédent. Pour cet argent, il était possible de louer des appartements spacieux avec une femme de chambre et un cuisinier à Saint-Pétersbourg. Les prédictions de Nicole se sont pleinement réalisées – les Russes ont payé pour tout. Et Madame Clicquot, à son tour, a remercié généreusement le fidèle Louis Bohne - il a pu quitter un travail, agité et retourner à ses propriétés en Allemagne, où il est resté. Les autres employés ont également été remerciés par Nicole. Pendant des années, elle a nommé ses caves en leur honneur.

Le sommet du succès de la maison Veuve Clicquot-Ponsardin est survenu en 1814. Le champagne n'était pratiquement pas vendu en Europe - la principale exportation a été envoyée en Russie. La boisson est devenue si populaire que Nicole Clico a été proclamée Grande Dame. C'est encore le nom du célèbre brut, dont l'étiquette représente la veuve de Clicquot. Il est unique par son endurance - 10 - un temps inhabituellement long pour le vin mousseux. Plus tard, Nicole a acquis un nouveau vignoble et le champagne est devenu encore meilleur.

À la mémoire de la maîtresse inégalée, le vin de la maison Veuve Clicquot-Ponsardin est toujours retourné à la main. Une histoire intéressante est liée à l'apparition de la célèbre étiquette orange. Ils disent qu'une fois Nicole est entrée dans un magasin de vin et était ennuyée par le manque de champagne. Lorsqu'elle a interrogé le vendeur à ce sujet, il a indiqué un produit „indigène", fusionnant avec le reste des bouteilles de vin.

Intriguée par cela, Nicole est rentrée chez elle, a pris des peintures et a commencé à créer. Ainsi est apparu la célèbre couleur de l'étiquette qui éclipse les autres producteurs. Personne ne sait d'où vient exactement cette couleur, mais elle est peut-être liée au nom de la fille unique de Madame Clicquot - Clémentine - associée à un mélange d'orange et de mandarine appelé clémentine.

Pour une fille, les affaires familiales n'étaient pas intéressantes. Nicole l'avait envoyée dans un monastère anglais à Paris, et quand elle l'a emmenée de là en 1817, Clémentine a été déçue parce qu'elle trouvait trop ennuyeux de vivre dans la province. À quoi la mère lui a seulement répondu: „Ne t'inquiète pas, bébé, je t'achèterai l'intelligence quand je t'épouserai."

Et c'est arrivé. En 1818, Nicole a épousé sa fille avec un pauvre, mais intelligent et beau homme - le comte Louis De Chevine. Elle a acheté un château aux jeunes mariés pour plaire à sa fille et à son gendre qui rêvait de son propre domaine.

Madame Clicquot elle-même ne s'est jamais mariée une seconde fois. À un âge plus mûr, cela ne l'intéressait pas autant que dans sa jeunesse. Au fil des années, elle est devenue moins féminine, mais ses qualités commerciales: la détermination, un regard sobre et Au fil des années, elle est devenue moins féminine, mais ses qualités commerciales: la détermination, un regard sobre et une perspicacité ne l'ont jamais refusée. Elle a consacré toute sa vie au „vin diabolique" - à vendre des bijoux, à signer des hypothèques, à trouver des moyens de gagner plus, et à acheter des vignes Grand quand elle a réussi.

La vie de Nicole n'a pas changé depuis le grand succès - jusqu'à sa mort, elle a continué à travailler à la maison Veuve Clicquot-Ponsardin tous les jours jusqu'à tard dans la nuit. Elle a légué son entreprise à un compagnon, qu'elle l'a choisi elle-même pour la déception et le ressentiment de tous ses proches. Ils disent que dans le champagne, il y a un esprit de contradiction Cela est enregistré dans l'histoire la plus paradoxale de cette boisson paradoxale, inventée par la femme la plus étrange de son siècle. Vin blanc obtenu à partir de raisins noirs poussant même sur les sols les plus inadaptés. Vin festif, mis en lumière par la crête d'un siècle, plein de sang et de guerre. Un succès venu de nulle part et contre tout.

Cependant, Nicole Clicquot n'est pas la seule femme inscrite dans l'histoire de la vinification. Mais elle a été la première. Après cela, le monde a découvert Louise Pommery de l'Angleterre victorienne, qui, après la mort de son mari pendant plus de 40 ans, a géré l'entreprise de manière indépendante, en passant avec elle à travers l'occupation prussienne. Après sa mort, plus de 20 000 personnes ont défilé derrière le cercueil.

Au 20ème siècle il y avait la veuve Camille Roederer. Après la mort de son mari, elle dirigeait la maison de Louis Roederer, à qui le tsar Nicolas II a décerné officiellement le titre de fournisseur de la cour de Sa Majesté impériale. Ayant perdu son mari, Madame Lily Bollinger a pu sauver l'entreprise.

Les femmes ont donc laissé une trace indélébile dans l'histoire de la vinification, en y apportant des sortes de champagne parfaitement élaborés avec une excellente étiquette mémorable. C'est pourquoi les vrais connaisseurs et amateurs de champagne portent toujours un toast aux „veuves de champagne" [14].

En profitant de l'histoire de France, „Français" a levé son verre pour des femmes fortes et intelligentes capables de transformer la vie de nombreuses personnes et laisser une marque indélébile sur l'histoire de l'humanité.

Les premières étoiles brillaient dans le ciel, et les nuages légers étaient tissés à partir de la matière la plus fine, du bleu doux aux nuances de rose. La paix et l'idylle régnaient dans la nature, et nous n'en étions qu'une infime partie, mais la réalisation de cela nous a rendus heureux. J'étais allongée sur les genoux de la personne la plus proche de moi, levant les yeux vers le ciel, observant le mouvement des nuages, la naissance de nouvelles étoiles, écoutant le vent et pensant avec une certaine tristesse qu'un autre jour des vacances tant attendues en Provence touchait à sa fin.

Chapitre 3. Aix-en-Provence – c'est ça la France: si bourgeoise, élégante et un peu prétentieuse.

Quel pourrait être le meilleur incitatif pour un réveil précoce, sinon la connaissance que vous étiez au paradis. Après un retour tardif de Camargue, nous n'avons pas pu dormir longtemps, je voulais prolonger l'inoubliable samedi soir, la bonne humeur et beaucoup d'émotions positives reçues en visitant la réserve. En arrivant à la villa, nous avons encore longtemps discuté des moments vécus, avons fait des plans pour l'avenir et avons respiré l'air frais sur la terrasse spacieuse. Aujourd'hui, nous avons décidé de consacrer un voyage à Aix-en-Provence, patrie du grand artiste français Paul Cézanne.

Après avoir pris une douche fraîche, je suis allée à la cuisine pour faire du café. Sur la table, il y avait un panier de fruits frais, une baguette et un pot de miel de lavande, considéré comme l'un des produits de marque provençale et principalement produit au département Var. Dans une des villes appartenant à ce département - Roque-brune-sur-Argens en juillet et août, le miel de lavande est récolté, le miel, qui a un arôme délicat et un goût agréable. Sa couleur peut varier du doré au nacré. Dans le panier, j'ai trouvé une note de mon „Français" dans laquelle il promettait de revenir au petit déjeuner après une promenade matinale au bord de la mer.

J'ai commencé à dresser la table sur la terrasse, le soleil était si haut qu'aujourd'hui il allait faire lourd. Sans attendre mon compagnon, je me suis servie un café et j'ai commencé à lire le journal du matin. Quelques minutes plus tard, au loin, j'ai entendu des notes d'une voix familière, c'était lui, revenant d'une promenade matinale et sifflant une mélodie bizarre d'une chanson française pour enfants. Il a souri doucement, m'a embrassée sur la joue et s'est assis en face en attendant le petit-déjeuner. Après avoir ouvert un pot de miel parfumé, nous avons invité des bourdons locaux à une fête de famille. L'odeur était magique.

Après avoir mis sur une baguette croustillante et légèrement grillée du beurre et du miel, nous avons apprécié un petit-déjeuner français léger. Il me semblait que j'étais prête à être quotidiennement captivée par les pâtisseries françaises, qui n'étaient pas si ordinaires et à la fois raffinées dans leurs caractéristiques gustatives. J'ai beaucoup lu sur l'origine de la célèbre baguette française et une fois avoir posé cette question à mes amis - les Français, j'ai entendu par des versions plutôt inattendues.

Selon une version, la baguette a été inventée par les boulangers de l'armée napoléonienne. Ils ont inventé cette forme pour que les soldats puissent porter du pain dans les poches spéciales de leur pantalon. Bien qu'il n'y ait rien pour confirmer cette version.

Selon une autre version, la baguette a été apportée d'Autriche avec des petits pains et des recettes de cuisson avec de la levure de bière et cuite à la vapeur. En 1830, Auguste Zang a ouvert une boulangerie viennoise sur la rue Richelieu, 92 et a commencé à cuire du pain sous forme de baguette. En 1856, Napoléon III a décidé que le pain devait peser 300 g et mesurer 40 cm de long, et en 1919 il y avait une nouvelle loi qui interdisait aux boulangers de travailler de 22 h à 4 h. Cela signifiait qu'il y avait un manque de temps catastrophique pour la cuisson d'un pain traditionnel. Et là, les boulangers se sont souvenus d'une simple recette autrichienne et l'ont mise en service. Après tout, une baguette s'adapte et cuit beaucoup plus rapidement.

Selon la troisième version, la baguette a été inventée sous Napoléon III. Après la même loi sur le poids et la taille du pain, les boulangers se sont réunis pour trouver une nouvelle forme qui satisferait l'empereur et était facilement transportable par tous les mêmes soldats.

Selon la quatrième version, une baguette a été inventée lors de la construction du métro parisien vers 1900. A cette époque, un tel chantier était le plus important, attirant les Français de tout le pays. Bien sûr, tous les provinciaux n'étaient pas ravis les uns des autres. Et comme la nourriture des travailleurs comprenait du pain qui devait être coupé avec un couteau, les combats devenaient très dangereux. Le créateur du métro Fulgence Marie Auguste Bienvenüe s'est engagé à résoudre ce problème. Il a demandé aux boulangers de créer du pain qui n'avait pas besoin d'être coupé. Une baguette est apparue et il a été interdit aux travailleurs d'apporter des couteaux sur le chantier.

La baguette doit être de 55-65 cm de long, peser 250-300 g et suivre strictement la recette: 18 g de sel pour 1 kg de farine. Quelle que soit la véracité de chaque version, on peut sans risque juger que la baguette est devenue la propriété et la fierté de la France [15]. J'ai du mal à imaginer un petit-déjeuner français sans baguette croquante et fraîche, sans confiture maison et sans fruits cultivés au soleil en Provence.

Dans l'assiette il y avait des pêches juteuses, des prunes, des abricots et des figues, que nous avons achetés près de notre villa - ils appartenaient au jardin de Madame Bosuar, une visiteuse fréquente du marché du matin sur la place Sainte-Maxime.

Il me semblait que les heures quotidiennes du marché du matin étaient devenues une habitude chez notre voisine. Dès le matin, elle remplissait un panier de fruits mûrs et partait pour quelques heures à la place du marché. Elle n'avait pas besoin de revenus supplémentaires, cette tradition est devenue une sorte de rituel de sa vie, un moyen de communication et de sortie. Mon „Français" achetait plus d'une fois des fruits mûrs à Mme Bosuar, et en discutant, il a même reçu une invitation pour une tasse de café de l'après-midi ce qui n'était pas possible en raison de nos activités et de notre absence fréquente à l'heure du déjeuner en dehors de la ville. Mais nous avons décidé que dans un avenir proche, nous irions néanmoins rendre visite à une voisine agréable pour déguster son fameux café dont la recette est transmise de génération en génération de la famille Bosuar.

Les pêches étaient vraiment divines, elles ressemblaient au goût d'un élixir de miel, complétant harmonieusement notre petit-déjeuner. La Provence, réchauffée par le soleil méditerranéen, est réputée pour une grande variété de fruits. De plus, chaque région est prête à se vanter de quelque chose de spécial.

Ainsi la petite ville de Solliès-Pont dans le département du Var, est considérée comme la „capitale des figues", et les figues ont commencé à porter le nom de la petite rivière provençale Solliès, dans la vallée dont elle est cultivée (Figue de Solliès). C'est ici que les plus grandes cultures de figues de France sont récoltées. Dans le département des Alpes-Hautes Provence, dans la vallée de la Durance, où il n'y a pratiquement pas de jours nuageux et pluvieux, les pommes sont cultivées. Les pommes parfumées de la ville alpine de Risoul (Pomme de Risoul) peuvent être stockées de trois mois à un an.

Madame Bosuar a déclaré en toute confiance que le territoire ensoleillé de Sainte-Maxime à Ramatuelle pouvait être considéré comme le berceau des pêches. Je ne voulais pas contester l'opinion d'une locale de Provence, peut-être que ce n'était pas scientifiquement confirmé, mais nous n'avons vraiment jamais goûtés les pêches les plus savoureux que les pêches de Madame Bosuar. Il est possible que dans un certain temps, les pêches de notre chaleureuse voisine entreront dans l'histoire de France et il y aura des légendes sur ce sujet, comme sur le sujet des Melons de Cavaillon. C'est un nom étrange donné aux melons de la commune de Cavaillon dans le département Vaucluse. Alexandre Dumas, un grand amateur de melons de miel, avait offert à la bibliothèque de la ville une collection complète de ses œuvres publiées en échange du droit de recevoir une douzaine de fruits parfumés chaque année. Pour être honnête, cela ne me dérangerait pas de profiter chaque année des pêches juteuses de Madame Bosuar en échange de mes propres œuvres sur la cuisine et les traditions de la Provence.

Après avoir pris de l'énergie et fini le petit-déjeuner, nous nous sommes dirigés vers Aix-en-Provence, la ville antique légendaire, qui a marqué le début de la naissance de la bourgeoisie française, l'art et les délices culinaires. La route nous emmenait de plus en plus loin du bord de la mer, la nature changeait, et seul le ciel clair, le doux soleil et les paysages pittoresques infinis de la région restaient inchangés.

La nature de la Provence comprend des vignobles infinis, des champs de lavande, des rivières cristallines couvertes de forêts et d'oliviers, des montagnes, des cascades, de petites villes anciennes et de petits villages. Les beautés locales ont toujours attiré des gens créatifs et doués. L'un d'eux était le peintre exceptionnel Paul Cézanne. Il est né et a vécu à Aix-en-Provence la plupart de sa vie, a étudié le droit au Collège de Bourbon, mais sans terminer son cours, a changé de direction et a été transféré à l'École des Beaux-Arts de Aix-en-Provence. Après avoir franchi le chemin difficile et épineux des errances „parisiennes" et des recherches créatives, l'artiste est revenu enfin à Aix-en-Provence, où il a trouvé son meilleur „modèle" - Montagne Sainte-Victoire.

Nous avons commencé notre voyage avec le magnifique Cours Mirabeau, qui se composait des rues de la vieille ville, bondées de boutiques de mode, de boutiques et de salons, de restaurants, de cafés agréables et de marchés locaux et colorés avec de l'huile de lavande, du pastis, du savon de Marseille et des sucreries provençales.

Après le Cours Mirabeau, nous marchions le long de rues étroites pavées et de petites places, admirions l'architecture ancienne et l'abondance de sites historiques préservés de la magique Aix-en-Provence. Je n'ai jamais vu une telle abondance d'attractions sur quelques kilomètres carrés. La perle de la vieille ville peut sans aucun doute être la première église gothique de Provence - l'église Saint-Jean-de-Malte. À mon avis, elle est intéressante pour sa retenue de style, une couleur particulière de pierre, une abondance de lumière à l'intérieur, des vitraux uniques du milieu du XIXe siècle et de nombreuses toiles pittoresques, dont „La crucifixion" de Ferdinand Victor Eugène Delacroix. Le clocher de l'église à 67 mètres de haut est le point le plus haut de la ville. Nous sommes montés tout en haut du clocher et avons profité du paysage pittoresque d'une ville unique. D'une vue plongeante, nous avons pu voir des peintures de Rubens et Jacob van Loo, l'Église de la Madeleine, la façade médiévale massive de l'hôtel de ville, l'ancienne bourse au pain, qui abrite aujourd'hui la poste. De retour sur Cours Mirabeau, nous sommes présentés devant la grande création du sculpteur français Pierre-Jean David d'Angers, statue de Bon Roi René avec un grain de raisins à la main. La sculpture transmet non seulement le caractère et la ressemblance externe avec l'original, mais devine aussi sans équivoque l'humeur et le monde intérieur du roi [16].

Admirant le riche patrimoine historique de la Provence, nous avons décidé de faire une pause et de prendre une tasse de café dans le légendaire café des Deux Garçons, dont les visiteurs étaient Émile Zola, Annie Suzanne Girardot et Jean Maurice Eugène Clément Cocteau. En face du café confortable, une vue pompeuse du quartier Mazarin a été révélée, avec de larges rues peu peuplées, des façades baroques et des clôtures en fer forgé cachant de magnifiques jardins de l'aristocratie locale et de nombreuses institutions d'État du XVIIIe siècle derrière une végétation luxuriante.

Après avoir choisi la table à l'ombre des arbres, nous avons décidé de nous offrir un dessert célèbre, à mon avis avec le nom quelque peu italien - Calisson Aix-en-Provence (Calissons d'Aix) et bien sûr une tasse de café noir fait dans les meilleures traditions françaises de la région d'Aix-une-Provence. Il existe plusieurs versions de l'apparence en Provence Calisson - une pâtisserie faite de sirop de sucre, d'amandes et de fruits secs.

La première raconte que lors du mariage du roi Le bon roi René et de Jeanne de Laval, la mariée était triste tout au long de la fête. Inquiet pour cela, le chef royal a décidé de faire un plat inhabituel pour la mariée: un gâteau à base de sirop, d'amandes et de fruits confits. Quand elle a goûté le dessert aérien, son visage s'est illuminé avec un sourire, et elle a prononcé la phrase „Di cali soun!" („C'était un avant-goût de la plus grande tendresse!"). Le nom „Calisson" est ensuite resté longtemps attaché au gâteau.

Selon la deuxième version, bien plus prosaïque, la consommation de Calisson a aidé la population locale de Provence à échapper à l'épidémie de peste. A Aix-en-Provence, il a été décidé de tenir une messe annuelle en septembre, au cours de laquelle des prières étaient adressées à la Vierge pour protéger les citoyens de la terrible maladie. Au cours d'un de ces services, les paroissiens ont reçu des Calisson sacrés pour la première fois.

Lors d'une des messes, le prêtre a prononcé l'expression latine „venite ad calicem“ („approchez de la coupe“), qui correspondait à „venes touti au calissoun“ en provençal. Après cela, les gâteaux consacrés ont été appelés Calisson. La tradition de distribuer le Calisson consacré aux croyants a été préservée à ce jour. A Aix-en-Provence, chaque premier dimanche de septembre est un jour de distribution de Calisson. Cette tradition est très aimée par les citoyens et les touristes, ainsi que par les producteurs locaux de gâteaux et les restaurants de la ville, qui proposent ce jour-là un menu où Calisson est toujours présenté. Les gâteaux en forme de bateaux étroits sont inextricablement liés à Aix-en-Provence et sont l'un des symboles de la ville.

Mon „Français“ préféré était tellement captivé par les pêches de Madame Bosuar que, impressionné par les fruits incroyablement juteux et sucrés, il a commandé un crumble aux pêches. Bien que ce dessert fasse partie des produits culinaires de Marseille, Bien que ce dessert fasse partie des points forts culinaires de Marseille, et en aucun cas d'Aix-en-Provence, les artisans français expérimentent avec grand plaisir, améliorant leurs capacités culinaires avec des plats plus populaires dans d'autres régions de France.

En attendant notre commande, mon compagnon s'est souvenu les histoires de la famille Duran sur la visite d'Aix-en-Provence, il me semblait que c'était l'un des endroits préférés de nos amis en Provence. Combien de mots chaleureux et doux ont été prononcés à propos d'une petite ville ancienne aux rues étroites, aux maisons jaunes et aux toits rouges. À ce moment-là, nous avons eu du mal à imaginer l'intégralité de l'image, à mettre correctement l'accent et à nous sentir comme l'un des habitants ou un touriste, qui n'avait pas visité la Provence pour la première fois.

La variété des sucreries et l'odeur d'un café fort et parfumé ont stimulé l'appétit. Je n'ai pas pu résister à ne pas essayer une cuillerée de dessert aux pêches avec Pastis et être ravie. Sous la mie croustillante de Crumble, il y avait un véritable feu d'artifice de goût - les notes très fines de Pastis mettaient parfaitement en valeur la douceur des pêches et ne laissaient pas indifférent même le client le plus exigeant. À un moment donné, j'ai même un peu regretté de n'avoir pas fait mon choix en faveur de Crumble, mais j'ai décidé de ne pas désespérer et de m'installer pour une dégustation de Calisson. La délicieuse délicatesse française, aromatique et célèbre était un petit bonbon sous forme d'amande, un pétale de fleur ou un bateau fait de masse d'amande avec abricot confit et était recouvert de glaçage au sucre. Le dessert doit contenir au moins 30% d'amandes, il peut être comparé à la forme d'un œil de femme, quelqu'un peut penser qu'il ressemble plus à des pétales tendres remplis d'amandes et de morceaux de fruits confits (melon, pêche ou abricot) et saupoudrés de glaçage au sucre.

J'avais l'impression que le mot „tendresse" paraissait trop rude par rapport au goût raffiné et à l'arrière-goût divin du fameux gâteau. J'ai fermé les yeux un instant et je me suis souvenue d'un extrait de l'histoire colorée de la famille Duran sur la dégustation d'un dessert préféré, qui pourrait bien servir le sujet pour le prochain chef-d'œuvre des peintres français.

Le sud de la France, un été étouffant. Les tables d'un café sous une feuillette de platanes. Un vent chaud et doux joue avec le bord de la nappe nacre. Les glaçons fondent dans un verre d'eau. Le café noir dans une petite tasse et sur une assiette de porcelaine il y a les fameux Calissons. Je voulais arrêter le moment de bonheur, savourer le goût délicat et prolonger le plaisir „sucré" du dessert doux, principal héritage de la ville du vieil Aix-en-Provence.

Le prochain endroit de notre promenade était l'hôtel de ville, où le marché central était situé avec des tentes colorées, de minuscules magasins de fleurs, des vitrines colorées et des comptoirs bondés de fruits et légumes locaux, de fruits de mer et d'épices provençales. L'abondance et la variété des plats français locaux qui peuvent satisfaire la faim des touristes perdus et surprendre même les Français. L'un de ces plats était une Paella à la française. Ce plat, curieusement, a été inventé par les Espagnols, mais les Français ont appris à le cuisiner tout aussi bien.

Si en Espagne la paella est souvent trop salée, parfois avec du riz dur, alors en France elle est telle que vous voulez la manger plusieurs fois par jour. Sur les marchés provençaux, vous pouvez souvent trouver des „fast-food français" sous la forme d'immenses cuves à paella parfumée chaude, qui sont cuites avec du poulet, des crevettes et des moules. La première fois que nous avons goûté un plat copieux c'était sur le marché de la ville d'Andalousie, l'odeur d'épices et de riz sélectionné ne pouvait pas nous laisser indifférents, il semblerait qu'un simple plat dans sa composition pourrait non seulement apaiser notre faim, mais aussi laisser une impression agréable pendant longtemps.

Nous avons été bien surpris quand, lors de notre voyage au marché à Ramatuelle, nous avons vu une file d'attente entourer le comptoir de Paella. Nous ne pouvions pas passer sans essayer une cuillerée de la version française du plat espagnol et nos attentes étaient pleinement justifiées. La recette française s'est avérée beaucoup plus savoureuse à mon avis, à cause indéniablement des épices provençales et de la variété de riz cultivée dans la région de Camargue qui se caractérisait par sa tendresse et sa friabilité.

C'était l'heure du déjeuner, et nous n'avons pas pu résister à la tentation d'apaiser notre faim avec une portion fraîche de paella aux fruits de mer et aux olives marinées à l'ail, à l'huile d'olive et aux herbes provençales. Nous avons trouvé un endroit confortable à l'ombre de vieux platanes, où nous avons décidé de savourer un dîner provençal inhabituel dans l'ambiance décontractée du vieil Aix-en-Provence. La paella s'est avérée être un plat très copieux, la sensation de faim a disparu après un tiers de ce qui avait été mangé, mais le désir de profiter de ce qui était merveilleux faisait manger jusqu'à la dernière miette.

Paella

Ingrédients (4 pers)

1 verre de riz de Camargue, 2 gousses d'ail, 1 oignon, 1 citron, 1-2 c. à soupe de tomates coupées, 6-10 grosses crevettes, 8-14 moules, des calmars, des seiches, des coquilles Saint-Jacques et autres fruits de mer que vous avez, 2 verres d'eau, coriandre, persil, 1 dose de safran, herbes de Provence, de l'huile d'olive, du beurre, sel, poivre noir moulu.

Préparation

Rincez le riz et le déposez dans une passoire pour que l'eau s'égoutte. Décongelez les fruits de mer, si nécessaire, épluchez les crevettes en faisant une incision longitudinale dans le dos et en retirant les intérieurs. Ne jetez pas le liquide qui reste après la décongélation des fruits de mer, ainsi que les têtes et les coquilles de crevettes.

Faite cuire les moules dans une casserole avec couvercle pendant quelques minutes jusqu'à ce qu'elles s'ouvrent, en conservant tout le liquide qui reste au fond. Faite frire les crevettes dans l'huile d'olive chaude pendant 1 à 2 minutes de chaque côté et transférez sur du papier absorbant. Si vous le souhaitez, vous pouvez utiliser d'autres fruits de mer, le principe général de cuisson sera le même: hacher légèrement, frire rapidement au tout début, et chauffer avec de la paella toute prête à la fin.

Chauffez un peu de beurre dans la poêle, ajoutez les têtes et les coquilles des crevettes et faite frire, en remuant, pendant quelques minutes, jusqu'à ce qu'elles deviennent rouge foncé et commencent à émettre un arôme sucré. Versez de l'eau, ajoutez le liquide de fruits de mer stocké, salez et faites cuire, en remuant, pendant une demi-heure. Égouttez le bouillon en appuyant légèrement sur les têtes et les coquilles afin de ne pas y laisser tous les arômes. Au total, vous devriez obtenir 2 verres de bouillon, s'il en reste moins, ajoutez de l'eau. Dissolvez une dose de safran dans un bouillon chaud et laissez reposer un moment, afin que le bouillon acquière une couleur et un arôme vif, ajoutez des herbes provençales.

Placez la poêle sur le feu moyen et versez l'huile d'olive afin qu'elle recouvre son fond - une fine couche, mais complètement. Ajoutez l'oignon et l'ail hachés et faite frire, en remuant, pendant quelques minutes, jusqu'à ce que les légumes deviennent transparents. Ajoutez les tomates, préparez une minute de plus, sans cesser de remuer le contenu de la poêle, puis verser uniformément le riz dans la poêle. Secouez

---

la casserole d'un côté à l'autre pour que le riz soit réparti uniformément dessus. Ajoutez une pincée de sel et versez le bouillon.

Augmentez le feu de façon à faire bouillir le bouillon immédiatement, et faites cuire le riz pendant 10 minutes à ébullition notable. Réduisez le feu et laissez cuire encore environ 10 minutes avant que tout le bouillon soit en partie bouilli et en partie absorbé dans le riz. Quelques minutes avant la fin de la cuisson mettez les fruits de mer précuits sur le riz afin qu'ils aient le temps de chauffer, mais ne deviennent pas „caoutchouc". Après avoir retiré la poêle du feu, laissez la paella tranquille pendant encore 5 minutes afin que le riz puisse absorber tout le liquide restant. Servez la paella de fruits de mer préparée à la table directement dans la poêle. N'oubliez pas le citron, coupé à l'avance en tranches - certains aiment l'ajouter dans la paella. Décorez avec la coriandre et le persil hachés.

Mon compagnon m'a proposé de passer l'après-midi dans le département voisin du Var, de pratiquer des sports actifs et de se détendre de l'agitation de la ville. Après avoir étudié la carte de la région, nous nous sommes dirigés vers le parc naturel régional, situé près d'Aix-en-Provence. C'est là que se trouvent les Gorges du Verdon, impressionnant par sa taille et sa beauté. Le Verdon peut non seulement conquérir par sa majesté, mais aussi faire trembler face à la force de la nature et de sa richesse. Nous avons passé le long des grandes gorges jusqu'au lac de Sainte-Croix-du-Verdon, où nous avons loué un kayak double pour une promenade le long du „fond" des gorges. C'était un endroit inhabituel, il ressemblait à une sorte de trésor naturel, une combinaison harmonieuse d'eau et d'abondance du monde végétal. Le lac profond ressemblait à un diamant, et une faune intacte comme une pierre précieuse, lui donnait un caractère unique. Tout cela faisait tomber amoureux d'un trésor rare appartenant à la Provence. Notre voyage a commencé par une promenade le long du lac vers les anciennes gorges, où on pouvait se cacher de la chaleur de l'été et voir les chauves-souris, qui sont devenues ses habitants permanents de cet endroit.

L'eau transparente nous a non seulement sauvés de la chaleur, mais a également remonté le moral, notre kayak s'est approché d'une gorge profonde, une douce brise jouait avec mes cheveux et le soleil flirtait avec mes épaules ouvertes. Un sens de l'aventurisme régnait sur nos pensées, l'intérêt pour quelque chose de nouveau et d'inconnu nous a obligés à avancer vers le but. La gorge nous a semblé un endroit très inhabituel, il y avait quelque chose de mystérieux, inexplicable et attrayant. Il me semblait que le mystère du vieux lac de Sainte-Croix-du-Verdon y résidait, il est possible qu'il soit devenu il y a des siècles le refuge de jeunes amoureux qui ont été poursuivis pour leurs sentiments sincères et profonds. Il est possible qu'un vieux dragon ait vécu dans cette gorge sombre et froide, protégeant le lac et les habitants d'Aix-en-Provence des tribus hostiles et des nomades. Aix-en-Provence n'est pas seulement le monde de contes de fées et de légendes, de vieilles croyances et d'histoires vraies, c'est aussi un royaume d'idylle, de romance et de magie. Les Français transmettent non seulement de belles légendes de bouche à oreille, de génération en génération, mais sont également fiers de leur histoire ancienne, qui rappelle un conte de fées raconté par une grand-mère.

L'air de Provence n'est pas seulement rempli de respect pour les anciennes traditions, les légendes et les croyances, il était tissé à partir d'une fine toile d'une combinaison de palettes lumineuses et des pastels. Le territoire de Provence s'étend de la mer aux montagnes bleues. Et devant les crêtes puissantes, il y a une plus petite chaîne de montagnes dispersées, chacune étant couronnée par une ville. L'une d'eux est la ville de Gordes, elle a été construite de grosses pierres sans ciment ni sable, selon le secret des artisans locaux.

La Provence n'est pas seulement un lieu magique, mais aussi un lieu romantique, chacun de ses coins est rempli d'histoire ancienne, la population locale croit toujours au mystère de la création de nombreuses villes provençales. Malheureusement, les légendes ne sont pas toujours belles et romantiques, parfois leur signification est remplie de tristesse et de déception. Une de ces légendes est liée à une ville magique au nom fabuleux de Roussillon. Une fois, le chevalier Guillaume de Cabestan a vu la belle Dame Sermonde - la jeune épouse du méchant et cruel maître de la ville, et il est tombé amoureux d'elle au premier regard. Après l'avoir appris, le mari, dans une crise de jalousie, a tué le jeune homme amoureux et a présenté son cœur à sa charmante épouse pour le dîner. En apprenant la mort de son amoureux, la jeune belle s'est jetée dans le fossé depuis une haute tour. Le sang de la belle Dame Sermonde a imprégné la terre et s'est transformé en un ocre brillant. Depuis, Roussillon produit le meilleur ocre du monde de différentes nuances. Une belle et triste légende d'une ville fabuleuse où chaque maison représente une partie d'une grande palette de peintures solaires [17].

Tous ceux qui sont allés à Roussillon ont laissé pour toujours un morceau de son cœur dans les rues étroites d'une ville romantique, des sentiers lumineux menant à des grottes dorées, ou au pied des montagnes orange où les pins d'émeraude sont racinés.

Toutes les montagnes de Provence ne ressemblent pas à des frères jumeaux, chacune a sa propre histoire et son propre caractère. Par exemple, les montagnes d'Aix-en-Provence entourant le lac de Sainte-Croix-du-Verdon sont comme de puissants géants, gardant la tranquillité et le sommeil des habitants. Par temps ensoleillé d'été, ils acquièrent une couleur verte vive et, comme s'ils souriaient, font les clins d'œil dans l'éclat du soleil. En hiver, ils se transforment en vieillards sombres aux cheveux gris, gardiens de l'histoire et anciennes légendes du pittoresque Aix-en-Provence.

En profitant du silence et en admirant les richesses uniques de la nature provençale, nous avons traversé le lac et nous nous sommes arrêtés près du petit village de Moustiers-Sainte-Marie, ses saucisses fumées et son ragoût de lapin. Après avoir laissé le kayak sur la plage, nous sommes allés vers un village pittoresque dans le centre de la Provence pour prendre de l'énergie, dîner et passer le reste de la journée dans l'esprit d'Aix-en-Provence. Pas étonnant que ce petit village soit considéré comme l'un des plus beaux villages de Provence, il est situé à proximité du Verdon au bord du pittoresque lac de Sainte-Croix-du-Verdon. Malgré sa taille modeste, la petite ville regorge de merveilles médiévales qui se marient parfaitement avec les montagnes qui les entourent.

La population locale est appelée la „ville sous l'étoile“, en l'honneur d'une étoile dorée, qui est un symbole de la ville et qui est confinée entre deux escarpements rocheux. Selon la légende, le chevalier Blacas, emprisonné par les Sarrasins en 1210, avait promis, s'il revenait dans son village, d'y suspendre une étoile et sa chaîne en hommage à la Vierge Marie. De retour de captivité, le chevalier Blacas a tenu sa promesse et a demandé de suspendre une étoile à seize branches entre les rochers au-dessus de sa ville natale, comme symbole de son retour miraculeux. L'étoile de la Sainte Vierge protège toujours les habitants de la ville et contribue de toutes les manières possibles à sa prospérité. Selon la légende, une personne qui passe sous l'étoile de la Sainte Vierge sera bénie et laissera à jamais un morceau de son âme dans l'intérieur de la Provence pittoresque.

Nous sommes montés le long du mur de la ville jusqu'au point le plus haut, la chapelle Notre-Dame de Beauvoir, dominant fièrement l'un des rochers gris. Le premier temple en l'honneur de la Vierge Sainte a été construit sur ce lieu comme une suite à la légende de l'étoile, beaucoup plus tard, sur le lieu du temple, les moines ont construit une chapelle du nom de Notre-Dame-d'Entreroches. Les portes de la chapelle sont toujours ouvertes non seulement aux habitants de la ville, mais aussi aux „âmes perdues“ errant dans le monde à la recherche de leur étoile. Au coucher du soleil, une ville fabuleuse, noyée dans une végétation luxuriante et cachée entre des rochers hauts gris, ressemblait à un cadre d'un vieux film français sur la Provence ensoleillée avec ses tristes légendes et son histoire ancienne.

Après avoir fait un arrêt aux murs de la chapelle, nous avons observé les changements de nature, admiré le coucher de soleil lumineux et inhalé l'arôme divin des champs de lavande entourant Moustiers-Sainte-Marie. Soudain, la cloche a sonné dans la chapelle du Notre Dame de Beauvoir, elle était si triste qu'elle faisait plonger dans des pensées profondes et sincères sur les valeurs éternelles et réfléchir au sens de la vie mondaine. Il me semble parfois qu'une personne ne peut trouver l'harmonie dans le corps et l'âme qu'en admirant le beau, en calmant le cœur avec silence et tranquillité, en touchant le beau et en refusant la vie habituelle. Pour moi, ce lieu s'est avéré être Aix-en-Provence - un paradis terrestre qui préserve l'harmonie des richesses naturelles, la combinaison parfaite de la côte d'azur, des montagnes pittoresques et de l'individualisme préservé du style architectural unique de la Provence magique.

Près de la chapelle, en direction de la place de la ville, nous avons remarqué une boutique colorée attirant le regard des passants avec une faïence peinte à la main. Apparemment, le village de conte de fées, jouit de la renommée de capitale française de la faïence et est considéré comme l'endroit le plus visité et le plus apprécié de la région d'Aix-en-Provence. Une fois entrés à l'intérieur, nous nous sommes soudain retrouvés au centre d'un atelier spacieux et lumineux, où nous pouvions non seulement acheter un souvenir que nous aimions, mais aussi regarder la peinture unique d'artisans locaux. C'était un spectacle étonnant, la bonne combinaison d'harmonie de couleurs et d'imagination non standard des maîtres, qui faisaient des miracles et créaient des chefs-d'œuvre.

Le propriétaire de l'atelier était un Parisien, un concepteur débutant, qui avait fait confiance au destin, était parti de la capitale de la mode à Aix-en-Provence pour étudier l'histoire et la technologie de peinture de la faïence. Le Parisien a consacré une grande partie de sa vie à son entreprise préférée, et Moustiers-Sainte-Marie est devenu sa deuxième patrie. Tombé amoureux des champs de lavande infinis, des oliviers et du charme provençal, il ne pouvait plus retourner dans la capitale et a laissé à jamais son cœur en Provence.

Inspiré par l'incroyable histoire du maître, sa force de volonté, son engagement dans la profession et sa foi en sa propre force, j'ai soudain pensé à mes propres désirs, à des projets non réalisés et à ce que je voudrais consacrer à une grande partie de ma vie. Chaque jour que j'ai rencontré Provence, j'imaginais de plus en plus clairement ma vieillesse sur les rives de la Côte d'Azur, au milieu du sud, parmi les vieux platanes et les rues françaises étroites pavées de briques jaunes. J'imaginais une vieille maison avec une cheminée et un jardin, le bruit d'une machine à écrire, un verre de rosé après une dure journée, l'odeur de lavande et le câlin d'un homme bien aimé sont tous les éléments de mon avenir heureux. Oublier l'agitation urbaine, être libre et faire son travail préféré, c'est la plus grande richesse dont tout le monde rêve, même au sommet de la gloire ou au sommet d'une carrière commerciale réussie. Parfois, il nous semble que nous sommes sur la bonne voie, que les valeurs matérielles peuvent remplacer l'harmonie spirituelle, la poursuite de normes mondiales reconnues, peut nous rendre célèbres et heureux. Nous sommes effrayés même par l'idée de changer radicalement les choses dans notre vie, de commencer par une nouvelle page, d'oublier les peurs et les doutes, de nous écouter et de faire ce que nous aimons. J'ai toujours été admirée par les gens qui ont pris le risque de changer les stéréotypes et de commencer une nouvelle vie, de changer leur cercle social, leur pays de résidence, de renoncer à la richesse et de profiter de chaque jour qu'ils vivaient.

En voyageant à travers la Provence, j'ai pu rencontrer des gens uniques en leur genre, si différents et en même temps très similaires. Tous étaient unis par un amour de la liberté et la foi en leurs propres forces, beaucoup ont apporté le destin à la Provence, qui est devenue leur refuge et leur seconde patrie. J'ai parfois l'impression que c'est là que les rêves se réalisent, que les idées géniales naissent et qu'on apprécie chaque minute qu'on vit. Contrairement à d'autres nations, les Français, ou plutôt les habitants de Provence, ont un sens de la liberté qui est totalement inhérent aux habitants de la capitale et de la région Nord de la France. Ils sont étrangers à la recherche de la richesse matérielle, leurs principales priorités ne sont pas la constance et la carrière, mais la liberté de choix, les traditions familiales et l'amour de la Provence. Le sentiment de légèreté et d'harmonie ne quitte pas l'âme, la jouissance de la belle transforme les choses ordinaires en vacances, même le processus de manger ne ressemble pas à un repas banal apaisant la faim, mais à un rituel en famille ou en compagnie d'amis, la possibilité de se voir le plus souvent possible, de communiquer, de partager du positif et de la bonne humeur.

Les pensées sur la beauté nous ont conduits à un restaurant confortable donnant sur la chapelle Notre-Dame de Beauvoir, et sur l'étoile qui gardait les habitants. Après avoir pris la place près de la fenêtre, nous avons apprécié l'odeur de la lavande, le bruissement des feuilles des oliviers et les chansons des cigales. J'avais envie de moules à la sauce tomate et des calmars farcis au pesto et grillés. Nous avons décidé de consacrer ce soir exclusivement à la dégustation de plats et de vins locaux, mon „Français" préféré a opté pour la célèbre soupe provençale au basilic et pour lapin cuit (aux herbes), qui se marie harmonieusement avec le célèbre vin Bellet de la région. Il s'agit d'un très petit vignoble, situé entre des plantations de fleurs, qui couvre des collines escarpées qui s'élèvent au-dessus de la vallée du Var. L'originalité du vin Bellet tient à ses cépages caractéristiques: „Folle Noire", „Cinsault" pour les vins rouges et rosés, „Rolle", „Roussanne" pour les vins blancs.

Ces vins sont appréciés pour leur fraîcheur et sont en parfaite harmonie avec les plats de viande et de poisson. Dans les restaurants et cafés d'Aix-en-Provence, les Français recommandent de commander du poisson et de la sauce aïoli à l'ail, ou all-i-oïl servis avec des fruits de mer, de la soupe de poisson et des croûtes. Nous avons décidé de ne pas changer les traditions locales et de faire confiance au choix des connaisseurs des subtilités culinaires de la cuisine provençale. Le sommelier a suggéré de commencer par un verre de vin blanc sec avec un léger arôme d'agrumes et une odeur fraîche qui s'harmonise parfaitement avec les plats de poisson et de fruits de mer. Le bouquet délicat ressemblait au bruissement du vent dans les feuilles, à la fraîcheur printanière ou à la brise marine rafraîchissante.

Devant mes yeux il y avait des images d'une plage de sable déserte, de l'idylle dans la nature, une table avec une nappe blanche et des bougies allumées sur la terrasse, avec vue sur la mer. Les pensées étaient si éloignées de la réalité, une combinaison harmonieuse d'odeur et de goût faisait des merveilles et un arrière-goût rafraîchissant léger prolongeait les minutes de bonheur.

En profitant de l'arôme délicat du vin, nous n'avons pas remarqué comment les collations sont apparues sur la table: olives marinées et tapenade aux anchois râpés. Mon attention a été attirée par la sauce aïoli, qui rappelait un peu la mayonnaise en couleur et en consistance.

Presque aucun plat en France n'est servi sans sauce spéciale en raison de son statut. L'utilisation obligatoire d'une variété de sauces (plus de 3000 recettes officiellement enregistrées) et d'une variété d'épices, en fait, font de la cuisine française la meilleure au monde.

En France, la sauce signifie bien plus qu'une simple sauce pour un plat - c'est un rituel et une recette spéciale, une sorte de test pour la profession que chaque cuisinier doit réussir, et même une science formellement étudiée dans tous les établissements professionnels. Mais avec toute la variété des sauces locales, elles représentent pratiquement tous un ou deux ingrédients „de base" (généralement du bouillon de poulet ou de viande), dont le goût est donné grâce à divers ingrédients, souvent très inattendus.

Même la mayonnaise ordinaire, dont la patrie est considérée comme la France, n'est préparée ici qu'à la main et uniquement selon une recette spéciale, même s'il semble qu'il ne soit pas possible de changer quelque chose dans cette simple combinaison de vinaigre, sel, huile et jaune d'œuf. Que dire de chefs-d'œuvre locaux plus complexes, comme „Sauce Béchamel", „Aïoli" (un type de mayonnaise qui utilise du jus de citron au lieu de vinaigre), „Sauce Mornay" („Sauce Béchamel" au fromage), „bordelaise", „lyonnaise", „Madera", sauce au vin ou sauce blanche.

Populaire non seulement en France, mais aussi dans d'autres pays entourant la mer Méditerranée, aïoli est une émulsion d'huile d'olive assaisonnée d'un jus de citron avec beaucoup d'ail. L'ail est l'ingrédient principal de cette sauce, qui a un goût follement excitant et épicé. Il convient de noter que dans certaines régions, par exemple, sur la côte sud-est de l'Espagne, il existe des recettes de sauce qui n'incluent pas l'ajout de jaune d'œuf ou d'eau, uniquement de l'huile d'olive végétale, de l'ail et du sel.

Le processus de cuisson prend plus de temps, car avant d'ajouter l'huile de l'ail, il est nécessaire de tirer le jus, même si vous pouvez un peu accélérer en utilisant le jus de citron. Il est permis d'ajouter de petites quantités de lait ou d'eau, mais dans tous les cas, il devrait y avoir beaucoup plus d'huile. Sans émulsifiant du jaune d'œuf, mais elle aura l'odeur d'ail marquée. Dans ce cas, les Français utilisent un mélange ail-œuf pour émulsionner l'huile. Il y a mille et une façons de consommer l'aïoli, le plus simple est de le mettre sur un morceau de pain, mais les habitants de Provence préfèrent une version plus raffinée. Des haricots verts frais achetés au marché provençal du matin, harmonieusement associés à l'aïoli et au pain grillé - cela pourrait être considéré comme la classique. L'aïoli est également bon avec du riz, des pommes de terre, des crevettes et du poisson.

Provence est un endroit où les plats de poissons et de fruits de mer occupent probablement la première place dans la ration quotidienne des Français. Le dîner d'aujourd'hui pourrait être considéré comme un dîner vraiment provençal. Les plats faciles à cuire, tout en étant raffinés, ressemblaient à une cuisine vraiment artisanale: poisson à la sauce d'origan, ail rôti, oignons, tomates hachées, câpres et olives cultivées sous les rayons du soleil provençal. Mais le point culminant du dîner était la célèbre soupe au basilic et le lapin cuit à la provençale (aux herbes).

Les soupes de tomates dans certaines variantes se trouvent non seulement dans la cuisine française, mais aussi dans la cuisine espagnole et italienne. En outre, des types plus épicés de cette soupe peuvent être trouvés chez les Mexicains. En Espagne, c'est une soupe froide traditionnelle à la crème de tomates à base de tomates râpées, de légumes hachés (concombres, poivrons) et d'ail. Des croûtons frits, de la viande hachée, du jambon, du poisson, des crevettes et d'autres fruits de mer sont souvent ajoutés à un tel plat.

L'odeur était divine, les tomates fraîches et charcutées constituaient la base de la soupe estivale, et les herbes provençales donnaient de l'épicerie et une certaine personnalité du plat copieux.

À la fin on nous a servi un véritable chef-d'œuvre - un lapin braisé provençal. Il me semblait que nous n'avions jamais connu une telle stupéfaction devant la polyvalence et l'originalité des plats français. Les légumes et les fruits frais cultivés en Provence, les herbes et les épices qui ajoutent de l'originalité et du piquant à la recette même la plus simple, et, bien sûr, les vins qui mettent l'accent sur le chef-d'œuvre culinaire, sont la clef du succès de la cuisine provençale.

Le lapin braisé est un plat présent dans l'histoire culinaire non seulement de la France, mais aussi de nombreux autres pays européens, ainsi que de la Russie, de l'Ukraine et de l'étranger. Plus d'une fois, j'ai dû cuisiner ce plat à la maison en utilisant la recette familiale de ma grand-mère, le commander dans un restaurant ou le goûter en tant qu'invitée pour un dîner avec des amis et des connaissances. Je dois avouer que les recettes de la cuisine provençale ne doivent pas être comparées aux autres, ni être se reproduites exactement ailleurs, sauf en Provence.

Et la question n'est même pas en train de faire le plat sensationnel et dans le secret des cuisiniers, la raison réside dans les produits uniques et frais et dans l'attitude des habitants dans l'histoire de l'origine du „lapin braisé". Les Français pensent que le lapin doit être mariné, dans ce cas il sera plus doux, plus parfumé et plus savoureux. Une alternative au décapage consiste à tremper dans l'eau afin d'améliorer les propriétés de la viande et de détruire une odeur particulière.

Lapin braisé à la française

Ingrédients (2 pers)

1 kg de lapin, 2 gousses d'ail, 2 c. à soupe de moutarde, ½ citron, 2 verres de bouillon de poulet, 3 c. à soupe de tomates séchées, sel, 50g d'olives, herbes de Provence, poivre, 1 dose de basilic séché, cumin, 5g de menthe

Préparation

Coupez le lapin préalablement trempé pendant 8 heures dans de l'eau froide et légèrement acidifiée, en morceaux. Placez la viande sur le moule de cuisson résistant à la chaleur, salez, poivrez et ajoutez les herbes de Provence. Mettez uniformément la moutarde et ajoutez l'ail pelé au-dessus.

Ajoutez les tomates séchées, les olives et le citron coupés en fines tranches dans le plat. Saupoudrez de basilic séché et de graines de cumin. Versez le bouillon, en remplissant le moule jusqu'en haut. Couvrez hermétiquement avec du papier aluminium et mettre au four, chauffé à 200 degrés.

Après 45 minutes, retirez le papier aluminium - le lapin doit s'imprégner de tous les arômes d'herbes et d'épices, le bouillon doit s'évaporer légèrement, mais rester

dans le plat. Remettez le moule au four (les tranches de citron peuvent être légère-
ment trempées dans le bouillon pour qu'elles ne brûlent pas) et continuez à cuire
encore 15 minutes - la viande aura le temps de brunir pendant ce temps. Le plat
fini est décoré avec quelques feuilles de menthe fraîche. Servez le lapin provençal
chaud, vous pouvez le compléter avec du vin.

Vous pouvez ajouter un peu de vinaigre à l'eau, mais ce n'est pas nécessaire. Le vin blanc est l'une des meilleures options de décapage. Le vin élimine presque complè-tement une odeur spécifique, adoucit et aromatise très bien la viande. Le résultat est un plat gastronomique au goût délicat, à l'arôme agréable et aux propriétés très bé-néfiques. Parfois, le vin rouge est utilisé pour la marinade, certainement avec des épices, comme par exemple dans la cuisine française. Le goût délicat de la viande jeune a été souligné par les herbes provençales, dont le choix est toujours dans la conscience du cuisinier. En tout cas, le thym, l'origan et le basilic font partie inté-grante de la cuisine provençale.

Il s'est avéré que nous n'étions pas les seuls parmi les visiteurs du restaurant à ap-précier les chefs-d'œuvre culinaires locaux, les amateurs de soupes et de ragoûts. L'apogée de notre dîner s'est avérée être un complément du chef, un dessert au nom insolite Papaline d'Avignon qui peut être exclusivement dégusté dans la région d'Aix-en-Provence. Cette délicatesse rare, apparue il y a seulement un demi-siècle, tire son nom de la capture des papes à Avignon. Sa fabrication est gardée secret, et vous ne pouvez l'acheter que dans le département du Vaucluse chez les meilleurs pâtissiers locaux. Les boules en forme étrange que les Français comparent à la fleur de chardon sont faites de chocolat et de liqueur L'origan du Comtat. Son ingrédient principal est la marjolaine, originaire de la Provence. Dans l'infusion des herbes on ajoute du miel provençal local de la plus haute qualité et la liqueur. Tous les cuisi-niers français ne sont pas capables de reproduire une copie exacte de ce dessert.

Il me semblait qu'il était impossible d'imaginer une conclusion plus raffinée du dî-ner français. Le goût délicat du chocolat m'a captivée par son amertume et a laissé un arrière-goût de miel. C'est une erreur de comparer les restaurants spacieux de la capitale avec les sous-sols confortables de la Provence magique. Ils portent un cer-tain esprit de liberté, représentent un lien particulier entre les générations, la capa-cité d'honorer les traditions et de transmettre les meilleurs secrets de cuisine d'ar-rière-grand-père à grand-père, de père à fils. C'est cette France bourgeoise et un peu vaniteuse qui conquiert depuis de nombreuses années les cœurs et attire les voya-geurs et les connaisseurs de cette culture provençale, de son histoire et de ses délices culinaires.

Chapitre 4. Le plaisir de la table est de tous les âges, de toutes les conditions, de tous les pays et de tous les jours. Anthelme Brillat-Savarin

Un matin sombre, le son étouffé d'un réveil, une chambre froide et un oreiller doux et blanc comme neige qui relisait étroitement au monde des rêves doux. Le subconscient a commencé déjà à se réveiller, mais mes pensées étaient encore assez floues et les plans pour ce matin étaient encore difficiles à intégrer dans ma tête. La matinée a commencé aujourd'hui quand le soleil ne pensait toujours pas à se réveiller. Le brouillard enveloppait les arbres du jardin et ils ressemblaient aux errants endormis gardant les murs d'un château imprenable. Se convaincre de la nécessité d'un réveil matinal s'est avéré une tâche assez difficile, ma motivation était l'odeur d'huile de lavande dispersée dans toute la maison, le bruit de l'eau dans la salle de bain, l'arôme du café fort et des pâtisseries fraîches à la vanille, de cannelle et de clou de girofle.

Apparemment, un bain chaud le matin et un petit déjeuner français attendaient mon réveil. Je voulais consacrer cette journée à des pensées philosophiques, à une promenade le long de la mer, à la recherche d'un restaurant confortable au bord de la mer et à la jouissance du ciel étoilé et du bleu de la mer. J'étais presque sur le point de me réveiller, Mon „Français" préféré m'a fait un bain matinal avec un mélange de sels, d'huiles et d'herbes provençales. J'ai été follement impressionnée par l'ancienne salle de bain de style provençal, située sur un piédestal en pierre, d'où nous pouvions profiter de la vue sur Sainte-Maxime.

Près des fenêtres grandes ouvertes fleurissaient des géraniums, émanant l'arôme divin de miel, d'épices douces et de notes florales, il semblait que ce parfum était l'odeur de la Provence. La combinaison du vent chaud du matin et de la fraîcheur estivale venant de la côte transmettaient harmonieusement tout le charme des vacances du sud, soulignaient le caractère unique du climat provençal et calmaient l'âme.

En profitant des moments magiques et délicieux, on cesse de s'orienter dans le temps et l'espace, on oublie le suspense, le stress, et on ouvre l'âme aux nouvelles sensations, aux émotions positives et à la foi dans le meilleur.

Ce sentiment est incomparable avec toute autre expérience, il est si contagieux et profond qu'il ne reste plus qu'à lâcher des doutes alarmants et à faire confiance à son pouvoir magique. Après avoir passé plus d'une heure dans la salle de bain, me relaxer et me recharger avec une énergie positive pour le jour à venir, je voulais vraiment prendre la première gorgée de café du matin et enfin commencer cette nouvelle et incroyable journée d'été au cœur de la Provence magique. En mettant une blouse de soie fine sur mes épaules, je suis allée vers la cuisine, mais je n'ai pas pu attraper mon „Français" pendant la procédure de préparation du café, mais l'arôme préservé d'une boisson revigorante a permis de juger de sa présence et de sa fraîcheur. La sensation de faim m'a amenée sur la terrasse d'été, où mon „Français" dégustait un café fort et noir et lisait un livre acheté la veille de nos vacances, qui portait le nom „une bonne année". Après avoir rompu le silence qui flottait dans l'air et l'idylle matinale, j'ai quand même réussi à le détacher du monde fascinant de la littérature et à me faire compagnie au petit déjeuner.

Aujourd'hui, nous avons refusé une baguette fraîche avec du fromage chaud ou des délices de viande des marchés provençaux. Je voulais célébrer le nouveau jour avec la fraîcheur du matin, profiter des cadeaux de la nature et goûter quelque chose de simple, et en même temps, transmettant toute la chaleur et le luxe de la Provence estivale. Il s'agissait d'un jus de fruits à base de figues mûres, de pêches juteuses et de melons de miel que nous avons acquis dans la région de Camargue. Il était impossible d'imaginer un petit-déjeuner plus copieux, et un mélange de fruits harmonieusement combinés traduisait l'abondance et la diversité des richesses naturelles de la région. Après un verre de jus revigorant, il y a eu une poussée de force et de bonne humeur.

Le temps nuageux et changeant comme une vraie femme, ne prévoyait pas de pluie et nous permettait de planifier notre journée. Aujourd'hui, nous avons voulu plonger tête baissée dans l'univers culinaire de la Provence, ressentir son charme, profiter de la diversité, de l'originalité et en même temps de la simplicité des plats faits maison. Pendant les vacances provençales, nous étions tellement plongés dans l'atmosphère de fraîcheur, de sophistication et le charme vertigineux de la cuisine française qu'il nous semblait parfois que nous ne serions plus surpris, mais lorsque nous visitions de nouveaux endroits sur la Côte d'Azur, nous découvrions à chaque fois quelque chose de nouveau, d'inconnu et d'excitant pour notre imagination.

Ma première impression de la France était, étrangement, liée à la pâtisserie: baguette croustillante, gâteaux à la crème tendre, Croissant, avec croûte grillée, biscuits aérés et gâteau au chocolat. L'abondance illimitée de sucreries et pâtisseries des maîtres français ne peut laisser indifférent même le visiteur le plus indifférent aux boulangeries et pâtisseries. Tout cela témoigne du professionnalisme et du talent indéniable des boulangers et pâtissiers français. Enfant, je rêvais de visiter la ville magique de Paris. Avec les yeux surpris d'une jeune fille, j'ai regardé des livres sur la France et des photographies en noir et blanc représentant des vitres pleines de confiserie, des rues étroites avec de petits cafés confortables et bien sûr des boulangeries typiques, d'où l'on pouvait sentir les odeurs de pâte à beurre et de vanille. La fabuleuse France a ouvert ses bras avec l'hospitalité et la convivialité, comme une mère attentionnée à la veille de Noël, préoccupée par les efforts culinaires de la cuisson des gâteaux de vacances à l'arrivée des invités.

Quelque part au niveau subconscient, j'ai ressenti une sorte d'harmonie de contradictions internes, un désir de rester, sinon pour toujours, mais pendant une période suffisamment longue dans ce pays, pour me ressentir au moins une infime partie du royaume féerique de la France bourgeoise. C'est à ce moment que j'ai clairement réalisé que la France m'avait changée, mes opinions, mon comportement, ma vie. Paris est comme une drogue qui ne lâche pas vos pensées, excite votre imagination et captive votre cœur. C'est un endroit où vous voulez revenir encore et encore, une ville d'amour et d'union des cœurs, un tourbillon d'émotions positives et de sentiments subtils, le monde de l'art et le volcan de la félicité surnaturelle. Il semblait que Paris était le cœur de la France, sa femme préférée, sa fierté et sa carte de visite. Il est difficile de contester le fait indéniable de la grandeur mondiale reconnue de Paris, la ville du romantisme et de l'amour, fan et adorateur d'une femme - ajourée et élégante la Tour Eiffel.

Une fois, j'ai entendu une phrase simple mais assez profonde: „Il n'y a pas de signe égal entre les mots aimer et être amoureux." Pendant longtemps, je n'ai pas pu sentir et comprendre la fine ligne entre des mots similaires. Après avoir rencontré la Provence, tout semblait se mettre en place, souvenirs à propos de Paris étaient plus susceptibles d'être comparés à l'amour d'un enfant, un léger vertige et un rêve devenu réalité qui avait longtemps captivé mon cœur. Un sentiment réel et mature est apparu beaucoup plus tard, et curieusement, ce n'est pas dans la ville de l'amour que les Français ont l'habitude de dire, mais sur les rives de la Côte d'Azur, parmi les vieux platanes, les oliviers et les champs de lavande. L'amour ne peut pas être expliqué ou anticipé, il arrive discrètement et ne se fait pas attendre. C'est comme si la femme qu'on a attendu la plupart de ta vie était apparue soudainement à l'horizon et a captivé ton cœur et l'esprit. Cette femme n'était en aucun cas une parisienne indigène, une mannequin et une esthète qui captivait le cœur non seulement des rois, mais aussi des pauvres romantiques de la France bourgeoise. La femme fatale était une simple femme qui a grandi dans un petit village de pêcheurs sur la Côte d'Azur. Sa peau délicate, caressée par les rayons chauds du soleil, n'était pas habituée à l'odeur des esprits de la capitale, mais au parfum de lavande fraîche récemment arrachée des champs de Provence, ses mains pressant l'huile d'olive étaient comme de la soie persane douce, et ses cheveux longs brillaient avec un excès sel de mer. Une robe en lin léger flottait dans le vent et complétait parfaitement l'image globale d'une femme idéale, d'une mère aimante et d'une merveilleuse hôtesse, capable de surprendre par la cuisine provençale même les gourmets et les cuisiniers de la capitale. Après l'avoir rencontrée, on commence à comprendre ce qu'est le vrai amour. Tout ce qui se passait avant cette période est comparable à un léger flirt, un engouement.

On oublie le charme d'une grande ville, les divertissements, les cabarets parisiens et les restaurants chers. Le cœur est captivé par l'odeur de l'herbe fraîche, la couleur azur de l'eau caresse le regard, et c'est plus agréable pour l'oreille à entendre le chant des oiseaux que la chanson française interprétée par les bardes parisiens. On est heureux que la matinée ne commence pas par le bruit de l'autoroute de la ville avec une chaîne de voitures qui se tiennent dans la circulation depuis plusieurs heures, mais par l'odeur du café frais, des pâtisseries croustillantes et du fromage de chèvre chaud. On n'a pas à se précipiter, à se hâter de préparer le petit-déjeuner ou à se précipiter pour travailler à l'estomac vide, à faire la queue dans le métro et à remplir son estomac avec des repas surgelés, juste parce qu'on n'a pas assez de temps pour préparer un repas complet et frais. Il y a quelques années, il me semblait que la vie de la capitale était mon élément. Rythme fou, agitation quotidienne, files dans les magasins, les musées, le métro et même les restaurants bondés de locaux et de touristes pendant douze mois de l'année - tout cela fait partie intégrante de Paris. L'habitude est un sentiment fort, c'est comme commencer chaque matin avec une tasse de café fort, ou passer des vacances en août avec de vieux amis, et bien sûr chercher des cadeaux sous le sapin de Noël.

La vie de la capitale est devenue une habitude, la perte de temps précieux dans les embouteillages urbains a cessé d'être agaçante, la recherche d'une table libre au restaurant est devenue une partie intégrante du rituel du soir, et le week-end légal s'est transformé en Home Office. La vie s'est transformée en une liste spécifique de tâches qui devaient être achevées le plus tôt possible, même des vacances étaient prévues un an à l'avance. Parfois, il semblait que dans la vie moderne, il n'y avait pas de place pour des surprises agréables, des réunions imprévues et des actes téméraires. Mais le pire, c'est que dans la course quotidienne pour un avenir meilleur et la lutte pour les idéaux mythiques, on cesse de se sentir heureux. Parfois, je veux oublier les projets d'avenir, les engagements et les conditions de vie, me réveiller tôt le matin, prendre une douche et aller à la cuisine, faire du café, pas parce que c'est nécessaire, mais juste pour la simple raison que ça me fait plaisir. Après un petit déjeuner léger, je n'ai pas besoin de démarrer immédiatement une voiture et de me précipiter dans les murs d'un bureau étouffant, où je passe la plupart de ma vie, ou d'être en retard à la maternelle, de devenir nerveuse dans une boulangerie, d'acheter un gâteau au chocolat pour mon enfant, tout en parcourant les termes du prochain contrat.

On peut facilement prendre le livre préféré, puis partager pendant toute la journée ses impressions avec ses proches, ou passer la journée au bord de la mer, en admirant les couchers et levers de soleil. Parfois, nous manquons incroyablement de liberté, de la capacité de gérer notre vie quelle que soit la situation, d'écouter la voix du cœur et non de l'esprit et de commettre des actes téméraires. C'est ce sentiment de liberté qui est si profondément ressenti en Provence, dont la visite m'a fait reconsidérer mes vues établies de longue date, changer mes vieilles habitudes et tomber amoureuse de la patrie de Vincent van Gogh et Marc Chagall.

Plus je restais en Provence, plus je réalisais clairement que mon cœur resterait à jamais parmi les champs de lavande, les oliveraies et les vignobles infinis. En découvrant l'abondance naturelle et les chefs-d'œuvre culinaires de cette région, je voulais croire qu'au bout d'années, nous aurons la possibilité de passer une grande partie de notre vie dans la France ensoleillée, sur les rives de la Côte d'Azur, en profitant des rayons de soleil chauds et en plongeant dans l'histoire, culture et patrimoine de la Provence.

Aujourd'hui, nous avons décidé de nous consacrer à la recherche de délices culinaires et de plats qui peuvent être dégustés exclusivement en Provence. Après une étude attentive de l'histoire de la France culinaire, il a été possible de constater un fait assez intéressant, à savoir l'absence de corrélation directe entre l'évolution des préférences culinaires et le développement du bien-être de la société. Permettez-moi de vous donner un exemple simple et illustratif: nous connaissons tous le cidre, une version bon marché du vin blanc, qui étanche parfaitement la soif en été, et qui est populaire non seulement chez les adultes, mais aussi chez les enfants. Depuis des temps immémoriaux, le cidre était considéré comme une boisson des pauvres et des paysans. Après avoir débouché une bouteille de cidre, le roturier français a célébré un anniversaire ou une récolte. Il existe de nombreuses versions de l'apparition du cidre, y compris même l'histoire royale de la façon dont Charlemagne, l'empereur, qui tenait une grande partie de l'Europe dans la peur, s'est accidentellement assis sur un sac de pommes pourries.

Jus abondamment sortant l'a conduit à l'idée de créer une boisson simple qui pouvait être préparée à partir de ces pommes. Un peu plus tard, le vin de pomme est apparu sur les tables des aristocrates. Depuis lors, l'utilisation du cidre lors d'événements sociaux est devenue un signe de bon goût en Europe. La merveilleuse boisson du nord de la France n'est toujours pas dépourvue de popularité, elle est appréciée par les marins français dans les ports et par les mondains lors des réceptions et des bals. Le secret de préférence pour une boisson „simple" est la prédominance d'un cidre de bonne qualité, qui en fait un invité fréquent dans la carte des restaurants et cafés européens. En remontant le moral il se met à l'aise et ne laisse qu'un souvenir agréable d'un temps bien passé.

Le cidre n'était pas le seul avantage culinaire de la France, pour laquelle nous étions prêts à rouler à quelques centaines de kilomètres de Sainte-Maxime dans l'espoir d'avoir un délicieux déjeuner. Notre principal objectif était la soupe de poisson de renommée mondiale, Bouillabaisse - la légende de la Provence. Le mot étrange „Bouillabaisse" est apparu à Marseille et est connu de tous comme un point culminant de la cuisine méditerranéenne, même si le plat ne vient pas de la cuisine royale, mais du peuple. D'année en année, les marins marseillais cuisinaient la soupe de restes de captures du jour. Les ingrédients étaient des variétés de poissons, de calamars, de crevettes et de crabes - tout ce qui a été mis sur le filet pendant la journée. En plus des fruits de mer, ils ajoutaient des légumes et des herbes à portée de main à la soupe. Il y avait donc différentes recettes pour la célèbre soupe Bouillabaisse, mais aussi étrange que cela puisse paraître, dans l'histoire culinaire française, il n'existe pas la seule recette „correcte" de la fameuse soupe.

Même à Marseille, les propriétaires de différents restaurants préparent la soupe de leurs ancêtres de différentes manières. La renommée de cette soupe inhabituelle s'est répandue dans toute l'Europe, et elle est devenue une attraction culinaire de Marseille, et de nombreux cuisiniers européens s'efforcent de trouver les ingrédients de base pour sa cuisson et incluent la Bouillabaisse au menu, ce qui en fait le plat-clé de leur restaurant. Parmi les nombreuses recettes de soupe, deux doivent être considérées comme les principales: bouillabaisse normande et bouillabaisse marseillaise. La principale différence est que la recette normande de soupe implique la présence de pommes de terre, et celle de Marseille est composée exclusivement de fruits de la mer. La célèbre soupe française se compose d'au moins seize variétés de poissons et est l'un des plats les plus populaires et pris de Provence.

Nous avons donc décidé de passer ce jour à Marseille, la ville portuaire du sud et le berceau de la célèbre soupe Bouillabaisse. Nous avons été agréablement surpris par le brusque changement des conditions météorologiques au départ de Sainte-Maxime. Mon admiration pour la Provence trouve son origine au pied des Alpes françaises près de la frontière avec l'Italie ensoleillée et se projette sur la Côte d'Azur, jusqu'à Marseille même. À chaque minute, nous avons remarqué de plus en plus clairement les changements naturels et climatiques, en approchant de la vieille et moins typique ville de France - Marseille. La perle de la mer Méditerranée, une grande ville de France de taille, juste derrière Paris, est non seulement la région industrielle la plus importante de France, mais cache également le patrimoine culturel, architectural et historique du pays.

Nous avons décidé de commencer notre voyage autour de Marseille avec la chose la plus importante - visiter le vieux port, qui a déjà plus de 26 siècles. Après avoir laissé la voiture sur la rue principale de La Canebière, nous nous sommes dirigés vers le sud vers la spacieuse place Le Cours Julien, qui était plein de cafés colorés et de restaurants pour la détente. Après avoir parcouru un long chemin et avoir un peu faim, nous avons décidé de faire une pause et de nous offrir une tasse de café.

Un signe coloré avec un nom plutôt compliqué et bizarre est apparu devant mes yeux. Il s'est avéré que le restaurant confortable que nous avions choisi, est célèbre pour ses gâteaux faits maison et le choix de pâtisseries ici est toujours assez varié. Notre voyage à Marseille était lié non seulement au désir de déguster une soupe de poisson unique, mais aussi à la possibilité d'apprécier la variété des délices culinaires, des fruits juteux et des délicieuses confitures. On pense que les pêches les plus délicieuses de Provence poussent près de Marseille, dans la petite ville de Salon-de-Provence.

En parcourant les environs et les terres françaises, nous avons souvent admiré les petits magasins de ferme où nous pouvions acheter ces fruits incroyablement juteux et mûrs. La carte des desserts impressionnait et inspirait par sa variété et ses noms poétiques complexes, nous pouvions voir et goûter littéralement toute l'histoire culinaire de la France: de toutes sortes de tartes aux délicieuses mousses et confitures.

Notre choix s'est porté sur le crumble aux pêches au pastis et au chocolat chaud. Chaque gorgée d'une boisson chaude, remontait mon moral et une sensation de douce euphorie remplissait mon cœur de joie.

Crumble

Ingrédients (4 pers)

4 pêches, 35g de beurre, 2 clous de girofle, ½ c. à café de cannelle en poudre, 2 doses de noix de muscade en poudre, 3 c. à soupe de sucre vanillé, 1c. à soupe de mélasse, 80ml de vin rouge, 150g de farine d'une mouture incomplète, 100g de beurre, 100g de sucre

Préparation

Lavez les pêches, mieux grosses et dures, retirez les noyaux, coupez-les en deux et chaque moitié encore coupez en deux. À l'huile chauffée, faite griller les pêches pendant environ 2 minutes. Ajoutez le sucre vanillé et les épices. Mélangez. Versez la mélasse et le vin. Faite cuire à feu moyen pendant 5 minutes en remuant douce-ment. Les pêches deviendront molles et la sauce s'épaissira. Préchauffez le four à 210 ° C. Si votre four brunit bien à 200 ° C, utilisez une température de 200 ° C. Mettez la garniture avec la sauce dans des moules à pâtisserie. Vous pouvez le faire en un seul grand.

Coupez le beurre froid en dés et mélangez avec de la farine. Ajoutez le sucre et bien mélangez. Versez la pâte sur la garniture et faite cuire au four pendant 20 minutes jusqu'à ce qu'elles soient dorées. Le dessert doit être servi chaud.

Du jour au lendemain, j'ai réussi à visiter non seulement Marseille, mais aussi Paris, à profiter du coucher de soleil au pied de la Tour Eiffel, à disparaître parmi les illusions de la ville et sur les quais de la promenade de la Seine à savourer des souvenirs romantiques qui étaient autrefois vécus dans cette ville magique. Pendant la dégustation d'une boisson, l'image d'un serveur est apparue devant mes yeux avec un dessert inhabituel ressemblant à un nuage léger et aéré avec une odeur dé-licate et une croûte dorée. Sous la croûte croustillante de Crumble, il y avait un véritable feu d'artifice de goût - très fins, à peine perceptibles, les notes de Pastis mettent parfaitement en valeur la douceur des pêches au caramel.

Il est préférable de servir Crumble encore chaud, car avec le goût magique, vous pouvez également découvrir l'arôme étonnant des pêches mûres et juteuses, cares-sées par les rayons du soleil provençal.

Le crumble peut être préparé avec des pommes, abricots ou baies, selon la saison et les préférences gustatives. Le dessert peut être servi avec de la crème fouettée ou une boule de glace à la vanille.

Après avoir apaisé la faim par la recette traditionnelle des meilleurs pâtissiers marseillais, nous nous sommes promenés dans les ruelles étroites de la ville portuaire, qui a longtemps été un paradis pour les marins, les écrivains errants, les poètes et les artistes débutants. Notre chemin se trouvait au point le plus haut de la ville, une haute colline avec la basilique Notre-Dame de la Garde - le symbole de Marseille. Elle est située sur la plus haute colline de Marseille, la construction de la basilique a eu lieu au cours du 19ème siècle et est réalisée dans les meilleures traditions de style romain. La fierté de la basilique est une cloche en argent ornée d'une statue de la Vierge Marie. En regardant à l'intérieur de l'église, notre imagination a été captivée par l'intérieur raffiné, les fresques anciennes et l'incroyable beauté du marbre coloré, et cela nous a inspiré pour un voyage romantique à travers la vieille ville.

Marseille a longtemps été non seulement le plus grand port et refuge des appréciateurs de la mer, mais aussi le lieu de souffrance pour les épouses inconsolables, les larmes de mère et les âmes solitaires. Marseille est devenue le rivage de la déception, des cœurs brisés et des âmes oubliées. Cela peut sembler triste, mais cette ville en particulier est pleine d'énigmes, de tristesse et du destin brisé de ces familles dont les pères et les maris, en quittant les rives d'une grande ville portuaire, ont dit adieu à jamais non seulement à leurs proches et à leur famille, mais aussi à la plus grande valeur que l'on puisse donner à l'homme : la liberté.

C'est au large de Marseille que les condamnés et les criminels condamnés à la réclusion à perpétuité ont eu le droit de dire au revoir à leurs proches, une fois de plus d'admirer la promenade du port et de monter à bord du bateau pour laisser la plupart de leur vie derrière elle. Qu'est-ce qui les attendait au-delà de la mer et d'horizons inexplorés? Rien d'humain: l'absence de sentiments, d'espoirs et même de pensées sur la vie passée et future. Qu'y avait-il dans les rives de Marseille? Et où les coupables ont-ils été emmenés sur de vieux bateaux de pêche? La réponse à cette question se cachait derrière les murs de l'attraction Marseille, le Château d'If, la plus populaire et connue au-delà de la ville.

C'est lui qui a été décrit par Alexandre Dumas, un beau château situé sur une petite île du même nom. Pendant la Révolution française, le château a servi de prison pour les prisonniers, et sert maintenant de musée préféré pour les touristes et les résidents de France. Nous n'avons pas pu résister à la tentation de visiter la célèbre prison, célèbre dans le roman du grand génie français. Dans le château où les prisonniers étaient détenus, il y a encore plusieurs caméras que les visiteurs du château peuvent voir aujourd'hui. Après une promenade le long des longs couloirs du château, nous nous sommes dirigés vers le pont d'observation, qui ouvrait un magnifique panorama sur la ville. Le sentiment de peur et de grandeur se sent pendant la visite de cet endroit historique et célèbre.

Si on pense au destin des gens qui ont passé les derniers jours de leur vie à cet endroit, on réalise soudain à quel point la liberté est importante et comment les gens se sentent, à jamais privés de la possibilité de respirer profondément, d'être près de leur famille, de contrôler leur destin. En tant qu'enfant, admirant la plume vive du génie immortel Alexandre Dumas, j'imaginais le bord de la mer, quelque part près de Marseille, devant mes yeux il y avait une triste image de la séparation de deux cœurs aimants, dont la vie s'est arrêtée au moment quand le bateau avec des condamnés et condamné à perpétuité conclu quittait la côte de Marseille. Aucun des musées de France n'a suscité dans mon esprit des sentiments mitigés comme les murs imprenables du château d'If.

Une forteresse en pierre grise, apparemment discrète, entourée d'eau de tous les côtés, gardait les secrets et les rêves les plus chers des âmes perdues. Des sentiments étranges ont rempli mon cœur: la peur du passé historique, l'intérêt pour ce que j'ai vu et, bien sûr, le romantisme sous toutes ses formes.

Depuis le Moyen Âge, la ville a été constamment attaquée par la mer, et la petite île a été un lieu idéal pour le reste des pirates, conquérants et voleurs recherchés à Marseille. Ce qui est intéressant, c'est que l'île a été décrite par Guy Julius Caesar lui-même lors de son voyage. Les documents conservés montrent que César n'aimait pas la petite île „sur laquelle diverses racailles se rassemblaient constamment"

Le château n'a jamais été attaqué: il est possible que son apparence redoutable ait fait une horreur inexplicable à l'ennemi. Malgré le fait que la forteresse, qui, selon le roi, était stratégiquement importante et, et jouait le rôle d'une sorte „d'épouvantail" pour les ennemis de Marseille, a été construite à la hâte et en violation de toutes les règles.

Dans son rapport, l'un des ingénieurs de l'époque a déclaré que la forteresse était une structure architecturale impressionnante, mais qu'elle était inadaptée aux attaques de l'ennemi. Les murs de la forteresse étaient en pierre fragile, elle ne pouvait accueillir qu'une petite garnison de soldats qui ne peuvent pas combattre dans plusieurs directions à la fois. „La forteresse peut être prise même par une petite flotte en quelques heures ou simplement détruite par des tirs de canon" - ont indiqué les ingénieurs français dans leurs nombreux rapports.

Jusqu'en 1580, la forteresse effrayait ses ennemis par son apparence, jusqu'à ce que les autorités se soient rendus compte que le château n'était que l'endroit idéal pour une prison. Dès qu'une décision a été prise et qu'un décret correspondant a été signé, le château est devenu officiellement une prison d'État. Les criminels particulièrement dangereux et les opposants à la monarchie devaient être emprisonnés dans cette prison.

Une autre histoire intéressante est liée au Château d'If pour la première fois en Europe, un animal „magique", un rhinocéros, y a été débarqué. C'était une sorte de cadeau au roi portugais Manuel I. Lors d'un long voyage, le navire a fait un arrêt sur l'île de Château d'If. Des milliers d'habitants curieux de la ville sont arrivés instantanément de Marseille, y compris François I. Malheureusement, un bateau avec un rhinocéros s'est noyé lors d'un nouveau voyage, mais ils ont réussi à le capturer en étant sur l'île sur le papier.

Une forteresse mystérieuse a conquis mon cœur avec son mystère et le nombre d'histoires tragiques qui étaient stockées dans ses murs. Dans mon imaginaire, il y avait des images du roman Dumas „Le Masque de Fer" et l'histoire du commandant du navire Jean Baptiste Château, qui a apporté une terrible maladie sur son navire à Marseille - la peste. Tous ces héros étaient prisonniers du Château d'If. J'avais l'impression qu'en fermant les yeux, j'entendais leurs voix et je sentais leur douleur et leur souffrance. C'est un sentiment étrange d'empathie, de peur et d'avoir l'occasion de toucher l'histoire de la France et le grand patrimoine de la littérature française [18].

Mon „Français", sentant l'humeur de son compagnon, m'a proposé de retourner dans la vieille ville et de continuer notre voyage dans les rues étroites de mystérieux Marseille. De retour au port, nous avons décidé de déjeuner dans un restaurant qui gardait encore la recette de la fameuse soupe Bouillabaisse marseillaise, qui est devenue la carte de visite de Marseille.

La légende romaine dit que Vénus a fait de la soupe de poisson non pas pour son goût, mais à cause de ses qualités soporifiques. Elle l'a préparé pour Vulcain, son mari, et pendant qu'il dormait, elle s'est enfuie avec Mars, son amoureux.

Mais dans la vraie vie, l'histoire de la soupe de poisson ne commence pas grâce aux Romains, mais grâce aux marins grecs arrivés de Phocée. Au 7ème siècle avant JC, les phocéens ont fondé Marseille, et en même temps, ils ont apporté au nouveau port un moyen de préparer les restes de poisson, ou poisson, impropre à la vente. Tout le secret réside dans la longue cuisson du produit dans l'eau de mer.

La recette, qui s'appelait „Kakavia" peut être appelée un prototype de la soupe moderne. Le nom du plat Bouillabaisse est issue du conseil habituel lors de la préparation du „Bouiabaisso" ou de „la cuisson à feu lent" en provençal.

Et si avant que le plat ait été préparé en trois étapes, la recette a été améliorée au fil des siècles. Maintenant, la bouillabaisse est devenue un plat plutôt sophistiqué et bien sûr, maintenant on ne le cuisine plus dans l'eau de mer. Et on n'utilise non plus n'importe quel poisson. Pour éviter toute omission, en 1980, six restaurants se sont réunis pour rédiger la „Charte Bouillabaisse".

La charte promulguée stipulait que le plat devait être cuisiné avec une rascasse épineuse ou quelque chose de similaire. Le débat à ce sujet a duré pendant longtemps. Certains ont affirmé que la langouste n'avait pas sa place dans ce plat, d'autres résistaient. D'autres encore ont accepté les mollusques, tandis que le quatrième était catégoriquement contre. En France, il existe de nombreuses options pour cuisiner la soupe de poisson, mais nous avons décidé d'aller dans un restaurant qui gardait la tradition de cuisson de la version classique.

La recette classique est préparée à base de plusieurs variétés de poissons. Pour sa mise en œuvre, un certain nombre de techniques sont utilisées, parmi lesquelles la friture et la cuisson à l'étouffée. Grâce à une cuisson de plusieurs heures, le bouillon devient aromatique, riche. Il absorbe les nuances et les goûts de tous les ingrédients. Il comprend des ingrédients tels que grondin, scorpion de mer, mollusques, bar et d'autres types de fruits de mer. Plus ils sont nombreux, plus le goût de la soupe est vif et prononcé [19].

En prenant place près de la fenêtre et en admirant la vue sur la mer et le Château d'If visible au loin, nous avons commandé deux portions de soupe de poisson de Marseille et une bouteille de vin blanc, dont le goût acide va bien avec le bouillon de poisson épicé.

Pour les collations légères, on nous a offert des olives françaises marinées aux herbes de Provence, des croûtons et de la sauce rouille faite maison.

La soupe de poisson est cuite dans un chaudron profond, dans un immense four ouvert, où le bois de chauffage crépite et d'où viennent généralement les odeurs divines du poisson, des légumes et la combinaison parfaite d'herbes et d'épices provençales. Le point culminant du plat est sa présentation inhabituelle. La soupe de poisson est servie avec du pain rassis appelé marette, elle est spécialement cuite pour ce plat.

Traditionnellement, seul le bouillon est versé dans les assiettes, et le poisson est mis séparément, et toute personne qui le souhaite peut l'ajouter dans le bouillon tout seul. Si la recette de soupe implique des pommes de terre, elles sont également servies avec du poisson.

Cette façon de servir est nécessaire pour que le poisson et les pommes de terre ne refroidissent pas pendant le déjeuner, grâce au bouillon de poisson chaud. Le chef sert le scorpion de mer, un poisson prédateur avec un museau épineux et des écailles rouge-gris, ainsi que la boisson traditionnelle Pastis, qui aide à améliorer la digestion, à soulever l'humeur et sans laquelle aucun déjeuner français en Provence ensoleillée ne peut se passer.

Bouillabaisse

Ingrédients (4 pers)

0,5 kg de flétan, 0,5kg de bar, 0,5 kg de loup de mer, 0,5 kg de rascasse, 0,5 kg de grondin, 0,5 kg de scorpion de mer, 0,15 kg de mollusques, 0,15 kg de crevettes,

0,2 kg de merlu, 0,15 kg de moules, 3 gousses d'ail, 0,5 kg de pommes de terre, 2 poireaux, 3 tomates, 2 oignons, 2 bulbes de fenouil, 3 céleri.

Préparation

Pelez, lavez les légumes. Lavez le poisson, retirez les nageoires et les têtes, videz-les. Hachez les poireaux, le céleri et une gousse d'ail. Versez un peu d'huile d'olive dans une poêle profonde et faites revenir les légumes hachés jusqu'à mi-cuisson. Dans la poêle avec les légumes mettez les restes de poissons (sauf les entrailles et les queues) et les mollusques.

Ajoutez de l'eau pour qu'elle recouvre le contenu de la poêle, placer les pommes de terre pelées dans la poêle. Laissez mijoter à feu doux pendant 20 minutes. Pelez les tomates. Broyez la pulpe en dés. Hachez le reste de l'ail, le fenouil et 1 oignon. Faites frire les légumes hachés dans une autre poêle.

Après 5-7 minutes de friture, ajoutez le dès des tomates. Retirez les têtes et les na-
geoires, filtrez le bouillon, obtenu à la suite de la cuisson à l'étouffée dans la pre-
mière casserole. Coupez les mollusques: séparez les coquilles de la viande. Ajoutez
le bouillon et la viande de mollusques aux légumes cuits dans une deuxième poêle.
Salez, ajoutez les herbes séchées à votre goût.

Mettez les morceaux de poisson pelé et coupé dans la poêle. Mettez à feu doux et
faite cuire 30 minutes pour préparer le poisson. Pendant la cuisson de la soupe,
faite cuire les croûtons. Pour ce faire, utilisez une baguette coupée en tranches et
grillée dans une poêle sèche. La sauce rouille est également traditionnellement ser-
vie avec la soupe et des croûtons. Elle est préparée à base d'ail, de safran moulu,
de piment de Cayenne, de sel, de jaunes d'œufs et d'huile d'olive selon le principe
de la mayonnaise. Servez la soupe avec un plateau de poisson, des croûtons et de
la sauce.

Ingrédients pour la sauce:

1 gousse d'ail, 1 pincée de safran moulu, 1 pincée de piment de Cayenne, 2 pincées
de sel, poivre moulu, 100g d'huile d'olive

Préparation

Pour cuisiner, vous aurez besoin d'un mixeur. Ajoutez les épices, l'ail écrasé dans
le bol, introduisez délicatement le jaune d'œuf. Battez au mixeur, ajoutez un peu
d'huile d'olive. Battez, sans retirer le mixeur, introduisez progressivement l'huile
restante. La sauce doit avoir une consistance épaisse. Plus il y a d'huile d'olive,
plus la sauce est épaisse.

Après un dîner marseillais classique, nous sommes partis à la découverte des „ori-
gines" de la ville - le plus vieux quartier de la ville - le Panier. Depuis le vieux port,
nous avons parcouru la rue de la République jusqu'à la place Sadi Carnot, en admirant la belle architecture. Ces lieux font penser à Paris avec ses façades en pierre
claire, ses treillis ajourés de balcons français et l'unité stylistique des bâtiments.

A droite de la place, il y avait un escalier que nous avons monté et quelques minutes
plus tard, nous nous sommes retrouvés au cœur du vieux Marseille, dans la rue des
Belles Écuelles. Nous nous sommes promenés dans les rues étroites médiévales,
avons regardé les magasins de vêtements et accessoires de créateurs, céramiques ou

antiquités. L'une des petites boutiques a attiré notre attention par ses odeurs et ses couleurs.

Bien sûr, c'était le magasin du célèbre savon de Marseille. Ils disent que la base de sa recette a été apportée par les croisés, de retour du Moyen-Orient. C'est là, dans la plus grande ville de Syrie sensuelle - Alep, que les habitants fabriquaient du savon à base d'huile d'olive et des fruits de laurier. Sur la terre française, il a trouvé un nouveau „son". Des herbes de Provence épicées ont été ajoutées à l'huile d'olive. Bientôt, le savon aromatique s'est transformé en un produit autonome - une carte de visite de Marseille dans le monde de la beauté.

La production de savon de Marseille est considérée comme la plus humaine au monde. Au cours de sa production, pas un seul animal n'a été blessé: au lieu des graisses animales bon marché, les savonniers ont utilisé de l'huile d'olive pure, des cendres de plantes cultivées dans l'eau de mer salée et des herbes parfumées.

Louis XIV était le garant de la qualité du savon de Marseille, ayant publié la célèbre loi en 1688. Il a ordonné aux fabricants de savon d'utiliser de l'huile d'olive sélectionnée et en aucun cas des graisses animales. La violation de ce point menaçait les maîtres de la confiscation complète des biens - pour les fabricants de savons, une telle sanction signifiait un effondrement complet et une expulsion de Provence. De plus, un édit strict interdisait la préparation du savon dans la chaleur de l'été afin d'éviter d'endommager les ingrédients naturels.

Deux siècles plus tard, au XIXe siècle, la loi autorisait l'utilisation d'autres composants végétaux dans la production. A cette époque, les colonies africaines et moyen-orientales approvisionnaient la France en huile de palme et de coco en abondance, l'huile de graines de sésame, d'arachides et de pépins de raisin est apparue. Il y a probablement eu des expériences avec de l'huile de coton, mais il n'y a pas d'informations précises - les parfumeurs et les savonneurs toujours jalousement les secrets professionnels. Une chose est sûre: du XVIIe siècle à nos jours, la loi de Louis XIV (avec quelques modifications) est valable, et seules les huiles végétales sont encore utilisées dans la fabrication du savon de Marseille.

Le 20e siècle pour les savonniers provençaux a commencé avec un succès sans précédent: les colonies ont donné de l'huile bon marché, les sciences chimiques - de nouvelles formules, les transports modernes - la possibilité d'une livraison rapide dans tous les coins du monde. Puis, en 1906, la célèbre formule „72%" est née, qui est à ce jour un attribut de ce savon de Marseille. Le chimiste François Merklen, originaire de Provence, a suggéré ce ratio d'ingrédients: 63% d'huile végétale (huile de palme ou de coco), 9% de soda ou d'eau de mer et 28% d'eau potable.

Ce sont ces proportions qui confèrent au savon de Marseille des propriétés magiques: doux et léger, il prend parfaitement soin de la peau, bat avec succès contre les bactéries et en même temps nettoie les taches les plus persistantes sur les vêtements. Mon compagnon et moi avons une attitude particulière envers la procédure de „lavage des mains" et la qualité du savon lui-même. C'est une sorte de tradition établie - plusieurs fois par jour se laver les mains ou se laver au savon naturel, le sentir dans ses mains puis profiter de son odeur et d'une sensation de fraîcheur de sa propre peau. Nous ne pouvions pas nous refuser le plaisir d'acheter quelques morceaux du célèbre savon de Marseille à base d'huiles d'olive et de lavande [20].

Du labyrinthe des rues du quartier le Panier, nous sommes allés sur la Place de la Major vers l'une des deux plus célèbres cathédrales de la ville. La Cathédrale La Major est un exemple de l'entrelacement des époques et des styles. L'église romane du XIe siècle est adjacente au nouveau bâtiment de la cathédrale de style byzantin.

Mon „Français" préféré a proposé de faire une promenade le long du Quai de Rive Neuve et la place des Cours Honorés-d'Orves, où se trouve le Hard Rock Café de Marseille, et de boire un Pastis sous le rideau du jour dans un bar à proximité. Avec un verre de Pastis, nous avons complètement oublié le temps le fait que nous ne pouvions pas quitter la ville sans visiter Notre-Dame-de-la-Garde. La basilique est considérée comme la gardienne de Marseille, elle a été construite au XIXe siècle sur les fondations d'une ancienne forteresse, de style romano-byzantin et se situe au sommet le plus haut de la ville. Mais le plus beau est à l'intérieur - une mosaïque composée de 10 000 fragments, dont beaucoup sont fabriqués à Venise.

La magnifique basilique Notre-Dame-de-la-Garde se trouve sur une haute colline au-dessus de la ville depuis huit siècles. La statue d'or de la Vierge sur la sonnerie du temple sert de phare pour les navires de mer. Depuis les temps anciens, la montagne calcaire au-dessus de la ville a été un point d'observation pour ses habitants. Il était facile de voir des ennemis arriver d'une hauteur d'une centaine de mètres. En 1214, Pierre, un prêtre marseillais, a installé sur la colline une première chapelle „Bonne Mère". Après sa mort, la chapelle est devenue un lieu de culte universel. La petite église recevait des dons apportés par des marins revenant de la voile. Les paroissiens donnaient de l'argent et faisaient des testaments en faveur de l'église. Au début du XVIe siècle, il y eu une opportunité pour agrandir l'église.

En 1516, le roi François I a visité Marseille. Il a trouvé la ville insuffisamment protégée des invasions extérieures et a ordonné la construction de fortifications sur la colline et sur l'île d'If. Un fort en pierre sur une colline a été érigé pendant douze ans. L'église fait toujours partie du fort. Au XVIII siècle, les autorités ont repris l'idée de renforcer les capacités de défense de la ville. La mission religieuse du fort a été oubliée, les bâtiments de culte se sont effondrés, les trésors ont été ravagés, la figure en argent de la Vierge a été emmenée à la Monnaie. Le fort vide a été utilisé comme prison pendant un certain temps.

Au début du XIXe siècle, les constructions religieuses ont été restituées au clergé marseillais. En 1853, la grande rénovation de l'église sur la colline de la Gardienne a commencé. La construction de la basilique a été confiée à un jeune architecte Henri-Jacques Espérandieu. La consécration de la basilique a eu lieu en 1864, puis les travaux se sont poursuivis jusqu'à la fin du XIXe siècle. L'architecture de l'église est certainement unique. Deux églises de style différent sont situées l'une au-dessus de l'autre. Dans la chapelle romane inférieure se trouve une crypte avec des tombes. Cette partie du bâtiment se compose d'une nef voûtée entourée de six chapelles; elle est faiblement éclairée et modestement décorée. Derrière l'autel se trouve une statue de la Vierge offerte à l'église par le capitaine français, l'initiateur de la création d'une nouvelle église.

Deux escaliers mènent de la chambre basse au sommet. L'église haute, remplie de lumière, est très différente de la crypte silencieuse et sombre. Les rayons du soleil viennent des fenêtres, jouent avec la mosaïque byzantine lumineuse et des arches en marbre. Tous les murs sont recouverts de tablettes de remerciements des marins et de leurs proches. Les sujets marins sont partout - dans les fresques des voûtes et des chapelles, dans les mosaïques et les peintures. Il y a plein de bateaux de jouet à l'intérieur qui se balancent sous la voûte. Ce sont des copies de vrais navires - les marins les laissent dans l'église pendant des années. Derrière l'autel, une sculpture en argent de la Vierge est installée sur une colonne de marbre rouge.

Une statue de la gardienne de la ville, avec un bébé dans les bras, se lève sur une sonnerie, sur un piédestal élevé. Elle garde du malheur tous les habitants, les marins, les visiteurs de la ville. En 1944, la Vierge a protégé la basilique et la ville d'un terrible malheur. Les nazis ont décidé de faire exploser la basilique en posant une mine dans la chapelle inférieure. L'appareil n'a pas fonctionné - les sapeurs le considéraient comme un miracle. Aujourd'hui, la majestueuse basilique reste le symbole de la ville. La couronne d'or de la Gardienne brille triomphalement sur magnifique Marseille [21].

C'est un endroit spécial qui vous fait penser aux valeurs éternelles, toucher l'histoire et ressentir la sérénité dont chacun a tant besoin, quelle que soit sa nationalité, sa religion, son âge ou ses traditions culturelles. Nous nous sommes tenus la main, en se remerciant et en remerciant Dieu, pour cette occasion d'être ensemble et de profiter de chaque minute de notre Voyage. À un moment donné, les vitraux colorés semblaient flasher d'un feu, les rayons du soleil illuminaient l'autel et le silence tombait dans l'église. À ce moment, mon bien-aimé „Français" m'a regardé dans les yeux, a passé un bras autour de mes épaules et m'a fait un sourire. Les forces célestes ont semblé nous donner leur bénédiction et ont été témoins de la réunion des deux moitiés d'une même âme, dans un paradis terrestre appelé Provence.

Chapitre 5. Les femmes mangent en parlant, les hommes parlent en mangeant. Malcolm de Chazal.

Aujourd'hui ma matinée a commencé de façon assez inattendue, je n'ai pas été réveillé par les rayons d'un soleil brillant, ou par le bruit d'un rideau qui dansait au rythme d'un vent d'été chaud. Je me suis réveillée en sentant le tendre toucher des lèvres qui embrassaient mes paupières et essayaient de faire mes rêves une réalité. C'était lui - mon „Français" préféré, celui qui me sentait et m'entendait à demi-mot. Il n'y avait pas besoin de mots et de mouvements supplémentaires, nous nous sentions à un autre niveau. Comme deux moitiés de la même âme errant longtemps dans le noir, ont senti la lumière du soleil au loin et ont cru qu'elles n'étaient pas seules dans ce monde, qui sont parties pour un long voyage et ont fini par se retrouver. C'est une sensation particulière, quand il n'existe pas de „moi" et de „lui", les odeurs et les voix se fondent en un tout, quand il est impossible de diviser la vie entre „avant" et „après".

C'est une sensation de chaleur, de lumière, une envie de vivre, d'écrire des livres, de chanter, de rire et de pleurer en même temps. Le plus souvent, sans raison particulière. C'est le sentiment de rentrer à la maison après un long voyage à travers la vie. Quand il n'y a nulle part où se précipiter et pas besoin de chercher quelqu'un. Lorsqu'on a littéralement tout ce dont on a besoin pour un bonheur complet. Probablement, chaque personne devrait se sentir heureuse au moins une fois dans sa vie. Ne pas chercher à remplacer le mot „amour" ou „bonheur", ces sentiments ne peuvent pas être remplacés, mais ils peuvent être mérités, invités dans leur vie.

Il faut croire au destin et savoir exactement ce qui peut rendre chacun de nous heureux. Après tout, chacun de nous a sa propre perception du bonheur, une interprétation spéciale de l'amour et le désir de „donner". De donner de la chaleur, de l'amour, des soins, de la tendresse, sans se demander si quelque chose reviendra en retour ou disparaîtra à jamais dans notre monde en noir et blanc, ajoutant ainsi des couleurs vives à notre réalité.

Aujourd'hui, je ne voulais pas du tout me réveiller, j'ai essayé de profiter du moment de l'éveil et de revivre le sentiment d'une pleine existence, une sorte de paix et de bonheur infini. C'est la Provence qui m'a donné l'occasion d'arrêter un instant et de recommencer la vie à partir d'un nouveau point du rapport. Ressentir une profonde gratitude pour le destin de tous les moments vécus, la tristesse, les larmes de joie et les moments de bonheur.

Nous courons si souvent, nous sommes pressés, nous apprenons, nous travaillons, nous vendons, nous achetons, nous gagnons de l'argent, nous profitons. Nous regardons le ciel pour savoir s'il faut prendre un parapluie, nous dînons pour cacher la case dans le registre de notre propre conscience, nous obtenons un animal de compagnie pour ne pas être seuls, puis nous rentrons quelques minutes à la maison pour prendre en compte le petit ami qui a besoin de notre chaleur. Quand nous sentons seuls, nous commençons à être amis avec des gens inutiles et à ne pas trouver le temps pour nos vieux amis. Mais un matin, nous nous demandons, qu'est-ce que la vie? Le moment entre la naissance et la mort, les jours, les heures, les minutes, la poursuite du pouvoir et les sentiments de profit, l'existence mécanique et les nouveaux objectifs qui n'apportent pas de sentiments de satisfaction?

Mais quand nous restons seuls, arrêtons de courir, écoutons en silence le rythme de nos cœurs, nous nous rappelons les moments où nous étions heureux, notre enfance, la pureté de nos pensées, nos rêves et désirs. Nous comprenons tout d'un coup que nous devrions vivre maintenant. Nous regardons en arrière et trouvons quelque chose d'important, quelque chose qui a toujours été avec nous, mais sous le poids de préoccupations autrefois si importantes, nous l'avons perdu de vue. Nous nous battons, recherchons, poursuivons des idéaux fantomatiques, nous croyons en nous-mêmes et en nos forces, croyons en un rêve. C'est comme si nous rassurions un petit enfant sans défense qui croit en son propre concept de „bonheur“. Cela semble être une matière fragile, quelque chose de surnaturel, aéré, léger. Ce qui ne peut être décrit par des mots, qui ne peut être expliqué ou planifié. C'est le présent qui gouverne et déplace le monde, qui donne la force de vivre et inspire pour les grandes actions. Ce sentiment qui ne peut être acheté ou remplacé, il ne peut qu'être mérité, compris et qui peut nous rendre heureux.

Chaque personne a besoin d'une réévaluation des valeurs, d'un élan puissant, d'émotions et de la capacité de vivre quelque chose de spécial qui changera la vision ordinaire de la vie, mettra de côté tout ce qui n'est pas nécessaire et montrera la lumière au bout du tunnel. Qui fera comprendre le prix des sentiments, comprendre leur besoin, comme si nous réveillions dans les bras d'une personne que nous aimons et nous trouvions une réponse à une question oubliée depuis longtemps.

Aujourd'hui, nous ne voulions pas nous poser de questions, chercher des réponses ou penser au temps passé, aujourd'hui nous voulions aller dans un endroit spécial capable d'arrêter le temps, de garder les secrets du passé et donner l'espoir d'un avenir brillant. Cet endroit était la vieille ville d'Avignon. On peut l'appeler l'une des villes les plus belles et les plus intéressantes de France. Il captive l'imagination avec son aspect médiéval sévère et et semble être sorti des pages d'anciennes chroniques.

Aujourd'hui, nous avons décidé de ne pas perdre de temps sur de longues préparations, mais de prendre le petit déjeuner dans la boulangerie-pâtisserie locale.
Comme on le sait, les Français mangent dans les temps. C'est un fait qui doit simplement être tenu pour acquis. Le petit déjeuner commence généralement entre
7h30 et 8h00 et se poursuit jusqu'à 10h00 (parfois 11h00). Un petit-déjeuner français traditionnel est toujours sucré et se compose de café, d'un verre de jus d'orange,
d'un quart de baguette avec du beurre et de la confiture et un croissant. Bien sûr, ce
n'est pas tous les jours que les Français mangent cet ensemble. Mais aucun Français
qui se respecte ne mangera de la viande, de la viande fumée ou du salé le matin.

Après avoir commandé du café noir et une baguette croustillante avec confiture de
mandarine, nous avons apprécié les premiers rayons de soleil sur la terrasse ouverte
d'une petite boulangerie - pâtisserie locale, en face d'un petit magasin confortable
dont la propriétaire était une voisine et une bonne connaissance de la famille Duran.
Les habitants lisaient les journaux du matin, buvaient du café et n'étaient pas pressés. La matinée devrait commencer „correctement“ - pour la première fois j'ai entendu cette phrase de mon ami Français qui pensait que c'était le matin qui pouvait
influencer le déroulement de la journée. C'est lui qui m'a appris à profiter du calme
et du repas.

Souvent, nous n'avons pas assez de temps pour commencer la matinée en silence,
sortir dans le jardin, ressentir la fraîcheur matinale, toucher les gouttes de rosée du
matin, prendre place à table et prendre la première gorgée de café noir qui brûle le
bout de la langue. Fermer ensuite les yeux et réfléchir à ce que nous voulons voir
aujourd'hui. C'est peut-être un certain type, un certain principe de visualisation de
notre avenir, une sorte de poussée de notre subconscient vers l'avenir que nous choi-
sissons pour nous-mêmes. Sommes-nous prêts à nous arrêter et à réfléchir, si nous
avons „bien“ commencé notre journée, ou nous absorbons aveuglément, mécani-
quement le petit-déjeuner et allons travailler en étant ennuyés, et en tuant l'ambiance pour la journée à venir. Probablement, ce n'est qu'en France qu'on commence à penser à ces choses élémentaires, à ressentir la vie et un certain équilibre
interne, si nécessaire pour chaque personne.

Avec les forces récupérées reçues par la charge de l'énergie interne et la journée
„correctement“ commencée, nous nous sommes mis en route le long de la côte
d'azur vers la vieille ville d'Avignon. En passant sur la côte, il est impossible de ne
pas tomber sous le charme des villages de la Côte d'Azur.

La Provence est une terre remplie de villages. Ils sont entourés de vallées, de vignes
et de champs de lavande. Sept d'entre eux font partie des „plus beaux villages de
France“. Ce n'est pas étonnant, puisque chaque village de la Côte d'Azur est à sa

manière unique et original. Il me semble parfois que la Provence est le berceau de la magie et le miracle de la nature.

Les villages de Provence situés loin des grandes villes et de la côte animée nous ont attirés par leur beauté et leur atmosphère particulière. En traversant le village de Venasque, entouré par les vignes, les cerisiers et les garrigues, nous avons apprécié l'air provençal et les arômes des plantes typiques de la région: oliviers et arbousiers, genévriers, thym et romarin.

Chaque village de Provence a ses propres sons. Écoutez des chansons en dialecte provençal, essayez d'y trouver des mots français familiers et plongez dans la culture méditerranéenne avec ses valeurs particulières et son rythme de vie. Pendant la journée, vous n'entendrez peut-être pas le chant des cigales, mais vous aurez peut-être la chance d'entendre le murmure du mistral et le bruit de l'eau des fontaines.

En profitant de la saveur locale, nous n'avons pas remarqué comment nous sommes arrivés à Avignon. Avignon est une ville relativement petite, elle abrite aujourd'hui environ 90 mille personnes, cependant, en termes d'abondance et de valeur historique de ses sites touristiques, elle dépasse de nombreuses grandes villes françaises. Six siècles avant la naissance du Christ, un petit comptoir grec était situé sur le site d'Avignon. Quelques siècles plus tard, à l'époque romaine, la colonie est devenue une ville et a reçu son nom actuel - Avignon. Après la chute de Rome, la ville ne cessait de passer de main en main, en étant sous le contrôle des Bourguignons, des Goths, des Francs, des Arabes, puis des Français.

Ce n'est qu'au XIIe siècle qu'Avignon a finalement obtenu les droits d'autonomie, mais il n'était pas destiné à faire usage de ses libertés pendant longtemps. Au début du XIVe siècle, le tristement célèbre roi Philippe IV le Bel est monté sur le trône français, qui a pu subordonner à sa volonté non seulement tous les seigneurs féodaux français rebelles, mais aussi le Vatican.

C'est ce monarque qui, par des intrigues et des conflits ouverts, a lancé ce qu'on appelle la „Papauté d'Avignon", lorsque le pape Clément V a dû transférer sa résidence officielle de Rome à Avignon. Pendant un peu plus d'un demi-siècle, la ville du Rhône a été la principale ville de l'Église catholique, mais même après le retour des pontifes au Vatican, Avignon a continué à rester sous le contrôle du Saint-Siège et n'a été officiellement transférée en France qu'à la toute fin du XVIIIe siècle.

En héritage de la longue administration d'église Avignon a hérité l'université, un grand nombre de temples, et un palais papal stupéfiant. Tous les principaux sites historiques d'Avignon sont concentrés sur la haute falaise du Roc-des-Doms, qui s'élève directement sur les rives du Rhône. C'est ce rocher qui est devenu le véritable cœur de la ville, et des murs de pierre imprenables le protègent encore de nombreux ennemis.

Les limites de l'Avignon médiévale sont encore visibles à l'œil nu, parce que la ville a réussi à préserver les puissants murs de pierre qui l'encerclent de tous les côtés.

Avignon a toujours été un grand centre commercial et a été attaqué plus d'une fois. Ce sont les fréquents raids ennemis qui ont forcé les autorités de la ville à transformer leur ville en une forteresse imprenable. De puissants murs et des portes solides sont apparus, et une surveillance 24h/24 des environs a été effectuée depuis la hauteur de trois douzaines de tours de forteresse.

Nous avons parcouru les rues étroites vers la perle principale de la ville, vers la cathédrale Notre-Dame des Doms. La cathédrale principale d'Avignon nous a fait une impression assez étrange. Son apparence est très éloignée de l'architecture culte habituelle de la plupart des villes européennes. Selon la légende, le premier temple sur ce site était encore païen, et de nombreux chercheurs considèrent l'un des portiques du bâtiment moderne comme les restes du sanctuaire romain d'Hercule. Avec l'arrivée du christianisme, une chapelle a été construite à cet endroit, qui a ensuite été reconstruite à plusieurs reprises. La cathédrale Notre-Dame des Doms n'a acquis sa forme définitive qu'au XIIe siècle.

À première vue, l'architecture de la cathédrale semble trop simple et monumentale, mais avec un examen plus approfondi révèle de nombreux détails décoratifs intéressants. Mais ils ne sont rien en comparaison avec le principal „détail" de la cathédral- un grand portail occidental couronné d'une immense statue de la Vierge Marie. Grâce à une décoration aussi originale, Notre-Dame des Doms ressemble plus à un ancien sanctuaire qu'à une cathédrale catholique.

La fierté particulière de l'intérieur de la cathédrale est ses fresques. La plupart de ceux qui sont restés ont un contenu assez intimidant et représentent La Danse macabre, où les personnages principaux sont des squelettes humains. Il y a aussi des fresques ordinaires dans la cathédrale dédiées à des sujets complètement traditionnels. Et dans les chapelles se trouvent les tombes des papes, qui peuvent servir de merveilleux exemples d'architecture gothique et renaissance.

Une autre attraction célèbre d'Avignon peut-être c'est immense Palais des Papes, qui a été construit au milieu du XIIe siècle après que le chef de l'Église catholique a dû se réinstaller dans le royaume français. Derrière ses murs épais, il était facile d'abriter tout le Vatican, et c'est ce que l'architecte avait espéré.

Il y avait des légendes sur les salles spacieuses et les intérieurs épouvantables du Palais des Papes, mais malheureusement, c'est cette gloire qui l'a détruit. Pendant la Révolution française, le palais a été barbarement ruiné.

Même les révolutionnaires ne pouvaient pas détruire complètement cette forteresse, contrairement à un désir ardent, mais ils ont fait de gros efforts. Les fameuses grandes salles et les jardins intérieurs se sont transformés en chambres de torture et lieux d'exécution. Les caves papales servaient de donjons aux contre-révolutionnaires, et les éléments en bois du décor autrefois luxueux servaient à construire des écuries.

Après un tel acte de vandalisme, le Palais des Papes est tombé dans un déclin total et mort lentement pendant un siècle. Sa restauration n'a commencé qu'en 1906. Aujourd'hui, ce grand bâtiment abrite le Musée national et accueille chaque année un grand festival de théâtre. Les puissants murs de pierre, qui protégeaient autrefois les saints Pères, servent désormais de magnifique décoration pour une variété de créations historiques.

En allant du Palais Papal vers l'intérieur de la ville, nous sommes arrivés sur la place principale d'Avignon, ici appelée Place de l'Horloge.

Cet endroit était considéré comme le centre de la vie sociale sous les Romains, alors qu'il y avait le Forum. Plus tard, tout au long du Moyen Âge, la place a occupé le marché central de la ville, et pendant la Révolution française, c'est sur cet „le lieu d'exécution" que la guillotine a été installée.

La place a reçu son nom de la tour de l'horloge à proximité. Autrefois, la tour faisait partie d'une très belle mairie, mais malheureusement, le temps n'a pas épargné le bâtiment, et la tour est restée toute seule.

Plus tard, il a été inclus dans l'ensemble architectural de la nouvelle mairie, mais dans ce cas, l'ensemble harmonieux n'a jamais fonctionné. Le décor gothique de la tour est très discordant avec les formes classiques rigoureuses du nouveau bâtiment de la ville. Prosper Mérimée a écrit avec colère à ce sujet, comparant la mairie à une perdrix cuite au four - un plat où la tête d'une perdrix cuite sort très drôle de la pâte.

La tour elle-même s'appelle Jacquemart. C'est comme ça que les Français appellent toutes les figurines qui sont installées sur l'horloge. Bien sûr, il y en a aussi sur la tour de l'horloge - le soldat en bois et sa femme battent régulièrement le nombre requis de fois avec des marteaux en bois, indiquant aux habitants de la ville l'heure [22].

En regardant l'horloge sur la place, nous avons réalisé qu'il était temps de déjeuner. Les restaurants locaux remplissaient de visiteurs, et il y avait des bouteilles de vin sur des tables. Nous avons décidé de consacrer le dîner d'aujourd'hui exclusivement aux thèmes marins et aux fruits de mer. Avignon est une ville qui implique la présence d'une fine cuisine française, et nous avons décidé de vraiment profiter de toute l'abondance et des nombreuses palettes de plats locaux.

Notre choix s'est porté sur un restaurant non loin de la place de l'Horloge et du théâtre d'Avignon avec son élégante architecture. Il a été construit au XIXe siècle sur le site du monastère de Saint-Laurent, détruit par le temps et les révolutionnaires. Des vitraux et une terrasse d'été répondaient idéalement aux exigences de deux romantiques, et la variété des plats a attiré les touristes et les résidents locaux.

La cuisine française est classée au patrimoine mondial de l'UNESCO, et les vins sont de renommée mondiale et sont la norme de qualité.

Cela ne serait jamais arrivé si les Français eux-mêmes n'avaient pas une telle faiblesse pour la nourriture. Après tout, pour eux, manger n'est pas un processus d'apaisement de la faim. C'est un rituel, une occasion de communication, des discussions passionnées et intéressantes, une occasion de montrer ses talents culinaires et un goût raffiné et, bien sûr, une façon de profiter de la vie. Les Français sont des maîtres inégalés des combinaisons de saveurs délicates.

Ils l'apprennent depuis enfance. Les mères dès le plus jeune âge donnent aux enfants la possibilité de goûter une variété de goûts et leurs combinaisons, d'observer ce que l'enfant aime et ce qui ne lui plaît pas, d'inventer différentes façons de servir.

Il existe un conseil qui élabore un menu pour les maternelles, et qui s'occupe non seulement d'une alimentation équilibrée, mais aussi d'une éducation gastronomique. Les enfants aiment passer du temps à table. Ils mangent les mêmes choses que leurs parents, ils ne sont pas capricieux, ils aiment tous les légumes, ils ont le plaisir d'essayer de nouveaux plats. Il n'y a pas de plats pour enfants sur les menus des écoles en France. Et il y a beaucoup de légumes, du poisson, du poulet, de la viande, tout ce qui est frais et cultivé dans cette région. Après avoir passé quelque temps en France, j'ai découvert le système français de nutrition et d'éducation.

En France, les enfants s'habituent à s'asseoir à une table dans les restaurants et apprennent qu'ils doivent montrer un comportement exemplaire. La règle s'applique aux déjeuners et dîners de tous les jours, qui sont également entourés d'une atmosphère de solennité en France. Les Français ne mangent jamais sans poser une nappe sur la table. Même l'expression „dresser la table" veut dire „habiller la table". „Habiller" une table est un rituel qui reflète l'esthétique de la culture gastronomique française, qui repose sur la notion que manger est avant tout un phénomène social et ne devrait se faire qu'à table. Une telle préparation à manger peut sembler démodée. Mais pour les enfants, ces cérémonies font une impression étonnante. Ils réagissent comme si un homme en uniforme passait la porte: immédiatement ils commencent à se comporter parfaitement. L'effet est renforcé par les règles de l'alimentation adoptées en France: personne ne mange en étant debout, dans la voiture, en marchant. En France, ils ne mangent qu'à table.

Et le repas est servi lorsque tous les participants au dîner sont réunis. „A table!" Après avoir entendu cette phrase, la plupart des enfants français arrêtent toutes leurs activités et se dirigent vers la table. Tout le monde attend que la nourriture soit placée dans les assiettes et ne commence pas à manger sans se souhaiter „bon appétit!" Comme les enfants mangent presque toujours avec leurs parents, ils apprennent ces habitudes dès leur plus jeune âge.

Ainsi, manger, même au quotidien, est perçu en France comme un événement. Et surtout, un événement public. Les Français ne mangent jamais seuls - ni à la maison ni au travail. Et comme la cuisine ici est délicieuse, ils ont toujours hâte de déjeuner ou de dîner, les plats sont servis solennellement sur la table, la joie règne pendant le dîner - toute la famille est réunie. Les enfants et les parents sont à table [23].

Un repas français est toute une action, être un participant, c'est une expérience inoubliable, que Peter Mayle a magnifiquement écrit dans le livre „Provence toujours" La confirmation de la relation spéciale des Français avec la nourriture peut être trouvée même juste en étant assis dans un café. Essayons d'imaginer une image. Une Française élégante s'assoit à la table. Elle est seule et n'attend personne. Après avoir échangé quelques phrases avec le serveur, elle passe une commande. Au bout d'un moment, un plat avec une douzaine d'excellentes huîtres et une carafe de vin blanc apparaît sur sa table. La femme, lentement et en savourant chaque morceau, apprécie le repas. Cependant, elle ne feuillette pas un magazine ou un journal, ne regarde pas son smartphone, ne discute pas au téléphone. Elle mange. Elle est venue au café spécialement pour manger des huîtres seules. Ayant terminé le repas, elle reste un peu assise, surveillant les passants, paie et part. Il n'y a rien de surprenant pour les Français dans cette scène. C'est la norme.

Pour comprendre d'où viennent les règles actuelles de la culture de la nourriture française, il faut se pencher sur l'histoire. Les cafés français étaient à l'origine des centres de vie sociale, où toutes les nouvelles récentes ont été discutées, les rencontres ont commencé et les idées sont nées. Déjà au XIXe siècle, les cafés français se distinguaient par une petite carte et des règles de travail strictes. À partir de 8h du matin, les citoyens pouvaient prendre un café et commander le petit déjeuner à partir de 9h du matin. Le petit déjeuner était composé d'une tasse de café et de petits pains avec du beurre, qu'ils ont réussi à cuire et à livrer au café. Ayant une conscience politique, les Parisiens, par exemple, ont toujours suivi avec enthousiasme les travaux de l'Assemblée constituante, dont la journée de travail a duré jusqu'à 14 heures. Pour le déjeuner, les Français avaient faim. Puis, un „déjeuner à la fourchette" est apparu, qui, en plus de l'ensemble standard, comprenait également des omelettes ou des œufs brouillés. Dans le menu des cafés modernes, un tel petit déjeuner est appelé européen ou continental.

Dans le quartier latin de Paris, par exemple, il y avait de nombreux cafés d'étudiants, à l'époque appelés tavernes. Là, les gens pouvaient manger très bon marché et de manière satisfaisante. C'est là que la première „formule" est apparue - un menu composé de plusieurs plats à prix fixe. Et même alors un principe est apparu qui est valable aujourd'hui dans tous les cafés et restaurants de France sans exception: le pain est servi à toute commande gratuitement et sans restrictions.

Au 19ème siècle, le métier de serveur est apparu, nécessitant un grand profession-nalisme. Dans les restaurants, deux serveurs, sans enregistrer les commandes, ont servi sans faute une trentaine de clients. En France, ce métier a toujours une attitude sérieuse et respectueuse. Tout cela a progressivement formé les règles et les prin-cipes qui fonctionnent aujourd'hui.

Après avoir choisi le restaurant, nous avons décidé de tenter le bonheur et de déjeu-ner sans réservation préalable de la table.

En France, juste à l'entrée, le serveur pose deux questions standard: „Combien vous êtes?" et „Pour boire ou manger?" En France, s'asseoir à une grande table pour quatre personnes n'est pas accepté. Au mieux, ils vous regarderont étrangement, au pire ils vous demanderont de changer la table. La deuxième question concerne le fait que les tables pour le déjeuner et le dîner sont préparées à l'avance. Et si vous venez juste pour boire un verre, vous ne serez jamais assis à table. Presque toujours, le serveur vous accompagne jusqu'à la table qu'il a choisie. Et ce choix n'était pas accidentel. Nous avons pris la place à la table avec une vue sur la Grand-Place de la ville et le théâtre Avignon.

Pendant que mon „Français" préféré étudiait la carte du restaurant, j'ai commandé deux verres de „Cuvée Jean-Louis" Brut Rose.

Les Français sont convaincus: plus il y a de plats au menu, plus leur qualité est mauvaise. Dans certains établissements, au lieu d'un menu, ils vous apporteront un tableau noir avec la liste actuelle des plats écrits dessus. Vous devrez distinguer l'écriture afin de comprendre le contenu, mais en récompense, vous recevrez un merveilleux déjeuner ou dîner.

En règle générale, le menu d'un restaurant français n'a pas de section „garniture". Une garniture est servie avec chaque plat et en fait partie intégrante. Cela signifie que le chef a déjà pensé et décidé pour vous quel accompagnement est parfait pour ce plat. Si la garniture proposée est quelque chose que vous ne mangez pas du tout, il vaut mieux choisir simplement un autre plat et ne pas demander de remplacer l'accompagnement. Une telle demande peut-être: perçue comme un doute dans le professionnalisme du cuisinier, notamment dans les restaurants gastronomiques et les restaurants étoilés.

La règle de servir du pain gratuit en quantité illimitée est aujourd'hui inscrite dans la loi. Dans n'importe quel café, ils vous apporteront un panier de baguette française croustillante parfumée et une carafe d'eau pour absolument n'importe quelle com-mande. En même temps, vous ne devez pas avoir peur de la qualité de l'eau. Les

Français surveillent strictement la purification de l'eau du robinet et la maintiennent à un niveau élevé [15].

Après avoir bu quelques gorgées de Cuvée froide, nous avons fait un choix en faveur du „classique". Comme entrée, nous avons décidé de goûter le foie gras maison (carte de visite du chef) avec des tranches de pêche et de la confiture d'oignons. La spécialité va bien avec les vins jeunes et légers ou le champagne. Aujourd'hui, je me suis permise de faire un choix et j'ai commandé deux verres de Château Bois D'Arlène, 2018. Ce vin blanc léger aux notes d'agrumes, qui souligne le goût du plat et est parfait pour le climat chaud de la Provence.

Le Foie gras est considéré comme l'une des spécialités les plus raffinées au monde, avec le caviar noir et les truffes. En France, aucun festin n'est possible sans foie gras. Foie gras - un foie d'oie ou de canard nourri avec une méthode spéciale, qui a un goût délicat. L'histoire du foie gras, a commencé à la fin du XVIIIe siècle lorsque Louis Georges Érasme de Contades, le maréchal de France et dirigeant de Strasbourg, a ordonné à son cuisinier de faire quelque chose de spécial afin de traiter les invités d'honneur avec une „vraie cuisine française". Le jeune homme a inventé sa propre recette - il a préparé un foie tendre en gras. Plus tard, une truffe noire (champignon souterrain) de Périgord a été ajoutée au foie. C'est ainsi que la formule du foie gras classique s'est formée: „pâtés de foies d'oies truffés de Strasbourg".

Dans la cuisine moderne, on ajoute dans le foie gras des champignons, des épices et diverses garnitures. Les menus des restaurants sont pleins d'offres: foie gras à la sauce cognac, foie gras au kiwi et raisins, oignons et pommes, ainsi que ragoût ou rôti de foie gras. Ce plat est servi sur des assiettes réfrigérées, bien que son goût délicat puisse être apprécié dans les plats froids et chauds.

Il est également très populaire sous forme marinée. Ils le mangent comme un pâté, avec une tranche de pain, mais ils ne l'étalent pas, mais ils mettent un petit morceau coupé avec un couteau sur une tranche douce de pain. Parfois, ils le mangent avec une fourchette, en coupant des morceaux avec un couteau. Le pain idéal pour manger du pâté est une baguette française ou du pain blanc nature. Le foie gras est servi avec des vins blancs ou rosés légers pour souligner le goût du foie fait maison. Le foie gras est actuellement interdit dans de nombreux pays du monde, car la méthode de sa préparation est considérée comme assez cruelle, mais la France n'est pas encore prête à se priver d'une telle joie gustative. Ce plat „sonne" toujours d'une manière nouvelle, bien qu'il ait environ deux cents ans.

Pendant ce temps, sa gloire a pu se rendre partout dans le monde. On ajoute des épices, du poivre et du sel sont ajoutés au foie de l'oiseau, puis on verse du cognac et laisse passer la nuit sur la glace. Le lendemain matin, on ajoute des truffes et

Madère et puis on mélange jusqu'à ce que ça devienne une masse. Au bain-marie, le plat est conservé environ une heure au four. Arrosé avec de la graisse, le produit est servi sur la table à froid.

Un attribut indispensable de tout repas est le vin. La carte des vins est la fierté de nombreux établissements. Si le vin est l'objectif principal d'aller dans un restaurant, vous devez choisir un endroit spécialisé dans ce domaine. Il y a des restaurants où une assiette de fromages sera créée pour le vin sélectionné, parfaitement adaptée à la boisson et l'aidant à révéler dans toute sa splendeur.

Chaque région de France a ses propres caractéristiques gastronomiques et „spécialités" à base de produits locaux étroitement liée à l'histoire de la région. Ces plats comprennent également des boissons locales. Par exemple, le plus grand producteur de foie gras en France - la région de l'Aquitaine, produit les fameux Sauternes, qui sont considérés comme l'accompagnement classique de ce plat. Et la Provence est célèbre pour son beau rosé, qui est parfait pour la cuisine méditerranéenne locale, par exemple, les légumes aux herbes provençales.

Chaque restaurant de Provence propose sa sélection de vins et d'apéritifs locaux. En Provence, il existe plus de soixante variétés de vins rosés et plus de quarante variétés de vins blancs. Il est impossible de généraliser l'attitude envers les vins jeunes avec la phrase: „Ce n'est pas le mien" ou „Je n'aime pas les vins rosés jeunes". En Provence, vous devez expérimenter et trouver „votre vin" qui répond aux goûts et aux préférences d'un amateur inexpérimenté.

Lorsque vous commandez du vin simplement en accompagnement d'un dîner et que vous n'en attendez pas quelque chose d'extraordinaire, vous pouvez toujours commander un „pichet" d'un volume de 250 à 500 ml. Il s'agit d'un vin de table simple ou IGP (indication géographique protégée) produit dans la région.

Le choix d'un apéritif, qui est généralement servi avant tout déjeuner ou dîner, accompagné de collations légères (noix, amandes, biscuits, etc.), est également très important. De plus, si le choix du vin dépend de l'assortiment de plats, l'apéritif dépend le plus souvent de la région. Dans le sud de la France, ce sera très probablement Pastis, en Auvergne - Suze (liqueur de gentiane), en Alsace ce peut être de la bière et du vin blanc, dans les régions centrales - Kir (un mélange de liqueur de cassis et de vin blanc) ou „Kir-Royal" (un mélange de liqueur de cassis et de champagne), en Normandie - Calvados, en Bourgogne - liqueur de mûre. Le café complète généralement le repas, mais est servi à la demande du client, surtout s'il veut juste une collation légère au café. Dans le même temps, commander du café pendant les repas sera considéré comme au moins étrange.

Aujourd'hui, nous avons décidé de suivre la voie des „essais et erreurs" et de sélectionner „ce même vin" pour chaque plat, ce qui peut souligner les caractéristiques gustatives des produits locaux.

En France, il faut être prudent avec les vins servis - demander des suppléments dans ce cas-là n'est pas acceptable, tout comme exiger un changement de vin - en France, un vin et un plat spécifiques peuvent être considérés comme tout simplement impossibles l'un sans l'autre. Pour la même raison, il n'est pas accepté de mettre de la glace dans un verre de vin - il est généralement servi à la température nécessaire pour une perception plus précise du goût. Les boissons sont généralement versées par le propriétaire lui-même ou l'un des membres de la famille (dans les restaurant - un serveur). Les appeler avec des gestes ou des cris est considéré comme le comble de l'indécence - des cris comme „Garçon!" sont perçus ici presque comme une insulte. Au pire, vous pouvez légèrement soulever le verre vide par le pied et le secouer légèrement au-dessus de la table.

Les traditions locales spécifiques incluent la notion que la personne qui tient ses mains sous la table ne fait pas confiance aux propriétaires, entre les changements des plats, les poignets doivent être maintenus sur la table afin que les mains soient clairement visibles. Et en aucun cas il n'est recommandé de mettre vos coudes sur la table - cela n'est autorisé que dans une entreprise bien connue dans l'atmosphère la plus décontractée. À tous les autres égards, l'étiquette des tables locales diffère peu des normes généralement acceptées.

Les Français sont connus dans le monde entier non seulement pour leur cuisine, mais aussi pour leur capacité à fournir même le repas le plus décontracté avec un chic particulier. Gourmet, baguette, mayonnaise, cuisinier, cuisine, sauce et bien d'autres termes „culinaires" sont d'origine française, est-il donc étonnant que le processus de la tablée lui-même s'accompagne également de certains rituels?

Les Français prennent le repas très au sérieux et soulignent que Fast-Food et tout ce qui l'entoure n'est même pas de la nourriture, c'est la satisfaction des besoins physiologiques, pas plus. Et les chaînes des Fast-Food, qui se développent rapidement dans les conditions locales acquièrent aussi progressivement une certaine touche de la haute-cuisine.

Les Français adorent manger à l'extérieur - il existe un grand nombre d'excellents restaurants dans le pays. De plus, les cafés locaux et les bistrots ne sont pas seulement des „ endroits pour manger", mais aussi les lieux pour passer du temps libre, rencontrer des amis, étudier la presse (les Français lisent beaucoup), pour fumer (fumer est interdit dans la plupart des lieux publics du pays, ce qui ne s'applique pas aux restaurants avec un salon ouvert, dont la grande majorité sont ici), ou juste les endroits où les Français apprennent des nouvelles. Des plats assez copieux sont servis dans les bars locaux, et même les maisons de thé proposent des collations légères et des pâtisseries. Il y a une particularité qui s'agit que celui qui invite pour le déjeuner ou le dîner, en règle générale, paie pour tout le monde. Cependant, il n'y a pas de règles strictes, et lors de rencontres avec des personnes bien connues, il est parfaitement acceptable de partager l'addition.

Et en même temps, les Français apprécient vraiment la nourriture faite maison, qui à leur avis représente la nourriture la plus saine et soutient les valeurs nationales traditionnelles. Les grands repas en famille et les repas de vacances impliquent la participation de presque tous les membres de la famille et sont généralement composés de plusieurs repas, chacun de plusieurs plats. Et il est nécessaire de préparer un plat de fête, par exemple, une dinde, une „bûche de Noël" ou un canard au vin pour le Jour de la Bastille - ici, cela dépend beaucoup de la région.

Tout doit être servi conformément à toutes les règles et servi selon des normes d'étiquette, ce qui est considéré par les habitants non seulement comme un signe de bon goût, mais comme la conception correcte du „sacrement du repas".

La place en tête de table est considérée comme la plus honorable et est occupée par l'hôte (si l'accueil est effectué par un couple marié, alors la deuxième personne prend une place à l'extrémité opposée de la table). A droite et à gauche se trouvent les places des invités d'honneur, les autres sont assis selon les préférences, mais généralement ce rôle est également confié aux hôtes. Lors des dîners, le signal du début du repas est donné par l'invité le plus important ou l'hôte, dans des cas plus informels, il n'y a pas de restrictions spéciales à ce sujet.

Si la tablée est festive, la table est servie conformément à toutes les règles, en fonction du nombre de plats. En conséquence, un certain nombre de couverts sont utilisés, principalement des fourchettes et des verres. Il y a une règle simple –les couverts les plus éloignés de votre assiette sont toujours les premiers à prendre, puis les suivants et ainsi de suite. Les couverts sont enlevés avec les plats, de sorte que les fourchettes „utilisées" seront enlevées de la table, mais il n'est pas acceptable de croiser le couteau et la fourchette sur l'assiette - il est recommandé de simplement les placer des deux côtés de l'assiette, et entre les repas, placez les couverts sur les bords opposés de l'assiette - ce signifie que le plat ne doit pas être enlevé.

Après avoir terminé le repas, il faut mettre les couverts dans l'assiette parallèlement les uns aux autres - le serveur saura que les plats doivent être débarrassés. Le plat est transmis de droite à gauche, le service est également sur le côté gauche. Il n'est pas acceptable de parler fort à la table, mais de fournir un petit service aux femmes assises à côté - c'est tout à fait comme il faut. C'est une bonne pratique de remercier pour les petits services - „s'il vous plaît" ou „merci".

Pendant les discussions sur les traditions françaises du repas et de la nourriture, nous avons obtenu un petit „merci" du Chefs. Une huître avec du risotto et de la mousse de champagne a été placée sur un plat sombre. C'était une combinaison plutôt inhabituelle de couleurs et d'abondance gustative sur une seule assiette. Un excellent accompagnement au thème marin était le vin blanc Chablis Billaud-Simon, qui est servi frais et se marie bien avec les huîtres et les fruits de mer [24].

En fermant les yeux et en appréciant la façon dont l'huître fondait dans la bouche, nous avons décidé de prolonger le plaisir et de commander le plat le plus inhabituel, qui figurait sur la liste des recommandations du restaurant. Nous avons choisi des huîtres avec la mousse aux fruits de la passion. C'était l'un des plats les plus inhabituels que nous ayons eu l'occasion de goûter en Provence. Le goût aigre-doux des fruits de la passion était parfaitement combiné avec les fruits de mer, mais en même temps n'a pas interrompu le goût dès l'huîtres elles-mêmes.

On considère que les Français produisent les meilleures huîtres du monde. Bien sûr, la côte française est un endroit idéal pour l'élevage de mollusques. On dit que Louis XIV adorait les huîtres qu'il avait apportées à Versailles de Cancale, le port de pêche connu comme la capitale des huîtres de Bretagne Il y a Marennes-Oléron sur la côte ouest, qui est la plus grande zone ostréicole d'Europe, connue pour ses bassins et ses lacs, aussi que Arcachon sur le côté sud du golfe de Gascogne. Mais pour être honnête, les huîtres sont cultivées le long du littoral français.

Pendant des millénaires, les huîtres ont été mangées partout dans le monde, mais ce sont les Romains qui ont développé un système de culture spécial, ce qui a provoqué un véritable boom. Un éleveur d'huîtres romain nommé Sergius Orata était célèbre pour son talent pour la culture de mollusques, Il a utilisé des barrages et des canaux pour contrôler l'écoulement de l'eau de mer dans les „parcs" à huîtres.

Ses méthodes sont devenues largement utilisées dans toute l'Europe et ont jeté les bases de l'industrie ostréicole française. Aujourd'hui en France, deux types d'huîtres sont cultivées: Pacifique (Crassostrea Gigas) et Européenne (Ostrea Edulis). Les huîtres européennes étaient les plus populaires.

On les appelle généralement „huître plate" ou „gravette", mais on trouve aussi „pied de cheval" - les plus gros spécimens pouvant peser jusqu'à 3 kg et vivre pendant près de 20 ans. Récemment, les Ostrea Edulis sont rares, leur production est inférieure à 10% de toutes les huîtres produites en Europe. Les Crassostrea Gigas, importé du Japon en France dans les années 1970, sont celles qui ont aidé à sauver l'industrie ostréicole française lors de la crise des années 1960-1970.

Huîtres et sa mousse aux fruits de la passion

Ingrédients (4 pers)

15 huîtres Perle Blanche, 200g de sorbet aux fruits de la passion (déjà fait), 5 g de lécithine, 150g de miel, 1 kg de sel de mer, 4 citrons verts (zeste), 20g de poivre rose

Préparation

Ouvrez les huîtres et rincez-les à l'eau salée. Faite fondre le sorbet, ajouter la lécithine et le miel, refroidissez à 70 °C. Battez avec un mixeur jusqu'à formation d'une mousse stable. *Versez le sel de mer dans une tasse, ajoutez le zeste de 4 citrons verts, du poivre rose et un peu d'eau pour la viscosité. Mettez le sel de mer dans les assiettes, mettez les huîtres ouvertes sur le dessus et arrosez de mousse des fruits de la passion.*

Le sorbet aux fruits de la passion peut être trouvé en vente dans les grands super-marchés, mais vous pouvez le faire vous-même. Pour ce faire, portez à ébullition 70 g de sucre et 60 ml d'eau, faite bouillir quelques minutes, puis refroidissez. Battez la pulpe des fruits de la passion (200 g) avec du sirop dans un mixeur. Faite cuire dans une sorbetière pendant 30 à 40 minutes, mettez au congélateur pendant 1 heure.

Au XIXe siècle, Paris était l'une des nombreuses villes ostréicoles (la liste des villes amateurs était alors dirigée par New York et Londres), mais aujourd'hui ii a reçu la couronne. Ce n'est peut-être pas un hasard. Les huîtres sont célèbres pour leur teneur élevée en testostérone et en zinc, et Paris est connue pour être la ville de l'amour.

Les huîtres ne sont pas consommées depuis des mois, au nom de laquelle il n'y a pas de lettre „R", ce qui signifie qu'en été elles ne sont pas sûres à manger, vous pouvez simplement vous empoisonner. L'empoisonnement peut être causé par la bactérie Vibrio parahaemolyticus, qui existe dans les eaux océaniques à des températures supérieures à 15 degrés.

En général, la durée de conservation des huîtres n'est pas longue - la conservation des mollusques fraîchement pêchés n'est pas supérieure à une semaine, et toujours au réfrigérateur. Les huîtres doivent être sélectionnées très soigneusement. Les co-quilles d'huîtres doivent être bien fermées, un évier ouvert indique que le produit est abîmé. Plus les huîtres sont fraîches, plus elles sont savoureuses, il suffit de les arroser de jus de citron et de profiter du goût de la mer. Traditionnellement, les huîtres sont servies avec du vin blanc.

Il est de coutume de goûter les huîtres de septembre à avril, c'est-à-dire durant les mois au nom desquels la lettre „r" est présente. Les huîtres capturées en été sont légèrement amères. Et il est peu probable qu'un seul pêcheur soit engagé dans l'ex-traction d'huîtres en été.

Les huîtres étaient autrefois considérées comme la nourriture des pauvres. Au XVIIe siècle, ils étaient de plus en plus servis à la table royale, donc la livraison d'huîtres à Paris rapportait beaucoup d'argent. C'est ainsi que les Français, à la recherche de profits, ont pratiquement détruit les colonies de mollusques, mais ont changé d'avis à temps.

Aujourd'hui, les huîtres sont récoltées à l'état sauvage et cultivées dans des fermes spéciales, dont les plus célèbres se trouvent dans la ville de Cancale. Ici, plusieurs milliers de tonnes d'huîtres japonaises poussent chaque année. Du début de l'automne à la fin du printemps, ils sont vendus quotidiennement aux marchés aux poissons locaux.

En voyageant en Normandie et en Bretagne, mon „Français" et moi, nous avons visité des fermes ostréicoles et observé des marées en dégustant des huîtres fraîches au bord de la mer dans le village de pêcheurs de Cancale.

C'était un voyage spécial, c'est Normandie qui nous a donné la possibilité d'être ensemble et de croire aux rêves. Une atmosphère spéciale de paix, de satisfaction et d'harmonie régnait dans nos cœurs. Ces deux régions ne sont pas comparables à la Provence. Chacun d'eux est magnifique à sa manière et est capable de toucher les cordes les plus fines de l'âme humaine.

Quelques jours en Bretagne m'ont fait regarder les choses du quotidien sous un angle différent et réévaluer mes valeurs de vie. C'est après ce voyage que je voulais aller en Provence et ressentir le goût de la vie, profiter du silence et être moi-même, sans masque quotidien ni recherche d'idéaux. La Bretagne est inoubliable, on veut la visiter encore et encore. Elle a besoin d'apprécier et d'écouter.

Nous avons décidé de reproduire notre Voyage à Normandie et Bretagne quelques années plus tard et encore une fois profiter de la beauté de la côte maritime, se promener sur le quai, admirer le ciel étoilé et écouter les battements de nos cœurs.

En se livrant aux souvenirs de notre voyage, nous avons complètement oublié que nous devons passer de l'entrée au plat principal. Suivant les conseils du serveur, nous avons commandé un plat français classique, tartare de thon, à l'avocat et à l'échalote.

L'histoire de l'apparition du plat est quelque peu controversée et suscite toujours les débats parmi les historiens. Dans la version originale, le tartare de viande crue est apparu presque simultanément avec la sauce tartare originale, à laquelle des câpres ou des cornichons ont été ajoutés. Le roi Louis, fasciné par les faits d'armes des Tatars, les comparait à une sorte d'ancien messager de l'enfer. Le nom „tartares" est apparu pendant le règne du souverain et a été attribué aux noms de ces deux plats, car le roi était sûr que les Tatars mangeaient exclusivement de la viande crue et des cornichons.

Un siècle plus tard, les Français ont un plat à part entière appelé le steak de bœuf tatar, qui fait partie de la carte nationale de visite. Cependant, les cuisiniers ont apporté quelques ajustements à la recette, et tout plat à base de morceaux de poisson cru, de viande crue et séchée et devenu un tartare. Depuis plusieurs années, le plat a gagné une popularité incroyable, ce qui suscite un intérêt culinaire dans d'autres pays. Il commence à être préparé avec des fruits de mer, de la viande salée.

Aujourd'hui, le tartare a de nombreuses modifications, allant d'un tartare de viande crue traditionnelle à un plateau de fruits. Maintenant, cet ancien plat français n'a plus rien à voir avec les Tatars nomades, donc sa cuisson ne nécessite plus de viande crue, mais la découpe d'un certain produit en morceaux.

Tartare de thon

Ingrédients (2 pers)

200 g de filet de thon, 1 échalote, ½ d'avocat, 1 citron, 20g de câpres, l'huile de sésame, sauce soja, sel

Préparation

Coupez le thon en jolis petits cubes. Le thon est très tendre, il est donc recommandé de travailler avec soin avec un couteau bien aiguisé. Mettez le thon coupé dans un bol profond. Laissez au frigo pendant la préparation tous les autres ingrédients.

Hachez l'échalote en petits tronçons. Il est important de le hacher aussi finement que possible afin que seul le goût et non la consistance se fasse sentir dans le plat final. Hachez quelques câpres (20 gr.) et passez à l'avocat. Il faut d'abord le nettoyer correctement. Pour ce faire, coupez le fruit au milieu jusqu'au noyau. Séparez 2 moitiés et retirez le noyau avec un couteau. Divisez l'une des moitiés en 2 parties et pelez-les.

Coupez l'avocat en dés. La taille des cubes d'avocat doit correspondre approximativement aux cubes de thon pour que le tartre soit uniforme. Déplacez l'avocat dans une assiette profonde. Ajoutez un peu de jus de citron. Il est nécessaire de le faire pour que l'avocat ne noircisse pas et que le tartre ne perde pas son apparence. Mélangez les tranches d'avocat avec le jus de citron.

Tous les ingrédients sont préparés et vous pouvez maintenant commencer le dressage. Revenez au thon. Ajoutez un peu de sel, un peu de poivre, des câpres et l'échalote, de l'avocat, un peu d'huile de sésame, ainsi que de la sauce soja. Mélangez le contenu. Servez le tartare. Si vous le souhaitez, il peut être légèrement décoré avec des graines de sésame et mis sur une coquille d'huître vide.

Le nom „tartre" parle d'une méthode de découpage - en petits cubes d'un centimètre. On pense qu'il faut mélanger des cubes de thon, par exemple, avec des cubes de caps et d'oignons, en mettant un bol avec eux sur la glace, mais on peut juste les conserver au réfrigérateur un peu. Sur l'assiette on met le plat sous la forme d'une rondelle. Les premières recettes ont été inventées en France.

Les caractéristiques distinctives du carpaccio de poisson sont les couches très fines du produit, la congélation préliminaire et l'assaisonnement: avant de servir, le thon ou le mulet sont arrosés, par exemple, avec un mélange d'huile d'olive et de jus de citron et saupoudrés de poivre noir et de sel. Ce plat est apparu en Italie [25].

La présentation du plat était intrigante, supposait une certaine solennité et excluait complètement la routine de la vie quotidienne. Les vins blancs et rosés sont parfaits pour le tartare de thon, donc nous avons décidé d'en commander pour souligner le

---

goût du plat principal. Ausines Albarino Laurent Miquel est servi frais, a un goût délicat et se marie bien avec les plats de poisson et de fruits de mer.

Nous avons décidé de terminer notre déjeuner par un dessert d'été léger gâteau de mille-feuilles à base de framboises et de crème fouettée. C'est un dessert très délicieux et doux de la cuisine française. Il est nommé „mille feuilles", car il est fait de pâte feuilletée. La meilleure façon de préparer la pâte pour le gâteau de mille-feuilles est de prendre de la pâte feuilletée, ce qui est plus facile à acheter en magasin, mais vous pouvez la faire vous-même si vous le souhaitez. Traditionnellement, le dessert est préparé avec de la crème anglaise, mais à la place, vous pouvez prendre de la crème fouettée ou préparer une crème à base de fromage à la crème ou fromage blanc.

Dans la chanson du chansonnier français Pierre Perret, il y a une phrase: „Écrire une chanson ce n c'est pas du mille-feuille". Le nom du dessert peut être comparé à celui d'une plante „millefeuille". Si vous regardez sa coupure, vous pouvez voir que le gâteau est divisé en de nombreux pétales les plus subtils, dont le nombre peut dépasser 2000.

Pour obtenir cette texture, la pâte est pliée plusieurs fois et déroulée, préalablement conservée au froid. Plus vous pliez et déroulez la pâte, plus le gâteau fini est divisé en plaques. Pour une couleur dorée, le gâteau est saupoudré de sucre au dernier moment.

La crème est généralement ajoutée à l'avant-dernier moment, presque avant de servir le dessert. Et le dernier accord - le sucre à glacer, les pétales d'amande ou les miettes de la pâte. La version classique du dessert est apparue à Paris. Pour la première fois, une recette d'un plat similaire a été publiée en 1651 dans le livre de cuisine de l'un des réformateurs de la cuisine française, François Pierre de La Varenne. Cependant, le dessert est devenu si populaire parmi les citoyens en 1867 grâce au pâtissier Aldophe Seugnot, qui tenait le magasin à rue du Bac 28.

En général, ce gâteau laisse la place à l'imagination des pâtissiers, ça ressemble à un constructeur. Plaques feuilletés - c'est la base, qui peut être fixé avec la garniture à votre goût. Dans la crème, on ajoute parfois du chocolat, de la crème, de l'alcool (rhum, cognac, calvados) et des baies [26].

Récemment, une nouvelle recette de millefeuille salé est apparue. Les plaques classiques sont remplacées par celles de pain de seigle, et la crème - par le poisson ou la viande ou même par la purée de légumes. Cependant, les chefs français conservateurs désapprouvent l'innovation.

Mille-feuilles

Ingrédients (4 pers)

Pour pâte feuilletée:

150g de farine, 3 c. à soupe d'eau, 150g de beurre, 50 g de sucre pour le caramel, 1 pincée de sel

Pour la crème:

3 œufs, 5 g de feuilles de gélatine, 1 gousse de vanille, 100g de crème liquide, 50 g de sucre, 100g de mascarpone, 50 g de baies ou fruits frais au choix (fraises, framboises, mûres, myrtilles, pêches, abricots, cerises)

Préparation

Pour les plaques, mélangez la farine, l'eau et le sel et formez la pâte dans en boule. Étalez ensuite sous la forme d'une „fleur" à quatre pétales. Mettez le beurre au centre, fermez les pétales, en posant les uns sur les autres. Roulez la pâte en une plaque rectangulaire, pliez les bords en les reliant au centre. Déroulez à nouveau, pliez les bords de la même manière et mettez-les au réfrigérateur pendant deux heures. Étalez ensuite la pâte deux fois de plus. Remettez au réfrigérateur pendant encore deux heures. Étalez la plaque dans une forme rectangulaire et mettez-la sur la plaque à pâtisserie recouverte de parchemin. Mettez la forme plus petite sur le dessus pour que le gâteau soit uniformément cuit.

Préchauffez le four à 200 ° C, y mettez une forme avec la pâte et faite cuire 10-15 minutes jusqu'à coloration dorée. Retirez du four, saupoudrez la plaque de sucre et faite cuire encore 5 minutes. Retirez et refroidissez.

Pour la crème, broyez les jaunes et la vanille (coupez la gousse de vanille en deux, extrayez le contenu). Ajoutez le sucre caramélisé. Pour ce faire, faites bouillir le sucre avec de l'eau pendant plusieurs minutes, sans le laisser bouillir. Battez le sucre blanc et les jaunes d'œuf. Ajoutez la gélatine trempée. Mélangez le tout, mettez le mascarpone, remuez à nouveau. Versez la crème fouettée, mélangez. Mettez au frigo pendant une heure.

Étalez la crème pâtissière sur la première plaque. Positionnez une seconde plaque de pâte feuilletée sur le dessus et étalez une seconde couche de crème pâtissière et enfin disposez la dernière plaque de pâte feuilletée. Saupoudrez de sucre en poudre. Garnissez de baies et de feuilles de menthe fraîche.

Après avoir remercié le serveur de restaurant du service professionnel et transmis „le compliment" au Chefs du restaurant pour le déjeuner magnifique, nous sommes allés dans un endroit légendaire situé au pied du Roc-des-Doms-Pont Saint-Bénézet, ou plutôt ce qu'il en restait. Un grand pont a été érigé au XIIe siècle et reliait Avignon à la ville de Villeneuve-lès-Avignon de l'autre côté de Rhône. Il y a une légende intéressante à propos de la construction de cette grande traversée.

Selon la légende, un berger, nommé Bénézet, a reçu une fois une révélation divine qu'un grand pont devrait être jeté à travers le Rhône. Les habitants de la ville ont pris cette idée sans grand enthousiasme, puis le jeune berger a ramassé seul un énorme morceau de roche et l'a porté à l'endroit qui lui avait été suggérée dans la vision. Après un tel miracle, les habitants de la ville n'avaient d'autre choix que de commencer la construction, et en 1188, le pont a été ouvert. On lui a donné le nom du berger qui a été classé comme saint par l'Église catholique.

Au cours des siècles suivants, le Pont Saint-Bénézet a été la principale porte commerciale de la ville, car il était sur le chemin de tous ceux qui entraient dans la ville par la mer. Le passage à la fois sur le pont et sur l'eau en dessous était taxé et offrait à Avignon une existence tout à fait confortable.

Le problème est survenu au XVIIe siècle, lorsque, en raison des inondations fréquentes, les arches du pont ont commencé s'effondrer dans l'eau une par une. Au début, les gens ont essayé de les restaurer, mais en 1669, l'inondation a été si dévastatrice que le pont s'est effondré presque complètement et il n'a plus été reconstruit.

C'est ce qu'il est encore - la triste ruine de l'ancien miracle de l'ingénierie - quatre passages avec la petite chapelle de Saint Nicolas au milieu. L'Avignon moderne est un grand centre culturel et touristique du sud de la France. Il existe de nombreux établissements d'enseignement spirituels et laïques, des musées et des théâtres intéressants. Mais le premier endroit que tous les touristes qui viennent en ville souhaitent visiter est toujours le pied du Roc-des-Doms.

Les masses de pierre du palais et de la cathédrale, les puissants remparts et les ruines du pont préservent encore l'atmosphère des siècles passés, et restent encore aujourd'hui le véritable cœur de la ville, sans lequel Avignon ne deviendrait jamais l'une des villes les plus belles et les plus atmosphériques de France [11].

Avignon est vraiment une ville magique qui a préservé ses anciennes traditions et sa culture. Il donne une sensation de conte de fées, de liberté et de calme intérieur. Pendant longtemps, nous nous sommes promenés dans les rues étroites de la ville, nous nous sommes tenus la main et avons apprécié le voyage français.

En rentrant chez nous, en faisant de la tisane et en nous installant confortablement sur la terrasse ouverte, nous avons échangé des impressions avec mon „Français". C'était une soirée de souvenirs: la première rencontre, le premier baiser, la première date et déclaration d'amour, le long voyage à travers le temps et les rêves, la recherche de soi-même et de la personne avec qui on veut partager toutes les épreuves et les joies de la vie. La Provence n'est peut-être pas capable d'offrir un „conte de fées" et de magie à chaque personne sur terre, mais si vous venez là avec „votre personne", alors le sentiment de magie ne quitte pas votre cœur, le submerge d'amour et de gratitude pour „le paradis sur terre", au bord de la Côte d'Azur dans la pittoresque Provence.

Chapitre 6. Boire du vin et étreindre la beauté vaut mieux que l'hypocrisie du dévot. Omar Khayyâm

Le matin annonçait un temps ensoleillé et de bonne humeur. Le ciel était clair et les premiers rayons du soleil traversaient déjà les rideaux de la chambre. La Provence dormait encore à 4 heures du matin, la nature profitait du silence, et nous planifiions notre journée avec une tasse de café noir fort. Aujourd'hui était un jour spécial, nous avons décidé de le consacrer à la vinification locale et d'aller dans l'un des vignobles les plus célèbres de la région.

La Provence est associée aux champs de lavande et à l'huile d'olive parfumée. Mais le connaisseur du bon vin en pensant à la Provence se souviendra de rosé délicieux. Oui, c'est le vin rosé qui est l'élixir magique de la jeunesse et de la beauté des gens de Provence. Une bonne humeur, une charge de positif, un esprit de liberté, d'aventurisme et de légèreté - ce sont des qualités inhérentes aux habitants de la côte sud de la France.

Cette région du sud de la France attire des vignerons par les conditions idéales pour la culture du raisin. Le climat méditerranéen donne plus de 3 000 heures de soleil par an, les étés longs et secs permettent de récolter des raisins plusieurs fois au cours de la saison.

La Provence n'est pas aussi célèbre que la Bourgogne ou Bordeaux, bien qu'il existe les plus anciens vignobles du pays.

La première mention de la création du vin sur le territoire provençal remonte à 125 avant notre ère. Il a été dégusté par les Romains. Le vin était si savoureux, aromatique et raffiné qu'il a commencé à être livré à l'empereur, aux chefs militaires célèbres et aux patriciens.

L'invasion des barbares au début du III siècle de notre ère a presque détruit les anciens vignobles. La restauration des traditions viticoles a été entreprise par des représentants de l'Église catholique, qui ont utilisé du vin rouge local pour les cérémonies religieuses.

La popularité du vin local a également été assurée par: Éléonore de Provence, épouse d'Henri III au XIIIe siècle, et roi vigneron René d'Anjou, comte de Provence, au XVe siècle. Et à la fin du XVIIe siècle, les vins de Provence ont connu un boom de popularité lorsque Madame de Sévigné, qui tenait le célèbre salon littéraire parisien, a commencé à les vanter auprès de ses hôtes.

Jusqu'au XIXe siècle, à Provence était réputée pour ses riches vins rouges issus de raisins de Mourvèdre, mais le XXe siècle a mis au top des ventes les rosés des raisins locaux. Bon marché et frais, ils sont idéaux pour les vacances en bord de la mer. La plupart des vins de Provence sont vendus dans la région, et ils sont rapidement achetés par les touristes venant sur la Côte d'Azur et voyageant à travers le pays.

En Provence, on trouve plus de 60 variétés internationales de raisins ainsi que leurs variations.

Les vins rouges, les plus populaires sont: Grenache, Cabernet Sauvignon, Cinsault, Tibouren, Carignan, Surah, Mourvèdre, Piquepoule Noir. Les rosés et les blancs sont le plus souvent fabriqués à partir des variétés: Clairette, Roll, Ugni Blanc, Sémillon Bourboulenc, Marsanne.

La province compte huit appellations principales. Chacune d'eux a son propre caractère, son humeur et présente au monde des vins uniques issus des variétés de raisins cultivées dans la sous-région.

Côte de Provence

La plus grande appellation de Provence. 80% de tous les vignobles de la région de la catégorie AOS (Appellation d'Origine Contrôlée) sont ici. La Côte de Provence occupe 18 mille hectares, qui sont divisés en zone côtière.

Les vins roses de Provence les plus connus sont produits dans la sous-région, c'est une sorte de label de qualité pour les vins de cette région. De gracieux vins blancs secs fruité apparaissent également ici.

Les vins rouges de Côte de Provence commencent tout juste à gagner leur place sur le marché, mais ont déjà suscité l'intérêt des sommeliers et les amateurs de vinification française.

Coteaux d'Aix-en-Provence

Les vignobles de l'appellation ont récemment été transférés dans la catégorie AOS. Les vins ici n'ont pas le caractère d'un terroir, mais dépendent du fabricant et des technologies qu'il utilise. Les vins rouges et rosés avec une structure forte et un bouquet lumineux rempli de subtiles notes de fruits et de fleurs sont appréciés ici.

Il vaut mieux goûter les vins de la Côte d'Aix-en-Provence quand ils ont trois ans. Très jeunes, ils semblent simples, mais les vins de la grande garde peuvent donner de l'acidité ou un tanin pointu.

Les variétés populaires du raisin: Cabernet Sauvignon, Sauvignon, Grenache, Mourvèdre, Syrah, Clairette, Ugni Blanc.

Bandol

La sous-région a été nommée d'après le port de Bandol, ce qui a aidé à ouvrir le commerce avec d'autres régions et pays. Ici, Ils créent des vins complexes, mais aussi subtiles et raffinés, avec une structure solide et un bouquet multiforme. Les vins blancs et rosés doivent être conservés pendant 8 mois en fûts de bois, les vin rouges - pendant au moins un an et demi. Cépages populaires: Mourvèdre, Ugni Blanc, Cinsault, Grenache, Syrah, Sémillon, Clairette.

Cassis

Cette appellation porte également le nom d'un petit port de commerce. A Cassis, les vins blancs secs aromatiques sont créés sans long vieillissement, frais et légers. En 1936, Cassis est devenu une zone d'appellation d'origine contrôlée (AOS). Les cépages populaires sont: Sauvignon, Mourvèdre, Ugni Blanc, Pascal, Marsanne, Grenache, Barbara, Carignan.

Bellet

Il s'agit d'une petite appellation, qui a commencé à fournir du vin au XIVe siècle av. J.-C. Aujourd'hui, le vin rouge de Bellet est populaire dans le monde, il sent la cerise et a une structure complexe avec des épices, des baies et un long après-goût.

Variétés populaires sont: Folle Noire, Braquet, Cinsault, Rolle, Roussanne.

Palette

C'est une très petite appellation, mais un vignoble vieux de 500 ans planté par des carmélites y est cultivé. La palette crée des vins rouge foncé luxueux avec une structure forte, remplis de l'arôme de violette et de résine de pin. Les vins rosés et blancs seront aussi agréables pour les amateurs de France - ils sont denses, parfumés et avec un long après-goût. Les notes intéressantes sont: tilleul, miel et menthe. Cépages populaires: Grenache Blanc, Mourvèdre, Grenache, Cinsault, Ugni Blanc, Clairette.

Les Beaux de Provence

La région de l'ouest de la France, d'où sont exportés les vins rouges et rosés bio. Les vignobles sont situés dans la réserve naturelle, au pied de la chaîne de montagnes. Le vin rouge de Baux-de-Provence est riche, avec des notes de baies sauvages et un après-goût du chocolat. Les vins rosés sont frais et parfumés, tandis que les vins blancs sont élégants, agrumes et florales. Variétés populaires: Grenache, Clairette, Cinsault, Carignan, Cabernet Sauvignon.

Coteaux Varois

Ici le climat est le plus froid de la région, et en combinaison avec un sol calcaire, on peut faire pousser des baies avec un goût fin et frais et un parfum frais. L'appellation produit des vins rouges, rosés, blancs légers sans vieillissement supplémentaire. Il faut les boire quand ils sont jeunes. Cépages populaires: Grenache, Cinsault, Syrah, Carignan.

La Provence est une citadelle de vin rosé magique. Les vins de Provence sont juteux et bien structurés, mais à la fois légers et frais. Cela est dû à la vendange de nuit ou le matin, lorsque les raisins sont encore froids, et à l'utilisation de la technologie de pressurage direct. Tout le processus de vinification est mis en œuvre dans des réservoirs fermés afin que les vins ne soient pas saturés d'oxygène, mais transmettent complètement les notes des baies sélectionnées.

Les vignobles de Provence couvrent le territoire de la côte sud-est de la France sur environ 200 km d'est en ouest. Les étés longs et secs offrent des conditions idéales pendant la période de récolte, sans donner aux vignerons locaux une raison de s'inquiéter de la pourriture et de nombreuses maladies „météorologiques".

Les vents, une sorte d'accent climatique du sud de la France (comme le mistral froid qui souffle sur le Rhône) - sont également un facteur essentiel. Ils réduisent le risque de maladies fongiques, mais en même temps, ils augmentent le risque de dommages mécaniques aux baies et même aux vignes. Les conditions estivales idéales sont en quelque sorte „compensées" par les fortes tempêtes qui frappent la région au printemps et à l'automne, entraînant à court terme la plupart des précipitations annuelles.

Selon l'INAO (Institut National des Appellations d'Origine):

AOC (Appellation d'Origine Contrôlée)

Le vin, son origine géographique, les cépages utilisés et les méthodes de fabrication sont strictement définis par la loi pour telle ou telle appellation.

Au lieu de „d'Origine", l'étiquette peut indiquer immédiatement le nom de l'appellation. Par exemple, „Appellation Bordeaux Contrôlée".

Les appellations sont divisées en tailles: régionales (les plus vastes, en partie les mêmes que les principales régions viticoles), sous-région ales, communales et individuelles, pas nécessairement avec un château.

Plus l'appellation est petite, plus les exigences pour les variétés et le processus de production sont strictes, plus la nature et le goût du contenu de la bouteille sont prévisibles - et plus ils sont chers. D'où la gloire des vins d'une ferme particulière (domaine, château).

VDQS (Vin Délimité de Qualité Supérieure)

Les vins qui répondent aux exigences AOC, mais qui n'ont pas encore reçu cette catégorie et sont dans la file d'attente pour l'attribution de la catégorie la plus élevée. Hors de France, presque jamais trouvés.

VdP (Vin de Pays)

Les vins dits „locaux", c'est-à-dire simplement les vins produits en France avec une indication du territoire (lieu de production), et ces territoires peuvent être plus grands que les plus grandes appellations de la catégorie AOC. Les limites de la production de ces vins sont aussi larges que les limites des régions de production autorisées.

VdT (Vin de Table)

Les vins de table sans indication du lieu de production. La catégorie de vin la plus „peu exigeante". Environ la moitié des vins produits en France appartiennent à cette catégorie. Ce vin peut être produit en France à partir de raisins cultivés dans un autre pays européen - ce vin est appelé „european table wine" (vin de table européen), mais il est interdit d'indiquer son origine et son année de récolte.

Il y a une simple chanson de „d'Artagnan et les trois mousquetaires", de fabuleux champs de lavande, des tournesols, peut-être encore des oliviers et, bien sûr, du vin, qui viennent à l'esprit avec le nom merveilleux de la Provence.

L'image romantique de la Provence est restée dans la tête grâce aux artistes et écrivains qui ont vécu et travaillé dans cette région. Van Gogh et Cézanne, Picasso et Monet, Renoir et Matisse, Cocteau et Pagnol ont fait leurs chefs-d'œuvre ici.

Cette région-là plus ancienne de France (le vin a commencé à être produit ici il y a plus de 2500 ans) s'étend le long de la côte méditerranéenne, se terminant par le Rhône à l'ouest et la Côte d'Azur à l'est. Malgré la superficie relativement petite, l'influence de cette région est très grande.

La Provence est remarquable non seulement pour son histoire, qui remonte à la Rome antique, mais aussi pour son accent créatif sur les vins rosés. Près de 88% du vin de Provence est rosé.

La Provence est dotée d'un climat fabuleux, idéal pour les gens et les raisins. Il y a beaucoup de soleil, peu de pluie, les journées sont chaudes et les soirées sont fraîches. Le climat méditerranéen et les fameux Mistrals (vents frais forts) maintiennent les vignes dans la sécheresse nécessaire et hors de danger des ravageurs.

La grande ville du sud de Massalia (Marseille moderne) a été fondée au VIe siècle av. J.-C. par les Grecs d'Asie Mineure - Phocéens. C'est ici que les commerçants de l'Est ont apporté les premières vignes de raisin. À cette époque, pour la production de vins, les raisins étaient séchés très rapidement et le jus n'avait pas le temps de saturer de couleur, donnant des teintes rosées aux vins. Lorsque, après 4 siècles, la ville est tombée sous la domination des Romains, les vins rosés de Massalia (le nom latin de Marseille) étaient déjà très populaires. Et l'accès aux voies romaines a fait des vins locaux un véritable trésor du monde antique.

Du latin Provence est traduit par „province". En fait, cette zone était sous le contrôle de dirigeants complètement différents: ceux de Barcelone, le Royaume de Bourgogne, l'Empire romain et l'Église catholique. Chacun d'eux a contribué au développement de la vinification locale.

Au Moyen Âge, les vins de Provence étaient dans les coupes des rois de France, et plus tard, avec le développement de la navigation, ils ont conquis toute l'Europe. Après l'épidémie de phylloxéra Provence a fait un pas en arrière dans la vinification, laissant la qualité s'envoler. Mais aujourd'hui, il reconquiert le monde du vin.

Dans cette région, il y a beaucoup de pentes que les vignobles aiment, et une riche variété de sols. Dans sa partie ouest, il y a le calcaire, hérité de la mer antique, qui couvrait autrefois ces terres. Plus près de la frontière orientale de la Provence, les sols deviennent granitiques, parfois volcaniques. Toutes ces caractéristiques - du climat au sol - rendent le style des vins de Provence unique et reconnaissable.

La Provence est une région historique du sud-est du pays où les raisins étaient cultivés même lorsque les Grecs et les Phéniciens donnaient le ton à la vinification. Cela signifie que la Provence est l'une des régions viticoles les plus anciennes de France. Bien sûr, dans un tel endroit, il doit y avoir quelque chose d'original et isolé.

La Côte de Provence est une vaste zone de la Côte d'Azur, qui s'étend de Marseille à Nice. Son nom est enregistré comme marque, tout comme le Champagne. Pour les Français, l'arrivée de l'été signifié l'apparition de vins rosés sur leur table, dont beaucoup sont produits en Côte de Provence.

La région est une unité géographique importante qui couvre une grande partie du département oriental du Var. Il est plein de diverses zones microclimatiques avec des caractéristiques individuelles. Les vignerons locaux ont appris à utiliser cette diversité pour produire des vins exceptionnels et de haute qualité. Grâce à la proximité territoriale, les restaurateurs de Nice et de la Côte d'Azur viennent souvent ici pour étudier avec soin les lieux de production des vins servis dans leurs établissements.

Il y a trois conditions importantes pour le rosé. La première condition est le froid, ce qui signifie que seules les vendanges de nuit ou du matin sont acceptables (les raisins doivent être froids). La deuxième sagesse est la compression directe (presses pneumatiques horizontales). La lutte contre l'oxygène est une autre condition pour obtenir le rosé de style moderne.

En général, un rosé devient un rosé en raison de l'insistance à court terme du moût sur le marc. Il faut tirer le plus grand nombre possible de saveurs „rouges" de la peau, mais une couleur forte ne peut pas être autorisée. Le vin doit être léger, avec une structure solide, de couleur d'une baie juteuse, mais pâle. C'est le standard, l'archétype.

Les vins rosés sont appréciés pour leur légèreté et leur polyvalence. Ces vins allient légèreté des vins blancs, et profondeur, saturation des vins rouges.

Le rosé convient aux plats de viande, de poisson et de légumes, aux fruits - pour presque tous les aliments. Le vin rose se marie bien avec la paella, les fruits de mer, avec la plupart des fromages, pâtes et desserts.

Le vin rosé est servi bien frais à 5–7 °C. Les vins rosés secs bien structurés sont mieux servis légèrement plus chauds: 6–9 °C. Ces bouquets doivent pouvoir s'ouvrir un peu [27].

La famille Duran préfère les vins exclusivement régionaux en été. Ils sont convaincus que c'est le vin rose de la région de Provence qui peut étancher la soif et souligner le goût des plats locaux et les délices des restaurants français.

Aujourd'hui, nous avons décidé de combiner notre voyage avec une promenade le long de la promenade de Nice et profiter d'une dégustation dans les caves du Château de Berne. Dans le monde du vin, il est connu depuis 1750. Aujourd'hui, il y a environ 500 000 bouteilles de vin par an sont produites ici. Les terres de l'agriculture pittoresque commencent par une tache rouge vif d'un champ de pavot, derrière lequel s'étend une couverture de vignes des sols crayeux. Environ un quart de la superficie agricole est alloué aux vignobles. La plupart d'entre eux sont situés dans le sud-ouest, où le vent de mistral n'est pas assez fort pour nuire à la baie, mais il est tout à fait capable de débarrasser les vignobles d'un excès d'humidité.

Je n'ai jamais vu les champs de pavot infinis si près. Mon „Français" a arrêté la voiture, et moi, comme un oiseau, j'ai volé hors de la cage et je suis allée vers la „flamme" brillante. Un sentiment étrange m'a capturée, c'était un désir de faire partie de la nature et en même temps, une peur de toucher des fleurs fragiles et d'endommager accidentellement la tige ou les pétales délicats.

Les gouttes de rosée brillaient sur les pétales et sous les rayons du soleil du matin. C'était comme si les jeunes filles se lavaient le visage à l'eau froide et se baladaient sous les rayons du soleil de Provence.

Mes impressions les plus vives de la nature sauvage et intacte sont probablement liées à la France. J'ai été surprise de la beauté et de la diversité de ce pays. C'est la patrie de la haute couture, la meilleure cuisine du monde, la nature magique, le riche patrimoine culturel et l'architecture royale. Je comprends de plus en plus le point de vue des Français, qui préfèrent ne pas voyager en dehors de la France et profiter de leurs vacances et week-ends dans leur pays d'origine, où il y a presque tout ce qui peut satisfaire même les touristes les plus expérimentés: montagnes, mer, faune, châteaux anciens, villes romantiques et des villages pittoresques, les meilleurs vins et la meilleure cuisine, des gens intelligents qui apprécient leurs traditions, leur culture et leur langue.

Mes pensées ont été interrompues par des fragments de phrases provenant du vignoble. C'était la voix masculine du directeur du vignoble, qui nous a salués et nous a proposé de laisser la voiture sur le territoire de sa terre.

Le Château de Berne est un vin blanc qui est vieilli en fûts de chêne et qui est très rare dans la région. Un excellent apéritif, grâce au goût original avec une touche de pain d'épice. Mais le premier violon de la dégustation est joué par les vins rouges. Comme de nombreux producteurs locaux, le Château de Berne a abandonné les cépages traditionnels de la Provence. Les vignerons locaux sont passés à la Syrah de la Vallée du Rhône et au Cabernet Sauvignon, généralement associé à Bordeaux.

Les vignobles de Berne sont situés dans la région du Haut Var à une altitude de 250 à 330 mètres, principalement sur le versant sud. Le sol, dans certaines parties des vignobles, est pierreux, en partie - avec un mélange de sable. Une forêt voisine protège les vignes de l'influence froide du mistral. Le climat continental avec des différences de températures nocturnes et diurnes crée les conditions d'une maturation optimale des raisins; les raisins mûrissent ici plus tard que sur la côte, grâce à quoi ils accumulent plus de substances - les vins naissent plus saturés et structurés.

L'histoire du vignoble remonte à des siècles. Le château de Berne est situé sur l'ancienne Via Aurélia - la route romaine qui menait de Rome et de Pise à travers toute la côte ligure à Gênes, puis à travers Nice et Marseille en direction de l'Espagne, à Saint-Jacques-de-Compostelle. Grâce à cette route, le vin produit sous le soleil généreux de Provence arrivait à Rome et, disent-ils, a été apprécié à la cour de l'empereur. Au XIIe siècle, Raymond V de Toulouse, alors propriétaire de ces terres, a sacrifié le domaine à l'Ordre cistercien. C'est là que le domaine a été appelé Château de Berne - en hommage au fondateur de l'Ordre - Saint-Bernard.

Les moines bernardins ont cultivé un sol fertile et ont produit du vin pendant plusieurs siècles. Plus tard, la propriété a été passée à la famille des Marquis de Villeneuve, et après la révolution bourgeoise française a été abandonnée.

Le château de Berne doit sa renaissance à Marius Estillon, l'ancien capitaine de la frégate de la flotte impériale, qui a acheté le domaine au milieu du XIXe siècle, agrandi le vignoble à 50 hectares, planté de nouvelles vignes et modernisé le processus de vinification.

La cave a changé de propriétaire à plusieurs reprises, avant de tomber dans les mains de l'entrepreneur britannique Bill Maddimen, qui l'a racheté au début des années 90. Il a augmenté la superficie du vignoble à 79 acres, a construit une nouvelle salle, l'a équipée avec des équipements modernes et a réuni une équipe professionnelle dirigée par l'œnologue Didier Fritz, qui a développé un nouveau concept pour la vinification. Enfin, en 2007, l'agriculture est devenue la propriété d'un homme d'affaires britannique, le milliardaire Mark Dixon.

Mark Dixon a un grand amour pour la Provence, cet amour a commencé dans sa jeunesse, lorsqu'il travaillait comme barman dans un café à Saint-Tropez. Mark, avec son énergie et son enthousiasme, s'est engagé dans le développement d'une nouvelle entreprise, ayant acheté deux autres fermes voisines en 2009 et 2010, et a fondé la société Vignobles de Berne.

Hubert de Boüard de Laforest a été invité au poste d'œnologue-consultant. Ce nom est largement connu dans le monde du vin - il suffit de dire qu'il est le représentant de la huitième génération d'une famille de vignerons propriétaire du célèbre Château Angélus.

Aujourd'hui, le vignoble de Berne n'est pas seulement un domaine viticole avec ses propres vignobles d'une superficie de 292 acres (environ 120 hectares), mais tout un complexe touristique avec son propre hôtel, restaurant, salle de concert et école culinaire. Mais le cœur de l'entreprise reste bien sûr Château de Berne, et son âme est le vin qui y est produit [28].

Après avoir profité de la visite et avoir eu un peu faim, nous avons décidé d'acheter quelques bouteilles de vin et de nous diriger vers Nice pour déjeuner et regarder le coucher du soleil, en marchant le long de la Promenade des Anglais.

Nous avons décidé de commencer notre connaissance de Nice par la vieille ville. La vieille Nice est un réseau de rues étroites aux façades à l'italienne qui se regardent les fenêtres et se cachent derrière des volets colorés. En marchant dans les rues étroites, nous n'avons pas remarqué comment nous étions au Parc de la Colline du Château. Au XIe siècle, un château a été construit au sommet de cette colline, qui protégeait les citoyens contre les pirates. Peu à peu, il est devenu envahi par des maisons privées, les gens ont commencé à descendre de la colline et à se rapprocher de la mer.

En 1708, pendant la Guerre de Succession d'Espagne, le château a été détruit par les troupes françaises (à cette époque Nice était le territoire italien). Quelques années plus tard, un cimetière de ville est apparu sur la colline inférieure, devenue un véritable musée à ciel ouvert et considérée comme l'une des plus belles nécropoles d'Europe. L'écrivain Alexander Herzen, l'auteur du „Fantôme de l'opéra", Gaston Leroux, le fondateur de Mercedes, Emil Jellinek et bien d'autres sont enterrés ici.

Des vues pittoresques sur la Baie-des-Anges, la vieille ville et le port de Nice sont ouvertes du haut de 90 mètres de la colline. Le parc est coupé par des allées, des ruines de murs anciens sont préservées au milieu de la verdure, et une grande cascade fait du bruit à la place de l'ancienne tour. C'est un endroit idéal pour un pique-nique ou des loisirs en plein air.

En descendant la colline de l'ascenseur, nous nous sommes retrouvés sur le Quai des États-Unis. Il a obtenu son nom étrange en 1917 pour célébrer l'entrée des États-Unis dans l'union militaire de l'Entente. En marchant sur le quai, nous avons étudié les petites maisons aux toits plats qui appartenaient aux pêcheurs, puis nous sommes descendus directement vers la mer pour écouter le bruit des vagues. En marchant sur le quai jusqu'à Rue Raoul Bosio, nous avons de nouveau plongé dans le dédale des rues de la vieille ville.

Sur la Rue Saint-France de Paul, nous avons été enchantés par le magnifique bâtiment de l'opéra Nice Opéra (4-6 Rue Saint-France de Paul), où Isadora Duncan a donné sa dernière performance. La rue Paule nous a conduits directement au Jardin Albert Ier et au Monument du Centenaire. Le Jardin Albert Ier a été fondé au XIXe siècle et a reçu son nom moderne en l'honneur du roi belge, qui a fait preuve d'un courage particulier pendant la Première Guerre mondiale. Le monument, érigé devant le jardin, a été construit en l'honneur du centenaire de l'adhésion de Nice au territoire français. Le jardin est un véritable oasis fleuri avec des palmiers, des rosiers, une fontaine et toutes sortes d'objets d'art particulièrement beaux en hiver.

Après une telle journée pleine d'impressions visuelles (et pas seulement), nous avons finalement décidé de déjeuner au petit restaurant confortable. Après avoir commandé deux verres de vin blanc, nous avons opté pour une collation légère de variétés locales de tomates („prince noir" et „cœur de bœuf"), avec mousse de crème, d'herbes provençales et de fromage doux. Il semblerait qu'il n'y avait rien de spécial dans cette collation, mais la bonne combinaison de produits de qualité et la présentation originale peuvent transformer même un plat fade en un chef-d'œuvre de l'art culinaire. Mais c'est possible uniquement en France. Ce n'est pas un hasard si aujourd'hui nous avons choisi exactement Nice, dont l'histoire est étroitement liée à l'histoire de la Russie.

Nice est souvent appelée la Reine de la Côte d'Azur et la capitale de Provence. Située au bord de la Baie-des-Anges, du nord, elle est entourée d'un amphithéâtre de plusieurs montagnes. L'histoire la plus ancienne de Nice commence vers 400 avant J.C., lorsque les Grecs, venus de Marseille, ont fondé une colonie. Et son nom a été donné en l'honneur de la déesse de la victoire, Nika, qu'ils ont gagné la bataille contre les ligures. Au 4ème siècle avant J.C. les habitants devaient appeler à l'aide des légionnaires romains pour les aider à repousser les attaques des tribus celtiques. Les Romains ont aidé, et après les représailles avec les envahisseurs, ils ont fondé leur colonie, sur la colline de Cimiez au-dessus de la ville. Les restes de l'amphithéâtre romain pour 5 000 spectateurs ont survécu à ce jour. Mais les invasions des barbares ont détruit la colonie.

Nice était si bien située qu'elle était la pomme de discorde pendant des siècles. Ainsi, au 16ème siècle, elle a connu la rivalité de deux dirigeants. Le roi François Ier, avec les forces alliées turques, a voulu conquérir le comté de Nice, propriété de la maison de Savoie. La bataille du 15 août 1543 est entrée dans l'histoire. Selon la légende, une lavandière locale nommée Catherine Ségurane, armée d'un rouleau pour laver les vêtements (et, selon une autre version, avec un couteau), a tué un porte-drapeau turc. Puis, soulevant ses jupes, elle a montré ses fesses à ses ennemis avec mépris. Il n'y avait pas de sous-vêtements à l'époque. Les Turcs se sont abasourdis et ont arrêté l'offensive. C'était un tournant dans la bataille, et les défenseurs de Nice ont pu repousser l'attaque ennemie.

Peu après cette fameuse bataille, des épidémies de peste ont éclaté à Nice, se poursuivant pendant 30 ans par intermittence. En 1794, cette ville a été visitée par Napoléon, qui commandait l'armée dans la bataille contre les Sardes et les Autrichiens qui voulaient capturer la ville et les terres environnantes. Bonaparte habitait la maison numéro 6 de la rue, qui porte désormais son nom. Après les guerres napoléoniennes, la gloire d'un complexe luxueux au climat doux est venue à Nice. La mer et les hivers chauds attiraient les anglais, puis l'aristocratie russe.

En 1860, la domination de cinq cents ans de la Maison de Savoie à Nice a pris la fin et, et elle a finalement rejoint la France après un vote populaire. Peu de temps avant cet événement, la ville a été visitée par l'impératrice douairière russe Alexandra, épouse de Nicolas le Premier. Ce fait a attiré l'attention des familles aristocratiques de Russie. Bientôt, plus de quatre cents familles russes ont vécu dans la ville. Au début du XXe siècle, la colonie russe de Nice comptait déjà cinq mille Russes. Presque tous ont quitté la Russie pendant la révolution.

Au début du XXe siècle, un train spécial circulait entre Saint-Pétersbourg et Nice, appelé le train des grands-ducs. Au début du XXe siècle, un train spécial circulait entre Saint-Pétersbourg et Nice, appelé le train des grands-ducs. L'impératrice douairière Maria, mère du dernier tsar russe Nicolas II, avait de grands espoirs pour le climat de Nice, amenant ici son fils George, malade de la tuberculose. Mais ces espoirs ne se sont malheureusement pas concrétisés.

La trace russe dans l'histoire de Nice peut être retracée aujourd'hui grâce à la Cathédrale orthodoxe russe Saint-Nicolas, le lycée du Parc-Impérial et de nombreux touristes russes qui ont des sentiments spéciaux pour cette ville [21].

En discutant du thème de l'histoire de la France et de la Russie, nous n'avons pas remarqué qu'il fallait commander des plats principaux. Aujourd'hui, nous avons décidé de commander la salade niçoise la plus populaire de la Côte d'Azur et les moules au vin blanc et aux herbes de Provence.

Salade Niçoise

Ingrédients (2 pers)

2 tomates, 2 œufs, 1 petit oignon, 6 petites fèves, 1 poivron rouge, 200g de thon au naturel, 2 filets d'anchois au sel, olives noires de Nice (si possible), feuilles de basilic, 5 radis, chou chinois, sésame, l'huile d'olive, vinaigre de raisin, sel, poivre, herbes de Provence

Préparation

Faite bouillir les œufs (6-8 minutes dans l'eau bouillante), les refroidissez à l'eau froide. Hachez l'oignon et placez-le au fond du plat. Ajoutez les fèves, le poivre haché, les radis tranchés et le thon grossièrement haché, légèrement frits dans *l'huile d'olive et le sésame. Mélangez légèrement tous les ingrédients. Coupez les tomates en deux. Coupez les œufs en 4 parties et posez-les dessus. Ajouter les anchois, les olives, le chou chinois et décorez avec feuilles de basilic. Salez, poivrez, assaisonnez d'huile d'olive, de vinaigre de raisin et d'herbes de Provence. La salade se marie bien avec le vin rosé frais.*

Ils disent que cette salade française est née en hommage à la popularité des vacances de Nice dans les années 1950-60. Il existe une version que George Balanchine, le grand chorégraphe, a contribué à sa création. La recette de la Niçoise était obligatoire pour tous les livres de cuisine de cette époque.

Aujourd'hui, il existe de nombreuses recettes de ce plat. Et le principal débat entre les cuisiniers est de savoir si la vraie Niçoise contient des pommes de terre. Les idéologues de la cuisine française estiment que les trois versions de base de la „Niçoise" ont le droit d'exister - „petite", „régulière" et „grande". La version simplifiée est une combinaison de laitue, oignons doux, poivrons, tomates, œufs, olives et anchois. La sauce- huile végétale avec jus de citron ou vinaigre.

La version régulière contient du thon en conserve et des haricots verts. La sauce peut être plus compliquée - avec l'ajout de moutarde ou d'ail. Dans la version grande du bal il y a le thon légèrement mariné et frit qui domine. Les pommes de terre doivent seulement adoucir l'esprit provençal.

En profitant des fruits de mer et étanchant notre soif avec le vin blanc, nous avons complètement oublié l'heure et que la deuxième moitié de la journée devrait être non seulement chargée, mais aussi romantique.

Après le déjeuner, nous sommes allés regarder le port de Nice, et de là nous sommes allés le long de la rue Catherine Ségurane et de la rue Cassini vers la place Garibaldi. La place est entièrement faite dans le style italien, elle est entourée de façades à arcades et d'éléments de conception baroque.

En marchant le long de la Promenade du Paillon, nous sommes allés au Musée d'Art Moderne et d'Art Contemporain. Le bâtiment du musée est un exemple d'architecture moderne, et une promenade à travers son territoire est la meilleure occasion de tester votre imagination et vos relations avec l'art conceptuel.

Si la relation ne fonctionne pas, montez simplement sur la terrasse, qui offre une vue imprenable sur la ville. Non loin du musée se trouve un autre objet architectural intéressant - la Tête Carrée qui est apparue ici en 2002.

Moules marinières

Ingrédients (2 pers)

600-1000 g de moules, 1 branche de céleri, 1 oignon, 2 gousses d'ail, 2 feuilles de laurier, l'huile d'olive, 100g de vin blanc ou cidre, persil

Préparation

Ainsi, depuis des temps immémoriaux, les pêcheurs préparent des moules - ils ont allumé le feu, versé du vin dans un wok, y haché des légumes, s'ils y étaient, y mis des moules, et après environ 5 minutes, le dîner était prêt, simple et sans prétention. Maintenant, cette recette s'appelle moules marinières, les moules de pêcheurs. Ce plat est célèbre pour le goût propre et pur des fruits de mer frais, qui n'est que légèrement teinté par le vin blanc et les légumes.

Pour ce plat, toutes les moules dans les coquilles conviennent, idéalement fraîches, mais vous pouvez utiliser les moules congelées. En Belgique ou en France, une portion de frites sera servie dans une casserole de ces moules, mais si vous ne souhaitez pas les faire, vous pouvez plutôt faire frire rapidement une baguette fraîche, ce qui facilitera ensuite la collecte d'une délicieuse sauce.

Selon les moules que vous avez réussi à obtenir, il faut les brosser et arracher les „barbes" des algues, si nécessaire, au moyen desquelles les mollusques sont attachés aux pierres, et si l'une des moules s'est ouverte et ne montre aucun signe de vie, jetez-la sans regrets. De plus, les moules vivantes doivent être laissées dans de l'eau salée froide (environ 2 cuillères à soupe de sel par litre d'eau) pendant 1 à 2 heures, afin qu'elles se débarrassent du sable et de la saleté qu'elles avaient collectées dans la mer. Après cela, vous pouvez procéder directement à la préparation des moules au vin blanc.

Faites chauffer une cuillerée d'huile végétale au fond de la casserole avec un fond épais et remuez, faites-y revenir du céleri finement haché (le céleri est le meilleur ami des moules, ne le négligez jamais!), de l'ail et des oignons, qui peuvent être remplacés par des poireaux. 2 minutes plus tard, versez le vin ou le cidre dans la casserole, ajoutez le laurier et augmentez la chaleur. Lorsque le vin bout, ajoutez les moules dans la poêle et couvrez.

Les moules seront prêtes lorsqu'elles seront complètement ouvertes, ce qui prend 2-3 minutes, et pour que cela se produise en même temps, secouez la poêle plusieurs fois et les moules à l'intérieur se mélangeront. Ajoutez le persil finement haché, secouez la casserole pour la dernière fois et retirer du feu. Il est préférable de jeter les moules qui ne se sont pas ouvertes et de mettre le reste dans les assiettes en versant la sauce du fond de la casserole.

Il est doublement intéressant qu'il ne s'agisse pas seulement d'un objet d'art, mais du bureau de la Bibliothèque centrale de Nice. Chacun de nous a probablement une bibliothèque ou une librairie préférée où il se sent le plus à l'aise. J'ai aussi un tel endroit, mais ce n'est pas une bibliothèque en France, même si c'est ce pays et sa nation intelligente qui ont conquis mon cœur, mais j'ai passé mes années d'étudiant à la bibliothèque de la ville de Prague. Je me souviens de la première fois où j'ai plongé dans l'atmosphère des livres anciens, de l'histoire et des chefs-d'œuvre de la littérature d'Europe.

Je voulais rester dans la bibliothèque pendant des heures, profiter du silence et écrire des livres. Probablement, dans le monde, il existe un grand nombre de livres anciens, des bibliothèques confortables qui gardent une histoire et qui transmettent une atmosphère magique de mystères et de réponses aux questions les plus complexes de l'humanité.

J'ai écrit ma thèse dans cette bibliothèque, et quand il n'y avait plus de force pour se concentrer, je lisais les classiques de la littérature française. Probablement les premiers pas dans l'étude de l'histoire de l'art ont été faits par moi à Prague. Je voulais connaître les faits les plus intéressants de la vie des artistes français, pour plonger dans l'atmosphère de beauté et d'inspiration.

Déjà à cette époque, j'étais sûre que je rencontrerais définitivement mon pays préféré, la France, beaucoup plus près que je ne pouvais l'imaginer. Probablement, pour aimer, on doit connaître la personne. Oui, oui, je parle de la même sensation magique qu'on ne peut pas décrire par des mots ou anticiper. Je parle de l'élixir magique d'une réaction chimique appelée „coup de foudre". Ce sentiment naît non seulement entre deux cœurs humains aimants qui battent à l'unisson. Il est possible de tomber amoureux au premier regard non seulement d'une personne, mais aussi d'une ville, d'un pays, d'une langue et d'un patrimoine culturel. Je suis sûre que chacun de nous qui est capable d'entendre notre cœur est également capable d'aimer de tout notre cœur.

Mon premier sentiment d'amour pour Madame-France est apparu dans ma jeunesse quand ma grand-mère me lisait les classiques de la littérature française et partageait ses impressions de voyages à Paris. Quand j'ai déménagé à Prague, nos routes se sont finalement croisées. Ma première rencontre avec la France a été inoubliable. Pour les vacances de Noël, j'ai décidé de réaliser mon rêve et j'ai acheté un billet pour Paris. Quelqu'un va peut-être dire que commencer à rencontrer la France en visitant Paris est un peu banal, mais mes sentiments étaient tellement mixtes que j'ai tout oublié. J'ai écouté la langue française, la façon de parler parisiens.

En marchant dans les anciennes rues de Paris, je pensais qu'il n'y avait pas de ville plus belle au monde. Je voulais chanter les chansons françaises et respirer profondément. J'ai apprécié les musées et les galeries, je me suis souvenue des livres que j'ai eus quand j'ai visité ma bibliothèque préférée. C'étaient des sentiments très étranges et mitigés. D'une part, la connaissance d'un nouveau monde inconnu mais beau, et d'autre part, la répétition de quelque chose de familier et cher à mon cœur. 'ai eu l'impression d'avoir vécu dans cette ville pendant un moment. Je connaissais des façades de bâtiments anciens, des balcons et des rues étroites. En marchant sur le quai de la Seine, je regardais les bateaux de promenade et respirais l'air froid de l'hiver.

À cette époque, il ne pouvait même pas me venir à l'esprit que cette première connaissance jetterait les bases des sentiments profonds et sincères qui ont réchauffé mon cœur pendant de longues années. Il est impossible de ne pas aimer la France, que ce soit Paris ou la Provence. La France doit être admirée comme une belle et jeune fille, la beauté de laquelle les artistes tentaient de transmettre sur toile ou les poètes chantaient dans leurs odes. En voyant cette belle fille une fois, on ne peut plus passer à côté ou l'oublier. On veut la connaître, le lire comme un nouveau livre intéressant, puis le relire encore et encore.

La France est comme une femme qui a son propre parfum spécial. Le matin, c'est une légère brise marine, pendant une journée chaude c'est l'odeur des champs de lavande et des oliveraies, et le soir des notes épicées de romarin et d'herbes de Provence. Bien sûr, la France, comme toute femme, est de mauvaise humeur. La mauvaise humeur est remplacée par des rafales de vent froid Mistral, imprévisible et perfide. Mais, comme toute coquette, elle transforme rapidement sa colère en miséricorde et après quelques heures, elle peut te caresser et réchauffer par les rayons du soleil.

On admire sa beauté, sa sophistication et ses bonnes manières. En profitant de son arôme et de son charme particulier, même un ignorant se transforme en un créateur pensant, capable de sentir la beauté. Ces souvenirs apparaissent devant mes yeux à chaque fois que je retourne en France.

Avec les souvenirs du premier amour, nous sommes retournés sur la place centrale, située sur deux rives de la rivière Paillon. Mais, au fait, il n'y a aucune rivière visible - la rivière, qui inondait constamment la ville, était cachée dans un tuyau et cachée sous le sol. Dans la partie sud de la place se trouve la fontaine du Soleil avec un Apollon en marbre de sept mètres.

Sept lampadaires avec des figures en plastique d'hommes assis qui symbolisent les continents ont d'ailleurs été construites il y a quelques années. Le soir, les personnages changent lentement de couleur. Selon l'auteur, ce „clignotement" représente le dialogue des continents, ou peut-être des civilisations ou simplement des gens, chacun décidant de lui-même - c'est ça l'art.

La conclusion logique d'une journée bien chargée a été une promenade le long de la Promenade des Anglais à l'accompagnement des vagues de la mer Méditerranée dans les bras de mon „Français".

La Promenade des Anglais est un symbole de Nice, la principale artère de la ville, qui s'étend de l'aéroport au quai des États-Unis, répétant le virage de la baie avec le charmant nom de „Baie des Anges". Selon une légende, la baie est appelée comme ça à cause des „anges de la mer" - des requins aux nageoires ressemblant à des ailes. D'autre part, les anges ont indiqué à Adam et Eve qui ont été expulsés du paradis, la côte locale, si semblable à Eden. Au XVIII siècle, ce coin paradisiaque était particulièrement aimé par les riches Anglais, qui passaient les hivers ici.

Un hiver particulièrement dur a amené de nombreux pauvres du nord à Nice, et les Anglais leur ont donné un travail: construire un chemin le long de la mer pour se promener. C'est ainsi que la promenade est apparue, que la ville a agrandie. Après l'annexion de Nice par la France en 1860, la promenade été appelée anglaise. On peut parcourir le quai sur un petit train touristique blanc, louer un vélo, mais il est préférable de marcher lentement le long de la rue principale de la ville - comme autrefois les membres de la famille impériale russe, Anton Tchekhov, Scott Fitzgerald ou Friedrich Nietzsche.

Il est préférable de marcher à côté du Palais de la Méditerranée de style Art déco (l'ancien casino a été récemment restauré - et maintenant il y a un hôtel dans ce bâtiment); devant le musée Masséna, devant le dôme rosé de l'hôtel de luxe Negresco (parmi les nombreuses célébrités qui y ont séjourné il y a Ernest Hemingway, Marlene Dietrich, Coco Chanel) [21].

Cependant, le passe-temps le plus agréable sur la Promenade des Anglais est de s'asseoir et de regarder la baie illuminée. Henri Matisse a dit que la mer de Nice est d'une couleur incroyable et fantastique. Pour profiter du coucher du soleil, il y a les fameux fauteuils bleus en plus des bancs blancs habituels. En prenant deux places libres et en prenant mon compagnon par la main, il me semblait que c'était précisément ces minutes que je retiendrais dans les dernières minutes de ma vie remplie et impressionnante.

C'est là que „l'âme russe" se réveille. C'est un concept que les écrivains et poètes russes et étrangers ont essayé d'étudier et mentionner dans la musique et la littérature. Mais personne n'a pu donner une définition exacte de ce mystérieux phénomène. C'est aussi difficile pour moi de faire ça, mais quand je me sens bien, je sens mon âme chanter. C'est comme si elle sortait de la vie ordinaire et cherchait un endroit où elle était heureuse. En même temps, elle veut embrasser le vaste monde, faire le bien, chanter les chansons françaises et danser sur les pas de la Grande Opéra.

C'est une sensation indescriptible de chaleur printanière et des premiers rayons de lumière, d'amour juvénile et des sentiments profonds. Ce désir est d'être à côté de ses proches, de ressentir l'harmonie intérieure, de remarquer les petites choses agréables qui nous entourent au quotidien et d'être heureux chaque jour.

À ce moment-là, je veux du silence, probablement seulement en silence, on peut entendre la voix intérieure et comprendre quelles forces internes peuvent mettre l'univers en mouvement. Et surtout, c'est l'occasion de retrouver cette harmonie intérieure, sans laquelle il est impossible d'être heureux et de rendre heureux une personne qui est à côté, en ce moment au paradis sur Terre, en Provence du soir.

Chapitre 7. Un dessert sans fromage est une belle à qui il manque un œil. Jean Anthelme Brillat - Savarin, avocat et magistrat de profession, auteur culinaire français.

La matinée a commencé à la française: l'odeur des pâtisseries françaises, du fromage et du miel de lavande. Une baguette croustillante, une assiette de fromages et du café noir ont transformé notre matinée en un délice paradisiaque sur la terrasse spacieuse de la maison de famille Duran. Notre choix n'a pas été un hasard. Nous avons décidé de consacrer cette journée à la „fierté" française - l'histoire du fromage en France.

La célèbre réplique de Charles de Gaulle serait donc: „Comment voulez-vous gouverner un pays où il existe plus de 300 sortes de fromages!" Ces mots sont entrés dans l'histoire. Mais le grand Français s'est trompé. Sa France préférée produit beaucoup plus de fromage. Certains disent que les variétés ne sont pas inférieures à 365, une pour chaque jour de l'année, et les chercheurs professionnels les dénombrent jusqu'à 500. Bref, personne ne connaît le nombre exact.

Le titre de „le vrai pays du fromage" est contesté par plusieurs pays européens. Les Suisses, bien sûr, sont convaincus que le vrai fromage ne peut être que suisse. Les résidents des Pays-Bas sont à juste titre fiers de leur fromage hollandais. Les Français n'entrent même pas dans ce débat. Il est clair pour eux ce qui est en charge. Dans la langue française, il existe même une expression - „le deuxième pays du fromage" en référence aux Pays-Bas. Quel pays est le premier, c'est clair sans commentaires.

Doux et durs, ronds et carrés, jeunes et vieux, avec de la moisissure, avec une croûte blanche, fromage de vache, de brebis, de chèvre - toute la grande variété de fromages produits en France y est considérée comme un trésor national. Les secrets de la production des variétés locales les plus célèbres et les plus modestes sont soigneusement préservés et transmis de génération en génération. Aucun repas ne peut se passer de fromage, et il est servi à la toute fin, après le sucré et des fruits. „Un dessert sans fromage est une belle à qui il manque un œil" - disent les Français. Le fromage en France n'est pas seulement de la nourriture. C'est une tradition, un art, une science, presque une religion.

La fabrication du fromage peut être considérée comme l'un des métiers les plus anciens et les plus respectés de France. Dans un premier temps, les moines fabriquaient des fromages dans de nombreux monastères disséminés sur le territoire de la France moderne, puis les paysans qui vivaient à proximité des grandes villes maîtrisaient également la fabrication du fromage. Les systèmes de transport n'étaient pas développés, il n'y avait pas de réfrigérateurs, par conséquent, la proximité de la ville et la possibilité de vendre des produits de courte durée étaient un facteur important dans le développement de ce métier. Louis Pasteur et ses disciples, qui ont inventé le processus de pasteurisation du lait, ont ouvert la voie à la production industrielle de fromage. Léon Bel a été le premier à prendre cette voie en 1919.

Heureusement, l'ère de l'industrialisation n'a pas tué la production artisanale de fromage. Les fromagers de différentes régions du pays continuent de fabriquer leur propre fromage, qui ne ressemble pas à d'autres. Comme le vin, le fromage en France depuis 1983 est contrôlé et garanti sur son lieu d'origine. En d'autres termes, en y achetant une boîte ronde en bois sur laquelle est inscrit „Camembert de Normandie", vous pouvez être sûr qu'il a été produit sur place, à base de lait cru des vaches locales.

Seul le mot „camembert" sur l'emballage indique uniquement le type de fromage et signifie qu'il pourrait être fabriqué non pas à base de lait frais mais pasteurisé, dans n'importe quelle autre région de France, ou même en Chine. Actuellement, plus de

40 types de fromages sont enregistrés comme produits d'origine contrôlée (AOC, Appellation d'origine contrôlée).

La production de fromage dans le pays est strictement réglementée et surveillée. Fabriqué dans une grande entreprise industrielle ou dans une petite fromagerie quelque part en Bretagne - les normes d'hygiène sont parfaitement respectées. Le nom „fromage fermier" a un contenu juridique strict - il s'agit de fromage fabriqué à base du rendement quotidien de lait frais, en utilisant du travail manuel, exclusivement à base de lait d'animaux élevés dans cette ferme et appartenant à un certain territoire.

Par la variété des fromagers en France il n'y a pas d'égal. Dans chaque village français, le fromage est fabriqué selon sa propre recette. Certaines variétés ont eu plus de chance - le monde entier les connaît, d'autres noms en disent peu même aux connaisseurs. Les Français aiment leur fromage, donc seulement 30% de la production totale est exportée à l'étranger (bien que le pays soit le plus grand exportateur mondial de fromage en valeur et l'Allemagne en quantité).

Comptoirs de fromages dans un supermarché français - un spectacle inoubliable. Mais ici, le spectacle est conduit par des fromages industriels. Ils sont fabriqués à base de lait pasteurisé, c'est-à-dire chauffé à 72°C. Les vrais connaisseurs ne considèrent pas ce fromage comme du fromage et préfèrent les produits des producteurs artisanaux, qui peuvent être achetés dans de petites laiteries. Mais le fromage industriel est moins cher, donc, bien sûr, ses ventes sont beaucoup plus élevées: le chiffre d'affaires total des trois plus grandes entreprises fromagères de France est de 14,9 milliards d'euros et 66,2 milliers de personnes sont employées.

Le plus grand fromage français est le cantal, produit en Auvergne, terre de pâturages et de vaches. C'est un cercle énorme avec un diamètre d'un demi-mètre et un poids de 45 kg. Le Cantal est l'un des fromages les plus anciens de France, mentionné par Pline l'Ancien.

Le fromage français le plus célèbre est le camembert. Le vrai camembert, comme il se doit, avec la texture crémeuse la plus délicate, la croûte moisie et l'arôme riche, est fabriqué uniquement en Normandie.

Toute région de France est fière de son fromage. Auvergne - „Bleu d'Auvergne", Ile-de-France - fromage „Brie", Savoie - „ Reblochon ", Provence - „Roquefort".

Quelqu'un peut-il nommer le nombre exact de fromages français? C'est peu probable, mais on estime qu'il existe plus de 500 variétés de fromages en France. Les fabricants divisent ce délicieux produit traditionnel en plusieurs types: moelleux, à pâte molle, durs, fromages de chèvre, pressés cuits, bleus. Chacune des régions françaises a ses propres fromages „préférés" que l'on ne trouve nulle part ailleurs: cinq fromages français peuvent à juste titre être qualifiés de grands - après tout, ils sont connus dans le monde entier.

Roquefort - fromage à base de lait de brebis avec de la moisissure, unique en son genre! Il s'agit d'un fromage bleu, enrobé à l'extérieur d'une croûte brillante légèrement humide, avec la texture parfumée et les taches de moisissure. Beaucoup de choses ont été écrites sur lui, son goût particulier - la plupart des connaisseurs croient que le Roquefort ressemble au goût des noisettes - avec des „notes" de lait de brebis et même ... de chaux. Cependant, c'est ce goût et cette apparence spécifique qui ont contribué à une telle popularité de Roquefort dans le pays et au-delà de ses frontières.

Brie - fromage à base de lait de vache frais, appartenant à la catégorie des fromages à pâte molle. Sa taille est d'environ 25 cm, sa forme ressemble à une „rondelle", il a une croûte blanche, légèrement veloutée. Ce produit mûrit assez rapidement, mais se détériore également rapidement - donc sa texture grasse au goût sucré et légèrement noisette doit être vite consommée.

Emmental - ses têtes sont très grandes (par rapport aux autres sortes), dont le poids atteint cinquante kilogrammes! C'est un fromage à pâte dure. Texturées aux nuances de fruits à noix - avec les fameux „trous". Sa „patrie" est l'est de la France.

Camembert - traditionnellement, c'est la Normandie qui produit le plus de camembert. Il est toujours emballé de la même manière - dans une „boîte" en bois. Ce fromage est tendre - sous la croûte dure de la moisissure se trouve une texture très délicate, semblable à la crème. Le goût, selon les amateurs, ressemble aux champignons.

Époisses - fromage de forme ronde, avec une croûte d'une teinte rouge-orange, également lié aux fromages à pâte molle. Il est curieux que la couleur vive de la croûte de ce fromage soit obtenue en frottant les têtes de fromage avec un mélange d'eau salée et de brandy aux pommes. Le goût piquant délicat avec un arôme prononcé caractéristique est inhérent à la pulpe d'époisses [29].

Il est tout à fait impensable d'avoir visité la France et de ne pas goûter le vrai fromage Roquefort à la moisissure bleue. Selon de nombreux amateurs et experts, ce fromage est spécial.

Pourquoi? Il s'agit à la fois de l'apparence et du goût, et surtout des particularités de la production et de certains „secrets et subtilités".

Roquefort est un fromage de forme ronde à croûte blanche, légèrement humide. En coupant, on verra une texture grasse à petites cavités formées dans le fromage par la très célèbre moisissure bleue.

La plupart des amateurs de ce fromage conviennent que son goût est comme celui de la noisette, et son odeur aussi. Bien que certains comparent l'odeur de Roquefort à celle qui prévaut au moment de la chute des feuilles d'automne.

Et les experts nous diront que le vrai Roquefort a 2 tons principaux: une odeur prononcée de lait de brebis et une légère odeur de moisissure.

Le goût de Roquefort diffère en fonction de la „localisation" à différents endroits de la „tête" du fromage. Ainsi, le goût le plus intense est en son centre (après tout, c'est là que la moisissure est la plus). Le goût moins prononcé est plus près de la croûte. Et donc, le roquefort est coupé de telle sorte que chaque morceau de celui-ci contient à la fois la partie extérieure de la „tête" et celle du milieu. Traditionnellement, on mange ces morceaux, en commençant par le bord doux - en passant par le bord plus épicé.

Maintenant - un peu d'histoire et la production de cette „délicieuse" attraction française.

En 1411, le roi Charles VI a publié un décret qui a donné le droit de faire du fromage Roquefort exclusivement aux résidents de la ville de Roquefort.

Les fromagers locaux ont fabriqué ce fromage à partir de lait de brebis (et continuent cette tradition). De plus, pendant le pâturage, les animaux n'étaient pas autorisés à boire beaucoup d'eau - puis leur lait devenait plus gras.

Le lait a été chauffé à 26 degrés, puis de la présure a été ajoutée. Après exactement 1,5 heure, le lait a été chauffé jusqu'à ce qu'il se sépare en un caillot de fromage et du lactosérum. Après avoir égoutté le lactosérum, e caillot a été coupé en petits morceaux - et disposé sous des formes spéciales. Ces formes étaient les mêmes - leur diamètre est de 21 cm, leur hauteur - 8,7 cm.

Mais comment la fameuse moisissure entre-t-elle dans le fromage? Tout est simple - des miettes de pain moisies sont versées au bas de chaque forme. Et un peu plus de miettes - sur un caillot, avant de fermer le formulaire pour l'affinage du fromage. Il était frotté du sel dans la forme et percé de longues aiguilles pour que la moisissure soit répartie uniformément. Il y a jusqu'à 60 piqûres, de ce type dans chaque tête de fromage.

Ensuite, c'est une question de temps: le fromage est vieilli dans les grottes de la montagne du Combalou.

Aujourd'hui, dans des grottes spécialement agrandies d'un volume d'environ 90 mètres cubes, 16 mille tonnes de roquefort mûrissent par an.

Ce n'est pas seulement un produit savoureux et sain, c'est le héros de nombreuses légendes et traditions, dont les plus anciennes remontent au néolithiques! En fait, le fromage lui-même existait déjà à l'époque - et l'attitude à son égard dans les cultures les plus diverses était également respectueuse: les anciens Grecs associaient le fromage aux dieux de l'Olympe, et les admirateurs du surréalisme avec les créations de Salvador Dali.

L'histoire de l'origine du fromage a commencé quelque part au troisième millénaire avant JC. On raconte qu'un marchand arabe, Hanan (ou Kanan), est parti en voyage, en emportant avec lui de la nourriture et du lait pour se rafraîchir sur la route. La journée était effrayante, et en s'arrêtant pour se reposer, le marchand a découvert que le lait s'était transformé en un caillot dense entouré d'un liquide. Apparemment, la faim était trop forte, car le marchand a goûté un produit inconnu. Le nouveau repas lui a plu, et le marchand en a parlé aux autres, c'est comme ça que la recette s'est répandue.

Bien avant la nouvelle ère, dans les pays chauds, le fromage était fabriqué comme suit: le lait de vache ou de brebis était séché et chauffé au soleil, puis aromatisé avec des racines et des assaisonnements. Plus tard, des enzymes d'origine végétale ou animale ont commencé à être ajoutées.

Dans la Grèce antique, le fromage était si apprécié que son apparence était attribuée à la volonté des dieux olympiques: la déesse Artémis aurait donné du fromage aux gens. Selon d'autres légendes, le bienfaiteur était le fils du dieu Apollon, Aristée. L'Odyssée d'Homère explique comment le Cyclope Polyphème, propriétaire de la fromagerie, a fabriqué ce produit. Les anciens Romains appréciaient simplement le fromage comme une délicatesse; ce plat était servi pendant les fêtes comme symbole de richesse et de prospérité.

Après la chute du monde antique, la renaissance des traditions de fabrication du fromage a eu lieu grâce aux moines médiévaux. En Russie, le mot „fromage" était connu depuis des temps immémoriaux, cependant, pendant longtemps, les russes gardaient à l'esprit du fromage blanc. Du coup, dans les pays européens, ces deux produits sont généralement combinés sous le nom général de fromage. À l'échelle industrielle, la fabrication du fromage en Russie a commencé à se développer à partir de l'époque de Pierre I, lorsque le tsar est revenu d'un voyage en Europe, inspiré par les traditions de fabrication des fromages.

Des légendes sur l'apparition de différents fromages pourraient constituer un livre entier sur la mythologie du „fromage". Nous avons lu et entendu tellement de choses sur la production de Roquefort que nous ne pouvions tout simplement pas nous permettre de refuser un voyage dans le très célèbre village de Provence - Roquefort-sur-Soulzon. Roquefort est le trésor de la Provence, et mon „Français" et moi avons décidé de partir pour une autre aventure, à la recherche de notre propre trésor au bord de la Terre dans la Provence ensoleillée.

L'odeur âcre et le goût piquant de ce fromage sont connus dans le monde entier. Vous ne l'aimez peut-être pas, mais Roquefort est considéré comme le roi des fromages et c'est un fait évident. Peu importe à quel point ce type de fromage est connu, mais après avoir goûté un morceau de la délicatesse magique, il est impossible de l'oublier.

Le Roquefort original est produit dans un petit village du sud de la France à Roquefort-sur-Soulzon, près duquel se trouve un plateau massif de calcaire. L'érosion progressive a créé un miracle naturel en faisant une grotte creuse. À certains égards, il ressemble même au fromage Roquefort lui-même. Les grottes calcaires naturelles sont sombres et humides. Une humidité d'au moins 90% en fait un endroit idéal pour affiner le fromage bleu. Les champignons nécessaire Penicillium roqueforti est présent dans le sol des grottes.

Parmi les fromagers de Parme, il y a ceux qui déterminent le degré de préparation du fromage de manière „musicale". En frappant le fromage avec des marteaux d'argent, ils déterminent par son s'il est mûr. L'un des plus originaux est le fromage roquefort français. La première mention en est apparue il y a plus de 300 ans, en 1700. Les fromages de Roquefort de France, fabriqués depuis longtemps dans la région de Roquefort, avec ses grottes extrêmement favorables à l'affinage de ces fromages, ont peu de concurrents.

Et selon la légende, tout a commencé avec un petit berger paissant des moutons dans les montagnes près de Roquefort. Un jour, le berger, passionné par une bergère, l'a invitée à passer du temps avec lui dans l'une des nombreuses grottes dont l'Aveyron regorge. La conversation sur les termes scientifiques, bien sûr, a pris beaucoup de temps au berger et à la bergère, car lorsqu'ils se sont distraits de lui, les agneaux s'étaient déjà dispersés partout. Le berger s'est précipité pour récupérer son troupeau et a oublié son dîner - le pain et le fromage de lait de brebis sont restés dans la grotte.

Puis le berger est retourné à nouveau dans cette grotte (on ne sait pas s'il est retourné avec la même bergère). Et la moisissure a déjà fait son travail - pendant que le berger cultivait son propre champ, penicillium roqueforti travaillait dur sur le fromage. Le „travail" du champignon a donné naissance au roquefort. Les habitants montraient leur amour pour le fromage „roquefort" depuis leur enfance, ce qui est peut-être la preuve scientifique de la théorie de la mémoire des odeurs avant même la conception.

Pline l'Ancien a écrit sur le roquefort et, on dit, César lui-même, s'étant arrêté dans un village voisin, a apprécié le goût du fromage bleu. Au fait, le village voisin s'appelait Saint-Affrique, du nom de l'évêque gascon qui avait fui les Wisigoths. Les habitants du village, bien sûr, ont depuis été appelés Saint-Affricains. Les terres sur lesquelles vivent les Africains et les Roquefortais sont presque africaines, rouges vives. Les montagnes, ou plutôt les contreforts du Massif Central, sont plates, comme les tables de Gargantua, et les plateaux sont plats aussi.

Le village lui-même, dans les grottes où Roquefort est cuit, porte le même nom que le fromage - vous ne le confondrez pas. Vous ne pouvez confondre que le nom général: les „fromages bleus" que les Français appellent leurs trésors les plus aimés, moisis et très parfumés. Chacun d'eux a son propre Penicillium: soit roqueforti, soit camemeberti. Les fromages sont appelés bleus, mais la moisissure de Roquefort est plus susceptible d'avoir l'air verte. Elle se trouve aussi dans les fromages fourme d'Ambert et bleu d'Auvergne, ainsi que dans le Stilton de Royaume-Uni.

Le fromage noble, ils en disent. Et pas seulement grâce à César. Et pas même parce que Charlemagne, de retour d'Espagne, s'est arrêté chez l'évêque à Albi et a goûté le fromage. C'était vendredi. L'évêque n'a pas trouvé de poisson. Il a servi à l'empereur le meilleur qu'il avait - du fromage. L'empereur affamé extrayait la moisissure du plat, tandis que l'évêque, ayant pris courage, a indiqué au noble invité qu'il jetait le meilleur. L'empereur a essayé et ordonné qu'à partir de ce jour-là, ils livreraient deux boîtes de fromage chaque mois dans la cour d'Aix-la-Chapelle, coupant chaque tête de fromage en deux et s'assurant que la moisissure avait déjà fait son travail.

Aujourd'hui, pour s'assurer que le fromage est prêt, il est percé avec une clé spéciale, une fine tranche est retirée et soigneusement remise.

Les caves à Roquefort - se sont ces mêmes grottes dans lesquelles le berger a eu des conversations avec des bergères. Le village a été construit juste sur la montagne, et un étrange paradoxe géologique s'est produit à l'intérieur de la montagne. Pas maintenant, bien sûr, mais même dans l'ère Jurassique, lorsque les volcans faisaient rage dans le futur Aveyron, le rocher s'est effondré à l'intérieur de lui-même, formant des fentes. Une propre fente, un trou menant au rocher, se trouve dans chaque vraie cave.

Roquefort a été le premier fromage à recevoir la protection de l'AOC en 1929. La zone de production a été délimitée à deux kilomètres sur trois cents mètres. Ainsi, les Saint-Affricains, bien que proches voisins, ne peuvent pas produire du Roquefort.

Le village de Roquefort est petit, seulement quelques centaines de personnes y vivent. „Nous avons moins de monde que le fromage", disent les habitants. De rois de différentes époques, ils ont reçu des avantages fiscaux et des commandes. Le Parlement de Toulouse a défendu Roquefort contre les contrefaçons au XVIe siècle. Diderot l'a appelé le „roi des fromages". Au XIXe siècle, des ambassadeurs et des consuls l'ont emmené avec eux. Roquefort les a aidés à maintenir la gloire de la France. Le chef de la région de Midi-Pyrénées a envoyé une tête de Roquefort à Barack Obama, en le félicitant pour son investiture.

Nous avons rencontré une famille, propriétaire d'une des caves du village de Roquefort. La fille a reçu la cave des mains de son père, afin qu'ils utilisent les clés pour prendre des petits morceaux des têtes de fromage ensemble. Les caves descendent dans la montagne qui se souvient encore des volcans. Malheureusement, vous ne pouvez pas les visiter, mais vous pouvez aller au magasin près de la cave et acheter le meilleur roquefort du monde.

Avant d'affiner le fromage, il doit être cuit. Les moutons de la race Lacaune paissent dans les environs, sur un territoire clairement défini par l'appellation. Cette race est rurale, habituée au gel des montagnes. Il est censé la nourrir avec de l'herbe et des céréales cultivées dans la même zone. Le champignon noble, à son tour, pousse sur les morceaux de pain de seigle, à côté desquelles se trouve le lait caillé. Le champignon prêt est transformé en poudre et versé dans le lait fraîchement caillé.

La croûte du roquefort est avec une teinte miellée, et le fromage est mangé non pas en le coupant, mais en le grattant avec un couteau bien aiguisé. Puis, incapables de résister, les gens le découpent morceau par morceau. Il est préférable de le goûter de mai à octobre, après cinq mois de raffinage. Ne négligez pas les conseils de l'évêque - le saint était un homme, même Charlemagne l'avait écouté. N'extrayez pas la moisissure avec un couteau, c'est le meilleur.

A la fin du XIXe siècle, la fabrication du fromage de Roquefort a gagné en force. De là, le fromage est allé partout dans le monde. Maintenant, le Roquefort est fabriqué non seulement à partir de lait de brebis, mais aussi à partir de lait de vache. La moisissure, qui rend le roquefort vert et donne au fromage un goût épicé particulier, a été nommée „Penicillium roqueforti". La technologie de production du roquefort a bien sûr subi des changements, mais dans certains endroits jusqu'à présent, ce fromage est placé dans des grottes pour l'affinage. Au fait, cette moisissure a un caractère antibiotique. En général, la France est célèbre pour ses fromages à pâte molle. Parmi eux, outre Roquefort, le célèbre Camembert a une renommée mondiale. Ces fromages à pâte molle ont un goût piquant prononcé et une certaine odeur [30].

Des fromages frais non affinés sont également en vente. Presque chaque département en France a son propre assortiment de fromages. Au total, elle produit 660 000 tonnes de fromage par an. Certains fromages sont populaires depuis des siècles et les consommateurs reconnaissants de ces fromages célèbrent l'anniversaire de leurs favoris. Ainsi, par exemple, en 1961, une messe solennelle a eu lieu dans l'église de Maroilles, dédiée au millénaire du fromage du même nom. Comme vous pouvez le constater, ce fromage a 100 ans de plus que Roquefort.

Rappelons-nous les fromages dont le goût raffiné et noble n'est pas donné par la compétence du fromager et non par la qualité du lait. La principale raison est les champignons.

Tout le monde sait que la pénicilline de roquefort est bien. Même avant la découverte de ce fait, les médecins ont donné le fromage à pâte persillée aux patients, et ils ne comprenaient pas pourquoi les patients guérissaient.

Mais non seulement les fromages bleus sont bien. Ainsi, au début du XXe siècle, un médecin français traitait les malades graves avec du fromage normand recouvert de moisissure blanche. En l'honneur de ce médecin, des patients reconnaissants ont érigé un monument près du village de Camembert.

L'histoire de l'apparition de ce fromage au monde n'est pas moins romantique que l'histoire d'un berger et du fromage de Roquefort. Depuis des temps immémoriaux, les moines connaissaient la recette de la fabrication du camembert, mais ils l'ont caché aux peuples affamés, puis comme si l'un d'eux la révélait à la fille Marie Harel parce qu'elle l'avait sauvé de la mort pendant la Révolution française. On ne sait pas si c'était vrai ou pas, mais en 1928, sur la place de la ville de Vimoutiers, les amateurs de camembert reconnaissants ont présenté un monument à Marie Harel et à son fromage préféré.

Mais le fromage brie, dont ils disent qu'il vit exactement 83 jours, 4 heures et 23 minutes, puis il devient toxique, a joué une blague cruelle avec l'un de ses ardents admirateurs - Louis XVI. Ils disent que c'est lors de la dégustation de ce fromage dans la ville de Waren que le roi de France a été capturé par les révolutionnaires.

En France, l'art de la production et de la consommation du fromage a été élevé au rang de culte, et il n'est pas surprenant que ce soit dans ce pays que l'on trouve, par exemple, le livre de André-Louis Simon qui comprend une histoire sur plus de huit cents variétés de fromages.

Mais la France n'est pas la seule à se battre pour le titre de puissance „de fromage". Il existe des variétés de ce produit dans différentes cultures et dans différentes régions d'Europe et du monde.

Si nous discutons de l'échelle de l'histoire humaine, il faut reconnaître que le fromage bleu (camembert, brie et autres) est un produit relativement jeune. Au moment où il est apparu sur la scène culinaire mondiale, la fabrication du fromage était déjà un métier assez développé avec une technologie, des règles, des spécialistes et des appareils. Il y a 7 000 ans, les gens utilisaient uniquement du lait frais sélectionné pour faire du fromage. L'expérience de l'humanité a suggéré que les aliments contenant des moisissures ne conviennent pas à la nourriture. L'apparition de fromages recouverts d'une croûte de moisissure, selon certains scientifiques, est une pure coïncidence [31].

Une légende est une légende, mais les faits parlent différemment. La . ition du fromage bleu est dans les ouvrages de l'historien Pline l'Ancien (vécu en ` après JC), et au XVe siècle un monopole sur la production de fromage du même no . était accordé aux habitants du village de Roquefort.

À la fin du XIXe siècle, alors que la microbiologie se formait déjà en tant qu branche des connaissances scientifiques, le type de moisissure qui a conduit à de telles métamorphoses de produits a été identifié et classé - il s'agit de la moisissure dite „noble" de Penicillium roqueforti.

Les spores de cette moisissure sont l'une des rares que l'on puisse manger. Ils sont ajoutés non seulement au fromage Mont Blue, mais également à d'autres types de fromages, notamment le camembert, le brie, le gorgonzola italien, le stilton anglais et le dorblu allemand.

Aujourd'hui, la technologie de préparation du roquefort n'a pas changé: le fromage est toujours situé dans des grottes de montagne à proximité du village de Roquefort, où, sous l'influence d'un climat humide, il acquiert sa propre moisissure bleue „de marque".

Le fromage bleu se marie bien avec les fruits, les noix et les herbes. C'est une vraie découverte pour tout buffet et festin: la saveur de noisette du fromage ne laissera aucun gourmet indifférent [22].

Selon l'étiquette du déjeuner français, les fromages sont servis avant le dessert. C'est une règle encore plus inébranlable que le pâté devant le plat principal. La France a dépassé tous les pays dans l'invention des fromages; actuellement, environ 500 types de fromages sont produits en France.

Le président Charles de Gaulle s'est plaint une fois en plaisantant: „Comment voulez-vous gouverner un pays où il existe plus de 300 sortes de fromages!" Et bien avant Charles de Gaulle, l'écrivain gastronomique italien du XVe siècle Pantaleone da Confienza, dans son livre Summa lacticiniorum (Somme des fromages) a commencé le chapitre sur les fromages français avec la phrase significative: „Istud solum capitulum exigeant unum tractatum" (Ce chapitre seul mérite un traité séparé). Autrement dit, déjà au XVe siècle, le thème des fromages français semblait inépuisable.

L'étoile de la gloire des fromages français a commencé à remonter au Moyen Âge. Bien que remontant au Moyen Âge, comme à l'époque de l'Antiquité, le fromage occupait une position plus modeste dans la hiérarchie alimentaire que la viande, et était associé à la nourriture des pauvres et des paysans. La position la plus faible du fromage était liée notamment à sa perception comme un produit maigre. Il n'est donc pas surprenant que le processus d'ennoblissement du fromage, en tant que produit de „cuisine base", ait commencé précisément dans les abbayes, où les moines cuisiniers l'ont transformé en chefs-d'œuvre d'une gastronomie exquise.

L'historien français Léo Moulin, en énumérant les fromages français modernes d'origine monastique, tels que le Brie, Chaource, Maroilles et d'autres, a remarqué s'il était généralement possible de trouver une sorte de fromage français qui ne serait pas venu des abbayes dans le passé? Ainsi, le processus d'anoblissement du fromage, qui a commencé au Moyen Âge, a conduit au fait qu'au 18ème siècle, le fromage avait finalement acquis le statut de „produit noble", devenant un plat exquis et obligatoire d'un déjeuner français classique.

En ce qui concerne l'histoire des fromages français modernes, il est nécessaire de parler de la pierre angulaire avec la construction de l'Europe moderne, y compris la gastronomie française, et, bien sûr, la production de fromage. Il s'agit d'une certification du lieu d'origine du produit et de sa qualité. La tradition du nom des produits par leur lieu d'origine remonte à l'Antiquité, cependant, l'histoire moderne de la certification de la qualité des produits a commencé en 1824, lorsqu'une loi a été adoptée en France, selon laquelle le fabricant qui a indiqué le lieu d'origine de son produit doit le faire honnêtement, sinon il payera une amende.

Le premier accord international sur la certification des fromages a été la Convention de Stresa, signée le 1er juin 1951, qui a été conclue dans la ville italienne de Stresa. C'était la première fois que la procédure de réglementation du nom géographique sur le lieu de production était détaillée. En 1992, l'Union européenne a adopté des règles sur la protection des produits à leur lieu d'origine et des catégories de qualité des produits ont été établies. La législation européenne actuelle sur cette question a été adoptée par le Parlement européen le 21 novembre 2012.

Actuellement, il existe différents systèmes de classification des fromages. Selon la teneur en liquide qu'ils contiennent, ils peuvent être divisés en trois types: fromages à pâte solide, semi-solide ou molle. Selon la matière première, c'est-à-dire le lait, les fromages sont divisés en fromages de vache, de brebis et de chèvre. Une catégorie particulière est celle des fromages aux moisissures bleues nobles, appelées „bleues". En parlant de la terminologie française du fromage, il faut noter sa poésie. Ainsi, la croûte, que nous appelons „moisissure", les Français appellent „fleurie".

Dans ce court article, nous considérerons le plus célèbre des fromages français les mieux classés - la catégorie AOP, dont l'origine, d'une manière ou d'une autre, est associée aux abbayes catholiques, sans tenir compte des fromages qui ont été discutés dans notre article précédent „Les abbayes médiévales et l'origine des célèbres les fromages".

Le plateau de fromages français est une sorte de „cadran de fromages": 5 ou 7 types de fromages sont disposés sur un plateau en cercle, partant des fromages à pâte molle et évoluant progressivement vers des fromages plus durs et plus affinés. Ainsi, une assiette de fromages français peut être composée comme suit:

- fromage à pâte molle à base de lait de vache, par exemple le brie ou le camembert;

- fromage semi-solide à base de lait de vache, tel que Beaufort ou Morbier;

- fromage à pâte dure, par exemple, Comté;

- fromage bleu, par exemple, Roquefort ou Bleu d'Auvergne;

- fromage de chèvre, par exemple Valençay ou Pouligny-Saint-Pierre.

Si les fromages italiens les plus célèbres sont les fromages à pâte dure, alors les fromages français les plus célèbres sont, bien sûr, les fromages à pâte molle et bleue à la moisissure noble. Les fromages à pâte molle sont d'abord la propriété du nord de la France. Parmi eux, le plus célèbre, sans aucun doute, est Bree, que nous avons déjà mentionné [26].

Le Brie le plus exquis est le Brie de Meaux AOP - un fromage à pâte molle à base de lait de vache cru avec une croûte de moisissure noble. Le fromage est produit dans la petite ville de Meaux, située à 40 kilomètres de Paris. L'origine du fromage est associée à l'abbaye bénédictine Notre-Dame de Jouarre fondée en 630 dans le nord-est de la France, dans la ville de Jouarre. Actuellement, c'est une abbaye féminine qui fonctionne, mais les religieuses, malheureusement, ne font pas de fromage et font divers bonbons.

Il convient également de noter qu'à part le Brie de qualité supérieure de la catégorie AOP, il y a de grandes quantités de Bri industriel, dont la qualité varie beaucoup selon les fabricants.

Coulommiers AOP - est un fromage au lait de vache, à pâte molle, non pressée et non cuite, composé de 45 à 50 % de matières grasses originaire de Coulommiers, Ce fromage, pour ainsi dire, se situe entre les fromages camembert et brie, tant au niveau du goût que de la taille. Le goût du fromage est délicat, légèrement piquant, la couleur du fromage est jaune clair.

Neufchâtel AOP - un fromage à pâte molle à base de lait de vache avec une croûte avec un moule noble. Il est produit en Normandie, dans le village de Neufchâtel-en-Bray, d'où il prend son nom.

Le fromage est vieilli de 8 à 10 semaines à une température de 12-14 degrés et 96% d'humidité. En règle générale, le fromage est produit sous la forme d'un cœur. Selon la légende, pendant la guerre de Cent Ans, les filles françaises ont donné du fromage aux soldats anglais en signe d'amour. Bien qu'il existe d'autres formes de fromage: carré (100 g), briquette (100 g), bondon ou bonde (100 g), cœur (200 g), double bonde (200g), grand cœur ou gros cœur (600 g).

Le fromage du nom „catholique" Pont-l'évêque AOP est un fromage de vache à pâte molle fabriqué en Normandie. La ville de Pont-l'Évêque était l'une des principales villes du duché de Normandie. C'est dans les murs de cette ville que le duc de Normandie, puis roi d'Angleterre, Guillaume le Conquérant, a réuni les États Généraux, où il a été décidé de faire campagne en Angleterre en 1066.

Le Pont-l'évêque est un fromage carré avec un côté du carré d'un peu plus de 10 centimètres. Le temps de maturation est de 4 à 6 semaines. Le fromage a une croûte beige. La texture est tendre et douce, la couleur du fromage est jaune pâle. Le goût est crémeux et tendre, et l'odeur est piquante. Ce fromage peut aussi ne pas être de forme carrée, mais un demi carré, alors il est appelé Demi Pont-l'évêque. Ce fromage a également le statut AOP.

Langres AOP - fromage à pâte molle à base de lait de vache cru avec croûte lavée. Produit en Champagne. La ville de Langres était connue même dans les temps anciens: elle s'appelait alors Andematunum et est devenue plus tard connue sous le nom de Civitas Lingonum ou Lingones. Au IXe siècle, il existait déjà une abbaye bénédictine près de Langres. En 1713, le célèbre philosophe Denis Diderot est né à Langres.

Le fromage Langres a la forme d'un cylindre et une fine croûte brune et rouge. En cours d'affinage, qui est de 2 semaines à 3 mois, le fromage n'est jamais retourné, donc dans la partie supérieure il apparaît un approfondissement caractéristique, par lequel le fromage est facile à reconnaître. Le Langres a une odeur âcre, un goût épicé et légèrement salé, mais il est plus délicat que le fromage Époisses de Bourgogne, qui est proche de son goût.

Époisses AOP - fromage à pâte molle à base de lait de vache cru et pasteurisé à croûte lavée. Ce fromage est produit dans la ville d'Époisses en Bourgogne. Le fromage affine en 5-8 semaines. Il est produit en deux tailles: une grosse tête pesant 700–1100 grammes et une petite tête pesant 250–350 grammes. Le fromage a une croûte lisse et brillante, sous laquelle il y a une masse molle douce de couleur rouge brique avec une odeur très forte.

Chaource AOP - un fromage à pâte molle à base de lait de vache avec une croûte avec de la moisissure noble. Il a été produit dans le village de Chaource (aujourd'hui la ville de Chaource à mi-chemin entre Paris et Dijon). La légende relie l'origine de ce fromage à l'abbaye cistercienne de Pontigny.

Abbaye de Pontigny (nom latin - Pontiniacum) - L'abbaye cistercienne de Bourgogne, berceau de l'Ordre cistercien, a été fondée par l'abbé Étienne Harding en 1114. C'était l'une des plus grandes abbayes de l'ordre, qui comptait 46 abbayes subordonnées situées dans différents pays d'Europe. L'abbaye a été abolie lors de la Révolution française en 1789 et l'église de l'abbaye est devenue une paroisse. En 1954, cette église est devenue la prélature territoriale de la Mission de France, structure de l'Église catholique, unissant prêtres et laïcs cherchant à prêcher le dogme catholique.

Le fromage est vieilli pendant 4-5 semaines. Le poids de la tête varie de 250 à 450 grammes. Le fromage a un goût délicat et légèrement acide avec l'arôme de champignons et de noisettes.

Je voudrais mentionner un autre fromage de vache à pâte molle avec un nom „catholique", qui a le statut d'IGP - c'est Saint Marcellin IGP - fromage à pâte molle à base de lait de vache, avec une croûte avec la moisissure noble.

Le fromage est produit dans la région du Dauphiné, et il tire son nom du nom de la ville - Saint-Marcellin dans le sud-est de la France. C'est le fromage le plus doux du sud [22].

En ce qui concerne les fromages à pâte mi-dure et dure, nous nous déplaçons vers le sud de la France. Le soleil plus chaud du sud semble sécher la texture molle et beurrée des fromages à pâte molle, les privant d'humidité et les rendant plus durs. Les patries des fromages à pâte mi-dure et dure sont la Savoie, l'Auvergne et le Jura. La plupart de ces fromages, contrairement aux fromages à pâte molle, ont une croûte dure non comestible. En règle générale, les fromages à pâte dure et demi-dure sont produits en très grandes têtes, qui pèsent jusqu'à 70 kilogrammes.

Abondance AOP est un fromage au lait cru de vache pressé cuit fabriqué en Haute Savoie. Le nom du fromage vient du nom de la vallée et de la race de vaches qui paissent dans les plus hautes vallées montagneuses du Haute-Savoie. L'histoire de ce fromage est liée à l'abbaye de l'Abondance de l'Ordre des Feuillants et à l'abbaye de l'Ordre des Cisterciens.

Feuillants (lat. Fulienses) - un ordre monastique de l'Église catholique, séparé de l'Ordre des Cisterciens et a reçu son nom de l'abbaye des Feuillants en Languedoc. L'Ordre des Feuillants a été fondé en 1577 par l'abbé Jean de la Barrière (1544-1590). Insatisfait de la direction trop laïque des Cisterciens, il a établi un régime très strict dans son abbaye: les moines ne portaient pas de chaussures, étaient avec les têtes nues, ne mangent que du pain d'orge, des légumes et étaient obligés de n'effectuer que des travaux manuels. Les lois strictes des Feuillants ne facilitaient pas l'afflux de nouveaux moines et, à une époque, l'Ordre était au bord de l'extinction. Francis Bacon, dans son livre „Novum Organum“, mentionnant le vœu végétarien des Feuillants, écrivait: „L'animal carnivore ne peut pas résister à l'alimentation végétale, c'est pourquoi l'Ordre des Feuillants, après avoir réalisé cette expérience qui n'est pas supportable pour la nature humaine, a presque disparu“.

Cependant, en 1595, le pape Clément VIII a assoupi le régime sévère de l'Ordre et a contribué ainsi à sa propagation. L'un des monastères des Feuillants était l'abbaye d'Abondance, située à la frontière entre la France et la Suisse, près de la ville moderne d'Abondance en Haute-Savoie. Fondée au XIe siècle par des Augustins canoniques, elle était en déclin au XVIe siècle, et a été relancée par les efforts de François de Sales en 1606. Il a été fermé en 1761.

Le Comté AOP est un fromage cuit à pâte pressée à base de lait de vache cru. Il est produit dans la région Franche-Comté, qui est située dans une zone montagneuse - c'est le massif du Jura, les contreforts de la plus haute chaîne de montagnes d'Europe - les Alpes. Le fromage Comté est apparu au Moyen Âge, lorsque les habitants des villages alpins devaient s'approvisionner en hivers neigeux longs et rigoureux. Ils ont appris à transformer l'abondance de lait produite par les vaches dans les pâturages de montagne en têtes massives de fromage dures et longtemps stockées. Pour produire une tête de fromage, il faut environ 450 litres de lait. La première preuve de ce fromage remonte aux XIIe-XIIIe siècles.

La tête de fromage cylindrique a un poids de 38 à 42 kilogrammes. La couleur du fromage est jaune pâle, la croûte est brune et dorée. Il s'agit d'un fromage très dur qui est vieilli pendant au moins 5 mois, généralement plus de 12 mois, avec certains fabricants jusqu'à 24 mois. Ainsi, ce fromage affine pendant près de deux ans. Le fromage est coupé avec difficulté, et son goût est légèrement un peu salé, mais très agréable et noble.

Le Morbier AOP est un fromage pressé semi-solide non cuit à base de lait de vache cru. Il est également produit en Franche-Comté. Le nom du fromage vient du village de Morbier, situé près de la frontière suisse.

Le fromage Morbier a une couche irrégulière de cendres à l'intérieur du milieu de la tête. La tradition de cette couche remonte à l'époque où Morbier était fabriqué à partir de lait laissé après la fabrication du fromage à pâte dure Comté. Mais le lait du matin, en règle générale, ne suffisait qu'à la moitié de la tête. Pour avoir toute la tête, il fallait attendre le rendement laitier du soir.

Afin de protéger le fromage cuit de la détérioration et des insectes, il a été saupoudré sur le dessus d'une couche de cendres. Dans la soirée, la moitié du matin était couverte par la seconde, et par conséquent, une couche de cendres s'est formée au milieu, qui est maintenant devenue une caractéristique de Morbier. Actuellement, cette couche a un caractère purement décoratif. Ce fromage étonnant a un goût délicat et un peu „tiède" avec une subtile odeur de lait de vache. La période d'affinage du Morbier est de deux mois. Le fromage est fabriqué sous la forme d'un cercle massif, qui pèse de 6 à 7 kilogrammes.

Le Saint-nectaire AOP est un fromage pressé non cuit à base de lait de vache cru ou pasteurisé. Il est produit en Auvergne et nommé d'après l'abbaye de Saint-Nectaire. Le fromage affine pendant au moins trois semaines. La tête de fromage en forme de cylindre plat pèse environ 1,7 kg. Le Saint-nectaire est un fromage très délicat de couleur jaune pâle, avec l'odeur d'humidité des herbes des champs; par sa texture il est encore plus proche des fromages à pâte molle.

Salers AOP - un fromage au lait cru de vache à pâte pressée non cuite français du département du Cantal. Il est fabriqué en Auvergne. Le nom „Salers" provient du nom d'un village situé en haute montagne dans le centre d'Auvergne, et de la race de vaches dont le lait est utilisé pour faire le fromage.

Saler arrive affine pendant au moins trois mois. Il est produit sous la forme de gros cylindres qui pèsent environ 45 kilogrammes. Il est recouvert d'une épaisse croûte grise, sous laquelle se trouve une texture douce dorée. Le fromage a un goût amer, riche en arôme d'herbes.

En ce qui concerne les fromages à pâte mi-dure et dure, il existe également de nombreuses marques sans certification AOP. Parmi ceux-ci, nous ne notons que le fromage avec le nom „catholique" Port-Salut - un fromage à pâte pressée non cuite à croûte colorée. Son histoire est liée à l'abbaye trappiste de Notre-Dame du Port du Salut, dans laquelle les moines ont fait ce fromage à partir de 1816. Cependant, maintenant ses trappistes ne le produisent plus, et la marque de ce fromage appartient à l'entreprise alimentaire française Bel Groupe.

Fromages bleus AOP

Les fromages bleus sont des fromages avec une noble moisissure vert bleu dans une texture de fromage à pâte molle. Cette moisissure donne à ces fromages une saveur piquante distinctive. La plupart des fromages bleus sont fabriqués à partir de lait de vache. L'exception est, tout d'abord, fromage le plus célèbre d'entre eux - Roquefort, pour la fabrication duquelle on utilise le lait de brebis.

Roquefort AOP - Fromage bleu à base de lait de brebis cru, est produit dans la province historique de Rouergue, dont le centre est Montpellier. Roquefort est le premier fromage français à recevoir la certification de l'appellation en 1925. Le roquefort est le fromage bleu le plus célèbre. Au XVIIIe siècle, Diderot écrivait dans l'Encyclopédie que "Roquefort était sans aucun doute le meilleur fromage d'Europe".

Bleu d'Auvergne AOP - est un fromage bleu de lait de vache. Le fromage est produit dans la région Auvergne. Le début de la production date du milieu du XIXe siècle. Le fromage affine pendant trois mois dans une cave humide. Il a un goût riche et piquant. En raison de sa structure huileuse, il est beaucoup plus doux que les autres fromages bleus. Et le prix est beaucoup moins cher. Le fromage est fabriqué par différents producteurs, dont la société „Lactalis" sous la marque „Président".

Fromages à pâte semi-dure au lait de brebis AOP

Ossau-iraty AOP - fromage pressé non cuit à base de lait de brebis. Produit au pied des Pyrénées, au Pays basque, c'est le fromage français le plus méridional de la catégorie AOP. Le nom du fromage vient du nom de la vallée d'Ossau et de la forêt de hêtres d'Iraty. Le fromage affine pendant trois mois. La texture est élastique, crémeuse, qui devient plus dure avec l'âge. Le goût est crémeux avec une saveur de noisette, et son arôme contient l'odeur des herbes.

En France, une centaine de fromages de chèvre sont produits. Les jeunes fromages frais peuvent être saupoudrés de poussière de charbon noir ou enveloppés dans des feuilles vertes. Les fromages affinés et assaisonnés peuvent être très durs. Les fromages de chèvre ont une variété de formes: ils peuvent être pyramidaux, cylindriques, plats et ronds, ainsi que sous forme de cône tronqué. Une caractéristique distinctive de ces fromages est le goût du lait de chèvre et la petite taille de la tête de fromage.

Le chabichou - le nom général du fromage de chèvre à pâte molle. Le nom du fromage vient du mot occitan „cabécou", dont la racine est „cábro" (en occitan, „chèvre"). Il est produit par différents fabricants, comme c'est le cas avec Brie ou Camembert. Une seule marque de Chabichou a une certification d'appellation - c'est Chabichou du Poitou.

Le Chabichou du Poitou AOP est un fromage à pâte molle à croûte naturelle à base de lait de chèvre cru ou pasteurisé. Comme son nom l'indique, il est produit dans la région du Poitou. La consistance est ivoire pâteux, élastique et lisse. Le goût du fromage est salé avec une légère acidité.

Chevrotin AOP - un fromage de chèvre à pâte molle avec une croûte naturelle. Le nom vient du mot français „chèvre". Il a un arôme discret, une texture crémeuse et un goût agréable.

Banon AOP - fromage de chèvre à pâte molle à croûte naturelle. Le fromage est produit dans les départements des Alpes de Haute Provence, Drôme, Hautes-Alpes, Vaucluse. Le nom du fromage a été donné par un village situé à 800 mètres d'altitude sur le plateau entre le Mont Ventoux et le mont Lure.

Le fromage est généralement enveloppé dans des feuilles de châtaignier et attaché avec de la fibre de palmier raphia. Les feuilles du châtaignier doivent être brunes, donc elles sont collectées à l'automne avant que les feuilles ne commencent à tomber. Le „dressage" du fromage avec des feuilles de palmier et des fibres est effectué manuellement. Une tête de fromage pèse environ 90 à 120 grammes.

Le Crottin de Chavignol AOP est un fromage à pâte molle à base de lait de chèvre cru à croûte blanche ou bleuâtre avec une moisissure noble.

Chavignol est le nom d'une petite ville du centre de la France, si vous regardez la carte, elle semble être en son centre. C'était un village qui a été mentionné pour la première fois sous le nom latin Chaveneium en 1129 dans les archives de l'abbaye Saint-Satur. Le fromage est produit dans les départements du Cher, Nevers et Loire.

Par conséquent, sur une petite boîte dans laquelle ce fromage est emballé, vous pouvez voir l'un des merveilleux châteaux de la Loire - Chambord. Il a été construit dans les années 1519-1547 par le roi François Ier dans le style Renaissance. Bien que le nom de l'architecte de ce château n'ait pas été conservé, on suppose que Léonard de Vinci, que François a invité à sa cour, a participé à l'élaboration de son concept.

Mais pas tous les fabricants emballent le fromage dans une boîte avec le château, certains fabricants préfèrent une étiquette bicolore stricte fortement soulignée avec une image graphique d'une tête de chèvre. Pour la première fois, le fromage appelé Crottin de Chavignol a été mentionné en 1829, bien que des chèvres soient élevées dans cette région depuis le XVIe siècle. Le fromage est produit sous la forme d'un cylindre pesant environ 60 grammes. Bien que le Crottin de Chavignol soit un fromage à pâte molle, il a 4 degrés de gradation du fromage à pâte molle au fromage à pâte dure, ce qui est complètement différent des fromages à pâte molle.

Pouligny-Saint-Pierre AOP - fromage de chèvre à pâte molle à croûte naturelle. Il est produit dans le quartier historique du Berry, situé en plein centre de la France, dans la vallée de la Loire. Au début, le Berry était un comté, en 1100, il est devenu une partie du royaume français, et en 1360, il est devenu un duché, qui a été attribué aux jeunes princes et princesses jusqu'à la fin du XVIe siècle.

Valençay AOP - fromage à pâte molle à base de lait de chèvre cru avec une croûte à moisissure noble. Le fromage de Valençay est produit de la même manière que le fromage Pouligny-Saint-Pierre dans le quartier historique du Berry.

Le fromage a la forme d'une pyramide élancée pesant 250 grammes et une hauteur d'environ 7 centimètres. La forme du fromage n'est pas associée à l'ancien complexe funéraire de Diéser. Et pas avec la campagne napoléonienne en Égypte, mais avec la forme du clocher de la ville de Levroux, où est né ce fromage étonnant.

La pyramide du fromage de Valençay est recouverte d'une étonnante moisissure „poilue", qui ressemble à un paysage lunaire, ou même à un paysage de planètes plus éloignées, comme on les voit dans des films fantastiques. Sa croûte n'est même pas du tout une croûte, mais quelque chose de très doux et tendre, il est difficile de trouver un terme pour sa description, c'est probablement juste une œuvre d'art. Et l'intérieur du fromage est plus dur que dans les fromages de la catégorie à pâte molle. Cependant, l'odeur âcre du fromage fera une impression plutôt négative pour ceux qui n'aiment pas l'odeur du lait de chèvre. Pour eux, cette pyramide élancée n'est qu'un objet de contemplation.

Sainte-Maure-de-Touraine AOP est un fromage de chèvre à pâte molle à croûte naturelle. C'est aussi un parent des fromages Valençay et Pouligny-Saint-Pierre. Ces trois fromages sont produits dans la même région, ils sont donc très similaires. Sainte-Maure-de-Touraine est fabriqué dans la ville du même nom Sainte-Maure-de-Touraine située dans le département de l'Indre-et-Loire.

La tête de fromage a l'apparence d'un cylindre allongé, au centre duquel passe une longue paille pour la ventilation, et qui contribue à son affinage uniforme. Le fromage affine pendant au moins trois semaines sur des étagères en frêne. Longueur de la tête jusqu'à 17 cm; poids jusqu'à 250 grammes.

La croûte du fromage de Sainte-Maure-de-Touraine est presque identique à la croûte du fromage de Valençay, elle est bleu-gris avec des taches blanchâtres de moisissure. La consistance est tendre, mais pas très douce, de couleur bleuâtre. Le fromage a un goût délicat et original, et bien sûr avec une forte odeur de lait de chèvre. Les trois fromages décrits ci-dessus, grâce à leur forte teneur en matières grasses, sont très nutritifs, et même une ou deux morceaux suffisent pour ressentir une sensation de saturation. Sainte-Maure-de-Touraine est servi en apéritif ou en fin de dîner. Il est également utilisé pour faire des toasts. Le fromage est servi avec des vins secs légers locaux, comme le Vouvray blanc et le Sancerre ou le jeune Chinon rouge.

Le Pélardon AOP est un fromage de chèvre à pâte molle à croûte naturelle dont l'histoire documentée remonte au XVIIIe siècle. Le célèbre naturaliste et philologue abbé Pierre-Augustin Boissier de Sauvages, 1710-1795, dans son dictionnaire Languedoc-Français, a décrit ce fromage comme suit: „Petit fromage de chèvre, sec et piquant". Pierre-Augustin Boissier de Sauvages avait un frère, botaniste et médecin tout aussi célèbre, François Boissier de Sauvage, qui a défendu sa thèse avec un titre très intéressant: „Est-il possible de guérir l'amour à l'aide de plantes médicinales?" Le poids d'une tête de fromage est de 60 grammes. La période d'affinage est de 2-3 semaines. Le goût est très doux avec une saveur de noisette. L'arôme est vif, avec une odeur de lait de chèvre.

Peu de gens savent qu'en France, chaque fromage a son temps. Il commence au printemps, lorsque les vaches, les moutons et les chèvres mangent de l'herbe fraîche et non du foin, comme en automne et en hiver, ce qui, bien sûr, affecte le goût du lait. Les fromages de chèvre, en particulier les plus jeunes, sont généralement consommés au printemps et au début de l'été. En hiver, les chèvres ne donnent presque pas de lait. Reblochon, Compté, et tendre Brie de Meaux peuvent être considérés comme les fromages du printemps. En été, les fromages de chèvre plus mûrs vont bien. Cantal et Mimolette sont très bon en été aussi. En automne, le Camembert, le Munster, le Tomme, le Beaufort, le Brie de Melun sont préférés. En hiver, le Coulommiers, le Livarot, le Comté, le Bleu d'Auvergne, Saint-Nectaire, le Pont-l'Évêque, le Roquefort sont bons.

Après avoir visité le village de fromages et les caves froides avec des „trésors" français, nous voulions vraiment de la chaleur, du soleil et un déjeuner. Nous avons choisi un petit restaurant confortable, qui appartenait à un couple âgé, qui avait vécu avec la Provence toute leur vie et consacré plus de 30 ans à la restauration. Nous avons choisi un endroit au soleil. J'avais envie de rester dans ses rayons en savourant des plats faits maison et un verre de vin rosé. Nous avons opté pour de la viande locale avec une purée de pommes de terre et une salade verte. Tout ingénieux doit être simple, comme tout en Provence. En appréciant le bœuf frais et juteux, j'ai ressenti de la force. Depuis plusieurs années je n'ai pratiquement pas mangé de produits carnés, je préfère le poisson et les fruits de mer. Mais parfois, je veux déguster du bœuf fait maison, des herbes de Provence et du poivre noir. J'ai toujours choisi selon le principe: moins, rare, mais surtout savoureux. Le déjeuner d'aujourd'hui en est une bonne confirmation.

La fin de notre copieux repas était, bien sûr, une assiette de fromages avec le Roquefort local. Il me semblait que cela pourrait être plus simple: du bœuf cultivé en Provence, des patates douces et des légumes, caressés par les chauds rayons du soleil et saturés des minéraux nécessaires du terroir local. Et bien sûr, les mêmes „trésors de Provence" pour lesquels nous sommes arrivés aujourd'hui dans le petit village de Roquefort.

Chapitre 8. Les marchés de Provence - c'est le bonheur de l'âme.

Aujourd'hui, la matinée a commencé assez tôt. Le chant des oiseaux et la fraîcheur matinale nous ont fait rester au lit et profiter du silence, mais les plans pour la journée à venir indiquaient le contraire. Aujourd'hui, nous avons prévu une promenade matinale vers le marché d'Antibes. Après avoir pris une douche et pris un café fort, nous sommes partis. Le soleil ne brûlait pas encore les épaules et il était possible de profiter de l'harmonie du matin en Provence et des paysages colorés changeants de la Côte d'Azur.

Afin de vivre pleinement l'atmosphère et imprégner l'esprit de la Provence, il est absolument nécessaire de visiter l'un des nombreux marchés colorés de cette région. Ici, vous pouvez non seulement essayer d'acheter des produits locaux frais, mais aussi discuter avec des vendeurs, vous amuser, regarder les habitants assis à la table d'un petit café confortable, bref, „plonger dans le cœur des événements" de la vie provençale.

Si vous considérez les marchés d'un point de vue purement pratique, vous trouverez certainement ici de nombreux gadgets utiles et simplement esthétiques.

Tout d'abord, il s'agit bien sûr de lavande dans une grande variété de modifications: épices, sachets aromatiques, bouquets, etc.; en outre, les cosmétiques provençaux fabriqués, en règle générale, à base d'extraits de roses, de lavande et d'huile d'olive. Vous pouvez y trouver une large sélection de savons parfumés; Tissus provençaux de couleurs vives de coton et lin; céramique lumineuse simple et fonctionnelle; ainsi qu'une vaste sélection de fruits, légumes, fromages, saucisses, miel, pain, marinades, confitures, vin, etc.

Les marchés ont généralement lieu une fois par semaine dans différentes régions de Provence et fonctionnent le plus souvent de 8h00 à 12h00 du matin. Ils peuvent être divisés en fonction du type de produits présentés sur les marchés alimentaires des agriculteurs, de l'artisanat, où vous pouvez acheter des articles de décoration, des tissus et bien plus encore des produits locaux, du poisson, des fleurs et les marchés mélanges, qui sont les plus courants.

Dans chaque village de Provence, il existe des dizaines marchés des épices, aux fleurs et aux puces. Dans les pavillons intérieurs et extérieurs, vous pouvez trouver presque tout: fruits frais cultivés dans le sud de la France, légumes de la ferme, poissons et fruits de mer, viande, vrais fromages français, snacks et délices traditionnels, sauces, épices et pâtisseries. Un vrai paradis gourmand! Malgré des prix plus bas dans les supermarchés et les magasins ordinaires, de nombreux Parisiens ne changent pas de traditions et viennent une fois par semaine au marché le plus proche pour trouver les produits les plus frais pour un dîner en famille le soir, saluer les amis des vendeurs, choisir un bouquet des plus belles roses ou pivoines, et aussi trouver de timbres rares.

Et les marchés aux puces en France sont le rêve des amateurs de trésors et des amateurs d'antiquités, d'objets uniques avec l'histoire, de cuisines antiques et de décoration d'intérieur. Les marchés français ont toujours une ambiance animée, presque festive. Ici, vous pouvez regarder avec plaisir et intérêt une partie plutôt quotidienne et intégrante de la vie parisienne, où se manifeste la quintessence d'un art de vivre français: raffinement, amour de la beauté, bonne qualité et esthétique dans chaque détail. Ajoutez à cela le temps chaud et ensoleillé, la bonne humeur du dimanche matin, la musique, le goût du café chaud et les pâtisseries fraîches du café au coin de la rue, et vous comprendrez pourquoi les Français aiment tant les marchés locaux.

Grâce au grand amour des Français pour la gastronomie, des normes élevées pour le niveau des produits achetés, ces marchés ont non seulement survécu, mais ils se développent activement. Dans de nombreuses villes, des marchés ont été créés au

XVIe siècle et s'ouvrent depuis régulièrement sur leur journée (par exemple, le dimanche quelle que soit la météo).

Chaque jour de la semaine, ces marchés sont ouverts dans certaines villes. Et c'est comme ça chaque année. Rien ne peut bouleverser ce mode de vie. Un jour convenu, les meilleurs agriculteurs viennent dans la plus petite ville avec leurs fruits et légumes de saison, les pêcheurs avec une nouvelle pêche, les fromagers avec les fromages les plus parfumés, les boulangers, les épiciers, les bouchers.

Sur ces marchés traditionnels organisés 1-2 fois par semaine sur la place principale, vous pouvez acheter non seulement miel, saucisse, poisson, pain, pâtes, légumes et fruits, mais aussi des oreillers provençaux élégants, des assiettes, des nappes, du vin (après l'avoir goûté à l'avance). Il est intéressant de noter que contrairement aux magasins où il est souvent interdit de toucher les marchandises, les vendeurs sur les marchés nous encouragent à goûter le melon frais, les fraises („goutez moi") ou à toucher l'oreiller proposé („touchez moi"). Et, bien sûr, l'assortiment est beaucoup plus large et les prix sont bien plus bas que dans les magasins ou les boutiques.

Le deuxième type de marchés: spécialisés. La gamme des marchés spécialisés est très large: marchés annuels ou hebdomadaires d'asperges, fraises, truffes, fleurs, vin, brocoli, antiquaires, où des experts de tout le pays viennent. Un exemple de ceci est le marché des antiquités et le marché professionnel de la truffe.

Nous avons eu beaucoup de chance aujourd'hui, et nous avons facilement trouvé une place de parking près du centre-ville. Un voyage au marché est un moment privilégié, de communication, accompagné de bonne humeur, d'odeurs magiques et de connaissances intéressantes. Les Français adorent les marchés et, quelle que soit la météo ou la saison, oublient leurs soucis quotidiens, et ils se rendent sur les marchés locaux de Provence, armés de paniers en osier et de chapeaux de paille.

Les marchés d'Antibes ont acquis une immense renommée en France et dans le monde. Ici, vous pouvez acheter presque tout: vin, fromages, produits carnés, etc. Le plus souvent, les produits suivants sont achetés sur les marchés:

Miel. Ici, vous pouvez acheter de nombreux types de miel de diverses fleurs et arbres de la Méditerranée. Le marché comprend du miel de la lavande, de colza et d'autres plantes de cette région.

Fromage. La France est connue pour ses fromages. Vous pouvez acheter de nombreux types de fromages sur ce marché provençal, et les vendeurs vous aideront à choisir le fromage qui convient à votre petit déjeuner, café fort ou vin.

Olives. Olives - une véritable carte de visite de la Côte d'Azur. Dans la cuisine de cette région, les olives sont utilisées dans de nombreux plats: soupes, salades, desserts, etc. Ici, vous pouvez acheter différentes variétés d'olives: noires, vertes, bleues et roses, en saumure, en huile d'olive, en marinade - la liste est longue et tous les types sont différents les uns des autres. Les olives sont utilisées dans les plats depuis de nombreuses années et les secrets de leur application sont transmis de génération en génération. Chaque méthode de cuisson des olives a ses propres caractéristiques.

Huile d'olive. L'un des produits provençaux les plus appréciés, il est utilisé dans de nombreux plats. Des salades un peu amères, avec d'huile d'olive - un plat classique de la cuisine provençale. L'huile a un effet positif sur la santé.

Produits carnés. La gamme de délices de viande est immense: du jambon et des viandes fumées aux saucisses. Ici ils utilisent des méthodes uniques de cuisson des produits carnés transmis de génération en génération.

Le mauvais temps ne peut pas empêcher l'acquisition des meilleurs produits de Provence sur le marché, car il est situé dans une pièce couverte, qui a été construite spécialement pour lui. Ce marché est ouvert depuis le matin: il ouvre à 6h00 et ferme à 13h00. Les marchés commencent leur travail le 1er septembre et se terminent le 31 mai, les lundis sont considérés comme un jour de congé.

Marché aux Vêtements

Dans de nombreux endroits, vous pouvez acheter des vêtements et des accessoires. Ils peuvent être visités, mais ils n'offrent rien de spécial si vous ne voulez pas acheter de vêtements vintages ou d'accessoires inhabituels. Ces marchés sont ouverts à partir de 7h00 et ferment vers 14h.

Les marchés les plus populaires se trouvent aux endroits suivants:

1. Place Amiral Barnaud, le marché est ouvert le mardi et le samedi en centre-ville.

2. Place Jean Aude, le marché de mercredi dans le quartier de La Fontonne, près de la gare.

3. Old Town sur l'avenue Rober Soleau, le marché de jeudi au parking.

4. Pont Dulys, le marché est ouvert le vendredi, mais il est situé à l'extérieur d'Antibes - dans la ville de Juan-les-Pins.

Marchés aux puces

Les marchés aux puces sont devenus une tradition en France, leur offre est immense et vous pouvez y acheter presque tous les produits: du bouilloire ou du vieux livre aux meubles ou ustensiles de cuisine. Les marchés aux puces sont très colorés et laissent une expérience inoubliable après une visite. Il existe des marchés similaires à Antibes, aux endroits suivants:

La place Audiberti située près du centre-ville, à côté de la célèbre promenade Amiral de Grasse (le jeudi et le samedi).

Place Nationale, également au centre, près du Musée Peynetet du Dessin humoristique (le samedi).

Le marché d'Aguillon, aussi situé au centre, est tout petit, mais aussi si atmosphérique.

Marchés artisanaux

Le marché artisanal est situé à Cours Masséna, dans un grand bâtiment couvert. Il commence son travail à partir du moment où les vendeurs quittent leurs lieux vers 15 heures. Les vrais maîtres du bois, du fer et de la pierre se sont réunis ici, et ils sont prêts à vendre leurs œuvres aux touristes et aux résidents locaux.

Souvent ici, vous pouvez trouver des décorations uniques et belles pour l'intérieur à des prix très démocratiques. Le marché ne fonctionne que pendant la saison où le nombre de touristes dans la ville est proche de son niveau maximum, de juin à la mi-septembre.

Il est ouvert tous les jours sauf le lundi jusqu'à minuit, mais à partir d'octobre et jusqu'à fin mai, le marché ne fonctionne que 3 jours sur 7 - le vendredi, le dimanche et le samedi.

Après avoir visité les marchés de cette ville étonnante, vous aurez certainement une impression inoubliable et vivante. Ici, vous pouvez visiter des magasins, des plages, etc., ressentir la saveur et l'atmosphère locales de la Méditerranée. Même si vous n'aimez pas faire du shopping, cela vaut toujours la peine de visiter les marchés d'Antibes, car les marchés de Provence sont spéciaux, pleins de couleurs et d'une atmosphère incroyable. Ici, vous pouvez acheter presque tout: des antiquités aux légumes, aux fruits et aux ustensiles de cuisine [32]. Il ne faut pas ignorer les marchés d'Aix-en-Provence. Ils sont ouverts plusieurs jours par semaine dans les rues de la ville et sur sa place principale. Légumes, fruits, chefs-d'œuvre culinaires et de pâtisserie, vins et liqueurs, articles ménagers, articles et textiles pour la décoration, objets d'intérieur anciens et modernes - ici, vous pouvez tout acheter.

La ville est appelée la ville des antiquaires. Les amateurs d'antiquités et les collectionneurs du monde entier viennent ici dans l'espoir de trouver quelque chose de spécial. Et ce genre de découverte arrive. En Provence, tout ce qui a été hérité des générations précédentes est soigneusement conservé. Et ce n'est pas seulement conservé dans les greniers, mais restauré avec amour et utilisé pour meubler les maisons. Il y a tout ici. Les ustensiles d'intérieur anciens et de style antique: figurines, lampes, lampadaires, vases, vaisselle et textiles, chaises et meubles. Dans une telle variété, il est difficile de résister et de ne pas acheter quelque chose qui ajoute du charme français à n'importe quelle maison.

Sur les marchés des rues d'Aix-en-Provence, ils proposent également de goûter des légumes, des bonbons, une variété de saucisses, des fromages et des vins. Ils seront heureux de parler de chaque produit et de chaque épice, de vous aider à choisir et à conseiller ce que vous pouvez cuisiner et comment conserver ce que vous avez acheté, si nécessaire. Les vendeurs et les acheteurs gardent toujours la bienveillance traditionnelle de la Provence, même pendant le commerce le plus agité, ce qui rend les achats plus précieux, et le temps passé sur le marché est plus agréable.

On ne peut s'empêcher d'acheter des produits traditionnels comme l'huile d'olive et de lavande. Il n'est pas possible de ne pas emporter des morceaux parfumés de savon de lavande ou de produits cosmétiques locaux avec de la lavande ou du romarin. Il est doux, soyeux et très apprécié chez les femmes de tous âges car il rend la peau lisse et satinée.

Sans Marseille économiquement plus développée et, grâce à son emplacement, plus peuplée, bruyante et démocratique, Aix-en-Provence resterait à ce jour la capitale de la Provence. Mais il a perdu son statut au profit de la ville portuaire au début du XXe siècle, tout en restant le centre culturel de la région. Chaque jour, des milliers de touristes le remplissent, qui viennent à Aix pour des impressions et des souvenirs et tombent invariablement sous le charme de la cité antique.

L'atmosphère de Provence inspire non seulement les gens d'art, mais aussi les cuisiniers. En parlant de cette région, on ne peut ignorer la délicieuse cuisine qui est basée sur le poisson, fruits de mer, les herbes aromatiques sauvages, le romarin, le fenouil, les légumes et l'huile d'olive. Malgré les similitudes avec d'autres cuisines méditerranéennes, la cuisine de Provence a son propre caractère. Parmi les plats que vous devez absolument goûter, il y a la célèbre bouillabaisse, salade niçoise, ratatouille de légumes, les truffes, les fromages de chèvre et de brebis. Et n'oubliez pas le vin rosé local!

Un autre symbole de la Provence est les olives. Récemment, les vignobles ici sont de plus en plus remplacés par des oliveraies, et dans la ville d'Aix-en-Provence, à la veille de Noël, ils organisent une exposition d'huile d'olive et de truffes. Il est important que la bouteille indique „Extra Virgin" - c'est l'huile non raffinée la plus saine et aromatique. L'une des meilleures huiles d'olive produites en France c'est l'huile de Provence. Un sol parfait, un climat doux et les meilleures variétés d'olives représentent 80% du succès total.

L'olive est l'une des cultures les plus cultivées au monde. Près de 10 millions d'hectares de notre planète sont plantés d'oliviers. C'est deux fois plus que la superficie plantée de pommiers, de palmiers à bananiers ou de mangues. Dans le même temps, les 95% de toutes les olives poussent en Méditerranée. Les principaux producteurs sont l'Espagne et l'Italie, suivis de la Grèce, de la Turquie et du Maroc. Et si la Provence, avec 3,5 millions d'olives, ne prend que la 12ème place de la liste en termes de production, en termes de qualité, les olives de Provence sont traditionnellement parmi les leaders absolus.

Depuis au moins 6000 ans, les gens apprécient les fruits des oliviers. L'énorme influence de l'olive sur la culture humaine se reflète dans la symbolisation de cette plante. Depuis l'Antiquité, l'olivier était considéré comme sacré, et à ce jour cette image a pris la forme d'un rameau d'olivier bien connu de tous - un symbole de la paix. Depuis les temps anciens, les bienfaits de l'huile d'olive sont connus. À notre époque, cela est devenu un fait confirmé par de nombreuses études scientifiques. Beaucoup ont également entendu que les habitants du bassin méditerranéen ont une durée de vie beaucoup plus longue, ce qui s'explique généralement par le régime méditerranéen - la consommation régulière d'olives, d'huile d'olive, de fruits de mer et de vin rouge. Et les Provençaux, pas comme les autres, peuvent confirmer la vérité de ce postulat. Pour la Provence, l'olive n'est pas seulement un symbole, mais aussi une partie intégrante de la vie.

Initialement, l'origine des oliviers cultivés est attribuée aux régions de l'ancienne Perse et de la Mésopotamie. En France, les oliviers sont apparus il y a 600 ans grâce aux Phocéens de Massalia (les colons grecs de Marseille). En 1840, au plus fort du développement de l'industrie, en Provence, il y avait 26 millions d'arbres, sur 150 mille hectares. Cependant, le nombre de plantations a progressivement diminué, et après les gelées désastreuses de 1956, seul un tiers des oliviers de Provence ont survécu. Actuellement, en France, sur un territoire de 20000 hectares, il y a environ 3,5 millions d'arbres. Mais ces pertes, dans une certaine mesure, ont ajouté un caractère unique au produit provençal, en soulignant l'élitisme et l'exclusivité de l'huile d'olive. Et bien sûr, l'huile d'olive est traditionnellement un ingrédient essentiel de la cuisine provençale, tout comme les olives en font partie intégrante.

L'olive est considérée comme l'une des plantes les plus anciennes au monde. Il existe plusieurs oliviers dans le monde dont l'âge, confirmé par la spectroscopie des rayons X, dépasse 2000 ans. Et certains d'entre eux portent encore leurs fruits. Dans le sud de la France, il y a aussi des arbres patriarches avec un âge impressionnant. Ainsi, on pense que les olives qui poussent sur la Côte d'Azur, à Roquebrune-Cap-Martin et Gassin, ont plus de 2000 ans. Ce sont peut-être les plus vieux arbres de France. Et les oliviers d'Èze devraient avoir plus de 1200 ans.

Les oliviers à feuilles argentées sont une véritable décoration des paysages enso-leillés de Provence. Les arbres, dont certains ont plus de 100 ans, poussent très len-tement et peuvent atteindre une hauteur de 3 à 10 mètres. Les oliviers commencent à porter leurs fruits à l'âge de 4 à 6 ans et deviennent plus productifs à l'âge de 30 à 35 ans, mais même après cette période, ils peuvent continuer à porter leurs fruits pendant des centaines d'années. Les oliviers à feuilles persistantes commencent à fleurir d'avril à juin, et les bourgeons s'ouvrent progressivement sur les branches et les fleurs blanches parfumées. Les oliviers sont pollinisées à l'aide du vent et, puisque, pour la plupart, les oléagineux sont des plantes dioïques, les oliviers sont souvent plantés en paires: mâles et femelles sont à proximité. Une autre originalité de l'olive - l'arbre ne porte ses fruits qu'une fois tous les deux ans.

Certaines variétés portent des fruits chaque année, mais l'une des récoltes sera sen-siblement plus faible. Les spécialistes de la culture des oliviers tentent d'influencer ce processus à l'aide d'un complexe d'engrais et d'un élagage soigneux des branches. En règle générale, en France, l'élagage des branches a lieu en février-mars et donne lieu à de nombreux débats polémiques. La Provence est connue pour ses spécialistes de l'élagage des oliviers et il n'est pas surprenant qu'il existe plusieurs écoles pour étudier les techniques d'élagage des branches d'olivier.

Bien sûr, vous savez que la couleur des olives ne dépend pas de la variété, mais du temps de collecte et du traitement. Les premières olive vertes commencent à être récoltées fin octobre, les fruits plus mûrs fin décembre, et la récolte finit par des olives noires en janvier-février, et parfois même jusqu'en mai, lorsque des olives séchées spéciales sont récoltées. Donc la couleur des olives dépend du temps de récolte. Et quelle que soit la couleur des olives, immédiatement après la collecte, elles ont un goût désagréable et amer, elles doivent donc être traitées dans une sau-mure spéciale.

Dans presque tous les villages de Provence et de la Côte d'Azur, on peut trouver des oliviers. Ils sont cultivés soit pour décorer le paysage, soit pour produire de l'huile d'olive. Chaque département est spécialisé dans ses propres variétés d'oliviers et donc, comme le vin, le goût des olives et de l'huile d'olive sera différent. En se promenant selon les marchés locaux, on peut rencontrer une large variété des sortes des oliviers de Provence: Grossane, Picholine, Salonenque, Cailletier.

Tout habitant de la Provence vous dira que vous ne goûterez pas de telles olives et de telles huiles comme ici. En visitant la Côte d'Azur avec les oliveraies dont les branches sont couvertes d'olives, vous pouvez vraiment apprécier l'hospitalité généreuse de la Provence [31].

En plus de l'huile d'olive, la Provence est célèbre pour son abondance de diverses herbes et épices. Les herbes provençales sont connues dans le monde entier pour leurs propriétés culinaires - il s'agit d'une composition d'épices absolument unique.

Il est difficile de surestimer les propriétés nutritionnelles et bénéfiques d'un mélange d'herbes provençales- ce n'est pas un hasard si cet assaisonnement est devenu une véritable découverte culinaire dans le sud-est de la France.

Pour les gens qui ne connaissent pas encore les herbes provençales, leur goût est épicé. Et il est tout simplement étonnant qu'ils soient combinés avec de la viande, des plats de poisson (ainsi que de la volaille) et des légumes - les herbes sont utilisées ici comme additif aux sauces. En Provence, les herbes sont ajoutées même aux tartes salées.

C'est quoi ces herbes? La liste comprend: sauge, romarin, origan, thym, menthe, basilic, marjolaine et sarriette. On peut dire qu'ils poussent tous non seulement en Provence - et c'est effectivement le cas. Il serait faux de dire que la patrie de ces plantes est la Provence. Mais ce n'est qu'ici que les Français ont appris à combiner parfaitement ces herbes piquantes d'une manière aussi „magique" et à les ajouter à presque tous les plats - en toute occasion. Dans cette région, les ils appellent le mélange d'herbes provençales „poudre magique".

Les herbes de Provence peuvent créer un chef-d'œuvre culinaire à partir de n'importe quel plat, même le plus „simple". Il faut cependant noter que les cuisiniers provençaux ont la possibilité de toujours utiliser des herbes fraîches (une telle collection, bien sûr, dépasse largement le mélange séché en termes de richesse gustative et aromatique).

En parlant d'herbes de Provence, on note non seulement leurs caractéristiques gustatives, mais aussi leur capacité à nuancer et à améliorer le goût des plats. En plus de ces avantages, le „mélange provençal" possède également des propriétés très utiles pour notre corps.

La cuisine classique provençale utilise activement différentes sauces à base d'huile d'olive de haute qualité et un ensemble spécifique d'herbes aromatiques.

Herbes parfumées, arômes, huiles essentielles et parfums à base de ces herbes - c'est l'une des choses qui fait la Provence - Provence. De vastes champs de violette parfumée s'étalent à côté de Toulouse - ici, vous pouvez acheter non seulement des parfums qui sentent la violette, mais aussi de la confiture de violette, la glace à la violette, du vin de violette et des feuilles de violette confites pour décorer la pâtisserie.

Il existe des preuves confirmées que l'utilisation des herbes provençales améliore l'appétit, réduit la pression artérielle et a des effets antibactériens (en raison de l'origan et du romarin dans leur composition).

La lavande, les roses et le jasmin poussent près de Grasse - c'est à partir de cette matière première que sont fabriqués les parfums des célèbres sociétés françaises. Grasse possède un musée du parfum et de nombreuses boutiques, où vous pouvez acheter des parfums classiques ou des eaux de toilette de grandes sociétés, ainsi que des huiles essentielles et des cosmétiques parfumés.

Un art spécial est le mélange et l'application appropriés des herbes provençales dans la cuisine. En passant les rayons des épices, nous avons observé la variété des couleurs, des odeurs et la combinaison parfaite d'huiles, d'herbes et d'épices, qui fait la renommée de la Provence.

Au marché, nous avons rencontré une femme âgée qui offrait plus de 85 épices et herbes différentes, ainsi que des mélanges prêts à l'emploi qui pourraient satisfaire les besoins des cuisiniers les plus exigeants. La recette et les proportions nécessaires de la combinaison correcte des caractéristiques gustatives des herbes locales sont transmises de génération en génération, des grands-mères aux petits-enfants. La capacité de combines les choses qui à la base ne peuvent être combinées - c'est comme le grand art des parfumeurs en France, qui sont quotidiennement à la recherche du parfum parfait. Lavande, sel de Camargue, romarin, poivre, violette, clou de girofle, curcuma, cannelle, et l'huile d'olive - ce sont les vrais trésors de la fabuleuse Provence.

Après avoir fait le choix et rempli le panier de diverses épices et herbes, nous sommes partis à la recherche d'un petit déjeuner léger sur le marché local. Pour les connaisseurs de gâteaux faits maison, les marchés provençaux sont un véritable paradis gastronomique. Diverses tartes, quiches, omelettes faites maison et soufflés au fromage séduisent par leur abondance d'odeurs et leur palette culinaire. Nous avons choisi la pissaladière à la tomate avec des olives, une quiche aux tomates et du fromage de chèvre chaud.

Pissaladière - est un plat typique de Nice. La Principauté de Nice était depuis longtemps indépendante de la France. C'est pourquoi les habitants de Nice ne veulent pas que leurs plats soient confondus avec ceux de Provence. Le nom français pissaladière vient du mot pissalat - c'est un assaisonnement de poisson qui rappelle le garum romain. De minuscules anchois et sardines ont été conservés pendant un mois avec du sel et des épices en remuant quotidiennement.

Avec cette saumure, la pâte doit être graissée avant de mettre la garniture, ce qui donnerait au gâteau un goût particulier. Aujourd'hui, ils utilisent que les filets d'anchois pour la décoration.

Ma grand-mère bien-aimée me faisait souvent les tartes à l'oignon, mais la recette de son miracle culinaire était un peu plus simple et au lieu des anchois, elle préférait le filet de crabe.

Pissaladière à la tomate

Ingrédients (4 pers)

Pour la pâte:

25 g de levure, 1 c. à soupe de sucre, 250g de farine, sel, 2-3 c. à soupe d'huile d'olive, de l'eau

Pour la garniture:

1 kg d'oignons, 2-3 c. à soupe d'huile d'olive, 1 c. à café de vinaigre, 1 laurier, 1 clous de girofle, sel, poivre, l'huile d'olive pour une plaque, 2 œufs, 120 ml de crème, 6 filets d'anchois (coupés), 170g de tomates pelés, 50 g d'olives noires, 1 c. à café de beurre

Préparation

La pâte:

Mélangez la levure avec le sucre et 3 c. à soupe d'eau. Laissez reposer environ 15 minutes. Ajoutez la farine, le sel, 125 ml d'eau et d'huile d'olive et faite rapidement la pâte. Faites rouler une boule et laissez lever à température ambiante pendant 20 minutes.

La garniture:

Faite revenir l'oignon pendant 5 minutes dans 3 c. à soupe d'huile d'olive. Ajoutez le vinaigre, le laurier et clous de girofle. Couvrez et laissez mijoter 15 minutes. Ajoutez progressivement 2-3 cuillères à soupe d'eau. Retirez le couvercle et laissez mijoter encore 10 minutes jusqu'à ce que le liquide s'évapore. Salez et poivrez. Graissez une plaque à pâtisserie rectangulaire avec de l'huile, étalez la pâte, soulevez le bord de 3 cm de haut, et percez la pâte plusieurs fois à différents endroits. Mélangez soigneusement les œufs et la crème. Retirez la feuille de laurier et clous de girofle de la masse d'oignon refroidie, mélangez avec les anchois hachés et mettez tout dans le mélange d'œufs. Mettez tout le mélange sur la pâte. Mettez sur la masse d'oignons sous forme des petits tas des morceaux de tomates salés et poivrés. Disposez de façon décorative les filets d'anchois et les olives sur la masse. Mettez les petits morceaux de beurre sur le dessus et faite cuire au four pendant 50 minutes dans un four chauffé à 220 C.

La quiche à la française est l'un des rares plats qui peuvent être mangés froids et chauds. Il est idéal pour le petit déjeuner, le déjeuner et le dîner. Vous pouvez la manger à la maison lors des fêtes et des réunions de famille, ou vous pouvez emporter ce gâteau avec vous pour un pique-nique.

L'histoire de la quiche remonte au XVIe siècle, ses inventeurs sont des résidents de la province française de Lorraine. Le nom de la tarte ouverte classique est venu de là - quiche Lorraine.

La quiche française classique est une tarte ouverte à base de pâte brisée, saturée de beurre. La base de la garniture de quiche est la crème grasse, les œufs et le fromage. Il est difficile d'imaginer combien d'options de cuisson existent pour la quiche aujourd'hui - classique avec de la poitrine fumée, des oignons, des herbes, des légumes, des champignons, du poisson et même des baies.

Tout parfait devrait être facile! C'est peut-être un certain mode de vie des Français en Provence. Il me semblait que je ne mangeais rien de plus délicieux et en même temps facile à préparer et à servir. Je me suis souvenue de ma grand-mère qui me faisait tous les samedis des tartes chaudes aux oignons, au fromage, à la viande et même au chou. Ces souvenirs réchauffaient mon âme et remplissaient mon cœur de chaleur.

L'odeur de l'huile d'olive, du fromage et de la crème faite maison m'a ramené à mon enfance heureuse, lorsque toute la famille s'est réunie à une table ronde le samedi matin et a profité de l'abondance de gâteaux faits maison, de tisanes, de café fort et de confitures de fruits de notre propre production. Le rire, les blagues et le plaisir de communiquer faisaient partie intégrante du samedi matin dans la famille.

En marchant parmi les rayons d'épicerie, nous avons été surpris par la variété des différentes pâtés, mousses et plats de viande et de volaille faits maison.

Pâtés et mousses

Pourtant, la particularité du repas français, qui le distingue de tous les autres repas du monde, est le pâté.

Le mot „pâté" vient de l'ancien mot français „pasté" (un gâteau, c'est-à-dire quelque chose de cuit dans de la farine). En France, au Moyen Âge, on rencontre des recettes de pasté en pot (tarte en pot). Ensuite, la garniture de viande de la tarte a commencé à être servie comme un plat séparé, c'est comme ça que le pâté est apparu.

Actuellement, dans la gastronomie française, il existe également des variétés de „pâté": terrine, mousse, pâté en croûte et rillette. Terrine est un pâté qui contient de petits morceaux de viande. Mousse, au contraire, est un pâté de consistance parfaitement lisse. Pâté en croûte est un pâté dans une pâte cuite, c'est-à-dire une sorte de retour aux racines. Rillette est un pâté doux, dans lequel il y a des fibres de viande très douces. Une variation de pâté en croûte est le pâté en croûte Richelieu, mentionné par Pouchkine dans son „Eugene Onegine":

Devant lui le rosbif ensanglanté
Et les truffes, le luxe d'un jeune âge,
La nourriture française est la meilleure couleur,
Et la tarte de Strasbourg impérissable
Entre Cheese Limburg Live
Et l'ananas doré.

184

Tous les types de pâtés sont servis froids. Le pâté n'est pas censé être mis au pain, mais doit être mangé avec un couteau et une fourchette.

Mais le pâté le plus connu et le plus raffiné est le foie gras. C'est un foie spéciale-ment préparé d'une oie ou d'un canard engraissé par une technologie spéciale. Des descriptions de plats du foie se trouvent déjà à l'époque de l'Antiquité dans le livre attribué au chef gourmet de l'Empire romain Apicius „De re coquinaria".

Apicius utilise également le terme „ficatum" (littéralement: un foie nourri de figues). Par la suite, en latin, le mot „ficatum" a commencé à signifier simplement „foie". Et puis du mot latin "ficatum" est venu le mot italien „fegato" et le français „foie". Le livre „De re coquinaria" mentionne „foie de porc", „foie de poussins", „foie de lièvre", mais il ne mentionne jamais le foie d'oie.

Le foie gras a été créé à Strasbourg entre 1779 et 1783 par le spécialiste culinaire français Jean-Pierre Clause (1757-1827). Le „philosophe gastronomique" et gour-mand Brie-Savarin dans son livre „Physiologie du goût" a écrit sur le foie gras. Lorsque le foie gras était servi, „toutes les conversations ont cessé en raison d'un excès de sentiments cordiaux lorsque les serveurs ont servi un plat de foie gras aux invités, j'ai vu successivement sur leurs visages la chaleur du désir, l'extase de la joie et la parfaite pacification de la félicité".

Nous n'avons pas pu résister à la tentation d'acheter une terrine faite maison et une boîte de foie gras pour le dîner de ce soir. Il me semblait que les gens de Provence connaissaient une recette spéciale pour une „vie savoureuse".

Poissons et fruits de mer

En profitant de l'atmosphère du marché provençal et de la variété des délices culinaires, nous sommes venus dans les rayons des poissons. Le marché aux poissons est généralement un espace séparé sous le toit, qui propose une de variétés de poissons et de fruits de mer. La principale caractéristique du marché aux poissons est le lieu de dégustation d'huîtres, où vous pouvez non seulement acheter mais aussi déjeuner avec une douzaine d'huîtres fraîches avec un verre de vin blanc ou de champagne. Les rayons d'huîtres sont toujours populaires non seulement parmi les habitants, mais aussi parmi les touristes. Un verre de vin et des huîtres fraîches sont la meilleure option pour un déjeuner léger pendant une chaude journée d'été.

Anton Pavlovich Tchekhov a écrit une légende comique sur la façon dont les huîtres ont été présentées à un petit garçon: „Je m'imagine une bête ressemblant à une grenouille. La grenouille, accroupie dans une coquille, regarde avec de grands yeux brillants, et remue ses dégoûtantes mandibules. Que peut-il y avoir de plus dégoûtant pour un être humain qui a vécu sur terre huit années et trois mois? Les Français, dit-on, mangent des grenouilles, mais les enfants n'en mangent jamais, jamais! Je m'imagine comment on apporte cette bête du marché dans sa coquille, avec ses pinces, ses yeux brillants et une peau visqueuse… Tous les enfants se cachent, et la cuisinière prend avec dégoût la bête par les braques, la met sur une assiette et la porte dans la salle à manger. Les grandes personnes la prennent et la mangent vivante avec ses yeux, ses dents, ses pattes! Et la bête crie et tâche de leur mordre la lèvre…"

Pour ceux qui sont impressionnés par cette histoire de Tchekhov, vous pouvez goûter des huîtres cuites. Ce n'est pas non plus un plat rare des marchés locaux en Provence. La recette la plus célèbre pour faire des huîtres au four avec du fromage à pâte dure, du poivron et du céleri.

Dans la tradition gastronomique française, qui est généralement plus engagée dans les plats de viande, cependant, il existe une extraordinaire variété de plats de poisson et de fruits de mer. Les marchés provençaux offrent un grand nombre de variétés de poissons qui peuvent devenir le point culminant même du dîner français le plus exquis.

Merlan Colbert est un plat nommé d'après le célèbre ministre français des Finances, le roi Louis XIV - Jean-Baptiste Colbert. Il s'agit d'un poisson marin. La viande de merlan est blanche et maigre. Le spécialiste culinaire français François Pierre de La Varenne mentionne le merlan dans son livre: „Prenez le merlan, séparez-le, vous pouvez le cuire plusieurs heures dans du vin ou du vinaigre de vin avec du sel et un peu de zeste d'orange. Ensuite, faites-le bouillir dans du vin, du vinaigre ou du verjus, ou dans un mélange des deux avec du sel, un peu de thym ou d'autres herbes parfumées, des clous de girofle et des zestes d'orange".

Le turbot est le poisson le plus précieux de poissons plats. La longueur du poisson est généralement d'environ 40 centimètres, mais parfois elle atteint un mètre, le poisson pèse de 2 à 5 kilogrammes. Le turbot n'est pas cultivé dans des conditions artificielles, comme le bar, la dorade et le saumon, le turbot vit exclusivement dans son habitat naturel. Le turbot se distingue par sa viande blanche délicate, il peut être frit, cuit dans du papier d'aluminium ou grillé.

Dans la cuisine française classique, le turbot ne peut être préparé et servi à la table qu'entier. Le philosophe „français de la gastronomie", Alexandre Balthazar Laurent Grimod de La Reynière, a écrit à propos de cet axiome: „Le turbot est l'un des poissons les plus recherchés de Paris, et il est à juste titre appelé Prince de la mer. Il remplace souvent le rôti lors des repas de cérémonie. Sa viande est à la fois tendre et dure, ravit non seulement par sa blancheur, mais aussi par son excellent goût. Pour servir correctement le turbot, il faut avoir une spatule en or ou au moins d'argent, très pointue, et se rappeler qu'il ne faut jamais couper le turbot avec un couteau".

Par conséquent, pour cuisiner le turbot, le génie culinaire français a créé une grande chaudière spéciale avec un grill - turbotière.

Dans le célèbre épisode gastronomique du roman de Léon Tolstoï „Anna Karenina", Stepan Arkadievich Oblonsky a invité Konstantin Levin à goûter le turbot.

Fruits de mer

Dans la cuisine française, les crustacés sont les plus courants: écrevisses, crabe, homard, crevette. Ainsi que les mollusques: calmar, seiche, pieuvre et les coquilles comestibles (moules).

Homard. Le homard est le plus grand crustacé qui vit dans les eaux froides de la mer. Il a une viande blanche dense, tendre et raffinée, à partir de laquelle sont fabriqués des escalopes et des médaillons. Lorsque le homard est bouilli, il devient rouge, c'est pour ça il a reçu le nom de „cardinal de mer", car la soutane cardinale est rouge.

Le gourmet raffiné et cuisinier moderne acteur français Gérard Depardieu propose une version du plat original au homard - Homard à la nage.

Moules marinières - „moules de mer". François Massialot dans son livre „Le nouveau cuisinier royal et bourgeois" donne une recette de potage aux moules, en commençant par les mots: „Vous devez prendre de bonnes moules, les éplucher soigneusement et les laver quatre ou cinq fois".

Le nom latin de ce type de pétoncle est Pecten maximus (coquille la plus grande) ou Pecten jacobaeus (coquille de Jacob). Les Anglais l'appellent „pilgrim's scallop" (coquille de pèlerin). Le nom „coquille de Jacob" ou „coquille de pèlerin" est lié au fait que les coquilles ont été apportées par des pèlerins de la ville espagnole de Saint Jacques de Compostelle, où, selon la légende, se trouvent les reliques de l'apôtre Jacob.

Les pèlerins avaient la coutume de marcher encore 60 kilomètres de Saint-Jacques-de-Compostelle au cap Finisterre (considéré comme l'extrémité occidentale de l'Europe: le nom vient de l'expression latine „finis terrae" - „bord de la terre"). Là, les pèlerins ramassaient des coquilles. C'est pour ça on a le nom „Coquilles Saint-Jacques".

La viande des coquilles est tendre, au goût légèrement sucré. C'est est un plat gastronomique. Gérard Depardieu propose une version originale du plat principal - Coquilles Saint-Jacques aux artichauts [26].

Les marchés de Provence sont un endroit idéal pour se familiariser avec la culture de la région, déguster des baies fraîches et des fruits des fermes locales. Le plus souvent, les produits sur les marchés coûtent un peu plus cher que dans les magasins. Mais ici, vous ne trouverez pas un produit de masse, mais les produits crées par des artisans. Légumes et fruits des agriculteurs locaux sont beaucoup plus savoureux ici que dans les supermarchés. Ici, vous pouvez également goûter les fromages locaux, les saucisses et le nougat au miel doux, acheter du pain frais dans de petites boulangeries et simplement profiter de l'atmosphère amusante du marché.

Les Français n'achètent pratiquement pas de fruits et légumes au supermarché. Par exemple, les fraises les plus sucrées proviennent certainement du marché. Ils les amènent principalement de la ville de Carpentras. Si vous avez acheté des fraises en Espagne, sachez que les fraises françaises sont complètement différentes. Beaucoup plus douces et plus rondes. Ils les vendent dans des boîtes - un demi-kilogramme ou un kilogramme pendant la saison correspondante (avril - mai). Il n'y a rien de mieux que de s'asseoir sur une terrasse entourée de cyprès verts et de déguster des fraises provençales douces et juteuses.

Les melons provençaux les plus connus proviennent de Cavaillon. Les melons Cavaillon ont une couleur caractéristique et une chair orange. Les melons sont choisis, en regardant leur forme et leur couleur, ainsi qu'en respirant l'arôme. Le melon mûr et savoureux sent juste magnifique. Sa queue doit être sèche, uniforme et sans taches. Et si sur le côté vous voyez une goutte de jus, ça veut dire que le melon est le plus mûr et le plus juteux.

Les confitures, sont très appréciées en Provence. Ils sont fabriqués à partir de beaux fruits mûrs juteux selon des recettes anciennes dans une variété de combinaisons. Les Français sont grands connaisseurs de la cuisine - utilisent activement les confitures sucrées en combinaison avec de la viande. La confiture de myrtille ou la figue sont souvent servies avec des pâtés. Les confitures les plus populaires sont celles de pommes, pêches, abricots et figues.

Le meilleur nougat, par exemple, est fabriqué à Montélimar et cette douceur fait partie intégrante des marchés provençaux. Et contrairement au produit que l'on trouve dans les magasins ordinaires et à base de sucre et de colorants, le vrai nougat est fabriqué à partir de miel, sans colorants ni conservateurs, avec l'ajout de fruits, de noix et d'extraits. Il a un goût complètement différent, il est doux et visqueux. Vous pouvez goûter les nougats de lavande, avec l'arôme d'une rose, avec des pistaches, avec des canneberges séchées, de la vanille et de nombreux types différents, selon la saison et le fabricant.

Après avoir passé plusieurs heures au marché, nous n'avons pas remarqué comment notre panier était rempli de fruits de mer, de pâtés, de fruits juteux et de légumes mûrs. Il me semblait que les marchés de la Provence étaient une fête de l'esprit et de la magie, capable de refléter au mieux la culture et les traditions locales de cette région.

Aux marchés, vous pouvez passer des heures, discuter, écouter les histoires des habitants avec un verre de vin et déguster des délices culinaires et des produits locaux.

Nous avons décidé de passer le reste de la journée à la maison et de préparer un dîner français classique. Sur le chemin de la villa, nous avons décidé de nous baigner en mer et de nous rafraîchir après avoir visité le marché. Le sable chaud et la mer, la couleur azur ont caressé notre regard et rafraîchi nos corps. Je ne voulais pas sortir de l'eau, mon „Français" me serrait les épaules, on se touchait dans l'eau et comme si deux poissons se sentaient dans leur élément. C'était une sensation particulière de la réunion du corps, de l'âme et de la nature, dans un seul état harmonieux au bord de la terre dans un coin paradisiaque de Provence.

De retour à la villa, nous avons ouvert une bouteille de champagne et avons commencé à cuisiner le dîner à partir de produits achetés aujourd'hui au marché.

La cuisine française a fermement établi l'épithète „complexe". Bien qu'en Russie au XIXe siècle, la cuisine française était une monarchie absolue, c'était l'époque de sa domination autocratique sur les tables des aristocrates russes. La confirmation de cela est les romans russes et la poésie du XIXe siècle. Seul Nikolai Vasilievich Gogol, fanatiquement amoureux de Rome, a pu écrire avec enthousiasme sur le risotto. Tous les autres, de Pouchkine à Lev Nikoláyevich Tolstóy, ont écrit, à de rares exceptions, uniquement sur les plats français.

Un dîner français classique a une structure claire et stricte qui ne peut être ni modifiée ni brisée. Le dîner français doit certainement être composé de sept éléments de base, disposés dans un ordre indéfectible: apéritif, entrée, plat principal, salade verte, fromage, dessert, digestifs.

Un apéritif est une boisson qui „ouvre" le déjeuner, et son nom vient du verbe latin „aperire" - „ouvrir". Il est servi avant les repas pour stimuler l'appétit. Les dîners de gala en France sont généralement ouverts par le champagne. Pour les occasions moins solennelles, les vins rosés légers sont des apéritifs assez courants, et il peut aussi y avoir un petit verre de calvados dans le nord de la France ou un verre de pastis dans son sud ensoleillé.

Le premier repas de la tradition gastronomique française est indiqué par les termes „entrée" et „hors-d'œuvre", qui se distinguaient autrefois, mais à présent, avec la simplification du rituel de la restauration, sont devenus presque synonymes. Le terme „hors-d'œuvre" signifie littéralement „en dehors de l'affaire". Par „affaire", on parle du fait de manger le plat principal du repas. Auparavant, le „hors-d'œuvre" était le tout premier plat servi avant du déjeuner. Puis, il a été suivi par le „potage", et „relevé". Et puis c'était „entrée" - littéralement „introduction".

Le terme moderne „entrée" est un analogue de „antipasto" italien. Mais l'antipasto italien est inhabituellement diversifié: des collations à base de pain à un assortiment de „prosciutto", ou de fruits de mer. Bien que, en principe, diverses entrées, comme escargots de Bourgogne ou huîtres puissent également être servies devant le plat principal en France, le pâté est un classique, qui constitue les spécificités de la tradition gastronomique française. Aujourd'hui, nous avons décidé de ne pas changer les traditions françaises et avons commencé notre dîner avec une conversation agréable, des coupes de champagne et une tasse de bulots achetés au marché local.

Alors que mon „Français" préféré faisait des bulots j'appréciais l'odeur des légumes frais et je préparais la salade pour le dîner. Les légumes avaient d'énormes arômes, l'huile d'olive et les épices de Provence stimulaient encore l'appétit et rappelaient que nous étions au paradis sur la côte d'azur.

Aujourd'hui, nous avons décidé de déguster exclusivement des collations de poisson et une abondance de fruits de mer qui pouvait répondre aux attentes des critiques, même les plus exigeants. Le champagne dans les verres, l'odeur des légumes mûrs, des épices et des huiles créaient l'atmosphère d'une fête quotidienne et invitaient à la table.

Dans la poêle il y avait des coquilles Saint-Jacques déjà prêts, et mon „Français" dressait la table et profitait de l'idylle des goûts, des couleurs et du silence d'une soirée d'été en Provence.

Les repas en France sont comme la circulation des trains sur le chemin de fer suisse – petits déjeuners, déjeuners et dîners sont toujours à l'heure. Ici, Ils ne mangent pas „quand ils veulent", mais ils absorbent l'habitude de s'asseoir à table en même temps depuis l'enfance.

Grignoter en France n'est pas le bienvenu. Si un enfant a faim à l'avance, la seule chose qu'il recevra en réponse à une demande de collation est la promesse d'un déjeuner ou d'un dîner savoureux et sain. Tout le monde avec un enthousiasme ascétique attend les heures précieuses. Même les restaurants ferment pendant la pause entre le déjeuner et le dîner, car le flux de visiteurs est sensiblement réduit.

Les exceptions sont autorisées que pendant les jours fériés, lors des déplacements au restaurant ou en cas de force majeure.

Les Français ont un proverbe, qui reflète fidèlement leur attitude envers la nutrition: „Bon repas doit commencer par la faim". En France, il n'est pas habituel de se taper la cloche. Ils se lèvent de la table avec la première sensation de satiété, sans attendre l'état de „ventre plein".

Selon l'Institut national de la statistique et des études économiques (l'Insee), un Français prend 2 heures 22 minutes par jour pour manger. Cela représente une augmentation de 13 minutes par rapport à 1986. Les hommes âgés sont assis à table le plus longtemps.

Les traditions de la cuisine française incluent l'utilisation fréquente d'ingrédients qui donnent une sensation de satiété durable. Il s'agit, par exemple, des pâtes de farine complète, légumineuses et des lentilles, du poisson et de la viande maigre, des légumes à feuilles vertes, ainsi que des aliments végétaux à haute teneur en fibres. Les graisses si aimées par les chefs français, aident aussi à retarder la faim. Grâce à eux, on ne veut pas manger jusqu'au dîner.

En fait, il n'y a pas de course pour les produits allégés et les margarines „légères" en France. Ici, les graisses animales sont tenues en haute estime (par exemple, le beurre avec 82% de matières grasses et plus est utilisé pour les croissants) et l'huile d'olive. Malgré le fait que les Français consomment abondamment les graisses saturées, leur indice de masse corporelle est le plus bas d'Europe occidentale. Le secret réside dans des portions miniatures. Les plats surchargés sont inacceptables en France. Ils mangent un peu ici. La récompense pour la retenue à la table est une figure mince.

Le petit déjeuner français est une véritable charge d'énergie et d'hormones de bonheur. Ce sont des croissants légers avec confiture et beurre, une tasse de café, une brioche croustillante chaude et du jus d'orange juste pressé! Le petit déjeuner est généralement servi jusqu'à 10 heures. Ceux qui se sont réveillés plus tard ne recevront plus de croissants - les cafés, les brasseries et les restaurants ferment leurs cuisines avant le dîner.

Pour le déjeuner en France, comme entrée, ils préfèrent une salade de légumes et comme le plat principal - un plat de viande ou de poisson du jour ou une soupe aux fruits de mer, légumes, champignons. Et bien sûr, le dessert.

Les Français sont très attachés à leur région. Si le magret de canard au four et le cassoulet sont populaires à Toulouse, alors le poisson et les fruits de mer (huîtres, escargots divers, moules) sont populaires à Bordeaux. En général, la région d'Aquitaine est le rêve des chefs, parce qu'il y a une large gamme de champignons. Il s'agit par exemple des cèpes, très nombreux en septembre et octobre, des truffes blanches et noires dont la saison tombe en hiver.

L'abondance de charcuteries et de fruits de mer de l'océan Atlantique est encourageante. Et bien sûr, Bordeaux est le berceau du vin français. Ici, le vin complète harmonieusement tous les plats, même les desserts. Chaque résident sait quel vin convient à un type particulier de fromage, poisson, viande. En France, deux verres de vin (un verre - 100 ml) pour une femme et trois pour un homme sont considérés comme la norme quotidienne.

Le dîner est sacré en France, car ce n'est pas seulement un repas, mais aussi une occasion de discuter. Que ce soit un café ou un restaurant, les Français dînent de 19 à 20 heures. Même au milieu de la semaine, de nombreux grands cafés sont pleins de clients à une heure du matin. Le dîner se compose d'une entrée, d'un plat principal et d'un dessert. Un plateau de fromages et du vin sont également servis. Dans les restaurants gastronomiques (par exemple, dans l'un des meilleurs restaurants de Bordeaux - „Le Pressoir d'Argent" de Gordon Ramsay, le dîner commence par une collation.

Puis, Il peut être suivi d'un plat d'entrée, comme tartare léger au caviar ou œuf poché au bacon, champignons et fines herbes, salade de crevettes roses, foie gras à la sauce aux figues. Le plat principal peut comprendre veau aux artichauts, risotto à la truffe blanche, filet de sole au chou-fleur et noix, turbot aux herbes, chevreuil au foie gras et chocolat, homard dans son jus aux champignons, qui doivent être complétés par une délicieuse sauce. Et à la fin - le meilleur dessert, comme crème glacée à la sauce vanille-rhum, sorbet au tartare d'ananas, dessert au caramel, souf-flé chaud aux notes de poire Williams, chocolat aux noix, plateau de fromages va-riés, café (le plus souvent décaféiné, moins souvent thé aux herbes) et mignardise (petits chocolats).

Chaque Français qui se respecte, achète des fruits, légumes et autres produits (sau-cisses, poissons et autres fruits de mer, pâtes, fromages) aux marchés. Vous pouvez y acheter un produit frais d'un fabricant à un prix très rentable. Ici, la majorité des Bordelais prennent leur petit-déjeuner le dimanche à 11h00, alors ils adorent la grasse matinée. Les marchés offrent un plateau d'huîtres, moules, crevettes, diverses paellas aux légumes et fruits de mer, jus de fruits juste pressés, vins. L'opinion qu'une personne mange pour vivre en France n'a aucun pouvoir. Ici, ils mangent pour le plaisir, savourent chaque morceau et chaque gorgée. Et ils le font bien: ava-ler sans mâcher un délicieux tartare de dorade, bouillabaisse, gratin ou coq au vin - c'est un sacrilège! En France, ils mangent lentement, accompagné d'un bon vin lo-cal.

En 1991, à la télévision américaine il y avait une phrase: „Voulez-vous être mince comme les Français? Buvez du vin!" Au cours des semaines suivantes, les ventes de cette boisson aux États-Unis ont augmenté de près de 50%. La tradition de boire du vin tous les jours aux États-Unis n'est pas enracinée, mais les Français n'en sont pas tristes. Ils accompagnent toujours presque tous les repas avec leur boisson pré-férée, et achetée pas dans le premier supermarché. Le vin dans la patrie de Napoléon n'est pas consommé pour rien. Pas une collation accompagne l'alcool, mais plutôt le vin aide à révéler et à souligner le goût du plat. Ils le boivent lentement, en dégustant soigneusement chaque note de goût et de parfum.

Au lieu de choisir entre le cheddar banal et sa version allégée au supermarché le plus proche, les Français optent pour le fromage à la fromagerie, le pain - à la boulangerie, le poisson et les fruits de mer - au poissonnerie et les croissants - à la pâtisserie. Le vin est également vendu dans des magasins spécialisés [15].

Il me semble parfois que la Provence est une berceuse de goûts, d'odeurs et de traditions culturelles qui peuvent conquérir le cœur de tous ceux qui viennent sur la Côte d'Azur à la recherche de l'harmonie spirituelle et du désir de trouver un équilibre intérieur, d'apprendre à apprécier le beau et d'être heureux d'avoir ce que le destin nous a accordé.

Aujourd'hui était une soirée de révélations, nous nous souvenions des moments les plus brillants passés ensemble, préparions le dîner, buvions du champagne, riions et admirions le coucher du soleil sur la terrasse de l'ancienne villa. C'était des moments particuliers qui chauffaient le cœur et nous rappelaient que l'essentiel n'est pas où nous sommes en ce moment, mais que nous vivons ces moments ensemble

Chapitre 9. L'artiste ne doit pas copier la nature mais prendre les éléments de la nature et créer un nouvel élément. Paul Gauguin

Aujourd'hui était une matinée magique en Provence. Je me suis réveillée quand la nature dormait encore et j'ai eu envie de faire des poèmes ou des peintures. L'aube en Provence ressemblait à un réveil au paradis. Le ciel aux tons violets, le soleil qui peignait l'horizon et l'air, respiré par des dizaines d'artistes talentueux nés ou venus en Provence en quête d'inspiration.

Les paysages de Provence ont inspiré Cézanne, Van Gogh, Picasso, Matisse, Cocteau et Gauguin. Alphonse Daudet a écrit ici le fameux „Tartarin de Tarascon".

Nostradamus a vécu à Saint-Rémy-de-Provence, Rabelais a étudié à l'Université de Montpellier, et Albert Camus a trouvé la paix pour toujours à Lourmarin. En Provence, Maupassant et Flaubert, Hemingway et Fitzgerald ont été inspirés.

La Provence n'est pas seulement le monde des contes et légendes, des vieilles croyances et des histoires vraies, c'est aussi le royaume de l'idylle, de la romance et de la magie.

En réfléchissant sur la terrasse spacieuse et en me cachant dans une couverture chaude, j'ai entendu les pas tranquilles de mon „Français" bien-aimé. Il s'est approché de moi, a posé ses mains sur mes épaules fragiles, touché doucement ma joue et a prononcé des mots qui pouvaient faire fondre la glace et réchauffer mon âme. Il a dit: „Je suis heureux à côté de toi, où qu'on soit. Le paradis est là où nous sommes bien ensemble".

La Provence est l'occasion de se plonger dans le monde des couleurs, de la chaleur, de la nature des contes de fées et de ressentir la puissance intérieure de l'inspiration, qui peut faire croire à chacun un conte de fées et que le paradis sur terre existe.

Pendant longtemps, nous nous sommes assis sur la terrasse, en nous cachant dans une couverture chaude et nous réchauffant dans un doux câlin. Il nous semblait qu'il n'y avait rien de plus beau que ces moments du monde. C'était les explosions d'émotions imprévisibles, le pouvoir des fantasmes intérieurs et le sentiment de tranquillité d'esprit qui nous donne l'amour très infini que nous avons pu maintenir pendant de nombreuses années.

Mon „Français" préféré a décidé de me gâter avec des myrtilles fraîches pour le petit déjeuner et de me surprendre avec mes iris préférés, cueillis par lui tôt le matin dans le jardin de la famille Duran. On dirait juste des baies mûres et une fleur douce, qui ressemble à un mélange de peintures dans l'atelier de l'artiste qui a accidentellement fait tomber la palette colorée sur le sol pendant son travail. Tout est assez simple et tellement harmonieux. Dans la nature, tout doit être harmonieux: les couleurs, les formes, les sentiments et même les pensées des gens.

Nous sommes tellement pressés de vivre que nous perdons tout simplement de vue la beauté qui nous entoure. Nous voulons voyager, nous rêvons de la mer, une promenade dans les champs, nous voulons escalader les montagnes et faire de la plongée pour voir le fabuleux monde sous-marin. Nous atteignons souvent nos objectifs, planifions des vacances tant attendues et oublions de „saisir le moment". Nous pensons à ce qui reste à faire demain, en oubliant que nous devons vivre aujourd'hui. Tout le temps, nous sommes à la recherche de quelque chose de nouveau, à la poursuite de rêves irréalisables au lieu de profiter de ce que le destin nous a donné.

C'est peut-être le „paradoxe de la vie". Nous discutons souvent avec mon compagnon que le concept de „bonheur" est assez subjectif. Il est impossible d'être une personne absolument heureuse, mais il est possible d'apprendre à regarder la vie différemment, à chercher la beauté dans les choses de tous les jours, à apprécier les petites choses et à penser positivement.

Ma grand-mère disait que les pensées se matérialisaient en acceptant ou en donnant de l'énergie vitale. Plus nous vieillissons, plus nous percevons rationnellement le monde qui nous entoure, bien que ce ne soit pas tout à fait correct. L'art n'est pas soumis au temps, par conséquent, une personne talentueuse perçoit le monde à travers un certain prisme d'expérience de vie, tout en restant un enfant joyeux qui aime tout: le sourire de la mère, la parole aimable du père et le soleil chaleureux.

Aujourd'hui, nous voulions consacrer notre journée au romantisme, à la poésie et au grand art de la peinture, qui est né en Provence avant même que ce lieu ne commence à attirer des touristes curieux du monde entier. Nous voulions toucher la vraie France de la Côte d'Azur, qui depuis de nombreuses années est chantée par de grands écrivains, poètes et capturée sur les toiles d'artistes amoureux de la Provence de tout leur cœur.

Aujourd'hui, nous avons décidé de nous rendre dans un endroit vraiment fabuleux, l'un des plus beaux villages, devenu le paradis des artistes pauvres et le point de départ de l'histoire de la peinture française, à Saint-Paul-de-Vence, qui est situé dans les montagnes, dans le sud de la France, en Provence, près de de Nice, Antibes et Grasse. Dans les années 20 du 20e siècle, Saint Paul de Vence a été choisi par des artistes parisiens, qui venaient ici pour le travail. C'était l'endroit préféré de Marc Chagall (il y a passé les dernières années de sa vie et a été enterré à Saint Paul de Vence), Paul Signac et Modigliani. En conséquence, l'hôtel où les artistes ont séjourné - „La Colombe d'Or" - est devenu propriétaire d'une collection de peintures de première classe des artistes les plus connus à l'époque. De nombreuses célébrités comme Greta Garbo, Brigitte Bardot, Sophia Loren, etc. ne manquaient pas l'occasion de visiter cet endroit.

Après que l'Empire romain soit tombé en décadence, il ne pouvait plus protéger les colonies côtières des incursions constantes des Sarrasins. Incapables de résister à leurs attaques, au 7e siècle, les habitants se sont retirés de la côte profondément dans le continent et ont commencé à construire des villes fortifiées dans les montagnes - les Villages perche, ou „nids de pierre". L'un de ces nids était Saint-Paul-de-Vence. En 1538, sur ordre de François Ier, la ville fortifiée a été entourée d'un mur.

L'apogée de Saint-Paul-de-Vence est arrivée au début du XXe siècle, lorsqu'elle a été découverte par des artistes parisiens, qui venaient souvent en ville. Parmi ces artistes figuraient Modigliani, Signac, Bonnard, Picasso, Dufy, Soutine, Marc Chagall, Utrillo et d'autres. Parmi les écrivains qui sont venus ici étaient André Gide, Cocteau, Giono, Jean-Paul Sartre. Plus tard, le „pèlerinage à Saint-Paul-de-Vence" a eu lieu parmi les stars mondiales du cinéma: Cayatte, Audiard, Romy Schneider, Roger Moore, Tony Curtis, Greta Garbo, Sophia Loren, Brigitte Bardot, Catherine Deneuve. Yves Montand et Simone Signoret se sont rencontrés puis épousé à Saint-Paul-de-Vence.

Les visiteurs ont séjourné à l'hôtel Le Robinson maintenant - La Colombe d'Or. Souvent sans financement, ils ont payé avec leurs travaux. Alors maintenant, sur les murs de l'hôtel, vous pouvez voir les œuvres d'artistes cultes de cette époque, et il y en a tellement, que l'exposition change périodiquement. L'hôtel „La Pergola" était également populaire. Plus tard - l'hôtel „La Résidence" (maintenant - „Le Café de la Place").

Marc Chagall a passé les 20 dernières années de sa vie à Saint-Paul-de-Vence. Il est arrivé en 1966 et est décédé en 1985, ses cendres reposent dans un cimetière local. Plusieurs de ses œuvres sont conservées à Saint Paul de Vence: la toile „Ma vie" et la mosaïque „Les amoureux", ainsi que la mosaïque sur le fronton de l'école, réalisée après la mort de l'artiste selon son dessin. Cette petite ville a également été choisie par Nicolas de Staël, un peintre français d'origine russe, l'un des plus grands maîtres de l'art européen d'après-guerre.

À Saint Paul de Vence, on peut voir de nombreuses œuvres des artistes les plus éminents du XXe siècle qui sont venus dans la ville. La Fondation Maeght, chef-d'œuvre architectural de Jose Luis Sert, décorée de mosaïques par Marc Chagall, est située dans la banlieue la plus proche. Ce musée est considéré comme le „Louvre de la Côte d'Azur" - de nombreux chefs-d'œuvre y sont stockés. Parmi les œuvres figurent des peintures de Matisse, Chagall, Braque, Bonnard, Kandinsky, Léger, des sculptures et des mosaïques de Giacometti, Miro, Calder.

L'un des sites les plus frappants de Saint-Paul-de-Vence est la chapelle du Rosaire, qui a été construite au milieu du XXe siècle. C'est Henri Matisse qui a conçu le projet et dessiné les croquis du futur bâtiment blanc. Au cours de la quarante et unième année du XXe siècle, l'artiste a subi une opération difficile, après quoi il a été pris en charge par la religieuse Marie-Ange. Pour un grand remerciement, l'homme voulait offrir un projet de chapelle à la ville. Pendant longtemps, certains croquis ont été remplacés par d'autres, beaucoup de papier a été gâté. Mais le projet de la future église est apparu. Le travail dur et la distraction de la maladie ont aidé le maître à guérir plus rapidement [33]. Peu après sa sortie, l'artiste s'est installé à

Nice, et a retourné à son hôtel. Il était pris en charge par l'infirmière Monique Bourgeois, qui a présenté Matisse au pasteur Pierre Couturier. Il était un ardent partisan de diverses réformes liées à l'art religieux. Grâce à leur étroite collaboration, une petite chapelle a été construite à Saint-Paul-de-Vence, qui attire toujours des touristes du monde entier avec sa décoration modeste, mais en même temps sophistiquée. Mais le principal point fort du monument architectural est les vieux vitraux qui, au soleil, commencent à jouer avec différentes couleurs.

Les créateurs parisiens ont commencé à venir ici, Signac, Bonnard, Utrillo et Modigliani sont devenus des invités réguliers de Saint-Paul-de-Vence. Lorsque la renommée de cet endroit s'est répandue dans tout le pays, l'hôtel „La Colombe d'Or" a été construit ici, où de nombreux visiteurs talentueux ont laissé leur travail en guise de rétribution. Depuis lors, Saint-Paul-de-Vence est considéré comme un lieu culte pour les adeptes des beaux-arts. Avec la renommée croissante du village provençal français, de nombreuses célébrités du cinéma, philosophes et écrivains célèbres de France ont commencé à venir ici. Jusqu'à présent, Saint-Paul-Vance reste un lieu populaire parmi les touristes, admirateurs de peinture ancienne.

En marchant dans les rues étroites d'un village français pittoresque, nous nous sommes arrêtés dans presque toutes les galeries d'art et studios privés, qui ne peuvent pas être ignorés par un touriste ou un résident de France.

Dans l'un de ces ateliers, nous avons passé plusieurs heures. J'étais tellement captivée par l'atmosphère de ce lieu et plusieurs portraits de jeunes femmes que je ne pouvais pas rester indifférente et j'ai demandé à la propriétaire de l'atelier de nous faire une petite excursion et de nous donner plus de détails sur les toiles et l'histoire du village pittoresque, qui a été représentés sur leurs toiles par des artistes amoureux du cœur de la Provence.

Chacune des peintures semblait me parler. Les yeux des jeunes filles étaient si profonds et émouvants qu'il semblait que chacune d'elles pouvait entendre et parler. Les visages ouverts, la perplexité et parfois une certaine fierté du regard des jeunes beautés, ne nous laissaient pas indifférents.

Il me semblait que nous nous étions déjà rencontrées quelque part, avions eu une conversation avec un verre de rosé froid, ri et marché dans les rues étroites de la Provence magique. Je ne voulais pas quitter cet endroit, en examinant les toiles de plusieurs côtés et observant la réfraction de la lumière, je pouvais clairement voir l'éclat dans les yeux des jeunes beautés. C'est quelque chose qui ne peut pas être exprimé par des mots, comme un jeu de lumière dans une pièce sombre, un reflet des éclats sur le mur et une certaine atmosphère de solitude et d'harmonie avec le monde extérieur et intérieur.

Mon „français" préféré m'a regardé en silence parler avec mes yeux aux toiles. Il ne voulait pas interrompre la conversation avec des inconnues, mais je lui manquais follement, il m'a pris la main, en réalisant que j'étais mentalement loin, probablement en Provence, mais seule, en réfléchissant à la beauté de la nature et à l'atmosphère magique de la Côte d'Azur.

Je voulais écrire des livres, danser, pleurer de bonheur et l'occasion de respirer l'air de la Provence, qui avait inspiré des artistes pour créer des chefs-d'œuvre de la peinture et les avait fait revenir encore et encore dans une petite France chaleureuse sur la Côte d'Azur.

Impressionné par la ville magique de Saint-Paul-de-Vence, je voulais vraiment respirer profondément, savourer l'air que respiraient les artistes doués en leur temps, qui avaient autrefois quitté maisons à la recherche du beau et avaient fait un long voyage pour la vie. Chacun de nous commence probablement tôt ou tard son voyage à la recherche de quelque chose d'important, de spécial, de beau et d'insolite. Certains d'entre nous sont destinés à trouver la réponse à la question éternelle: que signifie pour moi le concept de „bonheur", „amour", „temps". Peut-être nous passons une éternité à chercher des „idéaux" et des „réponses" fatidiques. Le plus souvent, nous ne sommes pas destinés à trouver des réponses à ces questions. C'est la vie! - comme disent les Français! À ce moment, mon cœur a tremblé et j'ai pensé à un homme dont je tenais beaucoup. Nous nous connaissions depuis plus de dix ans et pour moi cette personne était „spéciale".

C'est une artiste talentueuse (Olga Biloshenko) amoureuse de la vie. En rencontrant Olga, une personne ouvre une porte secrète sur le monde de l'art, la beauté, l'harmonie, l'amour. Pour comprendre son style, apprendre à parler avec des tableaux, il faut d'abord pouvoir aimer et apprécier le temps précieux de nos vies. Elle est amoureuse de l'art et s'est pas consacrée à la peinture. La particularité de ses tableaux est qu'ils font tous partie de l'âme humaine, capables de pleurer et de rire, d'aimer et de souffrir, de rêver et de ressentir profondément les gens qui sont proches d'elle. Dans mes pensées, il y a l'image d'une belle jeune fille qui vit par le pouvoir des pensées, des sentiments et des émotions. C'est comme si elle se décollait de la terre et planait dans le ciel. En ressentant les sentiments d'amour les plus forts, elle semble s'éloigner du monde réel et elle part à la recherche du beau. Son vol est rapide et concentré. Elle croit aux rêves et se précipite dans le monde des fantasmes et des rêves. Sous ses pieds, les toits des maisons, les tours des horloges disparaissent, ce qui symbolise une certaine liberté, l'indépendance du temps et des obligations quotidiennes. Dans la poche de sa robe, vous pouvez voir les pinceaux à dessiner. Chacun d'entre nous peut faire beaucoup quand il est amoureux. On a envie de chanter, de danser, d'écrire des peintures ou des livres. Peut-être que cette fille est une sorte de muse. Il est impossible de l'attraper, mais vous pouvez l'inviter dans votre vie. Pour ce faire, il faut souvent rêver, remarquer la belle, saisir l'instant et croire en l'amour.

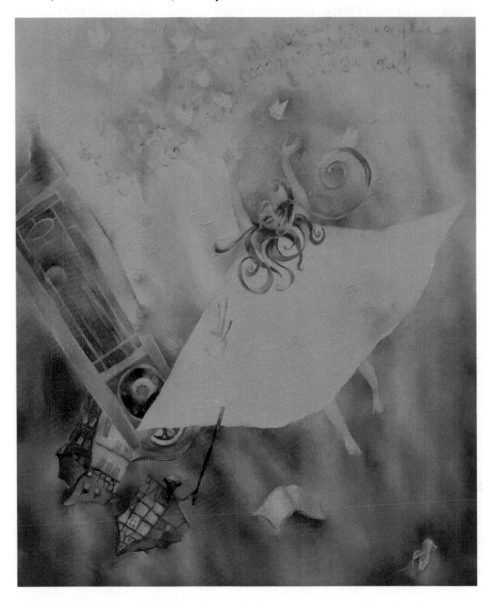

© Photo Olga Biloshenko

Après avoir parlé avec la propriétaire, avoir fait une excursion et profiter de l'atmosphère magique, j'ai voulu aller dans un petit café confortable, quelque part à la périphérie d'un petit village, profiter des chauds rayons du soleil et partager mes impressions avec mon cher „Français". La propriétaire du studio nous a conseillé l'un des restaurants confortables situés sur la grande place du village avec une grande terrasse d'été et une vue imprenable sur les Alpes.

Steak de thon et ses petits légumes

Ingrédients (pour 2 pers)

120 g de filet de thon, 15 g d'oignons violets (coupés), 20 g de tomates, 2-3 gousses d'ail, 1 poivron rouge, 1 poivron vert, 1 poivron jaune, 10g d'huile d'olive, 5 g de sauce d'huître, citron, 1g de sucre, 10 g de bouillon de poulet, 40 g de sauce à la menthe, 5g de persil, 3g de graines de sésame

Pour la sauce à la menthe

30g de sauce chili douce, 10g de sauce tomate aux épices et piment, 10g de jus de citron vert, 5g de menthe (haché finement)

Préparation

Dans une poêle chaude, faite cuire 2 minutes de chaque côté, préalablement salé et poivré, le filet de thon, puis mettez-le au four.

Faites frire les légumes dans une autre poêle dans de l'huile d'olive. Lorsque les légumes sont à moitié prêts, ajoutez-y la sauce d'huîtres, le sucre et le bouillon de poulet, puis amenez tout à l'état de préparation et broyez avec un mélangeur pour obtenir une masse.

Mettez les légumes au fond de l'assiette, le filet de thon sur le dessus, verser la sauce à la menthe réchauffée, ajoutez le jus de citron. Vous pouvez décorer le plat avec du persil, des gousses d'ail et des graines de sésame [34].

Nous avons commandé une bouteille de vin blanc et, en attendant des collations légères de poisson, impressionnés par la visite de la galerie et l'atmosphère magique du village pittoresque, nous avons apprécié chaque minute passée au paradis, quelque part sur la Côte d'Azur, en Provence magique. Aujourd'hui, nous avons choisi les Saint-Jacques, le filet de thon aux légumes à la sauce tomate et les muffins aux myrtilles comme dessert provençal classique.

La Provence est une berceuse de cuisine familiale, dont les recettes se transmettent de génération en génération, de grand-mère à fille, en utilisant uniquement des produits frais et locaux et, bien sûr, l'amour pour la cuisine française. Notre déjeuner a duré plusieurs heures; comme le suggère la culture de la cuisine française, nous parlions, riions, partagions nos impressions et faisions des projets pour l'avenir.

Nous étions touchés par la culture de la Provence ensoleillée. J'étais touchée aux larmes par un certain amour et une certaine personnalité, avec lesquels certains délices culinaires ont été préparés pour les invités de la côte sud. C'est dans ces moments que nous voulions „arrêter le temps", „attraper le moment" et être reconnaissants au destin pour les meilleurs moments passés dans le coin paradisiaque de la petite „planète Provence".

Cupcakes aux myrtilles nappés de glaçage

Ingrédients (pour 2 pers)

2 œufs, 50g de beurre, 150g de sucre, 5g de vanilline, 100ml de lait, 4g de levure chimique, 180g de farine, 200g de myrtille, sel

Préparation

Battez les œufs, le lait et le beurre fondu dans un bol. Ajouter la farine tamisée, la levure chimique, le sucre et la vanilline. Mélangez. Ajoutez des myrtilles. Mélangez bien la masse.

Étalez la pâte dans des petits moules à pâtisserie et mettez-les au four préchauffé à 190 degrés pendant 25 minutes.

Mettez les muffins dans une assiette. Bon appétit!

En profitant du dîner et en dégustant les vins locaux, nous avons longuement parlé de voyage l'année prochaine aux endroits où les artistes avaient vécu et écrit leurs meilleures œuvres. Nous avons eu de nombreuses idées intéressantes, qui aideront non seulement à s'inspirer du pittoresque sud de la France, mais aussi à familiariser plus en détail avec le patrimoine culturel de la Provence.

Nous avons rappelé des artistes célèbres, les circonstances de leur vie, des faits connus du grand public et quelques petits détails de la vie personnelle de grands personnages amoureux de tout leur cœur dans la perle de la Côte d'Azur. Les représentants les plus marquants du patrimoine culturel de la Provence magique: Paul Cézanne, Van Gogh, Marc Chagall, Pablo Picasso, Claude Monet, Auguste Renoir.

Notre déjeuner a duré plusieurs heures; comme le suggère la culture de la cuisine française, nous parlions, riions, partagions nos impressions et faisions des projets pour l'avenir.

Nous étions touchés par la culture de la Provence ensoleillée. J'étais touchée aux larmes par un certain amour et une certaine personnalité, avec lesquels certains délices culinaires ont été préparés pour les invités de la côte sud. C'est dans ces moments que nous voulions „arrêter le temps", „attraper le moment" et être reconnaissants au destin pour les meilleurs moments passés dans le coin paradisiaque de la petite „planète Provence".

En profitant du dîner et en dégustant les vins locaux, nous avons longuement parlé de voyage l'année prochaine aux endroits où les artistes avaient vécu et écrit leurs meilleures œuvres. Nous avons eu de nombreuses idées intéressantes, qui aideront non seulement à s'inspirer du pittoresque sud de la France, mais aussi à familiariser plus en détail avec le patrimoine culturel de la Provence.

Nous avons rappelé des artistes célèbres, les circonstances de leur vie, des faits connus du grand public et quelques petits détails de la vie personnelle de grands personnages amoureux de tout leur cœur dans la perle de la Côte d'Azur. Les représentants les plus marquants du patrimoine culturel de la Provence magique: Paul Cézanne, Van Gogh, Marc Chagall, Pablo Picasso, Claude Monet, Auguste Renoir.

Paul Cézanne

La perle de la collection d'art de la ville, le célèbre Atelier de Cézanne, est un ancien atelier de l'artiste qui stocke des outils créatifs, des objets utilisés pour des natures mortes, plusieurs toiles finies, et surtout, l'atmosphère qui régnait dans ces murs pendant la vie de l'artiste.

La prise de conscience que vous pouvez toucher le grand, faire partie de l'histoire et plonger dans l'atmosphère de créativité rend ce lieu spécial, une sorte de temple du grand art. Même une personne non liée à la peinture, ayant visité l'Atelier d'un grand génie, ne pourra rester indifférente à la créativité et au talent de l'artiste.

Aix-en-Provence, la ville natale du peintre impressionniste Paul Cézanne, est située à proximité, à seulement 25 km de Marseille. Paul Cézanne est né dans cette ville, et toute sa vie a été liée à lui. C'est là que Cézanne est enterré au cimetière de Saint-Pierre.

A Aix-en-Provence, il existe plusieurs lieux qui gardent la mémoire de Paul Cézanne. On peut dire que c'est une ville musée qui a conservé la mémoire de l'artiste. Dans les rues, vous pouvez voir des panneaux spéciaux indiquant le chemin sur lequel l'artiste a marché. Et vous pouvez suivre les traces du grand maître. Par exemple, vous pouvez visiter l'école où Cézanne a étudié, un café dans lequel il a pris rendez-vous avec des amis, les maisons, où il était.

En ville, l'atelier de Cézanne a été conservé sur l'une des collines environnantes. C'est elle qui est une petite maison-musée. Dans cet atelier Cézanne a travaillé les quatre dernières années de sa vie depuis 1902. Vous devez visiter cet endroit et voir de vos propres yeux les affaires personnelles de l'artiste, son chevalet, ses lettres, ses croquis. Les dernières peintures célèbres, comme par exemple, „Grands baigneurs", ont été peintes dans l'atelier.

En plus de l'atelier de Cézanne, il vaut la peine de visiter avec visite sur rendez-vous une maison de campagne de Cézanne, qu'il a vendue pour payer les dettes familiales après la mort de ses parents. C'est la Bastide du Jas de Bouffan, composé d'une petite maison et d'un magnifique parc. La maison est équipée d'une exposition interactive d'œuvres de Cézanne.

Le complexe montagneux de la Sainte-Victoire est également intéressant, dont les sommets sont représentés dans plusieurs tableaux de Cézanne. C'est là que se trouvent d'anciennes carrières abandonnées qui attiraient Cézanne par sa forme et sa couleur.

Voyager sur les traces de grands peintres est une formidable façon de découvrir les secrets de l'art, si différents et si sincères. Un art qui donne pour toujours au monde la beauté et une idée d'une personne dont les impulsions sont illimitées, et le talent est simple et grand à la fois.

Van Gogh pensait que chaque artiste devait venir à Arles. C'est dans cette ville provençale qu'il trouve ce soleil passionné et ses riches couleurs naturelles qui donnaient vie à ses tableaux. L'azur profond du ciel, la transparence de l'air du sud, le vert dense des arbres et l'éclat luxuriant des fruits de Provence l'ont captivé plus que la perfection de l'architecture d'Arles héritée des Romains.

Tout d'abord, Vincent s'est installé dans une maison jaune de la place Lamartine. Malheureusement, cette maison n'existe plus depuis longtemps, car elle a souffert lors des bombardements de la Seconde Guerre mondiale, mais elle vivra toujours sur le tableau de Van Gogh „La Maison Jaune". Ici, l'artiste a travaillé sur ses „Tournesols" et la série „Chambre à Arles".

Les peintures du grand artiste hollandais attirent beaucoup d'attention par la lumière extraordinaire et des couleurs brillantes. C'est la peinture de Van Gogh est dans l'obligation du soleil et la beauté de la Provence, où il a créé ses meilleurs tableaux.

Bien que la maison jaune n'ait pas survécu, les admirateurs de Van Gogh ont aujourd'hui l'occasion de voir personnellement d'autres endroits capturés dans ses peintures. Le plus célèbre d'entre eux est le Café la Nuit sur la Place du Forum, facilement reconnaissable de loin par la façade jaune vif et la foule de touristes. C'est cet établissement que l'on voit dans le célèbre tableau „Terrasse du café le soir".

Parmi les autres objets d'Arles, que Van Gogh a peints il y a les Arènes d'Arles - un amphithéâtre du centre-ville, situé au 1 Rond-Point des Arènes, et la nécropole romaine d'Alyscamps sur l'avenue du même nom. Vous pouvez voir l'un des meilleurs modèles de Van Gogh - la nuit étoilée de Provence, représentée sur le tableau „Nuit étoilée sur le Rhône", assis sur la rive du fleuve après le coucher du soleil.

Plusieurs œuvres de l'artiste sont consacrées à la période difficile de sa vie à Arles - son séjour dans un hôpital sur la Place du Docteur Felix-Rey, où il a fini après avoir tenté de se couper l'oreille. Aujourd'hui, sur le site de l'hôpital se trouve l'Espace Van Gogh, et dans sa cour vous pouvez voir le jardin, entièrement recréé sous la forme dans laquelle il est représenté dans les peintures de l'artiste.

Au fait, la place elle-même porte le nom du médecin traitant Van Gogh, qui a fait beaucoup d'efforts pour rétablir la santé mentale de son brillant patient. Les tableaux „La cour de l'hôpital d'Arles" et „Portrait du docteur Rey" rappellent cette période difficile.

Une fois, Van Gogh a voulu voir la mer contre un ciel bleu, et il s'est rendu dans le village voisin de Saintes-Maries-de-la-Mer à la périphérie de la réserve naturelle de Camargue. Pendant cinq jours, il a regardé les bateaux et a dessiné, dessiné, dessiné.

Dans les dessins de Saintes-Maries-de-la-Mer, on peut voir à quel point il perfectionnait ses compétences. Plusieurs paysages marins y ont été créés, comme „Paysage marin à Saintes Maries" et „Bateaux à Saintes Maries".

Hélas, le climat et la beauté de la Provence ont parfaitement influencé l'inspiration de l'artiste, mais pas sa santé mentale. Les périodes de rémission ont été remplacées par les prochaines attaques. L'état de Van Gogh s'est particulièrement aggravé après que Paul Gauguin, qui a vécu avec lui pendant un certain temps, a décidé de quitter Arles.

C'était la dernière goutte: du sentiment d'abandon et de solitude, l'artiste a subi une rechute. Le traitement habituel n'a pas aidé et Van Gogh a été placé dans une clinique psychiatrique Saint-Paul de Mausole à Saint-Rémy-de-Provence.

Malgré son état grave, il a continué à peindre. A Saint-Rémy-de-Provence, il semblait revisiter le charme des paysages de Provence, et son talent s'est révélé en force. Ici, l'artiste a peint une autre „Nuit étoilée", une série d'iris, „Branches d'amandes fleuries", „Pietà" et plusieurs de ses autres meilleures œuvres.

Aujourd'hui, vous pouvez visiter le monastère-hôpital de Saint-Rémy-de-Provence, voir la célèbre cour, les iris fleuris et la lavande, un monument à Van Gogh, ainsi que visiter la salle de l'artiste.

Van Gogh a passé un peu plus d'un an dans la clinique et au cours de cette période il a créé une centaine de travaux qui expriment avec une puissance extraordinaire sa passion pour la vie, Provence et pour sa vocation.

Lors de la rémission Van Gogh a demandé à être libéré de la clinique à Arles, mais les habitants de la ville ont demandé au maire de les protéger de l'artiste déséquilibré et ont écrit une pétition à cette occasion. Van Gogh a quitté la Provence pour aller à Paris.

Marc Chagall

Le petit musée de Marc Chagall a ouvert ses portes en 1973 à Nice. L'apparition du musée de l'artiste russe en France deviendra logique, si on parle un peu de sa vie.

À partir de 1910, à Paris un étudiant doué a reçu une bourse pour étudier l'art de la peinture. C'est à Paris que le pseudonyme est apparu - Marc Chagall.

Chagall a étudié dans plusieurs écoles d'art, visité des musées et des expositions, rencontré personnellement de nombreux artistes célèbres. Au cours de ces années, les peintures de Chagall ont été créées telles que „Violoniste", „Paris par la fenêtre", „Moi et le village", „Au-dessus de Vitebsk". Ils reflètent les impressions parisiennes de Marc Chagall et ses souvenirs de sa patrie.

Bientôt Chagall est retourné en Russie et y a vécu pendant plusieurs années, d'abord reconnu et glorifié par la révolution, puis rejeté. Par conséquent, dans les années 1920, il est retourné à Paris, où il est devenu célèbre et heureux. Après avoir émigré aux États-Unis pendant les années de guerre, Chagall est revenu à Paris en 1945 et y a travaillé jusqu'à la fin de ses jours.

La collection du musée à Nice a commencé avec 17 œuvres de Chagall sur des motifs bibliques, puis la collection a été reconstituée avec d'autres œuvres réalisées dans différentes techniques, également sur des sujets de la Bible: „l'Arche de Noé", „La création de l'homme", „Adam et Eve chassés du Paradis" et d'autres œuvres sur Histoires de l'Ancien Testament.

Ces peintures ont été créés après le voyage de Chagall en Palestine dans les années 30 et étaient importantes pour l'artiste, car elles l'ont aidé à se comprendre, dans son âme, sa foi et ses visions du monde.

Pablo Picasso et la ville où „ils savent vivre avec plaisir"

Le fondateur du cubisme dans la peinture, Pablo Picasso, connu dans le monde entier, a vécu ces 27 dernières années sur la Côte d'Azur. Son arrivée à Antibes a eu lieu en 1939, puis le créateur a décidé de s'installer dans ce coin pittoresque. Il a choisi le château de Grimaldi comme lieu de résidence et travaille sur des œuvres d'art remarquables. Picasso croyait que c'était dans cette ville que les habitants comprenaient vraiment ce qu'était la joie de vivre. Un séjour dans ce domaine a inspiré le peintre français pour créer la toile „Joie de Vivre" et environ 150 tableaux. Ils tous se trouvent au musée du château de Grimaldi. Une reproduction du maître intitulée „Pêche de nuit à Antibes" se trouve dans le bastion de Saint André. L'artiste l'a créé à l'époque de sa première visite ici. Si la plupart de ses toiles sont dominées par des formes abstraites, alors sur ce tableau les tours de la forteresse d'Antibes sont clairement visibles. Le célèbre peintre a également vécu dans la belle ville de Vallauris, et Mougins, la luxueuse villa de Notre Dame de Vie, est devenue son dernier refuge terrestre. Le musée, où vous pourrez admirer les célèbres toiles de Picasso, est situé sur la Place Mariejol.

Le fondateur du célèbre mouvement de peinture - l'impressionnisme - Claude Monet - aimait appeler Antibes „le soleil doré". C'est dans cette magnifique région que l'artiste a peint „Antibes, vue du cap, vent de mistral". Cette œuvre a eu un grand succès lors de l'exposition de Paris de 1889. Monet a noté que l'air d'Antibes était étonnamment transparent et brillant. Les chercheurs de son travail sont sûrs que c'est lui et d'autres impressionnistes qui ont su transmettre au monde la beauté étonnante des paysages urbains.

Monet est à juste titre appelé le maître de la lumière et de l'ombre. Il pensait qu'il participait à une bataille avec une lumière incroyable, et qu'il fallait de l'or et des bijoux pour le recréer sur la toile. Le Créateur, étant à Antibes, a créé trois tableaux à la fois. L'une d'elles, appelée „Antibes effet d'après-midi", orne la promenade de la ville.

Giverny est le nom de la ville, située à 7 km de Vernon et connue dans le monde entier grâce au nom de Claude Monet. De 1883 à 1926, le peintre impressionniste Claude Monet a vécu dans une maison qui est désormais devenue musée. Dans la maison, vous pouvez voir une collection d'art japonais collectée par Monet, mais il n'y a pas de peintures de l'artiste lui-même. Chaque visiteur a la possibilité de voir le jardin que Monet avait planté sur un hectare de terre par ses propres mains - un jardin de paradis sur terre.

À Giverny, nous avons le droit de voir la nature entourée par ses yeux, de voir dans le jardin, les arbres, les couleurs de ces peintures, les impressions que Monet transmettait sur ses toiles.

Même pendant la vie de l'artiste, le jardin était divisé en deux parties par le chemin de fer, puis par l'autoroute. Le jardin est maintenant divisé en deux parties: dans l'une il y a une maison rose avec des volets verts, dans l'autre il y a un étang avec des canaux et des ponts.

Les peintures que Monet a peintes à Giverny sont exposées à Moscou au Musée de Pouchkine, par exemple, „Série des Cathédrales de Rouen", „Les Pyramides de Port-Coton, mer sauvage", „Meule à Giverny" et bien d'autres.

Amoureux de Nice, Henri Matisse.

Depuis 1917, le fondateur du fauvisme, Henri Matisse, a vécu à Nice. Il adorait de tout cœur cette belle ville, située sur la Côte d'Azur. L'artiste a été impressionné par l'éclairage "doux et fin" des rues de ce paradis terrestre. Ici, le maître a créé son chef-d'œuvre - la série „odalisque", connue de tous les admirateurs de son travail, un grand nombre de peintures qui montrent des vues de fenêtres et des intérieurs exquis. C'est à Nice que Matisse s'est senti comme une personne libre et heureuse.

La maison-musée d'Henri Matisse dans la ville de Nice sur la Côte d'Azur est située dans un endroit étonnamment pittoresque avec des fragments de bâtiments de l'époque de la Rome antique et un beau lac. La maison-musée elle-même est un bâtiment historique, conservé du XVIIe siècle, quand elle a été construite pour le consul de Nice [35].

Le musée de l'artiste est apparu ici au début des années 1960. Et c'est la plus grande collection d'œuvres de Matisse - des premiers aux derniers. Les salles du musée dévoilent toutes les facettes du talent du maître: graphisme, céramique, œuvres sculpturales, peintures, collages, ainsi que des croquis d'œuvres que Matisse a réalisées pour décorer la chapelle de la ville de Vence.

Matisse a vécu dans cette maison depuis 1918 pendant près de 40 ans et y a créé pendant si longtemps un monde unique. On peut se familiariser avec la personnalité de l'artiste à partir des livres qu'il avait lus, des photographies qu'il avait placées dans les chambres, des objets d'intérieur et des objets personnels.

Du musée, vous pouvez aller à la tombe de l'artiste, qui a été enterré dans le cimetière du monastère de Cimiez.

Pierre-Auguste Renoir

Le célèbre maître du portrait a d'abord visité la Côte d'Azur en 1883. Le célèbre graphiste et sculpteur Auguste Renoir admirait les oliveraies ensoleillées. Ici, un peu plus tard, le peintre a décidé de s'installer longtemps et a construit une maison. A ce jour, un musée a été ouvert pour les visiteurs à Cagnes-sur-Mer, dans lequel rien n'a changé dans le cadre de l'époque du maître, y compris l'intérieur de son atelier. Un artiste connu dans le monde entier a commencé à créer des sculptures, que même l'arthrite en croissance rapide ne pouvait pas le déranger. C'est dans le musée que chacun peut admirer la sculpture de la Vénus Victorieuse, ainsi que voir les affaires personnelles du célèbre artiste.

L'artiste a acquis cette maison dans le sud de la France en 1907, en espérant que le climat méditerranéen aiderait à éliminer les douleurs rhumatismales. Le déménagement n'a pas aidé Renoir à guérir de sa maladie; au cours des dernières années de sa vie, il a été confiné dans un fauteuil roulant. Malgré une douleur constante au cours des sept dernières années de sa vie, l'artiste a continué à peindre, même lorsque ses doigts ont cessé de se plier et qu'il ne pouvait pas prendre un pinceau sans aide.

Le bâtiment lui-même n'est pas impressionnant par sa taille ou par sa décoration extérieure, Renoir a acheté une simple ferme du XIXème siècle, située sur la côte méditerranéenne et entourée d'oranges et d'oliviers. Un peu plus tard, il a construit une autre petite maison voisine avec de grands ateliers lumineux.

La maison-musée a complètement préservé les intérieurs de l'époque où le grand maître de l'impressionnisme vivait. Les visiteurs peuvent voir les objets personnels de l'artiste et des membres de sa famille, un grand nombre de photographies, et de véritables chevalets. L'espace du musée expose non seulement les peintures de l'artiste, mais aussi des sculptures. La collection d'œuvres sculpturales de Renoir à Cagnes-sur-Mer est la plus importante au monde.

Les peintures originales représentent une maison, le jardin, la ville, la mer, et les collines, dont la vue s'ouvre par les fenêtres. En plus des œuvres de Renoir, le musée présente les œuvres de certains de ses contemporains, par exemple Maillol, Bonnard et d'autres.

Chaque toile de grands artistes est une histoire distincte, une vie passée en Provence, des pensées, des rêves qui reflètent si clairement l'amour du sud de la France et la nature magique de la Côte d'Azur.

La Provence est une très belle partie de la France. Ici, vous pouvez trouver quelque chose pour tous les goûts, que ce soit l'exploration de sites archéologiques ou l'exploration de paysages spectaculaires, la recherche de patrimoine culturel ou vous-même.

Saint-Paul-de-Vence m'a ouvert les „portes" dans le monde merveilleux de l'art, en lien direct avec l'amour de la nature magique de la Provence, des gens et des traditions. J'avais l'impression que dans l'air, on pouvait sentir une certaine „douceur" des notes créatives, la „légèreté" des pensées et „l'amertume" de la perte d'artistes doués, qui avaient autrefois changé leur vie et sont venus en Provence à la recherche „d'eux-mêmes".

Chacun de nous doit se retrouver et comprendre l'essence de l'existence. Nous sommes dans la recherche éternelle de l'harmonie spirituelle, et peu d'entre nous ont la possibilité de comprendre „qu'est-ce que le bonheur?"

Aujourd'hui, nous avons décidé de prolonger le monde de la lumière, de la peinture, des odeurs et des impressions vives. Nous ne sommes pas rentrés à la villa, mais nous sommes allés dans la ville voisine de Grasse, la capitale de la parfumerie de Provence, où nous avions réservé à l'avance un petit hôtel avec un petit jardin, noyé de fleurs et de verdure. Nous ne pouvions pas nous endormir longtemps, alors nous sommes sortis dans le jardin, pour profiter du ciel étoilé de Van Gogh, respirer les arômes de la lavande et, sous une couverture chaude, écouter les battements de nos cœurs, sincèrement amoureux de la Provence.

Chapitre 10. Le parfum d'une femme en dit plus sur elle que son écriture. Christian Dior

Ce matin a commencé par l'odeur de lavande et les arômes magiques d'herbes et d'huiles, qui sont la marque de la Provence. Mon „Français" et moi, nous sommes endormis tard, donc pendant un certain temps, après le réveil, nous étions encore dans le lit faisions des plans pour la journée à Grasse.

Après avoir ouvert la fenêtre, mon „Français" a souri aux premiers rayons du soleil, m'a regardé avec le sourire d'un amoureux et a dit une phrase qui restera à jamais dans ma mémoire. Il a dit: „La Provence est sans aucun doute belle, mais nous sommes heureux de savoir aimer de tout notre cœur".

La Provence est capable de nous faire amoureux d'elle-même à première vue, de vous remonter le moral et même de changer votre vie pour le mieux, mais pour être vraiment heureux, vous ne pouvez donner de l'amour et percevoir le monde qu'à travers le prisme de la chaleur du cœur et de l'harmonie intérieure.

Chacun de nous a sa propre moitié, une personne qui est née avec „votre" âme et cœur, pensant et percevant le monde avec „vous" en une seule tonalité. C'est comme trouver votre propre arôme exclusif, une odeur inhérente uniquement à „vous" seul. Il est étonnant que cette odeur même soit capable de devenir le premier pas intuitif vers votre âme sœur, donnant un signal et permettant de comprendre que vous n'êtes pas seul dans ce monde. C'est ce sentiment „d'unité" et de „plénitude" que nous avons vécu avec mon bien-aimé „Français" lors de la première rencontre.

Notre voyage à Grass n'a pas été accidentel, aujourd'hui nous avons décidé de trouver une odeur spéciale qui refléterait notre monde intérieur et nous rappellerait que nous étions devenus une partie intégrante de la fabuleuse Provence.

Après un petit-déjeuner français léger dans un petit jardin d'hôtel confortable, nous, en se tenant par la main, sommes partis se promener par la ville dans les recherches des meilleurs parfums et en jouissant les odeurs d'huiles essentielles, de lavande, de roses provenant de presque toutes les parfumeries de la vieille ville.

La ville de Grasse compte 60 productions de parfums pour 48 000 habitants. Ici, Ils produisent la plupart des huiles aromatiques pour les parfums français; le légendaire parfum Chanel n 5 est né ici, et c'est ici que l'action du roman de Patrick Süskind „Parfumeur" se déroule.

Autrefois à Grasse s'occupaient du tannage du cuir. On ne sait pas qui a conçu l'imprégnation du cuir avec des huiles aromatiques: soit les artisans italiens qui sont venus ici ont proposé d'imprégner les gants avec des huiles aromatiques, soit la mode a été introduite par Anne d'Autriche (dans son pays natal, en Espagne, des sachets en cuir aromatisé ont été utilisés). D'une manière ou d'une autre, l'aromatisation du cuir a donné l'impulsion au développement de la parfumerie: déjà à la fin de XVIII siècle dans la ville était près de 20 parfumeurs. La fierté locale est le jasmin et la rose a cent feuilles.

À Grasse, vous pouvez visiter le musée du parfum et les usines de parfums les plus célèbres, mais peut-être le plus intéressant est la parfumerie, où tout le monde peut créer et ramener à la maison une bouteille de parfum de sa paternité (50 ou 100 ml). En même temps, leur formule restera en usine: une fois la bouteille terminée, ils pourront vous en envoyer une nouvelle. Les usines les plus grandes et les plus célèbres de Grasse sont trois - Galimard, Fragonard et Molinard, et chacun a son atelier.

Grasse est connue depuis le XIe siècle. En 1125, il est devenu la résidence de l'évêque d'Antibes. Grass était une ville épiscopale. Il échangeait avec Gênes et Pise, et en 1482, avec Provence, la ville est devenue partie de la France. La ville de Grasse est également connue pour le fait qu'en 1815 Napoléon Ier Bonaparte a débarqué dans la baie de Golf-Juan et avec une petite armée s'est rendu à Paris pour son „ Cent-Jours". Et dans l'imprimerie de Grasse, un appel a été lancé au peuple et à l'armée. Et dans l'imprimerie de Grasse, un appel a été lancé au peuple et à l'armée. Yvan Bunin a vécu à Grasse pendant un certain temps, et Édith Piaf est morte ici le 10 octobre 1963. La reine Victoria aimait également se détendre à Grasse.

Dans la partie centrale de Grasse, il y a une place avec la cathédrale de Notre-Dame-de-Puy, où vous pouvez voir plusieurs œuvres du jeune Rubens. Et à Grasse il y a une fontaine en forme de flacon de parfum.

Et c'est sans aucun doute l'attraction principale de cette ville. Non, bien sûr, pas la fontaine. Flacon et Parfum. Parfumerie. Si vous avez lu le roman „Parfumeur" de Patrick Süskind, cette ville devrait vous être familière. Après tout, c'est à Grasse que se déroulent les principaux événements du roman.

La parfumerie a commencé à se développer à Grasse à partir du XVIe siècle. Au Moyen Âge, les artisans s'installaient à Grasse, et la plupart d'eux étaient des gantiers. Ce sont eux qui ont eu l'idée de rendre leurs produits, leurs gants, plus attrayants, donc ils ont commencé à les parfumer. Ainsi la gloire de la capitale de parfumerie de l'Europe, „Rome des parfums" est venue à Grasse. Au XXe siècle, à Grasse, il y avait trois usines de parfums de renommée mondiale qui fournissaient des parfums à presque tous les coins de l'Europe.

Et aujourd'hui, des parfums sont également produits à Grasse. Dans les rues de cette ville, vous trouverez de nombreuses parfumeries qui vendent des parfums, des bougies, du savon. Et dans certains d'entre eux, vous pouvez vous essayer en tant que parfumeur, essayer de créer votre propre parfum.

A Grasse, il y a des musées, des musées du parfum - Fragonard et le Musée International de la Parfumerie. L'exposition du Musée International de la Parfumerie est assez vaste et permet de retracer l'histoire des parfums à partir du moment où les premiers parfums ont commencé à être utilisés en Europe, dont le but était de masquer l'odeur désagréable de la sueur, et jusqu'à aujourd'hui, quand la fabrication de parfums est devenue un véritable art.

Le musée Fragonard existe dans une ancienne parfumerie assez ancienne, dont l'histoire remonte au XVIIIe siècle. Aujourd'hui, l'usine est dirigée par trois sœurs. Parfumerie - une entreprise familiale. Et le musée de l'usine a obtenu son nom en 1926. Il a été nommé d'après Jean-Honoré Fragonard, un artiste de ces lieux. L'usine a également été renommée et s'appelle désormais Fragonard. Le musée de cette marque, bien que peu important, est très instructif. Appareils de distillation, flacons, balances, et aussi beaucoup de photographies qui ont une histoire de plusieurs siècles sont rassemblées en un seul endroit. Aujourd'hui, Grasse est une ville tranquille, une ville des esprits, la capitale des parfumeurs, une France chaleureuse, médiévale et calme avec une histoire riche.

La maison Fragonard a été fondée par Eugène Fuchs à Grasse en 1926 et porte le nom de l'artiste français Jean-Honor Fragonard (1732-1806), qui a créé plus de 550 peintures. L'artiste a d'abord travaillé dans le genre historique, mais a rapidement décidé de suivre les goûts de l'époque et a commencé à écrire dans le style rococo. Héritier de Boucher, Watteau, Rubens, Tiepolo, il a réussi à montrer dans ses images et le réalisme, la théâtralité et la plénitude sensuelle de la vie.

Ses peintures représentaient des scènes de vie intime à contenu érotique, avec un ensemble de personnages correspondant à cette époque. De beaux jardiniers, bergères, cupidons, figures allégoriques sont représentés avec une grâce et une légèreté extraordinaire, ils émanent de la magie, de la poésie et la musique.

Fragonard a peint des portraits, miniatures, panneaux décoratifs, aquarelles, pastels et s'est occupé parfois de la gravure. Il était particulièrement célèbre pour ses peintures de paysages, où des images de parcs et de ruelles sont représentées avec une perception poétique de la nature. Ses peintures sont saturées de lumière, les couleurs s'épaississent, formant des ombres, parfois scintillent et brillent de nuances dorées, blanches et roses, à partir desquelles la lumière remplit l'espace, et les sentiments sont transmis par la couleur et la plastique.

La maison Fragonard continue de nous offrir généreusement dans ses compositions la joie particulière de vivre et la beauté que l'artiste a pu transmettre dans ses peintures.

Le créateur de la marque de parfums Fragonard, Eugene Fuchs, s'est inspiré de la splendeur de la Côte d'Azur, où il a décidé de vendre des parfums directement aux vacanciers, dont il y avait beaucoup. Des gens assez riches se reposaient ici, et c'était eux qui pouvaient acheter des parfums sélectifs chers.

La passion des arômes a aidé les parfumeurs à créer de magnifiques compositions, qui ont fait partie d'une série sélective. C'est pourquoi l'entreprise s'est développée rapidement et a de plus en plus charmé les clients exigeants.

Lorsque Jean-François Costa, le petit-fils d'Eugene Fuchs, s'est devenu chef de l'entreprise, l'activité sous sa direction a augmenté: des idées originales se sont incarnées dans de nouvelles saveurs, des usines et un salon-musée ont été ouverts à Izé, Grasse et Paris.

Le Musée du Parfum - la conception du musée ravit et étonne par sa beauté et son luxe. Sur les murs, vous pouvez voir des peintures de l'artiste brillant, le nom duquel la maison porte. Meubles anciens, lustres en cristal et chefs-d'œuvre de la parfumerie, dont l'odeur est offerte ici à tous les visiteurs pour toucher le luxe, ressentir le secret de la parfumerie, comprendre son essence. L'une des salles du musée est une boutique dans laquelle chacun peut non seulement toucher, mais aussi saisir une particule de l'odeur de la grande France.

Aujourd'hui, les trois filles de Jean-François Costa, qui suivent les traditions de la marque, continuent de s'occuper des affaires familiales. Leur tâche principale est de créer des arômes qui ne peuvent être ressentis qu'ici en Provence, de ressentir les meilleurs arômes de différentes parties du monde, des odeurs multiples dont chaque facette étonne par sa beauté. La marque Fragonard est l'une des marques sélectives les plus marquantes, elle est connue dans le monde entier, elle reste la gardienne de ses caractéristiques historiques et culturelles.

„Moment Vole" - était le premier parfum créé il y a plus de 80 ans, suivi l'un après l'autre de magnifiques chefs-d'œuvre, un arôme doux et sensuel de „Belle de Nuit", „Belle de Soleil", l'arôme lumineux de „Ile d'Amour", un arôme frais et léger de „Foire aux Cerises", un parfum floral de „lettre d'amour". Le parfum „Concerto" a été créé pour marquer le 80e anniversaire de la marque Fragonard.

Les arômes magnifiques et uniques: „Capucine" - riche et contrasté, „Tendresse" - élégant et rêvant, „Soleil" - fin et entêtant, „Vetyver" - orageux et excitant, et bien d'autres.

Tout comme les peintures de Fragonard transmettent la joie et les couleurs de la vie, de même les parfums de Fragonard transfusent les nuances du rêve du beau et du mystère. Chaque nouveau parfum de Fragonard s'accompagne d'un succès impressionnant. La marque Fragonard est l'une des attractions de la ville de Grasse.

Les parfums sont devenus populaires en France à la cour de Louis XIII, ou plutôt, sa belle épouse Anne d'Autriche. Née en Espagne, elle a mis à la mode des cuirs parfumés (cuir espagnol - un sachet de cuir imprégné de composition aromatique) et a amené des parfumeurs qui connaissaient les secrets de l'obtention d'extraits de fleurs et la science de la distillation, adoptés par les Arabes pendant leur règne sur l'Espagne.

La Provence est une région riche en fleurs et plantes aromatiques. Orangers, lavande, citron, marjolaine, jonquille, cassia, géranium, jasmin, orange amère, origan, pois de senteur, romarin, rose, violette, thym, tubéreuse - ceci est une liste incomplète des plantes utilisées pour parfumer le cuir.

Le microclimat particulier de Grasse, propice à la culture des fleurs, a permis à la ville de combiner le travail du cuir, qui y prospérait depuis des siècles, avec des techniques de distillation développées par les Arabes pour produire des parfums. Petit à petit, la ville s'est tournée exclusivement vers la production de parfums. À la fin du XVIIIe siècle, une vingtaine de parfumeurs vivaient et travaillaient à Grasse, dont la plupart étaient des fils ou neveux de pharmaciens de Montpellier.

Avant la révolution (1789), Grasse avait dépassé Montpellier dans la production de fleurs et le nombre de parfumeries. Les conquêtes coloniales de la France au XIXe siècle. Ont permis aux parfumeurs de Grasse d'ouvrir des usines dans les territoires d'outre-mer et d'obtenir de nouvelles saveurs.

Grasse est célèbre pour les fleurs et les arômes spéciaux qui sont les plus populaires dans la production d'huiles essentielles, qui sont la base des parfums français. Les parfums de Provence sont étroitement liés à l'abondance de la nature et aux caractéristiques du climat méditerranéen. Les fleurs qui constituent la base de la parfumerie de Grasse:

Rosa centifolia ou la rose de mai

C'est une rose extrêmement belle avec un arôme exceptionnel. Cette plante est très fragile: il faut cueillir les fleurs que le jour de leur floraison. Par conséquent, les collecteurs les cueillent à l'aube ou au coucher du soleil et mettent les plantes dans un bol attaché à la ceinture. Un collecteur peut cueillir 10 à 20 kg de fleurs par jour.

Jasmin

La cueillette des fleurs de jasmin commence à la mi-juillet et peut durer jusqu'à octobre. Les fleurs sont cueillies avant le lever du soleil. Un cueilleur expérimenté peut collecter 400 à 500 g de fleurs par heure.

Chaque année, le premier week-end d'août, Grasse accueille le Festival du Jasmin. Des défilés de carnaval sont organisés, les spectateurs sont aspergés d'eau de jasmin des pistolets, et le soir il y a un feu d'artifice.

Chaque année, le troisième dimanche de mai à Grasse se déroule la „fête de la rose", accompagnée de festivités.

Les pétales de jasmin sont utilisés non seulement en parfumerie, mais aussi dans la cuisine, la médecine et la production du savon.

Tubéreuse

La tubéreuse commence à fleurir fin juillet. C'est une plante très capricieuse pas toujours fleurie. La collecte des bourgeons se fait de 6 à 10 heures du matin. La récolte peut durer jusqu'à novembre.

Fleur d'oranger

Les fleurs sont récoltées en avril-mai. La veille, sous les arbres, ils nettoient le sol et le couvrent de tissu et de filet. La collecte a lieu le matin: soit ils balancent les arbres et ramassent les pétales qui tombent, soit ils montent l'escalier et cueillent manuellement les bourgeons, en les mettant dans un panier.

Violette Victoria Odorata

En parfumerie, seules les feuilles de cette plante sont utilisées, qui sont récoltées deux fois par an - en mai et en août.

Iris pallida

L'arôme principal de la plante est concentré dans la racine, qui est collectée à l'âge de trois ans. Avant la distillation, les racines sont séchées et conservées dans un endroit sec pendant 2-3 ans.

Lavande et lavandin

Dans le sud de la France, en Provence, il y a de fantastiques champs de lavande. Le directeur d'O'Bon Paris, Vincent, a eu la chance de passer la majeure partie de son enfance ici, car ses grands-parents vivaient en Provence. Presque tous les week-ends, ils se promenaient dans l'un des villages de Provence. Il y a vingt ans, les champs de lavande n'étaient pas si populaires auprès des touristes, et les résidents locaux ont fait de grands efforts pour préserver et cultiver soigneusement la lavande pour les générations futures. Dans la plupart des villages, les gens vivaient très solitaires, presque coupés du monde extérieur.

Des années plus tard, les collines pittoresques de la Provence sont devenues très populaires parmi les touristes étrangers grâce aux champs de lavande de plusieurs kilomètres. C'est drôle que jusqu'à présent, peu de Français eux-mêmes les connaissent, à l'exception des habitants de la Provence.

Il existe plusieurs variétés de lavande qui sont cultivées dans différentes régions de France, non seulement en Provence. Par exemple, il n'est pas si rare de trouver de la lavande dans les parcs parisiens. Cependant, la plupart des champs de lavande les plus beaux et les plus longs sont situés en Provence, dans le sud-est du pays. Il existe trois principales zones de culture: Luberon, Plateau de Valensole et Plateau de Sault.

Dans le Luberon, il y a des villages d'une beauté fabuleuse. Ils sont situés sur les rochers et sont appelés „villages perchés". Le village de Gordes est un village typique perché, devenu une sorte de symbole de la Provence: des photos avec une vue imprenable sur le village sont imprimées sur toutes les cartes postales et souvenirs de Provence. Les villages de Lourmarin, Bonnieux et Banon sont également célèbres et magnifiques. Bien que les champs de lavande soient plus petits que ceux du Plateau de Valensole ou Plateau de Sault, c'est ici qu'ils sont les plus pittoresques. La lavande est récoltée mi-juillet.

Ici se trouve le champ de lavande de l'Abbaye de Sénanque. Les moines vivent encore dans cette abbaye médiévale du XIVe siècle. Ce sont eux qui prennent soin de la lavande et la cueillent en plein été.

Les champs infinis de lavande du plateau de Valensole sont également d'une beauté fantastique. Ici, la collecte de lavande a généralement lieu le 20 juillet. La saison de floraison de la lavande tombe de la mi-juin à la mi-août. Cependant, les dates dépendent de l'endroit et de la variété de lavande. La première lavande fleurit dans les plaines et les plaines, puis celle qui fleurit à une hauteur plus élevée. Dans le Luberon, la lavande fleurit à la mi-juin - mi-juillet, sur le plateau de Valensole en juillet, sur le Plateau de Sault - entre fin juillet et mi-août.

La floraison de la lavande peut dépendre du temps, des précipitations et de la température, donc chaque année les périodes de floraison peuvent varier légèrement.

Il existe plusieurs variétés de lavande, chacune étant utilisée à des fins différentes. Les deux principales variétés cultivées en France sont la „vraie" lavande (Lavandula Angustifolia) et le lavandin (Lavandula Intermedia).

La première variété de lavande ne peut être trouvée que sur les collines de Provence de plus de 700 mètres de haut. A base de cette lavande ils produisent des huiles essentielles de haute qualité, ainsi que des essences pour la cosmétique et le parfum. Cette huile de lavande a un arôme plus délicat et des propriétés antiseptiques et anti-inflammatoires prononcées: elle peut être utilisée pour les maux de tête, l'anxiété, l'insomnie et même pour soulager l'irritation de la peau après des piqûres d'insectes.

Le lavandin c'est une variété de lavande hybride cultivée dans les basses terres à moins de 600 mètres d'altitude. L'huile essentielle de lavandin a une odeur plus intense et des propriétés médicinales moins précieuses, cependant, il est plus facile à collecter et à cultiver en grande quantité.

Pendant les mois d'été, de nombreux villages provençaux célèbrent la fête de la récolte de lavande. Lors de ces festivals, vous pouvez voir des danses en costumes traditionnels provençaux, écouter des concerts de musique, choisir des souvenirs à la foire aux artisans locaux. C'est une excellente occasion de se familiariser avec les traditions de cette région, de rencontrer des résidents locaux et de s'amuser, ainsi que d'acheter toutes sortes de produits à partir de vraie lavande [13].

Grass nous a conquis avec une variété d'arômes floraux, une abondance d'odeurs, une palette florale et une attitude envers la beauté, la sophistication, mais en même temps, la simplicité des vues et la liberté d'opinion.

En se promenant dans les rues étroites de la ville, nous avons été attirés par les odeurs de la cuisine locale: poisson, fruits de mer, légumes, fruits et bien sûr la variété de la carte de vins nous ont obligés à faire une pause et à reprendre des forces dans un restaurant confortable au centre de la vieille ville.

Aujourd'hui, nos opinions et nos goûts se sont séparés, je voulais un plat de poisson et mon compagnon celui de viande. Il me semblait que la cuisine provençale était capable de satisfaire les besoins des gourmets les plus exigeants. Elle est tellement diversifiée, harmonieuse, mais aussi simple et délicieuse.

En attendant la commande, nous profitions d'un apéritif léger et de l'odeur de roses juste coupées qui décoraient notre table. Pour être honnête, je n'ai jamais été un grand fan de roses et j'ai toujours préféré un bouquet de crocus, de muguets ou de lavande. Mais aujourd'hui, mon cœur a conquis le parfum des roses qui avaient grandi à Grasse et sont devenues la décoration de notre table.

Des olives françaises marinées, une baguette fraîche et encore chaude et l'huile à la lavande stimulaient l'appétit. Mon choix aujourd'hui était clair: les médaillons de saumon avec une salade tiède de brocoli et d'épinards sont un classique non seulement en France.

Mon „Français" préféré a opté pour le filet d'agneau aux figues. La viande de Provence est servie avec des sauces épicées, des salades fraîches et des champignons de saison. Pour préparer la sauce, vous pouvez prendre du beurre, ajouter de l'ail, des fleurs de thym hachées, quelques gouttes d'huile de truffe, du sel, du poivre, du piment frais finement haché et des herbes de Provence.

Mélangez et laisser mariner un peu le sel avec la truffe, mélangez le poivre avec la lavande et ajoutez l'ail, les herbes et le piment. Assaisonnez la viande de flocons de sel marin. Vous n'avez pas besoin de faire mariner la viande à l'avance.

La viande en Provence est très tendre, car les animaux mangent exclusivement de l'herbe fraîche et boivent de l'eau fraîche. Les marinades sont préférées pour la viande qui a des odeurs ou une rigidité spécifique.

Saumon accompagné de brocolis et sa petite salade d'épinards

Ingrédients (2 pers)

300g de filet de saumon, 120g de brocoli, 120g de chou-fleur, 40g d'oignon violet, 5g d'ail,30g d'huile d'olive, 30g de jus de citron, 5g de chili, 25 g de moutarde de Dijon, 120g d'haricots noirs, 10g de coriandre, 20 g de beurre, sel, poivre, 60 g de sauce teriyaki, 20g de lait de coco, 30g de gingembre, 1 feuille de citron vert, 25g de ciboulette, 1 jaune d'œuf bouilli, 50 g d'épinard

Préparation

Coupez le saumon en morceaux de 50 g et faite revenir avec la sauce teriyaki. Faite bouillir le chou-fleur et le brocoli dans de l'eau salée avec de l'huile d'olive pendant 1 à 3 minutes et mélangez avec l'oignon violet haché, l'ail, le jus de citron, le piment, la moutarde et le beurre. Assaisonnez avec du sel, du poivre et de la coriandre hachée.

Faite frire dans l'huile d'olive gingembre, feuille de citron vert, ciboulette, puis versez le lait de coco. Faite bouillir le mélange et assaisonnez de sel et de poivre. Faites revenir les épinards dans le beurre à l'ail.

Au centre de l'assiette, mettez la salade de chou-fleur et de brocoli, mettez sur les côtés les épinards frits, le saumon frit dans une sauce teriyaki, versez la sauce au lait de coco et saupoudrez de jaune d'œuf bouilli râpé, ajoutez le jus de citron et servez chaud à la table.

La chose la plus importante est le bon choix de vin, qui peut souligner le goût du plat et le rendre unique à sa manière. Cela rappelle une sorte d'accompagnement musical approprié de chaque dîner.

Les Français sont capables d'apprécier le goût et la capacité de combiner les vins avec les délices de la cuisine locale.

Je me souviens quand Mme Duran nous a parlé de la combinaison classique des plats et des vins. Elle disait: „Montrachet - poulet aux écrevisses; Pomerol - porc aux pruneaux, canard sauvage; Côte du Rhône - agneau aux aubergines, saucisses, etc." La liste ne cesse de s'allonger: il y a plus de 60 types de vins dans la seule région de Bordeaux (selon le lieu de production et de culture du raisin), en plus de Bordeaux en France, il y a 7 autres régions viticoles, et à côté de la France il y a beaucoup d'autres pays producteurs de vin. En conclusion, elle a ajouté que toutes ces combinaisons ne sont pas strictes et que l'on peut expérimenter, l'essentiel est de comprendre le principe de sélection des vins pour les plats, et il vaut mieux expérimenter sur la base de cinq règles de base:

1) L'acidité du vin équilibre la teneur en matières grasses du plat. Le vin à forte acidité est également un bon apéritif.

2) Le vin mâche et sa saturation équilibrent les plats fibreux et secs.

3) Les vins parfumés sont mieux combinés avec les plats parfumés. S'il en est autrement, l'un d'eux sera perdu.

4) Les vins doux vont bien avec les desserts sucrés (mais il vaut mieux ne pas en faire trop avec la douceur du dessert) ou, au contraire, avec les fromages salés, par exemple, avec la moisissure bleue.

5) Les vins tanniques complètent parfaitement les plats frits et marinés ou les plats préparés avec des épices.

Filet d'agneau aux pommes et ses figues rôties

Ingrédients (2 pers)

2 morceaux de filet d'agneau, 30 g de gingembre frais, 4 c. à soupe de miel, 500 ml d'eau, un demi citron, 4 pommes, 4 figues, sel, poivre moulu, 1 c. à café d'herbes de Provence

Préparation

Pelez les figues et râpez-les. Mélangez-les avec de l'eau, du jus de citron, des épices et du miel.

Faites mariner les filets d'agneau dans la sauce obtenue. Après une demi-heure, séchez les filets, coupez-les dans quelques endroits et faite frire du côté de la peau. Égouttez la graisse liquide obtenue, retournez le filet et faite frire encore deux minutes. Coupez les pommes en cubes, mettez-les dans une casserole avec la marinade et faite cuire cinq minutes à feu doux, en remuant.

Coupez les magrets, servez avec des pommes et du jus obtenu lors de la cuisson [34].

En pratique, cependant, le vin est sélectionné pour le plat, et non l'inverse. L'agneau, par exemple, nécessite toujours des vins suffisamment sérieux, donc si vous avez accidentellement une bouteille de vin rouge cher, il est temps de l'ouvrir.

Le bœuf, s'il est cuit aux épices, se marie bien avec les vins denses virils: Châteauneuf-du-Pape, Syrah des bords du Rhône. Mais le carpaccio de bœuf pour une collation est préférable de combiner avec des vins rouges légers et doux.

Le jambon et le bacon acceptent des vins rouges, fruités et pas trop saturés, par exemple le Beaujolais ou le Cabernet Franc de Touraine: Chinon, Bourgueil, Saint Nicolas de Bourgueil.

Le porc, selon la façon dont il est cuit, peut être combiné avec du vin blanc et rouge. Le vin élégant fruits décorera le rôti de porc, par exemple la Syrah du Rhône: Hermitage ou le cher Beaujolais Morgon ou Moulin à vent.

Le veau acceptera soit le vin blanc sec parfumé, par exemple le Pinot Gris d'Alsace ou au Riesling, soit au rouge peu dense, par exemple les vins de Bourgogne ou de Loire.

Le lapin sera aussi bien avec ces vins. Si c'est un lapin à la moutarde (selon la recette française), il sera probablement plus savoureux avec du vin rouge. Le Pinot Noir ou le Merlot, par exemple, Saint-Emilion le nuance parfaitement.

Le vin blanc et le vin rouge peuvent convenir au poulet, tout dépend du goût principal du plat. Le vin blanc saturé, tel que le Condrieu, conviendra parfaitement au poulet cuit au four. Le poulet aux épices est très savoureux avec la syrah, qui a également une teinte épicée spécifique en goût et en arôme. Vous pouvez prendre la version française la plus chère: Cotes Rotie, Cornas ou Crozes-Hermitage. Le poulet fumé nécessitera des vins plus complexes vieillis en fût de chêne. Prenez, par exemple, tout Chardonnay.

Un canard ou une oie est plutôt un plat de fête, mais ne cédez pas à la tentation d'ouvrir une bouteille de Bordeaux chère pour l'occasion. Un vin tannique, surtout si la volaille n'est pas trop grasse, le rendra de goût sec. Très probablement, il vaut mieux choisir un doux Pinot Noir de Bourgogne. Gardez à l'esprit que plus le canard/l'oie est gras, plus le vin doit être tannique. Le Madiran du sud de la France ira bien avec la volaille grasse. Pour le canard laqué de Pékin, pour mettre en valeur l'arôme de ce plat, prenez un vin de fruits doux, comme le Beaujolais. Mais pour un canard aux pommes, le vin blanc sec à la saveur fruitée et à l'acidité est plus adapté, par exemple, Le Chenin de la Colline Touraine ou de la Vallée De La Loire: Vouvray ou Montlouis.

L'affirmation selon laquelle le vin blanc doit être servi avec le poisson est juste. Cependant, sur l'exemple de la viande, nous étions convaincus que des options étaient possibles. Tout dépend de la richesse du goût du plat, de la façon dont il est préparé.

Pour les poissons frits, cuits avec des épices, à la grille ou à la sauce tomate, le meilleur choix serait le vin rouge, doux et fruité: Côtes du Rhône des bords du Rhône, Chinon, Bourgueil, Saint Nicolas de Bourgueil de Touraine ou Merlot, Pinot Noir de Bourgogne.

Le poisson fumé se marie bien avec le vin vieilli en fût de chêne. Pour le saumon fumé ou la truite, le chardonnay sera parfait, vous ne le regretterez pas si vous optez pour le cher Chablis: premier cru ou même grand cru.

Si vous avez préparé du poisson avec du citron vert ou du jus de citron, il est préférable de prendre un vin blanc avec une saveur d'agrumes: Chardonnay ou Riesling, Muscadet ou Chenin: Savennières, Coteaux du Layon, Coteaux de l'Aubance.

Pour un poisson simplement cuit, en principe, tout vin blanc sec ou demi-sec fera l'affaire. Mais selon la sauce de ce poisson, vous pouvez jouer avec le vin: plus la sauce est riche, aromatique et lourde, plus le vin doit être concentré et dense. Le plus simple est de se concentrer sur l'emplacement le plus au sud du pays/de la région. En ce qui concerne les plats tels que les pâtes, la lasagne, la pizza, le risotto, la paella, etc., le choix du vin dépend des produits utilisés dans le plat comme ingrédients supplémentaires. Si ce sont légumes, poulet, poisson, champignons, fruits de mer - il vaut mieux donner la préférence aux vins blancs. Quel vin choisir? - ça dépend de la sauce et de la présence d'épices. Si vous ajoutez de la viande, vous alourdissez donc le plat; il a besoin de vin rouge. Cependant, évitez les vins très tanniques, ils ne vous donneront pas de plaisir et ruineront le goût de votre plat. Le choix du vin, comme disent les Français, est sucé avec le lait et distingue les Français des autres nations du monde [36].

Compte tenu des conseils de Madame Duran, de la région, du plat principal et bien sûr de l'ambiance, notre choix s'est arrêté sur Madiran, qui met parfaitement en valeur le goût du filet de canard et du Rosé Château Minuty, qui est la perle de la Côte d'Azur et peut devenir l'accompagnement parfait des plats de poisson et de fruits de mer.

Probablement, il faut être né Français pour pouvoir vivre „à la française", choisir un plat pour le vin, pas du vin pour un plat, profiter des „petites joies", „pouvoir saisir l'instant" et „aimer".

La Provence en est l'un des exemples les plus marquants. Ici, la vie est si harmonieuse et mesurée que parfois l'impression de „paradis sur terre" se crée. Le monde des fleurs, des odeurs, des couleurs vives et des goûts vous fait oublier l'agitation quotidienne et profiter de chaque minute de la vie.

Chacun a sa propre idée du bonheur, quelqu'un rêve d'une carrière et d'une richesse matérielle, quelqu'un veut une famille et une maison, et beaucoup sont heureux seuls. C'est probablement vraiment très individuel et subjectif, mais nous sommes tous unis par le désir de trouver la satisfaction intérieure, le calme et l'harmonie avec le monde extérieur et intérieur. Ce sont ces sentiments que nous avons réussi à retrouver en Provence. Le sentiment d'harmonie intérieure, le désir d'être seul avec la nature et de „saisir l'instant".

En attendant le dessert, nous savourions le parfum de lavande qui décorait notre table. Aujourd'hui, nous avons décidé de plonger dans le monde d'une variété de palette de fleurs, de délices culinaires et de laisser libre cours à l'imagination des goûts et des couleurs. Le dessert du chef s'est avéré être une glace à la lavande de couleur blanc-lilas avec l'ajout de fleurs fraîches et de miel de lavande.

Qu'est-ce qui pourrait être plus facile qu'un dessert froid d'été? Mais celui qui pense qu'il n'y a qu'une seule recette de glace maison, se trompe. En fait, chaque cuisinier en Provence a au moins quelques recettes et méthodes pour préparer ce chef-d'œuvre culinaire.

À Grasse, vous pouvez goûter des glaces à base de roses, de violettes, de lavande, de jasmin et même d'iris. Ce dessert est capable non seulement de rafraîchir le corps pendant la chaleur estivale, mais aussi de remonter le moral indépendamment de la période de l'année et des conditions météorologiques.

Après avoir mangé, passé quelques heures dans une compagnie agréable, souriant et profitant l'un de l'autre, nous avons complètement oublié qu'aujourd'hui notre journée était consacrée aux parfums, à l'histoire, aux odeurs et à la recherche de „notre" parfum français. Comment répondre à la question - pourquoi les parfums et parfumeurs français sont-ils les meilleurs au monde? Oui, nous préférons parfois les parfums anglais ou arabes, parmi nos favoris il y a les parfums des fabricants italiens, mais chaque femme dans sa garde-robe accorde une place spéciale aux parfums français, et en plus, la plus honorable.

Peut-être que la raison du succès phénoménal des parfums français est qu'ils sont profondément saturés de l'esprit de la France. Ou peut-être les Français eux-mêmes, leur légèreté, leur élégance, leur mode de vie - tout cela contribue à l'émergence de nouvelles idées qui s'incarnent dans des arômes qui apportent de la joie et un sentiment de bonheur? L'une des meilleures caractéristiques des Français est la capacité de présenter leurs connaissances d'une manière généralement accessible et attrayante. Les Français se distinguent par la courtoisie, la sociabilité, ils ont la capacité d'effectuer leur travail avec élégance. Il est difficile de s'ennuyer en compagnie d'une personne pleine d'esprit et délicate, et une française „décorera" l'atmosphère la plus modeste.

Les Français sont un peuple heureux: ils sont toujours gais, vifs et sont dans un état d'excitation. La sincérité et la franchise sont les meilleures propriétés d'un personnage français, et s'il y a quelque chose exagéré dans la conversation - c'est une propriété de riche imagination, une envie de briller devant le public. Les étrangers sont frappés par l'amour pour les conversations des Français. Oui, un Français peut parler même s'il semble à tout le monde qu'il n'y a pas de sujet de conversation. Aimable, délicat, généreux, emporté, mais à bien des égards instables et préservant la frivolité et l'insouciance de la jeunesse, voici le Français. Peut-être que tout cela a permis de connaître d'énormes succès dans de nombreux domaines, et en particulier dans l'art de la parfumerie? La France est associée depuis longtemps à la parfumerie, et ce depuis plus d'un siècle.

Presque toutes les compositions de parfums en France sont créées à partir d'images, d'histoires, parfois pour une personne spécifique personnifiant une image particulière. La Maison du Parfum de Guerlain peut être nommer le poète et compositeur de ses parfums. Et toutes ses histoires et images sont belles, et évoquent les meilleurs souvenirs de la propriétaire de ce parfum. Et si tout cela s'additionne, comme cela a été dit plus tôt, tout cela permettra d'obtenir les meilleurs parfums de France „Le parfum est une création poétique". La France est un pays qui est considéré comme un symbole de beauté et de grâce, un pays où naissent les meilleurs arômes du monde.

Et en plus des parfums français qui ont conquis le monde, des éléments tels que les bouteilles et flacons sont devenus importants au fil du temps. Et là encore, nous devons rendre hommage à la beauté et à la grâce que les Français sont si délicieusement capables de transmettre. Les verreries René Lalique, Les verreries René Lalique, Baccarat, Brosse ont créé et créent l'excellence. Tous les grands couturiers, après Paul Poiret, se sont tournés vers la production de parfums: Lanvin et Patou, Elsa Schiaparelli, Pierre Balmain, Jacques Fath, Christian Dior, Nina Ricci, Hubert de Givenchy et bien d'autres.

Le métier de parfumeur est difficile. Il n'y a pas beaucoup de réalisations intéressantes, et les jeunes parfumeurs doivent travailler avec beaucoup de zèle pour créer un nouveau chef-d'œuvre unique. Mais tout de même, il semble au début que la composition créée est belle, et que c'est celle qui apportera gloire et succès. Mais la cour des parfumeurs expérimentés peut être très stricte. Une fois, Pierre Armange a dit de telles découvertes: „Ce qui est bon en eux, malheureusement, n'est pas nouveau, mais ce qui est nouveau n'est pas bon". Et la recherche d'un nouveau et unique se poursuit. Et cela vaut également pour les parfumeurs de renom, car ils reviennent souvent dans de nouvelles compositions à celles qui ont jadis fait la renommée et le succès. Chaque parfumeur a son propre style, ses créations sonnent avec un accord spécial. C'est peut-être parce que la renommée acquise sur une certaine base d'une composition réussie garde le parfumeur fidèle pour toujours, et il n'y a pas beaucoup d'œuvres de premier ordre dans l'art de la parfumerie, comme, par exemple, parmi les artistes, les poètes et les compositeurs. C'est pourquoi le métier de parfumeur est difficile: les parfumeurs français ne sont pas confondus par la difficulté de créer la composition, ni par le coût élevé des parfums. Ils savent que les femmes en ont le goût. Après tout, faire un chef-d'œuvre sans huiles essentielles coûteuses est impossible.

Grasse est le centre mondial des essences naturelles. Ses meilleures œuvres sont achetées par les parfumeurs de Moscou, car ils savent que pour créer de nouveaux arômes, ils ont besoin de nouvelles substances parfumées qui peuvent être achetées à Grasse. Et les prix des huiles essentielles à Paris sont également connus et achetés uniquement à ces prix. L'alcool utilisé par les parfumeurs français est toujours à 96%, c'est-à-dire absolument pur et non dénaturé. En fait, ces exigences en matière d'alcool ne sont pas très fréquentes dans d'autres pays, ce qui affecte négativement le parfum.

Le parfumeur doit toujours observer, apprendre, mémoriser et s'améliorer et, dans ses arômes, transmettre le meilleur de ce qui existe dans le monde. Le premier et principal professeur du parfumeur est la nature. Le parfum des fleurs, des fruits, des forêts, des champs, des montagnes, des mers - tout cela est en France, et de la meilleure façon possible. La beauté de la nature de ce pays s'exprime dans les arômes de nombreux parfumeurs. Et l'action inspirante - belle et inattendue - est une femme. En fait, la plupart des parfums sont créés par des hommes pour les femmes, c'est probablement pourquoi les parfums français sont capables de transmettre le meilleur du monde magnifique de la nature. Des millions de Français sont convaincus que leur pays est le plus cultivé au monde et des millions de visiteurs en France sont d'accord avec eux.

Mon „Français" bien-aimé et moi recherchons depuis longtemps ce „notre parfum" qui refléterait le monde intérieur de la relation existante, la beauté et l'harmonie de la nature, l'amour du voyage, la recherche de nous-mêmes, les hauts et les bas expérimentés, les espoirs du meilleur et les rêves du monde idéal. Après un long voyage" à travers le prisme de l'expérience de vie, la réévaluation des valeurs et des idéaux personnels, nous sommes finalement „rentrés chez nous", nous sommes retrouvés, avons ressenti une paix intérieure, de la chaleur et appris à faire des miracles de nos propres mains.

„Notre arôme" était un bouquet de cardamome, de citron, d'épices de notes florales, d'hédione, de roses, à base d'ambre gris, d'accord boisé et de musc. C'est une combinaison du passé et du présent, de la réalité et du monde des rêves, un vol de fantasmes et les contours clairs d'un avenir heureux.

Ce parfum a été présenté au monde par Jean-Claude Ellena-le célèbre „nez" parisien, principal parfumeur de la Maison Hermès. Jean-Claude Ellena est né à Grasse, dans une famille de parfumeurs héréditaires. Par conséquent, dans son enfance, il savait déjà à quoi sa vie serait consacrée. Et déjà à l'âge de 17 ans, il a commencé à créer ses premières compositions. Ellena était une élève du célèbre parfumeur d'origine russe Edmond Roudnitska, qui en 1951, qui était le créateur des premiers parfums de la maison „Hermès". Jean-Claude Ellena est devenu célèbre en créant le parfum „First" pour la Maison Van Cleef & Arpel. Puis les parfums qui sont immédiatement devenus célèbres - „l'Eau Parfumée" pour Bulgari et la „Déclaration" pour Cartier ont renforcé sa réputation.

Comment crée-t-il ses propres parfums? Il les voit comme des créations poétiques qui évoquent des sentiments et des émotions extraordinaires. Tous ses arômes, comme les œuvres littéraires, ont leur propre genre, où les sentiments et les imaginations sont transmis non pas par des mots mais par des odeurs.

Jean-Claude Ellena, créant ses propres parfums, n'essaye de les associer à aucune star. Après tout, une personne doit être elle-même et non imiter quelqu'un - c'est ce que pense le parfumeur. Par conséquent, dans son travail, à l'aide d'arômes, il incite une personne à chercher son „moi".

Lorsqu'une femme choisit un parfum, elle se demande souvent si elle lui convient, car avec son aide, elle peut se déclarer sans même dire un mot. Le choix de l'arôme dépend du goût de la personne et de sa culture. Et en plus de cela, le choix de l'arôme dépend également du jeu que vous avez l'intention de réaliser. Si vous êtes timide par nature, vous préférerez un parfum qui sera une arme de défense. Dans ce cas, le parfum vous aidera à souligner en vous ce qui vous est si insuffisant dans la vraie vie-courage, confiance.

Et il y a le contraire. Vous êtes impudent, l'esprit de la conquérante fait rage en vous, mais vous aimeriez le cacher, vous sentir tendre et féminine. Vos assistants peuvent alors être des arômes légers et transparents. Et ils seront aussi votre arme de défense. Nous sommes tous si différents et les arômes peuvent être utilisés comme armes d'autodéfense ou de conquête. Chacun de nous perçoit le même arôme à sa manière, car notre odorat est différent.

Lorsque Jean-Claude Ellena crée son parfum, il offre immédiatement tout le bouquet en entier, ce qui nous donne son humeur. „Vous inhalez tout le bouquet, puis progressivement les arômes se dissolvent, disparaissent, en laissant une trace dans votre âme". Par conséquent, ses arômes ont des définitions telles que discrète, insouciante, intégrale, animée, élégante, longue présence, etc. Pour lui, les odeurs sont comme des mots dont il compose des histoires.

Comme vous le savez, sur la peau de différentes personnes, le même parfum sonne différemment. Il est également important de savoir à quels endroits nous les appliquons et quelle est la méthode d'application des arômes. Jean-Claude Ellena recommande d'appliquer du parfum à l'arrière de la tête sous les cheveux, où le parfum dure beaucoup plus longtemps. Le mettre sur les vêtements est également considéré comme le meilleur moyen (attention si vous avez une chemise claire, car les parfums peuvent laisser des taches). Dans la dernière méthode d'application du parfum, l'avantage de l'odorat est que c'est celui qui a été créé par le parfumeur, avec son humeur et son histoire, sans la participation des informations cutanées de votre corps. Et pourtant, le choix et la méthode d'application du parfum sont une question de liberté intérieure, et c'est à vous à décider. Jean-Claude Ellena vous conseille comment découvrir votre parfum. Il faut que vous soyez guidé par votre humeur avec laquelle vous commencez la journée et quelles armes vous préférez aujourd'hui.

Ellena lui-même n'utilise pratiquement pas de parfumerie. Il a assez d'arômes au travail. Et il n'a qu'un choix - un parfum qu'il n'a pas changé depuis de nombreuses années - c'est „Eau d'Hermes" - le premier parfum de la Maison d'Hermès, créé par son grand professeur Edmond Roudnitska en 1951.

Chaque nouveau parfum est un énorme effort qui contribue à la création d'une nouvelle composition poétique. Et le parfumeur s'en sort, même si, comme il le dit lui-même, afin de transmettre au parfum précisément ces sentiments et l'image qu'il avait conçus, pour dire aussi clairement que possible, „vous perdez le sommeil de ce seul fait".

„Le crépuscule m'inquiète. Je leur préfère l'aube: lorsque les arômes sont exacerbés par l'humidité de la nuit qui passe. Les odeurs s'éveillent et prennent vie… Symphonie de couleurs, frisson d'arômes. L'harmonie absolue que je veux capturer en moi, pour que je puisse la recréer ... Chaque instant dans mon coin d'Île-de-France se reflète dans les odeurs qui m'obsèdent ... Je crois qu'un jour je mourrai, étourdi par les arômes"- Jean Paul Guerlain [37].

Chapitre 11. Pétanque sans Pastis - c'est comme la guitare sans cordes.

Il me semblait que mon subconscient dormait encore et faisait des rêves fabuleux et vifs quand le soleil était déjà éveillé et frappait à une fenêtre fermée. Comme le dit mon „Français" bien-aimé: „Même le soleil de Provence est particulièrement gentil avec ses habitants." Je n'avais jamais eu une telle chance de faire une grasse matinée et d'attraper des rayons de soleil sur les rideaux légèrement ouverts d'une chambre confortable. Mon réveil a été lié exclusivement à l'odeur des pâtisseries matinales qui „imprégnaient" toute la villa. Mon „Français" a décidé d'aller chercher une baguette fraîche ce matin et a acheté quelques profiteroles fraîches avec de la crème anglaise et des feuilles de menthe fraîche.

Aujourd'hui, je voulais vraiment sortir dans le jardin et choisir quelques feuilles de menthe fraîche, de mélisse et faire de la tisane pour le petit déjeuner. Bien sûr, personne n'a annulé le café, mais commencer la matinée avec l'odeur d'un bouquet d'herbes de Provence juste cueillies est probablement la meilleure récompense pour un rêve interrompu en Provence. Nous profitions d'une baguette fraîche avec du beurre et du miel de lavande, des profiteroles tendres et un thé d'été tonique. Notre voyage touchait à sa fin et nous devions profiter de chaque minute de la fabuleuse Provence. Nous voulions encore tant découvrir en Provence, entendre les histoires et les légendes des petits villages de la Côte d'Azur, se familiariser avec les traditions locales et visiter les festivals et soirées créatives. Nous voulions garder en mémoire les moments brillants et les images colorées qui sont remplies nos jours en Provence, entendre le bruit de la mer et sentir l'odeur de la lavande et une certaine liberté qui remplit l'air du sud de la France.

Aujourd'hui, mon „Français" préféré a décidé de rester à la maison, de profiter du silence, de la chaleur, de respirer et, le soir, d'inviter les voisins de la famille Duran pour dîner, échanger des impressions, jouer à la pétanque et boire un verre de pastis froid.

En Provence, la matinée devrait commencer lentement, avec mesure et avec un profond sentiment de satisfaction, uniquement à partir de la pensée qu'une personne est née, a grandi et a l'honneur de vivre dans un paradis du sud de la France. J'avais l'impression que nous étions déjà si intégrés dans la vie locale des Français que nous aurions pu prétendre être des habitants.

Un habitant typique de Provence est un jeune homme de 70 ans. Oui, la jeunesse et l'âge n'ont rien à voir ici. On dirait que les gens qui vivent en Provence ne savent pas vieillir. Ils ne savent pas ce que c'est. Au rythme quotidien de leur vie, remplie de contemplations langoureuses de paysages enivrants, de dégustations sans hâte de divers plats de légumes, il aurait dû y avoir une mention de vin rosé, mais pour l'instant nous allons prendre un moment. L'activité la plus courante en Provence était et reste l'agriculture. La région s'appelle le jardin de la France, et cela ne fait aucun doute. Mais il n'y a pas que le jardinage ici. Si vous vous immergez dans la vie urbaine, il vous suffit de faire le tour de tous les cafés et restaurants locaux. Du moins pour rencontrer les chefs. Ils sont ouverts, amicaux, inventifs, ils aiment la communication et s'en inspirent pour de nouveaux chefs-d'œuvre culinaires.

Et si vous faites le tour du marché local, il est tout simplement impossible de rester incognito. Le marché est un lieu de communication, de connaissance de la véritable culture authentique de la Provence. Peu importe que vous parliez français ou non, ils trouveront une langue commune avec vous, ils sauront sûrement d'où vous venez et ils seront sincèrement heureux que ce soit vous qui les ayez touchés. En fait, les Russes et les Français - du moins les Sud - sont très similaires. Dans sa régularité et sa propension à un style de vie contemplatif tranquille. Il ne sera donc pas difficile de trouver une langue commune avec le peuple provençal. Et y venir un court instant et rester accidentellement pour la vie n'est pas un cas rare pour ces lieux.

L'économie de la région est construite de telle manière qu'elle n'a presque pas d'importations, grâce à quoi la cuisine ici est authentique et de saison. Presque toute l'année des légumes sont disponibles. Au printemps, il y a la fraise, la cerise, en été - melons, pêches, abricots, prunes, puis une deuxième récolte de melons, pommes, poires et encore melons. Et l'automne c'est le temps de citrouille. Les gens du Sud aiment la citrouille. Il y a des restaurants dans les villes où tout le menu d'automne est basé sur ce légume. L'automne gourmand en Provence est un plaisir. La tradition du restaurant est tout à fait unique. Fondamentalement, seuls les plats de saison sont préparés ici. Pour la Provence, il s'agit d'une loi non écrite. Il y a des restaurants sur le territoire desquels il y a des jardins et des potagers. Si vous commandez une salade, ils iront chercher les ingrédients directement dans l'arrière-cour. En un mot, la cuisine provençale peut être qualifiée de méditerranéenne. Une énorme quantité de légumes et de fruits frais, beaucoup de poisson, comme la viande il y a beaucoup d'agneau.

Oui, oui, vous pouvez aller dans le sud de la France non seulement pour vous détendre dans les champs de fleurs sans fin. Historiquement, pour les touristes, la Provence n'était pas considérée comme un lieu de loisirs à côté de la mer. De Marseille à Toulon, vous pouvez longer la côte et être enchanté par la beauté des vues et des paysages. Lorsque vous terminez de faire le tour de tous les restaurants, visitez des prairies parfumées, puis il y aura le temps d'aller à la côte. Et ici, il est important de ne pas confondre la Provence avec la Côte d'Azur. Après tout, ce ne sont pas seulement des régions différentes, mais aussi des lieux aux atmosphères différentes. Si la Côte d'Azur (de Menton à Saint-Tropez) c'est richesse, chic et luxe, alors la Provence (de Toulon au Rhône) c'est silence, honnêteté et art de vivre.

Si vous voulez vous arrêter, apprendre à contempler et vivre ici et maintenant, alors vous devez absolument venir en Provence. Voici une combinaison étonnante de silence langoureux et de la possibilité d'être à „l'intérieur" de la ville, qui ralentit également plutôt et vous rappelle une fois de plus que le sens de la vie est en ce moment même. Il y a un proverbe en Provence qui vous en dira plus que toutes les histoires: „Ralentissez le matin. Soyez tranquille l'après-midi. Ne vous précipitez pas le soir". La plus forte concentration de preuves pour ce proverbe se trouve à Marseille. Ceux qui ont physiquement besoin de ralentir et de changer doivent y venir [38].

Bref, si vous visitez la Provence, vous ne pourrez pas dire que vous étiez en France. C'est une région complètement différente du reste du pays avec son propre caractère. Maintenant, la Provence n'est pas habitée que par les Français. Ce sont des Italiens, des Espagnols et des Belges qui se sont déjà assimilés. La région compte environ 700 villages. Historiquement, chaque région de France est un pays distinct. Et dans chaque pays il y a sa propre mentalité, son dialecte, sa nourriture et ses boissons. Par exemple, si vous voulez boire du „Bordeaux" dans le Luberon provençal, vous galérer. Et si vous demandez au bar local s'ils ont du cidre, ils diront qu'ils en ont. En Normandie! C'est dans le nord de la France. La Provence se caractérise par des vins rosés légers, car ils conviennent aux temps chauds. Et si vous dites que vous n'aimez pas le vin rosé, alors ils vous répondront: laquelle des 60 variétés ne vous a pas impressionné? La Provence, comme chaque région du pays, est unique, et la France est une combinaison de ces régions uniques. Et les champs de lavande? Il faut juste le voir. Venez en Provence en juillet-août. C'est le moment où les champs violets infini sont remplis d'un arôme incomparable.

Fin juin, les cigales commencent à chanter en Provence, les vignobles sont dans une verdure magnifique, et les horizonnes des champs de lavande frappent l'imagination.

L'influence méditerranéenne apporte de la chaleur à la région, et les Alpes la rafraîchissent. La période la plus confortable pour le tourisme est considérée comme la période de la fin mai à la mi-juillet.

Le ciel bleu, la floraison de cette période, une température d'environ 26 degrés font de la Provence un véritable jardin paradisiaque. Pas étonnant qu'il ait inspiré pendant des années Cézanne, Van Gogh et d'autres artistes brillants.

Collines d'oliviers, rangées interminables de vignobles, hautes falaises - tout cela fait la Provence l'endroit idéal pour se détendre.

Chaque ville de Provence a des pages dorées de l'histoire ancienne, des traditions et des légendes fabuleuses passées de génération en génération: d'arrière-grands-pères à grand-père, de père en fils. L'une de ces légendes „A propos du dragon Tarasque et Sainte-Marthe" vit dans les murs de la ville de Tarascon.

Tarascon - une petite mais très vieille ville du sud de la France, en Provence, a longtemps appartenu à l'Empire romain, comme toute la Provence. Lorsque vous mentionnez cette ville dans une conversation, l'interlocuteur cultivé se souvient généralement de Tartarin, le héros des romans de Alphonse Daudet, qui, selon l'auteur, y a vécu une fois. Mais nous ne parlerons pas de lui, mais de Sainte Marthe, qui a passé le reste de sa vie à Tarascon.

Mon „Français" et moi avons passé plusieurs jours dans cet endroit fabuleux, sur la route d'Aix-en-Provence. J'étais tellement captivée par les paysages colorés des montagnes, les teintes de feu, le ciel bleu et les légendes qui „saturaient" les murs des maisons anciennes et les rues étroites, gardant en eux-mêmes un secret de l'apparition du paradis sur terre.

Tarasque le méchant est l'un des dragons qui, selon une ancienne légende, habitait abondamment le sud de la France dans le passé. Il ne vivait pas toujours à la périphérie de la ville, mais venait des pays voisins - le Portugal et l'Espagne, où il volait le bétail et mangeait de jeunes vierges. Les agriculteurs qui font encore de l'élevage de bétail ici, ont subi de gros dégâts, mais aucun d'entre eux n'a osé combattre Tarasque. Le dragon avait l'air plutôt inhabituel. Tarasque avait une carapace sur le dos, comme celle d'une tortue, mais contrairement à une tortue, avec de grandes épines. Il avait une crinière de lion et un visage d'homme.

Marta, la sœur de Marie et de Lazare, était douce et avait un cœur aimable. Elle a décidé de débarrasser la ville du monstre, mais de ne pas faire de mal au dragon lui-même. Après avoir appris que Tarasque s'approchait à nouveau de la ville, elle est sortie à sa rencontre avec une croix faite à base de brindilles de saule et la tenant devant elle. Le dragon a été surpris par l'intrépidité de la jeune fille et l'a laissée s'approcher.

On pense que la Sainte Croix a agi sur lui comme ça. Le dragon s'est arrêté aux portes de la ville et a obéi à la fille intrépide. Les habitants de la ville sont devenus fous à la vue du monstre et la peur a mis des pierres dans leurs mains. Martha a essayé de persuader les gens de ne pas faire de mal au dragon, mais elle n'a pas réussi à calmer la foule. Sainte-Marthe a vécu à Tarascon jusqu'à sa profonde vieillesse et a été enterrée dans l'église locale, qui porte désormais son nom. À la mémoire de ces événements, une fois par an, un épouvantail de Tarasque est transporté dans les rues de Tarascon, qui, les jours ordinaires, est entreposé sous verre dans une maison près de la mairie.

L'air provençal est rempli non seulement de respect pour les anciennes traditions, légendes et croyances, il est tissé à partir d'une fine toile d'une combinaison de palettes lumineuses et de couleurs pastel. Le territoire de Provence s'étend de la mer d'azur aux montagnes bleues infinies. Et devant les crêtes puissantes, une plus petite chaîne de montagnes est dispersées, chacune étant couronnée par une petite ville. L'un d'eux est la commune de Gordes, elle a été faite de pierres au 8ème siècle. Oui, oui, c'est complexe, sans ciment ni sable. Et elle ne s'est pas effondrée, malgré les incendies, les guerres et autres malheurs, mais elle reste inébranlable à ce jour. Gordes a été construit selon la méthode habituelle - le secret des artisans locaux.

Donc, c'est juste qu'un château solide construit en pierres sur la seule place de la ville, des maisons d'anciens vassaux, et maintenant des résidents libres, vendant des souvenirs et des ustensiles de ménage devant le château. Les éléments intérieurs sont en parfaite harmonie avec la saveur locale, la palette luxuriante des maisons, les murs du château et même la couleur des montagnes françaises: bleu, grise et lorsqu'ils sont exposés au soleil, verte vive. Et en Provence, les montagnes peuvent être rouges ardent et dorées, c'est-à-dire toutes les nuances d'ocre [39].

La Provence n'est pas seulement un lieu magique, mais aussi un lieu romantique, dont chaque coin est rempli d'histoire ancienne; la population locale croit toujours au mystère de la création de nombreuses villes provençales. Malheureusement, les légendes ne sont pas toujours belles et romantiques, parfois leur signification est remplie de tristesse, à laquelle même les histoires vraies ne peuvent pas être comparées. L'une de ces légendes est liée au nom fabuleux de Roussillon, dont on a déjà parlé.

Tous ceux qui sont allés à Roussillon ont laissé pour toujours un morceau de son cœur dans les rues étroites d'une ville romantique, les sentiers lumineux menant à la carrière des grottes dorées, ou au pied des montagnes orange avec des pins émeraudes.

Il y a aussi un endroit mystique en Provence - les ruines de la citadelle féodale du Baux de Provence. Selon la légende, il y avait une fois une forteresse du duché de

Baux, connu pour sa soif de sang. Au XVIIIe siècle, des troubadours se sont rassemblés ici de, et au XVIIe siècle, le cardinal Richelieu, fatigué du tempérament obstiné des habitants, a detruit toutes les structures locales. Maintenant, le musée du château est situé à cet endroit. De ses sites, vous pouvez voir les falaises de la vallée de l'Enfer, le lieu de la cachette des sorcières, que l'Italien Dante a écrit dans sa „Divine Comédie".

Quand j'ai visité cet endroit pour la première fois, je voulais prendre ce livre et le relire. C'est comme devenir une partie de l'histoire, ou le héros de la „Divine Comédie".

La Provence est si polyvalente, diversifiée et belle qu'elle ne peut pas être perçue d'un seul ton, vue sous un angle ou évaluée conformément aux lois de la nature ou des relations humaines. Vous devez la ressentir de tout votre cœur, l'aimer et la comprendre, la percevoir comme un miracle de la nature et profiter de chaque instant passé au paradis sur terre.

En se livrant à des souvenirs des meilleurs moments passés en Provence, nous avons ressenti des notes nostalgiques qui nous ont rappelé que l'été touchait à sa fin et que les prochaines vacances ne seraient que dans un an.

Après avoir bu un thé matinal relaxant, mangé un petit déjeuner copieux et après des conversations sincères, nous voulions discuter des plans pour ce soir. Nous avons décidé sans trop de hâte d'aller au marché et d'acheter les produits nécessaires pour le dîner. Aujourd'hui, nous voulions nous sentir comme de vrais habitants de la Provence et remercier les voisins pour leur aide et leur hospitalité. Armés de paniers en osier et de bonne humeur, nous sommes allés au royaume des odeurs et des goûts qui règnent sur les marchés locaux. Comme on dit en Provence: „Si vous voulez vous réconforter et apprendre des nouvelles, allez au marché".

Une variété de légumes mûrs, de fruits, de viande et de poisson a frappé l'imagination et faisait réfléchir aux caractéristiques du menu du dîner. Le marchandage, la dégustation de produits et la discussion sur l'actualité française sont un signe de bon goût en Provence. En choisissant les meilleures variétés de poisson et de viande, de fruits mûrs et de légumes faits maison, nous sommes allés au magasin d'alcools et avons choisi plusieurs variétés de vins locaux et la fierté de la Provence - Pastis et Ricard.

De retour à la villa, nous avons vidé nos paniers et ouvert une bouteille de pastis. Les Français croient que le pastis est une boisson idéale pour la région du sud, capable d'étancher la soif et de monter le moral.

Le pastis est une teinture française d'alcool d'une force de 38 à 45%, qui comprend nécessairement de l'anis et de la réglisse. La boisson peut contenir d'autres herbes et épices (plus de 50 articles), mais sans armoise. Chaque fabricant a sa propre recette, tenue secrète. Le pastis est très populaire en France, en Belgique et au Luxembourg.

Toute femme française a forcément le pastis dans la cuisine, car il est utilisé non seulement comme une boisson pure et pour la préparation de cocktails alcoolisés, il est également ajouté aux pâtisseries, plats de viande, soupes. La teinture d'anis doit être conservée dans un endroit sombre et frais, mais pas au réfrigérateur, sinon les huiles essentielles d'anis cristallisent et précipitent.

Malgré le fait que cette boisson française à l'anis et à la réglisse soit devenue à la mode après l'interdiction de l'absinthe dans la plupart des pays européens (fin XIX - début XX siècles), le pastis est apparu beaucoup plus tôt. Dans le sud de l'Europe en général, et en Provence en particulier, les teintures à base de plantes fraîches sont très respectées, et le pastis peut contenir jusqu'à 50 ingrédients, y compris la camomille, le persil, la coriandre, la véronique, les épinards et tout autre chose qu'armoise, Par conséquent, le pastis a un goût très similaire à l'absinthe, mais est beaucoup plus doux en effet et ne présente pas de menace de folie en raison de la substance stupéfiante thuyone contenue dans l'absinthe.

D'où vient le nom de „Pastis", même les Français ne le savent pas. Au contraire, ils ne peuvent toujours pas parvenir à un consensus. Aujourd'hui, il existe plusieurs versions principales:

On dit qu'en ancien française le mot „Pastis" signifiait „boueux", „sale", „opaque" - quand dilué avec de l'eau, la liqueur prend une teinte blanc laiteux. Honnêtement, cette version n'a pas pu être vérifiée: il n'y a pas un tel mot dans les dictionnaires de l'ancien français, mais cela fait peut-être référence à une version antérieure de la langue qui n'a pas encore été numérisée et qui n'est pas mise en libre accès.

Selon une autre version, „Pastiche" en dialecte provençal signifie „mélange", „potion" (réglisse, anis et autres épices sont souvent les composants de base de divers médicaments, donc le goût du pastis ressemble vraiment à un remède contre la toux pour certains).

Enfin, du français moderne, „pastiche" se traduit par „faux", „imitation" - comment ne pas rappeler son rôle du remplaçant de l'absinthe au début du XXe siècle? Tout est en ordre ici, il y a vraiment une telle traduction, mais comment cela a affecté le nom de la boisson et si le pastiche s'est vraiment transformé en Pastis – on ne sait pas.

Initialement, le pastis avait une force de 30%, puis progressivement ce paramètre a été augmenté à 45%, et pendant la Seconde Guerre mondiale, il a de nouveau été réduit à 16%. En 1951, le gouvernement a levé l'interdiction de l'alcool fort et une nouvelle variété d'anis, Pastis 51, est immédiatement apparue.

Le pastis est utilisé, tout d'abord, comme un apéritif, pour stimuler l'appétit avant un repas copieux. L'anis qui en fait partie améliore la digestion et soulage les douleurs d'estomac, donc des teintures similaires ont été utilisées aux mêmes fins dans la Grèce antique.

De plus, le pastis est également bon comme un digestif. On le boit à la fois après un bon repas et avant le coucher, ou même entre les repas. Le pastis est combiné avec n'importe quel plat, on pense qu'il est idéal pour le poisson, par exemple le thon à l'huile d'olive.

La force de teinture peut atteindre jusqu'à 45%, c'est pourquoi il est traditionnellement mélangé avec de l'eau glacée.

Le pastis est servi dans de petites verres à fond épais et se boit en petites portions. Au lieu d'eau, vous pouvez mélanger la boisson avec du jus ou du sirop, ou vous pouvez l'adoucir avec du sucre ordinaire avec l'aide d'une cuillère à absinthe: un morceau de sucre raffiné est placé sur une cuillère à café spéciale avec des trous et arrosé au-dessus de l'eau, la solution résultante coule immédiatement dans la liqueur d'anis.

L'une des principales propriétés de cette boisson, pour laquelle les Français l'aiment et l'apprécient, est une sensation de fraîcheur même dans la chaleur. Par conséquent, le pastis est une liqueur démocratique appréciée par la classe ouvrière, des bourgeois et de l'aristocratie. C'est un alcool fort, mais avec un caractère léger, l'esprit incarné de la France elle-même. Le pastis est toujours servi lors d'événements officiels et de réunions de famille. J'ai des souvenirs spéciaux associés à cette boisson.

Les Français boivent parfois du pastis à l'apéritif, mais son objectif principal est d'alléger le temps entre le déjeuner et le dîner. Le temps entre le déjeuner et le dîner est spécial. Des Anglais diplômés boivent du thé avec du lait, et des Français émotifs et impressionnables, de bonne humeur, vont au café pour un café, en moyenne humeur - pour un verre de vin, en humeur triste et déprimée - pour un verre de Pastis. Après tout, tout se passe: les choses tournent mal, la chérie, citant une migraine, annule le dîner , la vie a perdu son sens, son goût et son arôme. Et puis Pastis est le meilleur ami et psychothérapeute. On le boit lentement et pensivement, chaque gorgée transforme une particule de douleur mentale en une vague de chaleur émotionnelle. La chaleur mentale entre les Français n'est pas très acceptée, mais entre la personne et le Pastis elle se forme tout de suite.

Je n'ai jamais vu les gens boire le pastis à la maison, c'est généralement un motif de communication et un moyen d'échapper aux problèmes. Les Français ne sont pas du tout enclins aux sentiments et j'ai découvert ce qui les tourmentait juste dans un restaurant avec un verre de vin ou un pastis.

On pense que chacun a ses propres problèmes, et les partager est un signe de mauvais goût dans certains cercles laïques. Les Parisiens ont souvent recours aux services de psychanalystes, mais l'effet est parfois le contraire de ce qui est attendu une personne s'habitue à toujours chercher les particularités de sa psyché qu'elle ne peut plus s'en débarrasser plus tard et se referme.

En parlant des traditions françaises et des incidents de la vie, nous avons dressé la table et avons commencé à cuisiner le premier plat, qui est la „carte de visite" de chaque femme en Provence. Aujourd'hui, nous avons décidé de cuisiner des plats nationaux Pot-au-feu - un plat de bœuf. Le bœuf dans un bouillon avec des légumes et des herbes est cuit pendant plusieurs heures, généralement 4 heures, à feu doux.

Ce plat a toujours été considéré comme rustique, de sorte que l'écrivain français Guy de Maupassant dans son histoire „Le Collier" l'a contrasté avec des plats de la vie aristocratique exquise: „Quand elle s'asseyait, pour dîner, devant la table ronde couverte d'une nappe de trois jours, en face de son mari qui découvrait la soupière en déclarant d'un air enchanté: „Ah! le bon pot-au-feu! je ne sais rien de meilleur que cela, elle songeait aux dîners fins, aux argenteries reluisantes, aux tapisseries peuplant les murailles de personnages anciens et d'oiseaux étranges au milieu d'une forêt de féerie." En Provence, il n'y a pas de consensus sur la préparation parfaite de ce repas. Chacun propose sa propre recette de Pot-au-feu et la considère comme la meilleure de Provence [26].

C'est peut-être une question plutôt controversée, mais ma grand-mère a toujours dit qu'il ne pouvait y avoir qu'une seule recette et qu'il y avait plusieurs façons de cuisiner. L'art principal de la cuisine c'est l'amour de ce que tu cuisines et, bien sûr, la présence d'émotions positives ressenties par la personne lors de la préparation du dîner. Il est scientifiquement prouvé que l'amour peut être accepté et donné. En donnant de l'amour, nous semblons jeter dans l'atmosphère une charge d'énergie et de sentiments qui peut améliorer le goût même du plat le plus ordinaire.

La chose la plus importante à propos de Pot-au-feu - c'est de choisir le meilleur bœuf, les épices et les légumes frais qui débordent de la côte sud de la France. Bien sûr, il y a une autre règle de réussite: l'amour avec lequel le plat est préparé. C'est comme ressentir ce que vous cuisinez. Après tout, l'expression est tout à fait vraie: „Nous sommes ce que nous mangeons". C'est cette caractéristique qui distingue les Français de toutes les nations du monde. En France, ils sont très scrupuleux sur ce qui constitue l'alimentation quotidienne d'un adulte et d'un enfant. Les Français n'économiseront jamais sur des produits sains et frais, la qualité du vin et du pain. La Provence en est la meilleure confirmation. Ce n'est pas seulement la cuisine du „soleil", mais aussi un endroit où une attention particulière est accordée à la nourriture, et les déjeuners et dîners sont littéralement devenus un culte du plaisir et de l'expression de soi.

Il est important de se rappeler que les émotions avec lesquelles nous préparons un plat sont tout aussi importantes que la qualité de la nourriture ou la recette du plat transmise de génération en génération. Une bonne humeur, l'amour et le désir de rendre nos proches heureux sont les meilleurs „assaisonnements" et „épices" qui peuvent améliorer même la recette la plus exceptionnelle.

Dorade au citron et romarin

Ingrédients (2 pers)

2 dorades, 1 citron, 2-3 branches de romarin, 1 oignon, sel, poivre

Préparation

Coupez l'oignon en rondelles. Coupez le citron en fines tranches. Sur une feuille de papier d'aluminium, mettez environ un quart de l'oignon. Placez quelques cercles de citron sur le dessus. Écaillez les dorades et les videz. Rincez soigneusement le poisson à l'eau froide et essuyez-le avec une serviette en papier.

Frottez le poisson préparé avec du sel (intérieur et extérieur), étalez-le sur une couche d'oignon et de citron. Poivrez. À l'intérieur du poisson, mettez une branche de romarin et une tranche de citron. Au-dessus du poisson, mettez environ un tiers des oignons restants et quelques rondelles de citron. Soulevez les bords du papier d'aluminium, en enveloppant étroitement le poisson. De même, nous préparez la deuxième dorade.

Mettez la dorade dans un four préchauffé à 200 degrés pendant 20-25 minutes. Ouvrez ensuite les bords du papier d'aluminium et continuez à cuire le poisson pendant 10 à 15 minutes supplémentaires. Dorade, cuite au four dans du papier d'aluminium, est harmonieuse avec n'importe quelle garniture, et aussi bonne comme un seul plat.

La Dorade est un poisson très populaire en Provence avec une chair blanche moelleuse et très savoureuse. L'absence presque complète de petits arrêtes vous permet d'utiliser activement la dorade en cuisine. Elle est cuite sur le gril, utilisée pour la cuisson de la soupe, frite dans une poêle, cuite au four. Dorade est complètement cuite sous une couche de papier hermétique, elle se révèle tendre, appétissante et parfumée même avec un minimum d'épices et de produits complémentaires. D'autres poissons peuvent être cuits de la même manière - le bar, la perche etc.

Aujourd'hui, nous avons décidé de cuisiner non seulement une dorade mais aussi un plat de poisson préféré local, des sardines aux tomates et au romarin. Les sardines sont appréciées des Français pour leur simplicité, leur accessibilité et leur facilité de préparation. Ils se marient parfaitement avec les pommes de terre et font partie intégrante de nombreux plats locaux. Les sardines sont un produit des pêcheurs locaux et la propriété de la Provence. Les Français se disputent avec les Espagnols et les Italiens, sur la question de savoir qui mérite le droit d'être considéré comme le berceau des sardines? Bien sûr, ce sont les Philippines, mais dans le monde, il existe de nombreuses recettes pour préparer ce poisson, et la Provence peut être considérée comme un leader de la consommation et un véritable connais-seur des caractéristiques gustatives de cette perle de mer de la côte sud.

Sardines grillées et ses tomates cerises

Ingrédients (2 pers)

500g de sardines, ½ c. à café de poivre noir moulu, ½ c. à café de fleur de sel, 1 brin de romarin, l'huile d'olive extra Virgin

Garniture

40ml d'huile d'olive extra Virgin, 50ml de vin blanc, 1 oignon violet, 1 gousse d'ail, 1 brin de romarin, 1/2 boîte d'olives dénoyautées (50g), 60g de tomates séchées, 1 piment frais, fleur de sel, poivre noir moulu

Tomates

250g de tomates cerises sur une branche (1 paquet), 60ml d'huile d'olive extra Virgin, 1 brin de romarin, 1 brin de thym, ½ c. à café de fleur de sel, ½ c. à café de poivre noir moulu

Préparation

Écaillez les sardines et les videz. Rincez soigneusement le poisson à l'eau froide et essuyez-le avec une serviette en papier.

Ajoutez les feuilles de thym aux sardines. Après cela, saupoudrez-les d'huile d'olive, frottez avec du sel de mer et du poivre noir moulu. Étalez les sardines sur due feuille de papier d'aluminium, puis sur un grill pour faire frire du poisson et des légumes.

Dans une palette en aluminium, déposez les tomates cerises sur une branche et ajoutez le sel, le poivre, le romarin et le thym. Versez l'huile d'olive sur le dessus pour qu'elle tombe sur les tiges des tomates - puis une fois cuites, elles ne se dessèchent pas et restent sur la branche.

Hachez l'oignon violet, les tomates séchées le poivron et le piment frais pour la garniture. Si vous le souhaitez, retirez les graines pour rendre le plat moins épicé. Coupez les olives en rondelles et hachez l'ail.

Préchauffez le four jusqu'à 230-290 °C. Allumez le démarreur à charbon, versez du charbon dans les plateaux de séparation et les placez au centre du grill.

Mettez sur le grill un plateau avec des tomates cerises et faites-les cuire sous le couvercle pendant 10-15 minutes (selon la taille de la cerise et le degré de préparation souhaité). Après cela, retirez du feu et couvez de papier d'aluminium.

Retirez le module central et installez un wok en fonte. Faite chauffer l'huile d'olive, ajoutez le romarin, le thym, l'oignon râpé, les olives, le poivron et le piment. Faites frire, en remuant constamment, jusqu'à ce que l'oignon soit doré. Ajoutez le vin blanc et faites-le s'évaporer en remuant fréquemment. Retirez le wok du grill et couvrez-le. Mettez-y un grill avec des sardines et faites cuire le poisson 3-4 minutes de chaque côté. Retirez les sardines et mettez-les dans une assiette, garnissez de la garniture de wok, décorez avec des tranches de cerise et de citron.

Brandade - c'est un mets de morue salée, fouettée avec du lait (crème) et de l'huile d'olive; c'est un plat français classique typique de la cuisine du Languedoc et de la Provence. Ce plat est servi avec des croûtons: sans aucun additif - à Marseille et Toulon, ou avec l'ail râpé - à Nîmes. Ce plat est souvent cuisiné à la maison et souvent en raison de l'économie, ils ajoutent de la purée de pommes de terre, ce qui est contraire à la tradition. Cependant, en Provence, la brandade du vendredi contient de la purée de pommes de terre et des truffes sont également ajoutées à la brandade aux truffes.

Brandade de Morue Nîmoise

Ingrédients (2 pers)

400g de morue, 500ml de lait, 1 c. à café de sel, 1 laurier, 300g de pommes de terre, 50ml d'huile d'olive, 2 gousses d'ail, persil, fenouil, pois de poivre, 2 c. à soupe de crème, des croûtons

Préparation

Pelez les pommes de terre et faites-les cuire. N'oubliez pas de saler l'eau. Puis égouttez l'eau et écrasez les pommes de terre.

Dans une petite casserole, faite bouillir le lait, ajoutez 1 cuillère à café de sel, l'ail haché, le laurier, quelques petits pois de poivre et de morue, coupées en petits morceaux. Dès que le lait bout à nouveau, retirez la casserole du feu et laissez le poisson dedans pendant 5 minutes.

Transférez la morue cuite dans un grand bol et pétrissez-la à la fourchette. Ajoutez-y les pommes de terre écrasées, environ 150 ml de lait, dans lesquelles la morue a été bouillie, et mélangez bien tout cela, en ajoutant progressivement de l'huile d'olive. La masse de pommes de terre et de poisson doit être légère et épaisse. Ajoutez ensuite le persil et le fenouil hachés et mélangez.

Graissez le plat de cuisson avec de l'huile, remplissez de masse de pommes de terre et de poisson, graissez le dessus de crème et mettez au four préchauffé à 200 °C pendant 15 minutes pour que la brandade soit dorée (orientez-vous votre four). Servez la brandade avec des croûtons.

Marie Joseph Louis Adolphe Thiers (1797-1877), historien, en 1871-1873 Président de la France, était célèbre pour son amour de la brandade; il y a une légende que son ami, l'historien François-Auguste Mignet, lui envoyait des pots de brandade de Nîmes, et Thiers seul la mangeait dans sa bibliothèque.

„C'est un péché de se précipiter quand vous préparez la brandade. La morue doit être trempée pendant deux jours, et l'eau doit être changée de temps en temps. Pour ceux qui sont oublieux, je peux recommander un conseil d'un homme appelé M. Ramadier, qui a trempé la morue dans le réservoir de chasse d'eau des toilettes, assurant ainsi un changement d'eau régulier avec un minimum d'effort" (Peter Mayle „Provence AZ") [11].

Des odeurs divines venaient de la cuisine, et sur la terrasse tout était prêt pour l'arrivée des invités. Mon „Français" bien-aimé n'a pas eu le temps de verser du rosé dans les verres lorsqu'un couple marié âgé est apparu aux portes de la villa, Madame Gérard et son mari, amis de la famille Duran.

Comme il est de coutume en France, nos aimables voisins ne sont pas venus les mains vides. Le meilleur cadeau pour le dîner est une bouteille de bon vin, des fleurs et un dessert, dans notre cas, un biscuit maison aux fraises, préparé par Madame Gérard, selon la recette de sa grand-mère.

Un biscuit est un petit gâteau sec. L'étymologie de ce terme remonte au Moyen Âge. Ensuite, il a été appelé „panis biscoctus" (pain cuit deux fois). Dans la biographie du roi de France Saint Louis, écrite par l'historien médiéval français jean de Joinville, „biscuits" faisait référence au pain que les voyageurs envoyés par le sultan à la recherche des sources du Nil, emportaient avec eux comme nourriture. Il s'agissait apparemment de pain cuit deux fois, connu de l'ère de l'Antiquité. Ce pain a été pris en voyage, car il peut être conservé plus longtemps.

Mais dans le livre „ltinerarium" (Voyage) de Guillaume de Rubrouck, où il décrit son voyage au khan mongol, réalisé par lui en 1253, „panis biscoctus" est, apparemment, un dessert, car il est mentionné avec des fruits et du vin , et en plus, avec l'épithète „délicat" (delicatus): „J'ai pris des fruits, du muscat et un délicat biscuit (biscoctum delicatum) de Constantinople sur les conseils des marchands à donner à mes supérieurs afin qu'ils me permettent de continuer mon voyage, car ils décident en toute justice si vous les rencontrez les mains vides".

Le spécialiste de la cuisine française du XVIIe siècle, François Pierre de la Varenne, qui a jeté les bases de la cuisine française du Nouvel Âge, dans son livre „Nouveau cuisinier français, ou L'École des ragouts" donne une recette pour la cuisson des biscuits: „Cassez 8 œufs dans un bol, battez-les comme pour faire une omelette, ajoutez un peu de coriandre écrasée ou d'anis vert et une livre de sucre glace, diluez un peu [avec de l'eau], puis ajoutez trois quarts de livre ou une livre de farine; vous devez le diluer avec [de l'eau] et remuer jusqu'à ce que la pâte devienne blanche, car les biscuits seront plus savoureux et mieux préparés si vous remuerez bien la pâte".

Varenne décrit également comment cuisiner différents types de biscuits: „biscuit à la Reine", „biscuit de Piémont", „biscuit de cannelle", „biscuit de sucre" , „biscuit de pistaches". La recette de la famille Gérard avait l'air si aérée qu'elle ressemblait plus à un nuage de fraise tendre qu'à un dessert français [26].

Aujourd'hui, c'était un dîner magique et vraiment français avec une dégustation de vins locaux, une discussion sur les recettes familiales et un échange d'impressions sur la culture et les traditions de la Provence. Nous avons beaucoup ri, plaisanté, parlé de la façon dont nous avons rencontré mon „Français", avons d'abord ressenti le rythme de nos cœurs, résonnant d'un seul ton, senti la chaleur de nos mains, la direction des pensées et le désir d'aimer et d'être aimés.

Nos voisins ont partagé une histoire de leur famille, ils ont raconté qu'une fois, fatigués du bruit et de l'agitation à Lyon, ils ont vendu un appartement dans le centre-ville et sont arrivés sur la Côte d'Azur, à la recherche du silence et de l'harmonie intérieure. Depuis 20 ans, un couple marié heureux profite de la chaleur, d'une vie mesurée et „saisit l'instant" en Provence.

Entre le plat principal et le dessert, nous avons apprécié jouer à la pétanque et boire du pastis glacé. Selon F. Rabelais (1494-1553), rien ne peut empêcher quiconque de jouer à ce jeu; il convient à tous les âges, petits et grands. Si certaines personnes pensent que le badminton et le frisbee sont trop fatigants pendant la chaleur de l'été, le jeu préféré des Français - pétanque, ne causera certainement pas de telles plaintes. Il est peu probable que la pétanque prend beaucoup d'énergie. Mais l'excitation qu'il provoque n'est pas moins que le football ou le tennis qui sont super populaires.

L'histoire de la pétanque a ses racines dans la tradition grecque ancienne de lancer des balles à distance, et la tradition romaine - lancer les balles avec précision, mais les règles sont similaires à celles modernes, et la pétanque a acquis une popularité universelle dans la France médiévale. Bien que des jeux similaires existent dans d'autres pays. La légende raconte qu'au XIVe siècle, la pétanque était même interdite par le plus haut décret, de sorte que l'enthousiasme pour ce jeu n'empêcherait pas la noblesse de pratiquer l'escrime plus utile pour l'État.

D'ailleurs, une autre légende raconte que lorsque, au contraire, les duels étaient interdits, les Français arrangeaient leurs relations qu'à l'aide de boules de pétanque. Néanmoins, le jeu a survécu avec succès à toutes les interdictions, en atteignant nos jours. Vous pouvez jouer à la pétanque sur n'importe quelle surface: herbe, sable, terre et même dalles de pierre. Le seul équipement nécessaire c'est des boules, qui peuvent désormais être achetées dans n'importe quel magasin de sport. La force physique, l'agilité et l'endurance n'ont pas d'importance, seuls l'œil et le punch sont importants. Tout cela rend la pétanque accessible à tous.

Même dans les temps anciens, les anciens Grecs et Romains jouaient un jeu qui rappelle la pétanque moderne. Dans la Grèce antique, un jeu similaire était joué avec des pierres sphériques; dans la Rome antique, des boules en bois liées avec du fer étaient utilisées. En Grèce, ce jeu a démontré la force de ses rivaux, puisque l'objectif principal du jeu était de lancer une pierre le plus loin possible, tandis qu'à Rome, il fallait lancer les pierres aussi précises.

Avec l'invasion des barbares et la chute de l'Empire romain, les jeux de boules disparaissent pour ne redevenir populaires qu'au Moyen Âge. A cette époque, ce jeu s'appelait „bouleurs". Le jeu est devenu si populaire qu'au XIVe siècle Charles IV, puis Charles V ont introduit une interdiction de ce jeu, de sorte que les subordonnés étaient engagés dans des choses plus utiles, par exemple, en tir à l'arc.

Plus tard, au XVIe siècle le pape Julius II a vraiment aimé ce jeu. Afin de renforcer l'influence italienne au Vatican, il a réuni les meilleurs joueurs de toute l'Italie qui ont brillamment fait leurs preuves lors de matchs avec les Français, les Vénitiens et les Espagnols. Le jeu de boules n'est revenu en France que pendant les guerres franco-italiennes. La popularité du jeu de boules n'a cessé de croître tant en France qu'en Italie. Cependant, des différences ont commencé à apparaître dans le jeu.

En 1629, le jeu de boules est redevenu illégal. Les fabricants indignés de jeux de paumes (le précurseur du tennis) ont conspiré et obtenu une interdiction du jeu. Malgré le fait que le jeu a été interdit, il a continué à être joué dans les monastères. Ainsi, les prêtres ont été les premiers à construire un terrain clos pour la pétanque. Pourtant, l'interdiction de jouer a duré plusieurs années.

En 1792, à Marseille, le jeu de boules a fait la mort de 38 personnes. Et ce n'est pas le résultat d'une clarification de la relation lors du score après un match. Le jeu s'est déroulé sur le territoire du couvent, où étaient stockés des barils de poudre à canon, tandis que des boulets de canon étaient utilisés comme les boules.

Au cours des siècles passés, il y a eu de nombreuses versions du jeu, tant en France qu'à travers le monde, dans lesquelles des boules de pierre, d'argile, de bois ont été utilisées, dont les règles sont proches des règles de la pétanque. Les plus célèbres d'entre eux sont la boule lyonnaise, bocce, lawn bowling et autres. Un grand fan du jeu de boules était le physicien et mathématicien exceptionnel André-Marie Ampère. Il a utilisé des boules spécialement faites pour ce jeu. Ce jeu a ensuite été appelé jeu provençal, et est désormais très répandu dans le sud de la France. Dans cette version du jeu, les joueurs font une course avant de lancer la boule, en lui donnant ainsi une impulsion supplémentaire.

Il se joue dans une petite zone. Les boules sont lancées à partir du cercle tracé sans se disperser avant les lancer. Cette version est devenue très populaire en 1908 et les premières compétitions officielles ont eu lieu dans la ville portuaire de La Ciotat, dans la banlieue de Marseille. Il y a deux équipes qui participent au jeu, chacun peut être composée d'un, deux ou trois joueurs. Chaque équipe a 6 boules. Si l'équipe a un ou deux joueurs, chacun d'eux joue avec trois boules. S'il y a trois joueurs, alors chacun a deux boules.

L'équipe qui gagne le tirage au sort trace le cercle et d'un diamètre d'environ 30 cm, à partir duquel tous les lancements ultérieurs seront effectués. Le joueur de la première équipe lance une balle en bois - un cochonnet - à une distance de 6 à 10 mètres du cercle. En même temps, il ne doit pas quitter le cercle jusqu'à ce que le cochonnet s'arrête, après quoi tout joueur de la première équipe lance la première boule dans le cercle. La tâche consiste à la placer le plus près possible du cochonnet. Ensuite, le joueur de la deuxième équipe lance sa boule en essayant de rapprocher sa boule du cochonnet ou de faire tomber la boule de son adversaire. Le prochain lancer est effectué par l'équipe dont la boule est plus éloignée du cochonnet et cette équipe lance ses boules jusqu'à ce que l'une de ses boules soit plus proche du cochonnet que n'importe quelle boule de l'adversaire. Si l'équipe adverse n'a plus de boules, alors l'autre équipe lance les boules restantes. Lorsque les boules des deux équipes sont lancées, des points sont marqués. L'équipe gagnante obtient autant de points que les boules sont placées plus près du cochonnet que la boule la plus proche de l'équipe adverse.

L'équipe gagnante commence le tour suivant. Un nouveau cercle est tracé à l'endroit où le cochonnet du tour précédent est tombé, après quoi le cochonnet est jeté à nouveau. Le jeu se poursuit jusqu'à ce qu'une des équipes marque 13 points. Selon les résultats de la manche, l'équipe jouant en noir a trois boules plus près du cochonnet que la boule la plus proche de l'équipe „blanche". Ainsi, les „noirs" obtiennent trois points pour ce tour et sont les premiers à lancer la boule [39].

Le mot „pétanque" lui-même vient de la Provence - en dialecte local „ped tanco" signifie „pieds ensemble" (pieds ancrés sur le sol), ce qui rappelait aux joueurs qu'en jetant il était impossible de traverser le cercle tracé dans le sable. La pétanque se jouait dans l'Égypte ancienne, c'est à partir de là que les soldats macédoniens l'ont amené en Grèce antique. Déjà au Moyen Âge, ce jeu était souvent soumis à des interdictions, car alors les boules pesaient beaucoup plus lourd que ceux des jeux actuels, et très souvent les jeux se terminaient par des blessures et même la mort [40].

Beaucoup considèrent 1907 comme l'année de la fondation du jeu. Depuis lors, la pétanque n'a subi aucun changement et a survécu jusqu'à ce jour. Au début du siècle dernier, le terrain le plus populaire pour la pétanque parmi les amateurs se trouvait à Paris, devant le café chantant, où Fanny heureuse était en charge. Si une équipe perdait 13-0, tous ses participants étaient censés embrasser la femme rigolote à l'endroit prévu pour s'asseoir. La tradition demeure à ce jour.

Parmi les amateurs de pétanque se trouvaient et sont André-Marie Ampère, Georges Simenon, Gina Lollobrigida, Robert De Niro. Konrad Adenauer a soulagé le stress en lançant des boules, la princesse mère thaïlandaise Srinagarindra a joué à la pétanque tous les jours, même à l'âge de quatre-vingt-dix ans, et le leader des Rolling Stones, Mick Jagger, a remporté une fois 19000 dollars de ses compatriotes doutant de ses compétences en ce jeu. Le jeu dans son essence ressemble au billard qu'au sol, absolument tout le monde peut y jouer, quel que soit son âge. Les règles du jeu sont assez simples, surtout après un verre de pastis glacé pendant une chaude journée d'été [41].

Notre tournoi s'est terminé par une victoire de la famille Gérard, bien qu'il y ait une explication logique à cela - une pratique depuis 20 ans, du sang français et un amour des traditions provençales. Le dîner est passé lentement au digestif et au dessert aéré aux fraises. Il a soudainement commencé à pleuvoir dans la rue, et nous nous sommes déplacés à l'intérieur. Nous avons écouté les chansons françaises, regardé l'album photo que nos voisins nous ont apporté, apprécié les histoires sur la vie en Provence et pensé que tout était parfait, il suffit juste de se rappeler une simple vérité: „Le bonheur aime le silence, et le silence et l'harmonie intérieure sont la base de la vie en Provence".

Chapitre 12. Et Dieu créa Saint-Tropez - la vraie France, la France d'un village de pêcheurs.

Aujourd'hui, je n'ai pas pu dormir, les invités ont quitté la villa après minuit, mais mon „Français" et moi, nous n'avons pas pu dormir longtemps. La pluie s'est terminée le matin et pendant toute la nuit le ciel a été si étoilé que ce serait juste une erreur de dormir pendant une nuit aussi magique. C'était la dernière nuit en Provence, mais ce n'était pas la seule raison pour laquelle elle était spéciale. Cette nuit-là, nous avons fait des rêves, des plans pour l'avenir, nous avons pensé à quel coin de la terre nous devrions vraiment visiter ensemble. Nous avons rêvé de la mystérieuse Normandie et de la Bretagne, d'une visite de l'île du Mont-Saint-Michel, des promenades nocturnes le long de la plage infinies de Saint-Malo, du silence et de la recherche du beau.

Nous voulions vraiment faire un voyage dans ma ville natale de Saint-Pétersbourg, se promener dans la ville, se tenir la main et admirer la beauté des nuits blanches. Se sentir une partie de la culture russo-française, se déplacer au 19ème siècle, toucher les cordes fines de l'âme russe, pleurer au théâtre Mariinsky après les spectacles, visiter Peterhof, plonger dans l'histoire de la famille Romanov et essayez de comprendre le mystère et la particularité de „l'âme russe".

Nous avons discuté toute la nuit, nous sommes allés nous promener le long de la plage, nous avons compté les étoiles et nous sommes revenus à la villa vers le matin. Aujourd'hui, je ne voulais pas de croissants, ni profiteroles, ni baguette française croustillante avec du miel ou de la confiture de fruits.

Aujourd'hui, je voulais préparer le petit déjeuner pour mon „Français" selon la recette de ma grand-mère bien-aimée, qui a joué un grand rôle dans ma vie, mon éducation et ma perception du monde. C'était une femme très forte, au destin difficile, au grand cœur, capable d'aimer, de valoriser la vie et de croire aux miracles.

C'est elle qui m'a appris à rêver. Elle a déclaré: „Notre avenir est le rêve et la foi en amour". Elle savait parfaitement cuisiner, mettait son âme dans tout ce qu'elle touchait et me faisait souvent des petits déjeuners sains, des déjeuners copieux et des dîners festifs. Un de mes plats préférés était des pancakes au fromage blanc faits maison avec des raisins secs, de la menthe et des tranches de figues mûres.

En me souvenant de la recette de ma grand-mère, j'ai réussi à la répéter et même à ajouter un peu de variété, en prenant comme base le fromage de brebis fait maison que nous avons acheté hier au marché local. L'odeur d'un petit déjeuner chaud, de café frais et de fruits était chargée d'énergie positive pour la journée à venir.

Aujourd'hui, nous avons décidé de rester à Saint-Tropez, la perle de la Côte d'Azur, un vieux village de pêcheurs qui a gagné en popularité dans le monde entier.

Saint-Tropez est une station balnéaire populaire située dans le sud de la France, à la mention de laquelle il y a l'image d'un beau port plein de voiliers légers, de yachts exquis, de bateaux de luxe de stars de cinéma et de célébrités. Saint Tropez, comme de nombreuses autres villes portuaires, était à l'origine un village de pêcheurs discret, situé près de Nice, mais cette ancienne ville est devenue plus populaire lorsque certaines familles de Gênes ont déménagé ici, et la ville a commencé à être progressivement remplie de grands poètes, écrivains et artistes célèbres, qui se sont inspirés ici.

La ville, nommée d'après Saint Tropez de Pise, a acquis une renommée mondiale lorsque le film „Et Dieu créa la femme" a été réalisé ici avec la célèbre actrice Brigitte Bardot, après quoi des personnes très connues, des acteurs célèbres, couturiers ont commencé à visiter Saint-Tropez, qui ont fait de cette ville une station balnéaire à la mode [42].

Nous n'avions pas besoin de voyager en voiture, aujourd'hui il nous suffisait d'utiliser un scooter acheté par la famille Duran pour se déplacer entre les petits villages de la vieille Provence. Nous sommes allés dans un village de pêcheurs au bord de la mer, où les petites maisons françaises, les rues étroites, un parc et de nombreux yachts et voiliers coûteux s'intégraient parfaitement dans l'image architecturale globale du vieux Saint-Tropez.

La ville a conservé un nombre incroyable de chapelles et d'églises anciennes, chacune ayant ses propres caractéristiques uniques. La chapelle du Couvent est d'un grand intérêt pour les pèlerins. Les habitants la considèrent toujours comme le principal patron de la ville, donc chaque année de belles fêtes ont lieu près de la chapelle en l'honneur des saints.

L'ancienne chapelle Saint-Éloi a un destin très intéressant, depuis des centaines d'années d'existence, elle n'a pratiquement pas changé d'apparence. Initialement, cette chapelle appartenait à la guilde locale des forgerons et bergers, chaque année, le 1er décembre, ils ont organisé une belle fête dans la chapelle en l'honneur de leur patron Saint Eloi. Aujourd'hui, dans le bâtiment de l'ancienne chapelle se trouve un temple protestant, dans lequel vous pouvez voir de nombreux éléments de conception anciens.

La guilde locale des charpentiers et menuisiers possédait également son propre monument religieux au Moyen Âge - la chapelle Saint-Joseph. Elle a été construite au milieu du XVIIe siècle et, contrairement à de nombreuses autres églises anciennes de Saint-Tropez, des siècles plus tard a conservé ses intéressantes traditions. Chaque année, le 19 mars, des menuisiers et charpentiers locaux honorent leur saint, en l'honneur duquel ils font une procession solennelle dans les rues de la ville. En ce seul jour de l'année, une ancienne statue du saint est sortie de la chapelle et transportée dans les rues de la ville, après quoi elle est rendue avec honneurs à l'église.

De nombreuses structures défensives anciennes ont été conservées à Saint-Tropez; en marchant le long de la rue historique de la rue des Argentiers, vous pouvez voir des fragments préservés de remparts et plusieurs vieilles tours. Les autorités de la ville ont décidé de le démolir et ont permis aux habitants de construire leurs maisons sur le site du mur; de nombreux bâtiments du 19ème siècle ont été érigés en pierres qui restaient du mur de la forteresse.

Tous les fans de l'œuvre de Louis de Funès devraient absolument visiter le musée de la gendarmerie, il est situé dans le bâtiment de l'ancienne gendarmerie. Dans les murs de ce bâtiment, des scènes du film „Le gendarme de Saint-Tropez" ont été tournées. Aujourd'hui, le bâtiment présente une exposition thématique consacrée à ce film, et il y a également des expositions historiques intéressantes.

Saint-Tropez est une ville avec de belles traditions qui se sont développées au fil des siècles. La ville a reçu son nom en l'honneur de Saint Tropez de Pise, les habitants respectent leur patron et chaque année ils organisent une célébration en son honneur. Le festival a lieu à la mi-mai et dure trois jours, il a acquis une immense popularité auprès des invités étrangers. Le programme du festival est une combinaison intéressante de défilés militaires solennels, de défilés de carnaval, de spectacles pyrotechniques et de performances musicales.

Tout le monde peut participer à la célébration; pour cela, les voyageurs n'ont qu'à se procurer un costume national historique. Le troisième jour du festival, des événements religieux intéressants ont lieu dans la ville, un buste du patron, qui est stocké dans la chapelle Sainte-Anne, est transporté dans les rues de la ville. L'après-midi, une partie des gens se rend dans les banlieues et les parcs locaux, les gens organisent des pique-niques et se détendent jusque tard dans la soirée.

Le programme culturel de la ville ne se limite pas à la simple tenue de vacances historiques et religieuses. Saint-Tropez est devenu un lieu permanent pour une variété de célébrations d'importance mondiale, dont le Harley-Davidson Euro Festival. Les résidents de divers pays participent au rassemblement international de motards, beaucoup d'entre eux viennent au festival sur leurs motos, franchissant des milliers de kilomètres. Les motards organisent des courses et des compétitions cérémoniales, et montrent aux personnes partageant les mêmes idées leur technique.

Les voyageurs qui ne sont pas indifférents aux événements sportifs devraient visiter Saint-Tropez en septembre. À cette époque, la ville accueille des compétitions de voile annuelles (voiles de Saint-Tropez), la côte locale est idéale pour une variété de sports nautiques. Pendant toutes les vacances, les touristes étrangers se sentiront chez eux, dès les premiers jours de leur séjour à Saint-Tropez ils seront absorbés par l'atmosphère d'harmonie et d'hospitalité.

En août (ou plutôt, à la fin du mois) une autre régate attend ceux qui visitent Saint-Tropez, qui est une sorte de préparation pour la compétition de voile, qui se déroule le mois prochain. On parle de L'Aoutienne-Trophée Pourchet. Le port de la perle de la Côte d'Azur devient l'endroit le plus visité de toute la ville, et parmi les visiteurs se trouvent à la fois les visiteurs de la ville et les résidents locaux. Une trentaine de yachts participent au festival, des excursions thématiques avec des croisières sur des voiliers chics deviennent un excellent complément à la visite de l'événement.

La fin juillet (parfois - début août) est marquée par un événement lumineux, le Festival de Ramatuelle. Le programme du festival est consacré à l'art théâtral dans toutes ses manifestations, et est très chargé, y compris les performances dramatiques, l'humour et l'art d'avant-garde. Le Théâtre de Verdure, situé en plein air, est le lieu du festival. C'est la principale caractéristique du festival - les touristes peuvent non seulement profiter des merveilleuses performances théâtrales, mais aussi se reposer en plein air.

Septembre est intéressant non seulement comme un temps pour une compétition de voile, mais aussi comme un temps intéressant pour les mélomanes et les amoureux du beau. Le fait est qu'à cette époque à Saint-Tropez, dans l'un des sites historiques les plus remarquables du Château de la Moutte, il y a un événement musical étonnant appelé Nuits du Château de la Moutte. Ici, dans la magnifique cour du château français, vous pouvez écouter de belles œuvres de musique classique. Le lieu a également été choisi car d'ici, depuis la cour, il y a des vues fantastiques sur la Côte d'Azur, avec des voiliers et des bateaux chics. La Journée européenne de la musique (Fête de la musique) est également célébrée à Saint-Tropez le 21 juin.

Le 15 juillet, après la célébration de la fête nationale française, il y a Les Bravades qui rappelle également les événements des années passées. La célébration est consacrée à 1637, quand une grande victoire a été remportée sur la flottille espagnole, composée de 22 navires, tandis que la flotte de Saint-Tropez ne comprenait que quatre navires. Jusque-là, la ville était un petit village, mais à partir de ce moment, tout a changé, en faisant Saint-Tropez un objet stratégiquement important. Des fortifications importantes ont été construites, plus de gens se sont rassemblés ici. Et pendant le festival, le port de la ville redevient le lieu le plus visité, car des événements impressionnants se répètent à la surface de l'eau, répétant la bataille de 1637.

Nous avons décidé de commencer à faire connaissance avec les sites touristiques de la ville en visitant l'Hôtel-de-Ville. À côté se trouve un monument historique exceptionnel, le Château de Suffren, qui est l'une des plus anciennes et des plus belles structures architecturales de la ville. Le château a plus de mille ans, il a été construit au IXe siècle. Actuellement, le bâtiment historique est l'emplacement de la boutique de souvenirs populaire.

Une autre attraction d'une période ultérieure est La Citadelle de Saint-Tropez, elle a été construite au 16ème siècle. Il convient de noter que ce bâtiment a été érigé contre la volonté des résidents locaux, de sorte que le roi a non seulement renforcé la ville, mais a également démontré aux habitants son pouvoir et son autorité.

Actuellement, une partie de la forteresse est occupée par le Musée naval, inauguré en 1958. Il racontera aux visiteurs le grand passé maritime de Saint-Tropez et racontera également l'histoire du marin Suffren, en l'honneur duquel le château susmentionné a été nommé. Le musée de l'Annonciade attire également son attention; il abrite une excellente collection d'œuvres d'artistes du début du XXe siècle.

Non loin de la zone portuaire se trouve la pittoresque Place des Lices, qui est entourée de platanes. Cet endroit est considéré comme l'un des plus romantiques et beaux de la ville, vous pourrez vous détendre de l'agitation de la ville et profiter du paysage. La zone est un lieu permanent pour divers événements culturels. Un autre endroit attrayant pour la marche est le Quartier De La Ponche, qui est situé près de la forteresse.

Il y a plusieurs siècles, des pêcheurs et artisans locaux vivaient sur le territoire de cette région; certaines rues du quartier des pêcheurs sont restées inchangées depuis plus de cent ans. En marchant parmi les vieilles maisons, les vacanciers peuvent se rendre dans le quartier du Vieux-Port, qui est le principal symbole de la station et la personnification du luxe. La décoration principale de la zone portuaire est des yachts de luxe amarrés ici, chacun étant unique.

Une promenade pittoresque s'étend le long du port, qui est également une destination touristique populaire. L'église de Saint-Tropez, du nom de son patron, est également un symbole de la ville. L'église a été construite au début du XVIIIe siècle et au cours de l'histoire de son existence, elle n'a pratiquement pas changé d'apparence. Elle est caractérisée par des décorations intérieures luxueuses et une abondance de reliques religieuses importantes.

Le charme des promenades dans les environs de Saint-Tropez est ajouté par des moulins à vent pittoresques qui se trouvent au milieu des espaces verts. L'une de ces magnifiques structures est le Moulin de Paillas, construit en 1630. En 2002, la construction a été reconstruite pour ressembler à son aspect d'origine. Il convient de noter que d'ici s'ouvre un panorama inoubliable sur la baie de Saint-Tropez. Au total, cinq moulins ont été construits dans la région, mais seul le Moulin de Paillas a été restauré aujourd'hui. Dans les environs de la ville, vous pouvez également rencontrer la rue, autrefois encadrée par des moulins du XVIe siècle, rue du Moulin (dont un seul Moulin Saint Roch a survécu). Malgré le fait que les moulins ne peuvent plus être trouvés, le sentier est l'un des endroits les plus romantiques de toute la Côte d'Azur.

Non loin de la rue pittoresque se trouve le non moins romantique Le Pont des Fées, dont la vue apportera des impressions extraordinaires. Il doit son nom aux légendes romantiques qui entourent la construction. Construit au tournant des XVIe-XVIIe siècles, il servait à alimenter en eau le village de Grimaud. La route vers le pont n'est pas moins impressionnante pour les connaisseurs de beauté et ceux qui souhaitent s'arrêter. Et il est facile de l'organiser - il ne reste plus qu'à trouver un endroit pour pique-niquer et nager dans la piscine naturelle formée par les rochers. A proximité vous trouverez le Château de Grimaud, ou plutôt ses ruines. Jusqu'à présent, peu de preuves écrites de la forteresse ont été conservées, mais on sait avec certitude qu'elle a été construite au moins au XIe siècle.

Saint-Tropez est célèbre pour son magnifique Château de la Moutte. La propriété du XIVe siècle se trouve au milieu d'espaces pittoresques avec des forêts de palme - d'où s'ouvrent des vues extrêmement fantastiques sur la baie de Saint-Tropez. La propriété a été construite par décret de Martin de Roquebrune en 1856 et a ensuite été achetée par le Premier ministre de Napoléon III, Émile Ollivier. C'est lui qui s'est engagé dans la décoration du château, et ses mérites dans la création d'un magnifique ensemble sont inestimables. En y entrant, vous pouvez voir la galerie de portraits de la famille Ollivier, ainsi qu'une magnifique bibliothèque avec 4000 livres. Marcher le long du Pont du Préconil construit en 1860 apportera beaucoup de plaisir aux touristes. En 1932, la construction a subi des inondations, mais déjà en 1933, le pont a pris une nouvelle apparence, devenant un véritable chef-d'œuvre de l'architecture moderne.

Sous La Citadelle de Saint-Tropez, vous trouverez le Cimetière Marin de Saint-Tropez, dont la particularité est qu'il est également une excellente plate-forme d'observation avec vue sur le golfe de Saint-Tropez. Il a été ouvert en 1791, puis agrandi plusieurs fois. Une promenade dans le cimetière de Ramatuelle, où Gérard Philipe, ainsi que Pierre Vellet, ont été enterrés, a été intéressante, sinon étrange. Le lieu de repos est célèbre pour son atmosphère apaisante et ses pierres tombales d'une beauté exceptionnelle. Si vous voulez profiter de la promenade, tout en respirant l'arôme incroyablement beau des plantes à fleurs, vous devriez aller explorer le Jardin Botanique des Myrtes. Un autre endroit idéal pour se promener est le Jardin Remarquable l'Hardy Garden - Denonain [43].

Après une longue promenade dans le parc incroyablement beau et avec une vue sur la mer et la vieille ville, nous avons commencé à avoir faim et avons décidé de terminer nos vacances par un déjeuner dans l'un des restaurants authentiques de Saint-Tropez. Notre choix était un restaurant confortable avec une cuisine provençale locale, situé dans le port, avec vue sur la mer et la large promenade. Cerceaux de lampe en osier, tables en bois, canapés authentiques confortables et décoration mettant l'accent sur la culture locale. Nous avons trouvé ce restaurant non seulement confortable, mais reflétant pleinement toutes les caractéristiques de la Côte d'Azur, un vieux village de pêcheurs du sud de la France.

La cuisine provençale est le résultat d'un climat méditerranéen chaud et sec; terrain accidenté propice au pâturage des moutons et des chèvres, mais en dehors de la vallée du Rhône avec un sol pauvre pour l'agriculture à grande échelle; et fruits de mer abondants sur la côte. Les principaux ingrédients de la cuisine provençale sont les olives et l'huile d'olive, l'ail, les sardines, le bar, les oursins et les poulpes, l'agneau et la chèvre; pois chiches. Et, bien sûr, de merveilleux fruits locaux: raisins, pêches, abricots, fraises, cerises et les fameux melons.

Les variétés de poisson les plus populaires que l'on trouve souvent dans la carte des restaurants locaux sont: rouget, un petit poisson rouge habituellement consommé sur le grill, loup (connu sous le nom de bar dans d'autres endroits en France), souvent cuit au four au fenouil sur le bois de vigne. La cuisine provençale est basée principalement sur des ingrédients frais et de qualité: légumes et fruits locaux, herbes, qui donnent un arôme et un goût caractéristiques aux plats locaux. Les plats provençaux sont populaires dans le monde entier, représentant la cuisine française.

Après avoir commandé une bouteille de rosé locale et plusieurs huîtres fraîches avec des tranches de citron et d'orange, servies dans une assiette avec des glaçons, nous avons levé nos verres pour nos aventures en Provence fabuleuse.

C'était une connaissance vivante avec une „française du village" qui, le matin, ressemble à un ange descendant du ciel, vêtue d'une robe de lin blanche, les cheveux légèrement ébouriffés par le vent, les pieds nus courant le long du rivage infini. Et le soir, cette Française se transforme en lionne, capable de charmer et de vous faire amoureux d'elle. C'est l'image de la seule et unique femme qui unit tendresse, chaleur, sophistication, goût délicat, bonnes manières, mais qui cache en même temps le mystère et l'originalité d'une vraie française. La Provence a conquis nos cœurs et nous a fait voir non seulement l'extérieur du chic et du brillant touristiques créés artificiellement par les touristes, mais aussi de vivre cette „vie provençale très locale" de la côte sud.

La Provence ce n'est pas seulement des plats locaux, mais aussi le respect des traditions culturelles de toutes les régions de France, la preuve en est l'une des collations les plus populaires des Français, aimée dans tous les coins du pays, les escargots, ou comme on les appelle aussi escargots de Bourgogne.

Les escargots est un plat traditionnel de la cuisine bourguignonne, en général, de la gastronomie française. À l'aide d'un appareil spécial, vous devez sortir un escargot d'une coquille, tremper dans une sauce à l'huile d'ail, au bouillon de poulet et au vin. D'autres ingrédients peuvent être ajoutés, comme l'ail, le persil et les pignons de pin. Les escargots est un plat indispensable pour un dîner de Noël et toute fête en France.

Notre dîner ne pouvait pas être appelé Noël, mais nous avions encore une raison pour une fête. Aujourd'hui, nous avons en quelque sorte dit „à bientôt" à la Provence magique, nous n'avons eu donc aucun doute sur la justesse de notre choix et avons décidé de donner notre préférence aux classiques français et de commander des escargots comme entrée.

L'histoire de ce plat a commencé dans la Rome antique. De plus, alors les escargots étaient à la fois un moyen de sauver les pauvres de la faim, et en même temps, ils étaient un régal inhabituel pour les riches. Et les légionnaires romains prenaient les escargots avec eux lors de longs voyages, comme des conserves vivantes. Les escargots sont très nutritifs et riches en protéines, presque sans gras.

Les Romains portaient une grande attention à l'apparence et à l'harmonie du corps et en sachant que les escargots, un produit diététique favorisant la digestion, les servaient à la fin de repas.

Avec la chute de l'Empire romain, les escargots n'ont pas perdu de leur popularité. Au contraire, au Moyen Âge, les escargots étaient autorisés, même dans le jeûne le plus strict. Pour diversifier la nourriture pendant le jeûne, les moines leur ont même nourri des herbes spéciales, à partir desquelles la viande a acquis une saveur particulière.

Plusieurs siècles se sont écoulés: il est rare qu'une personne adhère à des jeûnes religieux stricts, et l'armée n'a pas besoin de „conserves vivantes", mais les escargots sont toujours populaires. Maintenant, ce plat gastronomique peut être dégusté dans les restaurants. Quel est le secret, car ils ont pas l'air d'être appétissants, et leur goût n'est pas pour tout le monde?

Les escargots sont préparés de trois manières, bouillis, frits et farcis. En France, ils sont frits sur une grille au feu de bois, avant de tremper dans un mélange de sel et de poivre. Les escargots bouillis - c'est plus difficile: ils doivent d'abord être trempés dans du vinaigre pendant 12 heures. Ensuite, il faut les rincer abondamment, jeter de l'eau bouillante et les faire bien bouillir.

Les escargots farcis est le plat le plus sophistiqué et le plus difficile à préparer. Les mollusques sont lavés et trempés pendant cinq minutes dans de l'eau bouillante. Ensuite, il faut les retirer des coquilles avec une longue aiguille. Les coquilles vides sont bouillies longtemps avec de la sode. Les mollusques eux-mêmes sont cuits à feu doux avec des épices.

Pendant ce temps, il faut préparer la garniture, qui comprend certainement des échalotes, du beurre, de l'ail et du persil. En plus d'eux, vous pouvez mettre du fromage pointu, du pâté de poisson, du foie gras dans la coquille. La procédure est la suivante: mettre un peu de garniture à l'intérieur, mettre un mollusque sur le dessus, et encore remplir le reste de la place jusqu'au bord avec le pâté.

En France, on connaît plus d'une centaine de recettes pour la préparation des escargots: escargots de Bourgogne, gargolada du Roussillon, escargots de Strasbourg, etc.

Avec les escargots, les restaurants servent une fourchette spéciale à deux dents et une pince qui doit saisir la coquille. La sauce qui reste des escargots est utilisée pour y tremper dans des tranches de baguette française. Dans les très petits restaurants français, parfois un bâton en bois est servi à la place d'une fourchette à deux dents.

Les escargots est un plat non principal; on mange les mollusque en entrée. Un ajout populaire à ce produit dans la plupart des restaurants français est du vin blanc sec ou du pastis. Dans les régions viticoles de France, les escargots sont servis avec du vin de raisins récoltés dans la même région.

En profitant d'une collation copieuse, mais très savoureuse, j'ai rappelé quelques faits intéressants sur les escargots que je voulais partager avec mon compagnon:

1.Les deux principaux types d'escargots que l'on mange sont les escargots de Bourgogne et les petits gris.

2.Chaque année, les Français consomment 40 000 tonnes d'escargots.

3.Les principaux fournisseurs d'escargots sont l'Autriche, la Roumanie et la Serbie. Les escargots sont également cultivés en Chine, bien que la population locale ne favorise pas trop les mollusques.

4.Les escargots sont pratiquement aveugles et n'entendent donc rien.

5.On mange non seulement la viande de mollusque, mais aussi des œufs de certains types d'escargots qui sont consommés comme caviar.

6.Grâce à la recherche scientifique, les effets bénéfiques du mucus d'escargot sur le système digestif ont été identifiés. Il peut également être utilisé pour traiter l'ulcère à l'estomac.

7.Les anciens Romains utilisaient les escargots comme collation légère à la fin du repas, en apercevant qu'ils facilitaient le processus de digestion.

8.Les escargots absorbent bien l'alcool [44].

Pour la première fois, j'ai eu l'occasion d'essayer les escargots à Strasbourg. Il me semblait que c'est de la viande tendre de veau jeune, avec de l'huile d'olive, de l'ail et des épices. En fermant les yeux, la viande d'escargot peut être facilement confondue avec du poulet ou même du poisson.

La manière correcte de servir, le talent du cuisinier et l'amour de son travail peuvent transformer le plat des „pauvres" en délicatesse de „l'aristocratie".

Comme plat principal, nous avons décidé d'opter pour un tartare de dorade, qui est non seulement la marque du restaurant, mais aussi mon plat préféré sur la côte sud. Nous avons réussi à mettre en valeur l'originalité du plat de poisson à l'aide de vin blanc sec produit l'année dernière en Provence. Les vins de cette région sont légers, capables d'étancher la soif et de devenir un excellent accompagnement à la fois des plats faits maison et des chefs-d'œuvre culinaires des meilleurs chefs de France.

Tartare de dorade

Ingrédients (2 pers)

400g de filet de dorade, 100 g de purée de pommes de terre (au lait de soja), 1 œuf de caille, feuilles de coriandre pour la décoration, un piment au goût

Pour la sauce:

20 ml de jus de gingembre, 50 ml de jus d'orange, 50 ml de jus de citron verts, 50 ml d'huile d'olive, 30 ml de sauce soja, 10 g de sucre de canne non raffiné

Préparation

Pour la sauce: mélangez tous les ingrédients dans un mixeur.

Coupez le filet de dorade en petits cubes, hachez finement le piment et la coriandre, ajoutez au poisson. Ajoutez ensuite la sauce et mélangez le tout, mettez la masse obtenue sur une assiette. Le plat fini peut être décoré de feuilles fraîches de coriandre et d'un œuf de caille.

Pour la garniture: purée de pommes de terre ou croûtons.

Aujourd'hui, notre dîner devait se terminer d'une manière spéciale avec quelque chose de léger, mémorable, simple, mais en même temps unique. Et nous avons trouvé une solution à ce casse-tête difficile, nous avons terminé notre déjeuner avec un dessert unique, connu dans le monde entier, la „Tropézienne", qui ne peut être dégusté qu'en Provence. Les recettes de la cuisine française sont le plus souvent le résultat de voyages et de rencontres informelles. L'histoire de la tarte française de Saint-Tropez a commencé en 1944 lors du débarquement des forces alliées dans la Provence.

Après l'armée américaine, qui (avec l'aide de l'infanterie africaine) a rapidement libéré le sud-est de la France, le cuisinier polonais Alexandre Micka est arrivé dans le pays. Il a voyagé dans la région pendant plusieurs semaines avant de trouver la ville de ses rêves - un petit port sans l'histoire - Saint-Tropez. Bientôt, il a ouvert une petite boulangerie-pâtisserie, qui est rapidement devenue populaire, et le spécialiste culinaire est devenu une célébrité locale. Avec des tartes, des brioches et des éclairs, il a offert aux visiteurs une brioche à la crème selon la recette de sa grand-mère. Brioche, que les habitants adoraient.

Au bout de 10 ans, en 1955, il y avait le deuxième débarquement à Saint-Tropez, cette fois, avec la compagnie des jeunes qui ont visité le port provençal avec des caméras. Le chef de cette société était le directeur de la photographie Roger Vadim, qui a décidé d'utiliser les décors du village provençal pour son premier long métrage „Et Dieu créa la femme". Et Micka a été chargé de fournir à l'équipe de la nourriture. Peu de temps après, il a proposé à ses invités de goûter la tarte familiale. Les acteurs étaient ravis des délices ... Surtout la jeune actrice, qui a conseillé au pâtissier de l'appeler „tarte de Saint-Tropez". Cette actrice de cinéma était Brigitte Bardot [45].

Un peu plus tard, le nom moderne est né - la „Tropézienne". Mais la popularité est venue à la tarte française encore plus tard, dans les années 70, quand un riche industriel a d'abord goûté la délicatesse et a suggéré que le pâtissier commence la production de masse. Ainsi, le dessert, dans lequel il n'y avait rien de méditerranéen, est devenu un symbole de la Côte d'Azur et du sud de la France. Micka n'a jamais révélé la vraie recette de son dessert. La crème à brioche est connue pour l'ajout de la crème au beurre, la crème à la vanille et probablement la crème secrète de la grand-mère de la pâtissière.

Tarte tropézienne

Pour la brioche

120g de farine, 1,5 c. à soupe de sucre, 1 œuf, 1,25c. à café de levure fraîche, 2,5 c. à soupe de lait, 1c. à café d'extrait de vanille, 30g de beurre

Pour la crème tropézienne

400ml de lait, 1 gousse de vanille, 3 jaunes d'œuf, 100g de sucre, 40g de maïzena, 140g de beurre, 150g de crème liquide entière, 1/8 c. à café de sel

Pour la présentation

Sucre en grain, 1 œuf, sucre glace

„Sucre en grain" ou Hagelzucker est un sucre décoratif cristallin grossier utilisé pour décorer les desserts et pâtisseries.

La pâte pour la tarte tropézienne:

Versez le lait réchauffé à 45°C dans la levure. Ne pas mélangez, il suffit de laisser la levure 5 minutes pour se réveiller.

Dans un saladier, versez le mélange levure-lait, la farine et le sucre. Allumez le mixeur et mélangez tout ensemble à basse vitesse. Ajoutez l'œuf, le sel et la vanille. Continuez de mélanger à vitesse moyenne pendant 5 à 8 minutes, en s'arrêtant périodiquement pour gratter la pâte des côtés du saladier.

Ensuite, en trois étapes, ajoutez le beurre coupé en morceaux et mélangez à vitesse moyenne jusqu'à ce que la pâte se rassemble autour des lames du mélangeur et se détache des côtés du saladier.

Mettez la pâte dans un grand bol, recouvrez-la d'un film étirable et placez-la dans un endroit chaud. Dans environ une heure, la pâte doublera de taille.

La crème tropézienne

Divisez la gousse de vanille en deux et nettoyez les grains. Mettez-les dans le lait et faites bouillir.

Fouettez les jaunes avec le sucre blanc. Ajoutez la maïzena et mélangez. Versez doucement le lait bouillant dans ce mélange sans cesser de fouetter.

Versez le tout dans une casserole et chauffez à feu doux jusqu'à ce que la crème épaississe. Remuez constamment. Attention à ne pas la faire brûler. Couvrez la crème d'un film et laissez refroidir (elle ne doit pas être trop froide).

Fouettez le beurre dans le bol du mixeur. Sans arrêter le mixeur, ajoutez de la crème refroidie dans l'huile à trois prises. Battez jusqu'à ce que la crème devienne volumineuse et aérée. Couvrez d'un film et laissez refroidir.

Préparation

Une fois la pâte levée, retirez le film et, en soulevant doucement la pâte, étirez-la facilement, libérant du dioxyde de carbone. Remettez la pâte dans un bol et couvrez de papier d'aluminium. Cette fois, placez la pâte au congélateur. Il est nécessaire d'arrêter la croissance de la levure et d'abaisser la température de la pâte. Après une demi-heure, mettez la pâte dans le congélateur. Laissez-le encore là pendant au moins une heure.

La pâte peut passer toute la nuit dans le frigo. C'est très pratique si vous n'avez pas le temps de tout faire à la fois.

Bien étalez la pâte dans une plaque à pâtisserie de 25-30 cm de diamètre, recouverte de parchemin, recouvrez d'un film et laissez tiédir pendant une heure.

Préchauffez le four à 200°C. Mélangez l'œuf avec une cuillère à café d'eau et battre. Avec ce mélange, graissez un gâteau prêt à cuire. Saupoudrez de sucre en grain et mettez au four, réduisez immédiatement la température du thermostat à 170°C. Faite cuire au four pendant 20-25 minutes ou jusqu'à ce que le dessus et les bords du futur gâteau deviennent doré foncé.

Retirez du four, retirez du moule et refroidissez à température ambiante. Pendant que le gâteau refroidit, terminez la préparation de la crème.

Fouettez la crème au batteur jusqu'à l'obtention de pics fermes. À l'aide d'une spatule en silicone, mélangez la crème fouettée dans la crème anglaise. La garniture finie pour la tarte tropézienne a la consistance d'une crème, mais ne tombe pas d'une spatule inversée. Avec un couteau aiguisé, coupez le gâteau de sorte que la couche inférieure soit sensiblement plus épaisse que la supérieure.

À l'aide d'une spatule ou à travers une poche à douille, appliquez de la crème sur la couche inférieure du gâteau. Pressez la garniture avec la moitié supérieure du gâteau. Saupoudrez si désiré de sucre glace. Servez aussitôt ou mettez au frais [46].

Jean-Jacques Rousseau, dans ses confessions, a raconté l'histoire d'une princesse qui a ensuite été identifiée dans des différends sur la paternité de la phrase avec soit Marie Antoinette, puis Marie, ou les filles de Louis. Quand la reine a été informée que les paysans n'avaient plus de pain, elle a répondu: „Laissez-les manger des brioches!"

Les adieux à la Provence et un déjeuner français spécial ont été un succès. Il était probablement impossible d'imaginer quelque chose de plus sophistiqué, festif et à la fois romantique et sincère. La combinaison du goût, de la simplicité, de la tradition, de l'harmonie de la nature et du talent des chefs locaux, de l'attention au détail et de l'amour pour leur travail sont le succès de la popularité et de l'unicité de la cuisine de la région Provence.

Nous avons passé le reste de la journée à marcher le long de la promenade, à profiter de la chaleur, à regarder comment la vie était mesurée à Saint-Tropez. Nous nous sentions comme les héros d'un film romantique, qui ont pour toujours dit adieu à une capitale agitée et qui sont venus en Provence avec un seul objectif: trouver l'harmonie intérieure, ressentir une liberté sans limites, abandonner les stéréotypes quotidiens de la grande ville, oublier les soucis et les obligations quotidiennes.

Commencer à vivre, se trouver et apprendre à être heureux avec peu de chose, apprécier le temps, sentir l'amour quotidiennement avec toutes les cordes de son âme, changer les priorités et apprendre à saisir le moment, quel que soit l'âge, le sexe ou le bien-être matériel.

Nous n'avons pas remarqué l'arrivée de la soirée; le ciel a changé de couleur, comme à la demande de l'artiste ou du poète, qui travaillait au bord de la mer. En marchant le long de la promenade, nous sommes venus au port pour voir le coucher du soleil et encore une fois admirer la magie de la nature et le charme de la Provence. Après avoir pris la place sur l'une des grandes pierres lavées par les vagues chaudes, mon „Français" préféré m'a prise par la taille, a posé sa tête sur mon épaule et a lu le poème d'un écrivain français amoureux de fabuleuse Provence.

La Méditerranée

La Méditerranée est couchée au soleil;
Des monts chargés de pins, d'oliviers et de vignes
Qui font un éternel murmure au sien pareil,
Voient dans ses eaux trembler leurs lignes.

Elle est couchée aux pieds des pins aux sueurs d'or,
Qui de leurs parfums d'ambre embaument la campagne;
Elle veille en chantant; en chantant elle dort;
La cigale en chœur l'accompagne.

Au bord de cette mer Praxitèle rêvant
A pris à la souplesse exquise de ses lames,
Pour fixer la Beauté dans le Paros vivant,
Des formes fuyantes de femmes.

La Méditerranée, ô rêve ! est donc la mer
D'où sortit Vénus blonde aux pieds blanchis d'écume,
Et comme la Beauté donne un bonheur amer,
Les flots bleus sont faits d'amertume.

Lorsque Pan dut céder aux dieux nouveaux venus
Vénus revint mêler aux flots sa beauté blonde,
Et sous leur transparence elle erre encore, seins nus,
Lumineuse, éparse dans l'onde.

En ses limpides yeux se mirent nos grands bois;
Cigales, nous rythmons ses chants avec nos lyres,

Car Pan aime d'amour ses yeux verts et sa voix,
Et ses innombrables sourires!

(Jean Aicard)

PROVENCE TU ES BELLE

Épilogue

Selon Frantz Wittkamp, „Le bonheur est aussi doux qu'un gâteau et aussi beau qu'un poème" [47]. A son avis, c'est impossible d'éviter l'aspiration au bonheur. Mais vous devez le chercher. Sinon, il ne vous trouvera pas. Le bonheur est inévitable. L'art est de construire le bonheur, de le laisser venir à vous sans la tentative effrénée. La satisfaction de trouver le bonheur est une activité de l'âme à laquelle vous ne pouvez pas vous accrocher lorsqu'elle est évidente pour vous. Elle ressemble à une fleur: quand elle fleurit, vous devriez en profiter. Si elle ne fleurit pas, vous devez être ouverts et attendre qu'elle fleurisse. Vous pouvez aussi la fertiliser, de plus en plus, mais au final la fleur se détruit et il ne vous reste plus rien...

L'un des moments forts de ma vie a été de connaître la Provence. C'était le coup de foudre, un sentiment d'harmonie intérieure et le sentiment d'être rentré chez soi après un long voyage. L'amour vient toujours de façon inattendue et ne peut pas être planifié. On peut le sentir, on peut l'inviter dans sa vie, on peut rêver de lui. Mais l'amour n'est soumis ni au contrôle ni à la pression. Je ressens ces sentiments tendres particuliers à chaque fois que je viens en Provence. Mais d'abord, on doit tomber amoureux de Provence de tout son cœur, puis l'apprendre de l'intérieur. Cela m'a pris 8 ans. J'ai étudié le français, la culture, les traditions, je me suis faite des amis. J'ai rêvé et suis tombée amoureuse de plus en plus: des gens, de la nature, du patrimoine culturel et, bien sûr, de la gastronomie provençale. Mon livre n'est pas seulement un recueil de recettes culinaires provençales (cuisine du soleil), mais aussi un voyage dans le monde de l'harmonie spirituelle, de la magie et du sentiment que la maison est où nous sommes heureux.

Alors je voudrais vous avertir ici d'une chose: ne tentez pas de venir en Provence à la recherche de votre „Français" - il y a des milliers, des centaines de milliers d'endroits dans le monde qui peuvent vous donner ce que la Provence m'avait donné. Et cela peut rester votre secret où est cet endroit et qui est votre „français", tout comme ce sera toujours le mien, même si je partage avec vous une partie de ma vie - l'endroit où notre maison d'amour et de l'âme a été „construite", la merveilleuse Provence.

À propos de l'auteur

© Photo Olena Lepski

Anna Konyev est née en 1985 et a étudié la gestion d'entreprise à l'Académie nationale à l'Ukraine, puis a fait son doctorat. Aujourd'hui, elle est mariée, a un fils et vit à Heilbronn. Konyev travaille en tant qu'assistant de l'Institut pour la numérisation et les entraînements électriques de l'Université de Heilbronn.

Depuis son enfance, Konyev est fascinée par la littérature, elle écrit sa propre prose et ses poèmes, et perçoit la vie avec les émotions. Elle a récemment réalisé son rêve, s'est rendue en Provence et est tombée amoureuse de cet endroit à première vue. Dans son récit, elle a traité ce contact avec l'harmonie de deux sphères entre le rêve et la réalité et a réalisé sa devise de vie: „La vie est unique et irremplaçable, il faut la remplir de telle manière qu'une œuvre distincte de chaque moment soit écrite".

Konyev a appris que aimer la Provence - c'est comme une dévotion inconditionnelle à l'homme - il faut du temps, ce que Konyev a fait: pendant près de dix ans, elle s'est familiarisée avec la langue, la culture et les traditions françaises et s'est faite des amis en France. À chaque instant que Konyev a consacré à la Provence, son attachement et son amour se sont renforcés jusqu'à ce que Konyev soit prête à „révéler une partie de son mystère - l'endroit où [sa] „maison" d'amour a été construite".

Konyev apprécie ceux qui sont capables de saisir l'invisible et de percevoir chaque brin du beau. Pour cette raison, elle est également reconnaissante à ceux qui ont soutenu son projet. Irina, une autre personne incroyablement proche de moi, amoureuse de la France et de la culture française depuis son enfance. Merci pour les nouvelles découvertes, impressions et voyages communs à travers le pays magique des rêves, des idées et des impressions.

Un merci spécial à Andriy Melnykov pour son soutien dans la réalisation du concept photo, à Olga Biloshenko pour la compréhension de son monde de l'art, à l'agence de voyage „Individum", Fürth (Bavière), pour la première fois faire Konyev découvrir la Provence, et à tous ceux qui ont cru au projet.

Liste de références

[1] „https://www.dasgehirn.info/aktuell/frage-an-das-gehirn/was-passiert-im-gehirn-wenn-wir-gluecklich-sind," [En ligne]. [Date de demande 17.06.2018].

[2] „https://hippokratesblog.com/2017/10/22/glueck-durch-arbeit," [En ligne]. [Date de demande 18.06.2018].

[3] Aristoteles, Aristoteles: Nikomachische Ethik, Buch 1, übersetzt von E. Rolfes. Leipzig: F. Meiner (neue Rechtschreibung), Leipzig, 1911.

[4] Epikur, Von der Überwindung der Furcht. S.101-104, Berlin: Akademie Verlag, 2011.

[5] „https://www.simplify.de/weitere-finanztipps/artikel/reichtum-das-paradoxon-des-gluecks," [En ligne]. [Date de demande 17.06.2018].

[6] „https://www.mdr.de/wissen/tag-des-gluecks-100.html," [En ligne]. [Date de demande 17.06.2018].

[7] „https://www.zeit.de/2012/01/Glueck-lernen/seite-3," [En ligne]. [Date de demande 16.06.2018].

[8] „https://www.welt.de/print/die_welt/article174647898/Die-Jagd-nach-Glueck-macht-ungluecklich.html," [En ligne]. [Date de demande 17.06.2018].

[9] „https://lifecatcher.de/streben-nach-glueck/," [En ligne]. [Date de demande 20.06.2018].

[10] „http://francomania.ru," [En ligne]. [Date de demande 10.02.2020].

[11] „http://frenchtrip.ru," [En ligne]. [Date de demande 01.03.2020].

[12] „https://ruarles.ru," [En ligne]. [Date de demande 18.02.2020].

[13] „https://ohfrance.ru," [En ligne]. [Date de demande 08.02.2020].

[14] „http://drinktime.ru," [En ligne]. [Date de demande 14.11.2019].

[15] „https://paris.zagranitsa.com," [En ligne]. [Date de demande 15.02.2020].

[16] „https://omnesolum.livejournal.com," [En ligne]. [Date de demande 12.02.2020].

[17] „http://www.biancoloto.com," [En ligne]. [Date de demande 28.12.2019].

[18] „https://www.liveinternet.ru," [En ligne]. [Date de demande 05.03.2020].

[19] „http://www.art-eda.info," [En ligne]. [Date de demande 22.12.2019].

[20] „https://www.le-petit-marseillais.ru,“ [En ligne]. [Date de demande 03.03.2020].

[21] „https://34travel.me,“ [En ligne]. [Date de demande 02.01.2020].

[22] „https://info-provence.com,“ [En ligne]. [Date de demande 18.01.2020].

[23] „https://grimzone.livejournal.com,“ [En ligne]. [Date de demande 14.01.2020].

[24] „http://guide.travel.ru,“ [En ligne]. [Date de demande 01.10.2019].

[25] „https://nikol58.ru,“ [En ligne]. [Date de demande 06.02.2020].

[26] „http://рускатолик.рф,“ [En ligne]. [Date de demande 15.10.2019].

[27] „https://amwine.ru/blog,“ [En ligne]. [Date de demande 12.01.2020].

[28] „https://www.somelie.ru,“ [En ligne]. [Date de demande 12.03.2020].

[29] „https://resto.kharkov.ua,“ [En ligne]. [Date de demande 17.02.2020].

[30] „https://masterok.livejournal.com,“ [En ligne]. [Date de demande 01.02.2020].

[31] „https://www.vsyasol.ru,“ [En ligne]. [Date de demande 14.03.2020].

[32] „https://slon.fr/rynki-antiba/,“ [En ligne]. [Date de demande 22.02.2020].

[33] „http://www.orangesmile.com,“ [En ligne]. [Date de demande 17.11.2019].

[34] „https://www.elle.ru,“ [En ligne]. [Date de demande 01.03.2020].

[35] „http://visitefrance.ru,“ [En ligne]. [Date de demande 10.12.2019].

[36] „http://www.souche.msk.ru,“ [En ligne]. [Date de demande 26.10.2019].

[37] „https://mylitta.ru,“ [En ligne]. [Date de demande 04.02.2020].

[38] „http://mktravelclub.ru,“ [En ligne]. [Date de demande 02.11.2019].

[39] „https://shkolazhizni.ru,“ [En ligne]. [Date de demande 20.02.2020].

[40] „http://www.multura.com,“ [En ligne]. [Date de demande 30.11.2019].

[41] „https://stoneforest.ru,“ [En ligne]. [Date de demande 24.02.2020].

[42] „https://ru-travel.livejournal.com,“ [En ligne]. [Date de demande 19.02.2020].

[43] „https://medium.com,“ [En ligne]. [Date de demande 03.02.2020].

[44] „http://victoire.kh.ua,“ [En ligne]. [Date de demande 15.12.2019].

[45] „https://zernograd.com,“ [En ligne]. [Date de demande 17.03.2020].

[46] „https://zen.yandex.ru,“ [En ligne]. [Date de demande 12.11.2019].

[47] F. Wittkamp, Alle Tage ein Gedicht, Coppenrath Verlag, 2002.